(개정증보판)
나쓰메 소세키
단편소설 전집

나쓰메 소세키 지음
고미야 도요타카 해설
박현석 옮김

玄 人

(개정증보판)
나쓰메 소세키
단편소설 전집

자화상

나쓰메 소세키 작

목   차

1. 런던탑 _ 7
2. 칼라일 박물관 _ 38
3. 환영의 방패 _ 53
4. 환청에 들리는 거문고 소리 _ 97
5. 하룻밤 _ 139
6. 해로행 _ 153
7. 취미의 유전 _ 194
8. 문조 _ 265
9. 열흘 밤의 꿈 _ 285
10. 편지 _ 317
    해설(고미야 도요타카) _ 338

* 일러두기

1. 한자를 일본어로 읽은 경우는 ( ) 안에 넣었으며, 우리말로 읽은 경우는 [ ] 안에 넣어 표기했다.

2. 단위환산은 대략적인 수치를 ( ) 안에 넣어 조그맣게 표시했다.

3. 본문 속 삽화는 소세키 생전에 출간한 책들에서 가져왔으며, 일부는 소세키가 직접 그린 그림이다.

4. 책 뒤의 해설(고미야 도요타카)은 『소세키 전집』(1936. 소세키 전집 간행회)의 제2권 및 제10권에 실린 내용을 그대로 가져온 것이다.

런던탑
(倫敦塔)

양허집 속의 삽화

양허집 속의 삽화

2년의 유학 중 딱 한 번 런던탑을 구경한 적이 있다. 그 후 다시 가봐야겠다고 생각한 날도 있었으나 그만두었다. 같이 가자고 한 사람도 있었으나 거절했다. 처음 가서 얻은 기억을 두 번째에 깨버리기는 아깝다, 세 번째에 씻어낸다는 것은 더욱 안타까운 일이다. '탑'의 구경은 한 번이면 족하다고 생각한다.

간 것은 도착 후 얼마 지나지 않아서의 일이었다. 그 무렵에는 방향도 잘 몰랐고, 지리 따위는 애초부터 알지 못했다. 마치 고텐바1)의 토끼가 갑자기 니혼바시2) 한가운데 내던져진 것 같은 기분이었다. 밖에 나가면 사람들의 물결에 휩쓸릴 것처럼 여겨졌으며, 집에 돌아오면 기차가 내 방에 충돌하지나 않을까 걱정이 되어 아침저녁으로 마음 편할 날이 없었다. 이 울림, 이 군중 속에서 2년을 살면 내 신경의 섬유도 결국에는 냄비 속의 청각채처럼 흐물흐물해지리라, 막스 노르다우의 퇴화론3)을 새삼스럽게 커다란 진리처럼 생각한 적조차 있었다.

게다가 나는 다른 일본인처럼 소개장을 들고 신세를 지러 갈

---

1) 御殿場. 시즈오카 현 동부에 위치. 후지산 주변과 하코네 관광의 교통거점이 되는 고산 도시다.
2) 日本橋. 도쿄 중앙구에 있는 지명으로 도쿄의 번화가 중 한 곳.
3) Max nordau(1849~1923). 헝가리의 소설가, 평론가, 의사. 퇴화론(Die Entartung)은 타락, 또는 퇴폐론으로도 알려져 있다.

곳도 없었고, 또 전부터 알고 지내던 사람이 재류하고 있는 몸도 물론 아니었기에 두려움 속에서 지도 한 장을 안내자 삼아 매일 구경을 위해서, 혹은 볼일을 보기 위해서 밖을 돌아다니지 않으면 안 되었다. 물론 기차에는 타지 않았다. 마차에도 탈 수 없었다. 혼잡한 교통기관을 이용하면 어디로 데려갈지 알 수 없었다. 이 넓은 런던을 사방팔방으로 오가는 기차도, 마차도, 전기철도도, 강삭철도4)도, 내게는 그 어떤 편의도 주지 못했다. 나는 별 수 없었기에 네거리에 다다를 때마다 지도를 펴고 지나는 사람들에게 떠밀리며 발길을 옮겨야 할 방향을 결정했다. 지도로 알 수 없을 때에는 사람에게 물었다. 사람에게 물어도 모를 때에는 순사를 찾았다. 순사로도 안 될 때에는 다시 다른 사람에게 물었다. 몇 명이 됐든 아는 사람을 만날 때까지 붙들어서 묻고, 불러서 물었다. 이렇게 해서 간신히 나의 목적지에 도달하곤 했다.

  '탑'을 구경한 것은 마침 이와 같은 방법에 의하지 않고는 외출을 할 수 없었던 때의 일이었다고 생각한다. 오려 해도 올 곳이 없고, 가려 해도 갈 곳을 알 수 없다고 하면 무슨 선어[禪語] 같지만, 나는 어느 길을 지나서 '탑'에 이르렀는지, 또 어떤 거리를 가로질러서 우리 집에 돌아왔는지 지금도 여전히 분명하지가 않다. 아무리 생각해도 떠오르지 않는다. 단지 '탑'을 구경한 것만은 틀림없는 사실이다. '탑' 그 자체의 광경은 지금도 눈앞에 생생히 그려볼 수가 있다. 그 앞은? 이라고 물으면 난처해진다. 뒤는? 이라고 물어도 답을 할 수가 없다. 오로지 앞을 잊고 뒤를

---

4) [鋼索鐵道] 케이블카.

잃은 중간만이 뜬금없이 밝다. 마치 어둠을 찢는 번개가 눈썹에 떨어지면 보였다가는 사라지는 것과 같다는 생각이 든다. 런던탑은 전생의 꿈의 초점 같다.

런던탑의 역사는 영국의 역사를 요약해놓은 것이다. 과거라는 기이한 물건을 덮고 있던 장막이 스스로 찢어져 감실[龕室] 안의 은은한 빛을 20세기 위에 반사한 것이 런던탑이다. 모든 것을 장사지내는 시간의 흐름이 거꾸로 되돌아가 고대의 한 조각이 현대로 떠오른 것이라고 보아야 할 것이 런던탑이다. 인간의 피, 인간의 육신, 인간의 죄가 결정[結晶]이 되어 말, 차, 기차 가운데 남겨진 것이 런던탑이다.

이 런던탑을 템스 강 건너편의 탑교[塔橋] 위에서 눈앞에 바라본 순간, 나는 지금의 사람일까, 아니면 옛날 사람일까 생각이 들 정도로 자신조차 잊고 넋이 나간 사람처럼 바라보았다. 겨울의 초입이라고는 하지만 고요한 날이었다. 하늘은 잿물 통을 휘저어놓은 듯한 색으로 탑 위에 낮게 드리워져 있었다. 벽토를 풀어놓은 것처럼 보이는 템스의 흐름은 물결도 일으키지 않고 소리도 내지 않고 억지로 움직이고 있는 것처럼 느껴졌다. 돛단배가 한 척 탑 아래를 지났다. 바람 없는 강에서 돛을 다루어야 했기에 불규칙한 삼각형의 하얀 날개가 언제까지나 같은 장소에 멈춰 있는 듯했다. 커다란 거룻배 두 척이 올라오고 있었다. 단 한 사람의 사공이 고물에 서서 노를 젓고 있었다. 이것도 거의 움직이지 않았다. 탑교의 난간 부근에서는 하얀 그림자가 어른거렸다. 아마도 갈매기이리라. 둘러보니 모든 것이 고요했다. 나른하게 보였다. 졸고 있었다. 전부 과거의 느낌이었다. 그리고 그 가운데, 싸늘하게

20세기를 경멸하듯 서 있는 것이 런던탑이었다. 기차도 달려라, 전차도 달려라, 적어도 역사가 존재하는 한, 나만은 이렇게 있어야 한다고 말하기라도 하듯 서 있었다. 그 거대함에는 새삼스럽게 놀랐다. 이 건축을 흔히 탑이라고 칭하지만 탑이라는 것은 단지 이름뿐이고 사실은 수많은 성루로 이루어진 커다란 지성[地城]이었다. 줄줄이 솟아 있는 성루 가운데는 둥근 것, 각이 진 것 등 여러 가지 모양이 있지만, 하나같이 음울한 잿빛을 하고 있어서 전 세기의 기념을 영원히 전하겠다고 맹세하기라도 한 것처럼 보였다. 구단에 있는 유슈칸[5])을 돌로 만들어 이삼십 개 늘어놓고, 그것을 확대경으로 들여다보면 혹시 이 '탑'과 비슷한 것이 생겨날지도 모르겠다고 생각했다. 나는 여전히 바라보고 있었다. 암갈색 수분을 가득 머금고 있는 공기 속에 멍하니 서서 바라보고 있었다. 20세기의 런던이 나의 마음속에서 점차 사라짐과 동시에 눈앞 탑의 모습이 환영처럼 과거의 역사를 내 뇌리에 그려내기 시작했다. 아침에 일어나 홀짝거리며 마시는 떨떠름한 차에서 피어오르는 김이, 잠에서 덜 깬 꿈의 꼬리를 늘어뜨리고 있는 듯 여겨졌다. 얼마쯤 지나자 맞은편 기슭에서 기다란 손을 내밀어 나를 잡아끄는 것이 아닐까 의심이 들기 시작했다. 지금까지 멈춰 서서 꼼짝도 하지 않았던 나는 갑자기 강을 건너 탑으로 가보고 싶어졌다. 기다란 손은 한층 더 강하게 나를 잡아끌었다. 나는 곧 발걸음을 떼어 탑교를 건너기 시작했다. 기다란 손이 휙휙 잡아끌었다. 탑교를 건너고 나서는 한달음에 탑의 문까지

---

5) 구단(九段)은 도쿄 지요다(千代田) 구 북서부에 있는 지구. 유슈칸(遊就館)은 야스쿠니(靖国) 신사가 운영하는 전쟁박물관. 1882년에 설립.

달려갔다. 3만 평이 넘는 과거의 거대한 자석이 순식간에 현세에 부유하고 있던 이 조그만 철 조각을 흡수해버렸다. 문에 들어서서 뒤를 돌아본 순간,

「근심의 나라에 가고 싶은 자는 이 문을 지나라.

영겁의 가책을 만나고 싶은 자는 이 문을 지나라.

미혹[迷惑]의 사람과 어깨를 나란히 하고 싶은 자는 이 문을 지나라.

정의는 고매한 주인을 움직이고, 신의 위세는, 가장 높은 지혜는, 최초의 사랑은 나를 만든다.

내 앞에 아무것도 없고, 단지 무궁이 있어서 나는 무궁을 견디는 자다.

이 문을 지나려는 자는 모든 희망을 버려라.[6]」

이런 문구가 어딘가에 새겨져 있지 않을까 여겨졌다. 나는 이때 이미 평정심을 잃은 상태였다.

물이 없는 해자에 걸린 석교를 건너가면 맞은편에 탑 하나가 있다. 이는 둥근 모양의 석조로 석유탱크처럼 생겼는데, 마치 거인의 문기둥처럼 좌우에 우뚝 솟아 있다. 그 중간을 연결하고 있는 건물 아래를 지나서 맞은편으로 빠져나갔다. 중탑[中塔]이란 이것을 말하는 것이다. 조금 가면 왼쪽에 종탑이 우뚝 솟아 있다. 무쇠 방패, 강철 투구가 들판을 덮은 가을 아지랑이처럼 보여, 적이 멀리에서부터 다가온다는 사실을 알게 되면 탑 위의 종을 울렸다. 별이 어두운 밤, 벽 위를 돌아다니는 보초병의 빈틈을

---

[6] 단테의 『신곡』 중 「지옥편」 제3가.

이용해 달아난 죄수가 거꾸로 드리운 횃불 속에서 어둠 속으로 사라질 때도 탑 위의 종을 울렸다. 마음이 오만한 시민들이 임금의 정치가 옳지 않다며 개미처럼 탑 아래로 밀고 들어와 북적북적 소란을 피울 때도 역시 탑 위의 종을 울렸다. 탑 위의 종은 일이 생기면 반드시 울렸다. 어떨 때는 정신없이 울렸고, 어떨 때는 일심으로 울렸다. 조상이 올 때는 조상을 죽이고서라도 울리고, 부처가 올 때는 부처를 죽이고서라도 울렸다. 서리 내린 아침, 눈 내리는 저물녘, 비 내리는 날, 바람 부는 밤을 몇 번이고 울리던 종은 지금 어디로 갔는지 내가 머리를 들어 담쟁이에 낡은 성루를 올려다보았을 때는 적막하게 백년의 울림을 이미 거둔 뒤였다.

다시 조금 더 가면 오른쪽에 역적문[逆賊門]이 있다. 문 위로는 세인트 토마스 탑이 솟아 있다. 역적문이라는 이름부터가 벌써 무시무시하다. 옛날부터 탑 안에 생매장당한 수천 명의 죄인들은 모두 배로 이 문까지 호송되었다. 그들이 배에서 내려 일단 이 문을 통과하고 나면 세상의 태양은 그들을 다시 비추지 않았다. 그들에게 있어서 템스는 삼도천[三途川]이었으며, 이 문은 저승으로 가는 입구였던 것이다. 그들은 눈물의 물결에 흔들리며 이 동굴처럼 어두컴컴한 아치 아래까지 배에 실려 끌려왔다. 입을 벌려 정어리를 들이마시는 고래가 기다리고 있는 곳까지 오자마자 끼익 하고 울리는 소리와 함께 두꺼운 떡갈나무 문이 그들과 세상의 빛을 영원히 갈라놓았다. 이렇게 해서 그들은 마침내 숙명이라는 괴물의 먹잇감이 되어버리고 말았다. 내일 잡아먹힐지, 모레 잡아먹힐지, 혹은 또 10년 뒤에 잡아먹힐지 괴물 외에는 아는 자가 없었다. 이 문에 뱃전을 댄 배 안에 앉아오는 동안 죄인의 심정은 어떤 것이었을까? 노가 휘어질 때마다, 물방울이 뱃전에 떨어질 때마다, 노 젓는 사람의 손이 움직일 때마다 자신의 남은 목숨을 헤아리는 것 같다는 생각이 들었으리라. 하얀 수염을 가슴까지 늘어뜨리고 품이 넓은 검은색 성직자 옷을 두른 사람이 비틀거리며 배에서 내렸다. 그는 대주교 크랜머7)였다. 파란 두건을 눈썹까지 깊이 두르고 하늘색 비단옷 안에 작은 미늘로 엮어 만든 홑옷을 입은 훌륭한 사내는 와이엇8)이리라. 그는 거침없이 뱃전에서 뛰어내렸다. 화려한 새의 깃털을 모자에 꽂고 황금으로 만들어진 칼의 손잡이에 왼손을 걸친 채 은 물림쇠로 장식한 구두의 발끝을 가볍게 돌계단 위로 옮긴 것은 롤리9)일까? 나는 어두운 아치 아래를 들여다보며, 건너편 돌계단에 찰싹이는 물결의 빛이 보이지는 않을까 목을 길게 늘였다. 물은 없었다. 역적문과 템스 강은 제방공사의 준공 이후 연이 완전히 끊겨버리고 말았다. 수많은 죄인을 삼키고 수많은 호송선을 내뱉었던 역적문은, 그 옛 모습 곁에서 찰랑이던 물결 소리를 들을 방법을 잃었다. 단지 맞은편에 있는 혈탑[血塔]의 벽 위에

---

7) Thomas Cranmer(1489~1556). 영국의 종교개혁가. 헨리 8세의 이혼을 옹호하여 왕의 인정을 받았다. 이후 영국 국교회의 기초를 닦았으나 메리 1세의 가톨릭 반동시대에 화형에 처해졌다.
8) Thomas Wyatt the Younger(1521~1554). 영국의 정치가이자 반군 지도자. 메리 1세 때 반란을 일으켰으나 붙잡혀 처형당했다.
9) Sir Walter Raleigh(1552~1618). 영국의 군인·저술가. 남북 아메리카에서의 식민활동으로 알려져 있으며 엘리자베스 1세 때 등용되었으나 1603년, 제임스 1세에 대한 음모혐의로 체포되어 13년 동안 런던탑에 유폐되었다. 이때 『만국사』 등을 저술했다. 1616년에 석방되었으나 다시 왕명에 반했다는 죄로 처형당했다.

커다란 철 고리가 드리워져 있을 뿐이었다. 옛날에는 배를 매는 밧줄을 이 철 고리에 묶었다고 한다.

왼쪽으로 꺾어져 혈탑의 문으로 들어갔다. 옛날 장미전쟁10) 때 수많은 사람들을 유폐한 곳이 이 탑이었다. 풀처럼 사람을 베고, 닭처럼 사람을 짓밟고, 말린 연어처럼 시체를 쌓은 곳이 이 탑이었다. 혈탑이라는 이름이 붙은 것도 이해가 되었다. 아치 아래에 파출소 같은 작은 공간이 있고 그 옆에 투구 모양의 모자를 쓴 병사가 총을 짚고 서 있었다. 매우 진지한 얼굴을 하고 있지만, 얼른 당번을 마치고 예의 술집에서 한잔 기울이며 정부와 놀고 싶다는 표정이었다. 탑의 벽은 불규칙한 돌을 쌓아올려 두껍게 만들었기에 표면은 결코 매끄럽지 못했다. 곳곳에 덩굴이 들러붙어 있었다. 높다란 곳으로 창이 보였다. 건물이 큰 탓인지 밑에서 보면 아주 작았다. 쇠창살이 달려 있는 듯했다. 당번병이 석상처럼 버티고 서서 마음속으로 정부와 희룽거리는 옆에서 나는 눈썹을 가운데로 모으고 손차양을 해서 그 높다란 창을 올려다보며 서 있었다. 창살을 통해 고대의 색유리에 희미한 햇살이 비쳐 반짝반짝 반사되었다. 마침내 연기와 같은 막이 열리고 공상의 무대가 생생하게 보이기 시작했다. 창 안쪽에는 두꺼운 장막이 쳐져 있어서 낮에도 어두컴컴하다. 창과 마주한 벽은 회반죽도 바르지 않은 알몸뚱이 돌이고 옆방과는 세계 멸망의 날에 이르기까지 미동도 않을 칸막이가 설치되어 있다. 단 그 한가운데의 6첩11)쯤

---

10) 1455년부터 1485년까지 영국의 랭커스터 가와 요크 가 사이에서 벌어졌던 왕위 쟁탈전. 이 전쟁으로 귀족과 기사의 세력이 꺾이고 왕권이 강화되어 영국은 절대주의시대로 접어들게 되었다.
11) [畳]. 일본 전통의 실내 바닥재인 다다미를 세는 단위. 1첩은 약 1.45㎡.

되는 장소는 흐릿한 색의 태피스트리로 덮여 있다. 바탕은 회색을 띤 남색, 무늬는 옅은 노란색으로 알몸의 여신상과 여신상 주위 전면에 염색한 당초[唐草]다. 석벽 옆에는 커다란 침대가 가로놓여 있다. 두툼한 떡갈나무의 심까지 보일 정도로 깊이 새긴 포도와 포도덩굴과 포도 잎이, 손발이 닿는 곳만 빛을 반사한다. 이 침대의 끝으로 두 어린아이12)가 보이기 시작했다. 한 명은 열서너 살, 한 명은 열 살 정도라 여겨진다. 어린 쪽은 침대 위에 앉아 침대 기둥에 반쯤 몸을 기댄 채 힘없이 두 다리를 대롱대롱 늘어뜨리고 있다. 오른쪽 팔꿈치를 갸웃이 기울인 얼굴과 함께 앞으로 내밀어 나이 많은 사람의 어깨에 걸친다. 나이 많은 쪽이 어린 사람의 무릎 위에 금박으로 장식한 커다란 책을 펼쳐놓고 그 펼쳐진 페이지 위에 오른손을 놓는다. 상아를 문질러 부드럽게 한 것처럼 아름다운 손이다. 두 사람 모두 까마귀의 날개만큼이나 검은 상의를 입고 있는데 피부가 매우 하얀 탓에 한층 더 눈에 띈다. 머리의 색, 눈의 색, 심지어는 눈썹 끝과 콧날에서부터 옷자락 끝에 이르기까지 두 사람 모두 거의 똑같아 보이는 것은 형제이기 때문이리라.

형이 부드럽고 맑은 목소리로 무릎 위에 있는 책을 읽는다.
〈자신의 눈앞에, 자신이 죽어야 할 때의 모습을 그려보는 사람은 행복하다. 매일 밤낮으로 죽기를 바라라. 곧 신 앞으로 나아갈 내가 무엇을 두려워하겠는가……〉

---

12) 에드워드 4세의 왕자인 에드워드 5세와 요크 공. 에드워드 4세의 동생인 리처드 3세는 자신의 조카인 에드워드 5세를 폐하고 요크 공과 함께 런던탑에 유폐했다가 살해하고 스스로 국왕이 되었으나 2년 후에 헨리 7세와 싸워서 패했다.

동생이 더없이 가련한 목소리로 "아멘."하고 말한다. 때마침 멀리서 불어온 초겨울 찬바람이 높다란 탑을 흔들어 벽마저 떨어져버리는 것이 아닐까 싶을 정도로 한바탕 휭 울어댄다. 동생은 찰싹 몸을 붙이고 형의 어깨에 얼굴을 문지른다. 눈처럼 하얀 이불의 일부가 살포시 부풀어 오른다. 형은 다시 읽기 시작한다.

〈아침에는 밤이 오기 전에 죽을 것이라 생각하라. 밤에는 내일이 있기를 바라지 말라. 각오야말로 존귀한 것 꼴사나운 죽음이야말로 더없는 수치다. ······.〉

동생은 다시 "아멘."이라고 말한다. 그 목소리는 떨고 있다. 형은 조용히 책을 덮고 그 조그만 창 쪽으로 걸어가 바깥 모습을 보려 한다. 창이 높아 키가 닿지 않는다. 의자를 가져와 그 위에서 까치발을 한다. 백리를 감싼 검은 안개 속으로 흐릿하게 겨울의 해가 비친다. 도살당한 개의 선혈로 물들인 것 같다. 형은 "오늘도 또 이렇게 저무는 걸까?"하며 동생을 돌아본다. 동생은 단지 "추워."라고만 대답한다. "목숨만 살려준다면 숙부께 왕위를 바칠 것을."하고 형이 혼잣말처럼 중얼거린다. 동생은 "어머니를 보고 싶어."라고만 말한다. 그때 맞은편에 걸려 있는 태피스트리에 새겨진 여신의 나체상이 바람도 없는데 두어 번 흔들흔들 움직인다.

홀연 무대가 바뀐다. 보니 탑문 앞에 검은 상복을 입은 여자[13] 하나가 힘없는 모습으로 서 있다. 얼굴빛은 창백하고 야위었지만 어딘가 품격이 있는 고상한 부인이다. 잠시 후 자물쇠 움직이는

---

[13] 에드워드 4세의 왕비이자 두 왕자의 어머니인 엘리자베스.

소리가 들리고 끼익 문이 열리더니 안에서 한 남자가 나와 부인에게 공손하게 인사를 한다.

"만남을 허락하셨는가?"라고 여자가 묻는다.

"아니요."라고 딱하게 됐다는 듯 남자가 대답한다. "만나게 해드리고 싶지만 공적인 규율이 그러하여 어쩔 수 없으니 포기하시기 바랍니다. 제가 정을 베풀기는 쉬운 일이지만."이라고 말하다가 갑자기 입을 다물고 주위를 둘러본다. 해자 안에서 논병아리가 불쑥 떠오른다.

여자는 목에 걸고 있던 금목걸이를 풀어 남자에게 주고 "아주 잠깐 들여다보기만 하겠네. 여자의 청을 거절하는 남자는 매정한 사람일세."라고 말한다.

남자는 목걸이를 손가락 끝에 감고 생각에 잠긴 모습이다. 논병아리가 문득 물속으로 잠긴다. 잠시 후 말한다. "옥지기는 옥의 규율을 깰 수 없습니다. 아드님들은 탈도 없이 건강하게 하루하루 지내고 계십니다. 마음 놓으시고 돌아가시기 바랍니다."라며 금목걸이를 돌려준다. 여자는 미동도 하지 않는다. 목걸이만이 돌바닥 위에 떨어져 짤그락 소리를 낸다.

"절대로 만날 수 없다는 말인가?"라고 여자가 묻는다.

"안타까운 일입니다만."하고 옥지기가 단호하게 말한다.

"검은 탑의 그림자, 딱딱한 탑의 벽, 차가운 탑의 인간."이라고 말하며 여자는 훌쩍훌쩍 운다.

무대가 다시 바뀐다.

키가 큰 검은 옷차림의 그림자가 하나 안뜰 구석으로 모습을 드러낸다. 이끼 차가운 돌담 속에서 슥 빠져나온 듯한 느낌이었다.

밤과 안개의 경계에 서서 몽롱하게 주위를 둘러본다. 잠시 후, 역시 검은 옷차림의 그림자가 또 하나 어둠의 바닥에서 솟아오른다. 망루의 꼭대기에 높다랗게 걸려 있는 별빛을 올려다보며 "날이 저물었어."라고 키가 큰 사람이 말한다. "낮의 세계에는 얼굴을 내밀 수 없을 거야."라고 한 사람이 대답한다. "사람도 여럿 죽여봤지만 오늘처럼 뒷맛이 개운치 않은 일도 또 없을 거야."라며 높다란 그림자가 낮은 쪽을 본다. "태피스트리 뒤에서 둘의 이야기를 들었을 때는 차라리 그만두고 돌아가버릴까 생각했어."라고 작은 쪽이 솔직하게 말한다. "목을 조를 때 꽃 같은 입술이 바들바들 떨었어." "투명할 정도의 이마에 자줏빛 힘줄이 솟았어." "그 괴로워하던 목소리가 아직도 귓가에 남아 있어." 검은 그림자가 다시 검은 밤 속으로 빨려들어갈 때 망루 위에서 시계소리가 댕 하고 울린다.

 공상은 시계소리와 함께 깨졌다. 석상처럼 서 있던 보초병이 총을 어깨에 걸치고 저벅저벅 바닥의 돌 위를 걷고 있었다. 걸으며 정부와 손을 잡고 산책할 때를 꿈꾸고 있었다.

 혈탑 아래를 지나 맞은편으로 나서자 아름다운 광장이 나왔다. 그 한가운데가 약간 높았다. 그 높은 곳에 백탑[白塔]이 있다. 백탑은 탑 가운데서도 가장 오래된 것으로 예전에는 성의 중심이었다. 가로 20간(36m), 세로 18간(32.4m), 높이 15간(27m), 벽의 두께 1장 5자(4.5m), 사방의 모서리에 망루가 솟아 있고 곳곳에 노르만 시대14)의 총안까지도 보였다. 1399년 국민이 33개조의 잘못을

---

14) 영국이 프랑스의 노르만 왕통의 지배를 받던 시기. 1066~1154.

들어 리처드 2세15)에게 양위를 요구한 것이, 이 탑 안에서였다. 성직자, 귀족, 무사, 법사 앞에서 그가 천하를 향해 양위를 선고한 것이, 이 탑 안에서였다. 그때 자리를 물려받은 헨리16)가 일어나 이마와 가슴에 십자가를 긋고 말했다. "성부와 성자와 성령의 이름으로 나 헨리는 이 대영국의 왕관과 왕위를 나의 정통한 피, 은혜로운 신, 친애하는 벗의 도움을 빌려 잇겠다."라고. 한편 선왕의 운명을 아는 사람은 아무도 없었다. 그의 시체가 폰티프랙트 성17)에서 옮겨져 세인트 폴 성당18)에 도착했을 때 2만의 군중이 그의 시체를 둘러쌌는데 그 수척한 모습에 깜짝 놀랐다. 어떤 자는 말했다. 8명의 자객이 리처드를 둘러쌌을 때 그는 한 사람의 손에서 도끼를 빼앗아 한 사람을 베고 두 사람을 쓰러뜨렸다, 그러나 엑스턴19)이 등 뒤에서 휘두른 일격에 마침내 원한을 품은 채 죽은 것이라고. 어떤 자는 하늘을 올려다보며 말했다. "아니야, 아니야. 리처드는 단식을 해서 스스로 목숨을 끊은 거야."라고. 어느 쪽이든 달가운 일은 아니다. 제왕의 역사는 비참함의 역사다.

1층의 한 방은 예전에 월터 롤리가 유폐되었을 때 만국사[萬國史]의 초고를 쓴 곳이라고 전해진다. 그가 엘리자베스 식의 반바지에 비단 양말을 무릎에서 묶은 오른 다리를 왼 다리 위에 올리고

---

15) Richard Ⅱ(1367~1400). '와트 타일러의 난'을 진압하였으나, 전제정치로 민중의 반감을 초래하여 랭커스터 가의 헨리에게 폐위·살해되었다.
16) 헨리 4세(1367~1412). 리처드 25세의 뒤를 습격하여 랭커스터 왕조의 초대 왕이 되었다.
17) 요크셔 서부에 있는 성.
18) 런던에 있는 성당.
19) Exton. 셰익스피어의 희곡 「리처드 2세」에서 리처드 2세를 살해한 인물이다.

깃털 펜의 끝을 종이 위에 댄 채 머리를 약간 기울여 생각에 잠겨 있는 모습을 상상해보았다. 그러나 그 방은 볼 수 없었다.

　남쪽으로 들어가 나선형 계단을 오르면 거기에 유명한 무기진열장이 있다. 수시로 손질을 하는지 전부 번쩍번쩍 빛나고 있었다. 일본에 있을 때 역사나 소설에서 읽었을 뿐 전혀 짐작조차 할 수 없었던 것들이 하나하나 명료해진다는 점이 매우 기뻤다. 그러나 기쁜 것은 일시적인 일이고 지금은 새까맣게 잊어버렸으니 역시 전과 다를 바 없다. 단, 지금도 기억에 남아 있는 것은 갑주[甲冑]다. 그 가운데서도 참으로 훌륭하다고 생각했던 것은 틀림없이 헨리 6세가 착용했던 것이었다고 기억하고 있다. 전체가 강철로 만들어졌으며 곳곳에 상감이 있었다. 가장 놀라운 것은 그 거대함이었다. 그런 갑주를 착용한 사람은 적어도 키가 7척(210㎝)쯤 되는 거한이 아니면 안 되었으리라. 내가 감탄하며 그 갑주를 바라보고 있는데 또각또각 발소리를 울리며 내 곁으로 걸어오는 사람이 있었다. 돌아보니 비프이터였다. 비프이터라고 하면 시종일관 소고기라도 먹는 사람처럼 여겨지겠지만, 그런 사람이 아니다. 그는 런던탑의 경비병이다. 실크해트를 납작하게 만든 듯한 모자를 쓰고 미술학교 학생 같은 옷을 입고 있었다. 굵은 소매 끝을 묶고 허리 부근을 띠로 졸랐다. 옷에도 무늬가 있었다. 무늬는 아이누[20] 인이 입는 한텐[21])에 새겨져 있는 것처럼 매우 단순한 직선을 늘어놓아 뿔 모양으로 조합한 것에 지나지 않았다. 어떨 때 그는 창까지 들고 다니는 경우도 있었다. 끝이 짧고 자루

---

20) 동아시아의 옛 종족으로, 홋카이도·사할린·쿠릴열도에 주로 거주했다.
21) 半纏. 일본옷의 겉에 입는 짧은 상의 중 하나.

끝에 술이 달린, 삼국지에라도 나올 것 같은 창을 든다. 그 비프이터 가운데 한 사람이 내 뒤에 멈춰 섰다. 그는 키가 별로 크지 않고 뚱뚱한 살에 흰 수염이 많은 비프이터였다. "당신은 일본인 아니신가요?"라고 미소 지으며 물었다. 나는 현재의 영국인과 이야기하고 있다는 느낌이 들지 않았다. 그가 삼사백 년 전의 옛날에서 잠깐 얼굴을 내밀었거나, 혹은 내가 갑자기 삼사백 년 전의 옛날을 들여다보고 있는 것 같다는 느낌이 들었다. 나는 말없이 가볍게 고개를 끄덕였다. 이리 오라기에 따라갔다. 그는 손가락을 들어 오래된 일본제 갑주를 가리키며 보았냐고 말하기라도 하는 듯한 눈빛을 했다. 나는 다시 말없이 고개를 끄덕였다. 이건 몽고가 찰스 2세[22])에게 헌상한 것이라고 비프이터가 설명해주었다. 나는 세 번째로 고개를 끄덕였다.

  백탑을 나서서 보섐탑으로 갔다. 도중에 전리품인 대포가 늘어서 있었다. 그 앞쪽의 일부가 철책에 둘러싸여 있고 사슬의 일부에 팻말이 달려 있었다. 읽어보니 사형장 터였다. 2년이고 3년이고, 길 때는 10년이나 햇빛이 들지 않는 지하의 암실에 갇혀 있던 자가 어느 날 갑자기 지상으로 끌려나왔구나 싶었는데, 그것은 단지 지하보다 더 무시무시한 이곳에 세워지기 위해서였다. 오랜만에 파란 하늘을 보고 기쁘구나 생각할 틈도 없이 눈앞이 캄캄해져서 사물의 색조차 눈에 똑바로 들어오기 전에 하얀 도끼의 날이 훌쩍 3척(90㎝)의 허공을 갈랐다. 흐르는 피는 살아 있을 때부터 이미 차가워져 있었으리라. 까마귀가 한 마리 앉아 있었다.

---

22) 1630~1685. 청교도 혁명을 피해 대륙으로 망명했다가 1660년에 왕정복고를 실현했다.

날개를 접고 검은 부리를 세운 채 사람을 봤다. 응고된 백년 벽혈[碧血]의 원한이 새의 모습이 되어 오랜 세월 이 불길한 땅을 지키고 있는 것 아닐까 하는 생각이 들었다. 불어오는 바람에 느릅나무가 솨솨 움직였다. 바라보니 가지 위에도 까마귀가 있었다. 잠시 후, 또 한 마리가 날아왔다. 어디서 왔는지 알 수 없었다. 곁에 일곱 살쯤 된 사내아이를 데리고 온 젊은 여자가 서서 까마귀를 바라보고 있었다. 그리스풍의 코와 구슬을 녹인 듯 고운 눈과 새하얀 목덜미를 이루고 있는 곡선의 흐름이 내 마음을 적잖이 움직였다. 아이가 여자를 올려다보며 "까마귀가, 까마귀가."하고 신기하다는 듯 말했다. 그리고 "까마귀가 추운 거 같으니 빵을 주고 싶어."라고 졸랐다. 여자는 조용히 "저 까마귀는 아무것도 먹고 싶어 하지 않아요."라고 말했다. 아이가 "왜?"라고 물었다. 여자는 기다란 속눈썹 속에 떠 있는 듯한 눈으로 까마귀를 바라보며 "저 까마귀는 다섯 마리가 있어요."라고만 말했을 뿐, 아이의 물음에는 답하지 않았다. 뭔가 혼자서 생각하고 있는 걸까 싶을 만큼 차분했다. 나는 이 여자와 저 까마귀 사이에 어떤 신비한 인연이라도 있는 것 아닐까 의심했다. 그녀는 까마귀의 기분을 자신의 일처럼 말했으며, 세 마리밖에 보이지 않는 까마귀를 다섯 마리 있다고 단언했다. 이상한 여자를 내버려두고 나는 홀로 보샴탑에 들어갔다.

런던탑의 역사는 보샴탑의 역사이자, 보샴탑의 역사는 비참함의 역사다. 14세기 후반에 에드워드 3세[23]가 건립한 이 3층탑의

---

23) 1312~1377. 영국의 국왕으로 프랑스의 왕위 계승권을 주장하여 100년 전쟁을 일으켰다.

1층에 들어선 자는, 들어선 순간 백대[百代]에 걸친 유한[遺恨]이 결정을 이룬 무수한 기념을 주위의 벽 위에서 볼 수 있으리라. 모든 원한, 모든 분노, 모든 근심과 슬픔은 그 원한, 그 분노, 그 근심과 슬픔의 극단에서 생겨나는 위로와 함께 91종의 제사[題辭]가 되어 지금도 여전히 보는 사람의 마음을 서늘하게 하고 있다. 차가운 철필[鐵筆]로 무정한 벽을 파서 자신의 불운과 정해진 업보를 천지 사이에 새긴 사람은 과거라는 깊이를 알 수 없는 구멍에 매장되었고, 헛된 문자만이 언제까지고 이승의 빛을 보고 있다. 그들이 굳이 스스로를 우롱한 것도 아닐 텐데 하고 기이하게 여겨진다. 세상에는 반어라는 것이 있다. 백[白]이라고 하면 흑[黑]을 의미하고, 작다고 외쳐서 큰 것을 떠오르게 한다. 모든 반어 가운데 스스로도 모르는 채로 후세에 남기는 반어만큼 맹렬한 것도 또 없으리라. 묘비네, 기념비네, 상패네, 훈장이네 이러한 것들이 존재하는 한은 덧없는 물질에서 지나간 세월을 떠오르게 하는 도구가 될 뿐이다. 나는 떠나지만, 나를 전하는 것은 남는다고 생각하는 것은, 떠난 내게 상처를 주는 매개물이 남는다는 뜻이지, 내 자신이 남는다는 뜻이 아니라는 사실을 잊은 사람의 말이라 여겨진다. 미래의 세상에까지 반어를 남겨 포말 같은 몸을 비웃는 사람이 행하는 일이라 여겨진다. 나는 죽을 때 아무런 말도 남기지 않으리라. 죽은 뒤에는 묘비도 세우지 못하게 하리라. 살은 태우고 뼈는 가루로 만들어서 서풍이 강하게 부는 날에 하늘을 향해 뿌리게 하리라는 등 필요하지도 않은 걱정을 진작부터 한다.

제사의 형태는 말할 것도 없이 일정하지가 않았다. 어떤 자는 한가로움에 의지해서 정성스러운 해서체로 썼으며, 어떤 자는 급한 마음에서인지 억울한 마음을 달래기 위해서인지 되는 대로 벽을 긁어 마구 갈겨쓴 글씨로 새겼다. 또 어떤 자는 자기 집안의 문장[紋章]을 새기고 그 안에 고아[古雅]한 글을 적었으며, 혹은 방패 모양을 그리고 그 내부에 읽기 어려운 구절을 남겨놓았다. 서체의 다름과 마찬가지로 언어도 역시 결코 한 가지가 아니었다. 영어는 물론, 이탈리아어도 라틴어도 있었다. 왼쪽에 '나의 소망은 그리스도에 있다.'고 새긴 것은 파스류라는 성직자의 글이었다. 이 파스류는 1537년에 참수당했다. 그 옆에 JOHAN DECKER라는 서명이 있었다. 덱커는 어떤 자인지 알 수 없었다. 계단을 올라가니 문의 입구에 T. C.라는 것이 있었다. 이것도 이니셜뿐이어서 누구인지 짐작을 할 수가 없었다. 거기서 조금 떨어진 곳에 아주 면밀한 것이 있었다. 우선 오른쪽 끝에 십자가를 새겨 심장을 장식하고 그 옆에 해골과 글을 새겨놓았다. 조금 더 가니 방패 안에 다음과 같은 구절을 적어놓은 것이 눈에 띄었다. '운명은 나로 하여금 덧없이 무심한 바람에 호소하게 한다. 시간도 깨져라. 나의 별은 슬프구나, 내게 매정하구나.' 다음에는 '모든 사람을 존중하라. 중생을 사랑하라. 신을 두려워하라. 왕을 경애하라.'라고 되어 있었다.

    이런 글을 쓴 사람의 마음은 어떤 것이었을지 상상해보았다. 무릇 세상에서 무엇이 가장 괴로운가 하면 할일이 없어 심심한 것만큼 괴로운 일도 없다. 의식[意識]의 내용에 변화가 없는 것만큼 괴로운 일도 없다. 움직일 수 있는 몸이 눈에 보이지 않는 밧줄에 묶여 움직일 수 없는 것만큼 괴로운 일도 없다.

살아 있다는 것은 활동한다는 것인데 살아 있으면서도 이 활동을 억압받는다는 것은 삶의 의미를 빼앗긴 것과 마찬가지이며, 그 빼앗겼다는 사실을 자각하는 것만이 죽음보다 한층 더 커다란 고통이다. 이 벽 주위를 이렇게까지 도말[塗抹]한 사람들은 모두 이 죽음보다 괴로운 고통을 맛본 것이다. 견딜 수 있을 때까지, 참을 수 있을 때까지는 이 고통과 싸우다 마침내 더는 버티지 못하게 되었을 때 비로소 부러진 못이나 날카로운 손톱을 이용해서 아직 무사할 때에 일을 추구하고 태평함 속에서 불평을 내뱉고 평지 위에 파란[波瀾]을 그린 것이리라. 그들이 새긴 한 글자, 한 획은 통곡과 눈물, 그 외의 자연이 허락하는 모든 괴로움을 이기는 수단을 다한 후에도 여전히 그칠 줄 모르는 본능의 요구에 어쩔 수 없이 따른 결과이리라.

또 상상해본다. 태어난 이상은 살아갈 수밖에 없다. 구태여 죽음을 두려워한다고 말하지 않더라도 그저 살아갈 수밖에 없다. 살 수밖에 없다는 것은 예수, 공자 이전의 길이자, 또 예수, 공자 이후의 길이다. 아무런 이유도 필요 없이 그저 살고 싶기 때문에 살 수밖에 없는 것이다. 모든 사람은 살지 않으면 안 된다. 이 감옥에 갇혔던 사람도 역시 이 커다란 이치에 따라서 살지 않으면 안 되었다. 동시에 그들은 죽어야 할 운명을 눈앞에 마주하고 있었다. 어떻게 해야 살아남을 수 있을까 하는 것은, 시시각각으로 그들의 가슴속에서 일어나는 의문이었다. 한번 이 방에 들어온 자는 반드시 죽는다. 살아서 태양을 다시 본 자는 천 명에 한 명밖에 되지 않는다. 그들은 조만간 죽을 수밖에 없었다. 하지만 고금에 걸친 커다란 진리는 그들에게 살라고 가르친다, 언제까지나 살라고 말한다. 그들은 어쩔 수 없이 그들의 손톱을 갈았다. 뾰족해진 손톱 끝으로 딱딱한 벽 위에 1이라고 썼다. 1을 쓴 뒤에도 진리는 예전처럼 살라고 속삭였다, 어디까지나 살라고 속삭였다. 그들은 벗겨진 손톱이 낫기를 기다렸다가 다시 2라고 썼다. 도끼의 날에 살이 튀고 뼈가 으스러질 내일을 예감한 그들은 차가운 벽 위에 그저 1이 되고 2가 되고 선이 되고 글자가 되어 살기를 바랐다. 벽 위에 남아 있는 종횡의 흠집은 살기를 바란 집착의 혼백이다. 내가 상상의 실타래를 여기까지 더듬었을 때 실내의 냉기가 단번에 등의 모공을 통해 몸 안으로 불어 들어온 듯한 느낌이 들어 나도 모르게 오싹했다. 그렇게 생각하며 바라보니 벽이 왠지 축축하게 보였다. 손끝으로 문질러보니 이슬에 죽 미끄러졌다. 손끝을 보니 새빨갛다. 벽의 구석에서 똑똑 이슬방울이 떨어졌다. 바닥을 보니 그 떨어진 흔적이 선명한 주홍색 무늬가 되어 불규칙적으로 이어져 있었다. 16세기의 피가 배어나온 것이라 여겨졌다. 벽 속에서 신음소리까지 들려왔다. 신음소리가 점점 가까워지더니 그것이 밤에 흘러나오는 스산한 노래로 바뀌었다. 이곳은 지면 아래로 통하는 굴로, 그 안에는 사람이 2명 있다. 귀신의 나라에서 불어 올라온 바람이 석벽의 갈라진 틈으로 빠져나와 조그만 석유등을 흔들기에 안 그래도 어두운 방의 천장도 네 귀퉁이도 기름기 머금은 거뭇한 연기에 소용돌이치며 움직이고 있는 것처럼 보인다. 희미하게 들려오는 노랫소리는 굴 안에 있는 한 사람의 목소리임에 틀림없다. 노래의 주인은 소매를 한껏 걷어붙인 채 커다란 도끼를 회전식 숫돌에 대고 열심히 갈고 있다. 그 옆에는 한 자루의 도끼가 던져져 있는데 바람의 상태에 따라서 그 하얀 날이 번쩍번쩍 빛나곤 했다. 다른 한 사람은 팔짱을 낀 채 서서 숫돌이 도는 것을 보고 있다. 수염 속으로 얼굴이 드러나 있는데 그 절반을 석유등의 불빛이 비추고 있다. 불빛을 받고 있는 부분이 흙투성이 당근 같은 색으로 보인다. "이렇게 매일 배로 보내오니 망나니도 사업이 번창하는군."이라고 수염이 말한다. "누가 아니라나, 도끼 가는 것만 해도 힘들어 죽겠어."라고 노래의 주인이 답한다. 그는 키가 작고 옴팡눈에 거뭇하게 그을린 사내다. "어제는 아름다운 사람을 처리했더군." 이라고 수염이 안타깝다는 듯 말한다. "그게 얼굴은 아름다웠지만 목뼈는 엄청나게 딱딱한 여자였어. 덕분에 날이 이렇게 1푼(0.3cm) 가까이나 빠졌어."라며 숫돌을 마구 돌린다. 슉슉슉 울리는 가운데서 불꽃이 번쩍번쩍 튄다. 가는 사람이 소리를 한껏 높여 노래를 시작한다.

"안 잘릴 만도 하지 여자의 목은 사랑의 원한으로 날이 부러지네."

슉슉슉 울리는 소리 외에는 들리는 것도 없다. 석유등의 불빛이 바람에 흔들리며 도끼 가는 사람의 오른쪽 뺨을 비춘다. 그을음 위에 붉은 물감을 푼 듯하다. "내일은 누구 차례지?"라고 잠시 사이를 두었다가 수염이 묻는다. "내일은 예의 할머니 차례야."라고 태연하게 대답한다.

"돋아나는 백발을 바람기가 물들인다, 목이 베이면 피가 물들인다."

라고 높다랗게 노래한다. 슉슉슉 돌림판이 돈다. 번쩍번쩍 불꽃이 튄다. "아하하하, 이젠 됐겠지."라며 도끼를 들어 올려 불빛에 날을 비춰본다. "할머니를 베어야 한다고? 그 외에는 아무도 없는가?"라고 수염이 다시 묻는다. "그리고 예의 사람이 당할 거야." "가엾게도 벌써 해치우는 건가. 불쌍하군."이라고 말하자, "가엾지만 어쩔 수가 없어."라고 새카만 천장을 보며 큰소리로 말한다.

홀연 굴도 망나니도 석유등도 한꺼번에 사라지고 나는 보샴탑의 한가운데에 망연히 서 있었다. 문득 깨닫고 보니 조금 전에 까마귀에게 빵을 주고 싶다고 말했던 사내아이가 곁에 서 있었다. 예의 이상한 여자도 조금 전처럼 함께 있었다. 남자아이가 벽을 보고 "저기에 개가 그려져 있어."라고 놀란 듯 말했다. 여자는 아까와 다름없이 과거의 화신이라 할 수 있을 만큼 엄한 어조로 "개가 아닙니다. 왼쪽이 곰, 오른쪽이 사자로, 이건 더들리 가[24]의 문장입니다."라고 대답했다. 솔직히 말하자면 나도 개나 돼지라고 생각하고 있었기에 지금 이 여자의 설명을 듣고는 더욱 이상한 여자라고 생각했다. 그리고 보니 지금 더들리라고 말했을 때, 그 말 속에 어딘가 힘이 담겨 있어서 마치 자신의 집안이라도 말하는 듯한 느낌이 들었었다. 나는 숨을 죽이고 두 사람을 주시했다. 여자가 계속해서 설명했다. "이 문장을 새긴 사람은 존 더들리입니다." 마치 존이 자신의 형제라도 된다는 듯한 말투였다. "존에게는 4명의 형제가 있었는데 그 형제를 곰과 사자 주위에 새겨진 화초로 잘 알 수 있습니다." 바라보니 과연 4가지 꽃인지 잎인지가 유화의 액자처럼 곰과 사자를 감싸듯 새겨져 있었다. "여기에

---

24) 노섬벌랜드 공인 존 더들리(Jhon Duly, 1504년?~1553)의 일족.

있는 건 Acorns로 이건 Ambrose를 나타냅니다. 여기에 있는 건 Rose로 Robert를 대표하는 것입니다. 아래쪽에 인동이 그려져 있지요? 인동은 Honeysuckle이니, Henry에 해당합니다. 왼쪽 위에 모여 있는 것이 Geranium으로 이건 G······."라고 말하다 입을 다물어버렸다. 바라보니 산호와 같은 입술이 전기라도 통한 게 아닐까 여겨질 정도로 부들부들 떨고 있었다. 살무사가 쥐를 바라볼 때의 혀끝 같았다. 잠시 후 여자가 그 문장 아래에 적힌 제사를 맑게 읽기 시작했다.

Yow that the beasts do wel behold and se,
May deme with ease wherefore here made they be
Withe borders wherein··
4 brothers' names who list to serche the grovnd.

여자는 이 구절을, 태어나서 오늘까지 매일 일과처럼 암송하기라도 했다는 듯 특이한 억양으로 암송했다. 사실을 말하자면 벽에 있는 글자는 알아보기 아주 어려웠다. 나 같은 사람은 머리를 짜낸다 해도 한 글자도 읽을 수 있을 것 같지 않았다. 나는 이 여자가 더욱 이상히 여겨졌다.

으스스한 기분이 들었기에 옆으로 지나쳐 앞으로 나갔다. 총안이 있는 모퉁이를 나서자 엉망진창으로 적힌 무늬인지 글자인지 알 수 없는 가운데 똑바른 획으로 조그맣게 '제인'이라고 적혀 있었다. 무의식중에 나는 그 앞에 멈춰 섰다. 영국의 역사를 읽은 자 가운데 제인 그레이[25]를 모르는 사람은 없으리라. 또한 그

---

25) Jane Grey(1537~1554). 영국의 여왕. 헨리 7세의 증손녀로 에드워드 6세가 사망하자 그녀는 노섬벌랜드 공작의 음모에 의하여 왕위에 오르게 되었으나 9

기구한 운명과 비참한 최후에 동정의 눈물을 흘리지 않은 사람도 없으리라. 제인은 시아버지와 남편의 야심 때문에 열여덟의 세월을 죄도 없이, 아까워하는 마음도 없이 형장에 팔았다. 짓밟힌 장미의 꽃술에서 지워지지 않는 향기가 멀리까지 일어 지금에 이르기까지 역사를 읽는 자의 마음을 사로잡는다. 그리스어를 이해하고 플라톤을 읽어, 당대의 석학이었던 애스컴26)을 놀라게 한 일화는 이 시적 정취를 가진 인물을 상상하는 좋은 재료로 모든 사람의 가슴속에 보존될 것이다. 나는 제인의 이름 앞에 멈춰 선 채 움직이지 않았다. 움직이지 않았다기보다는 오히려 움직일 수 없었다. 공상의 막이 이미 열려 있었다.

  처음에는 양쪽 눈이 뿌예서 아무것도 보이지 않았다. 마침내 어둠 속의 한 점에 홀연 불이 켜졌다. 그 불이 점점 커지더니 안에서 사람이 움직이고 있는 듯한 기분이 들었다. 다음으로 그것이 차츰 밝아져 마치 쌍안경의 초점이 맞춰지는 것처럼 눈에 분명하게 보이기 시작했다. 그리고 그 풍경이 차츰 커지며 멀리에서부터 가까이로 다가왔다. 그러고 보니 한가운데 젊은 여자가 앉아 있었다. 오른쪽 끝에는 남자가 서 있는 듯했다. 두 사람 모두 어딘가에서 본 적이 있는 것 같다고 생각하는 사이 순식간에 슥 가까이로 다가오더니 내게서 대여섯 간(10m) 떨어진 곳에서 멈췄다. 남자는 앞서 굴 안에서 노래를 부르던 옴팡눈의 거뭇하고 키가 작은 녀석이었다. 갈아놓은 도끼를 왼손에 들고 허리에

  일 만에 폐위되고 남편과 함께 처형되었다.
26) Roger Ascham(1515~1568). 그리스어·라틴어에 재능을 보였으며, 1538년에 그리스어 강사가 되었다. 전인교육을 창도하는 등 당시의 시대풍조를 훨씬 앞선 탁견[卓見]으로 많은 관심을 모았다.

8치(25㎝) 정도의 단도를 매단 채 자세를 취하고 있다. 나는 자신도 모르게 깜짝 놀랐다. 하얀 손수건으로 눈을 가린 여자는 두 손으로 목을 얹을 대를 찾고 있는 듯한 모습으로 보였다. 목을 얹을 대는 일본에서 장작을 팰 때 쓰는 받침대 정도의 크기로 앞부분에 철제 고리가 달려 있다. 대 앞쪽에 지푸라기를 흩어놓은 것은 피가 흐르는 것을 막기 위한 준비처럼 보였다. 두어 명의 여자가 뒤쪽 벽에 기댄 채 쓰러져 울고 있다. 시녀라도 되는 것일까? 안쪽의 하얀 털을 접힌 옷깃의 바깥에까지 댄 성직자의 옷자락을 길게 끌고 있는 사제가 몸을 숙여 여자의 손을 대 쪽으로 인도해준다. 여자는 눈처럼 하얀 옷을 입었으며, 어깨에 넘쳐나는 금빛 머리를 때때로 구름처럼 흔든다. 문득 그 얼굴을 보고 놀랐다. 눈은 보이지 않았지만 눈썹의 모양, 갸름한 얼굴, 보드라운 목 주변에 이르기까지, 조금 전에 본 여자 그대로였다. 나도 모르게 다가가려 했으나 다리가 오그라들어 한 걸음도 앞으로 내딛을 수 없었다. 여자는 마침내 참수대를 더듬더듬 찾아내 두 손을 걸친다. 입술이 움찔움찔 움직인다. 조금 전 남자아이에게 더들리의 문장을 설명하던 때와 조금도 다르지 않았다. 잠시 후 머리를 조금 기울여 "우리 남편 길퍼드 더들리는 이미 신의 나라로 갔는가?"라고 묻는다. 어깨를 타고 넘은 한 줌의 머리카락이 가볍게 물결친다. 사제는 "모르겠습니다."라고 대답하고, "아직도 진리의 길로 들어설 마음은 없으십니까?"라고 묻는다. 여자, 단호하게 "진리란 나와 우리 남편이 믿는 길을 말하는 것일세. 자네들의 길은 미혹의 길, 그릇된 길이야."라고 대답한다. 사제는 아무런 말도 하지 않는다. 여자는 약간 차분해진 목소리로, "우리 남편이 앞서 갔다면 뒤따라가기로 하지, 뒤따라온다면 함께 불러서 가기로 하지. 참된 신의 나라로, 참된 길을 밟으며 가겠네."라고 말을 마친 뒤 떨어뜨리듯 목을 대 위에 던진다. 옴팡눈의 거뭇하고 키가 작은 망나니가 무겁다는 듯 에잇 하며 도끼를 고쳐잡는다. 내 바지의 무릎에 피가 두어 방울 튀겠다 생각한 순간 모든 광경이 홀연 사라져버리고 말았다.

주위를 둘러보니 남자아이를 데리고 온 여자는 어디로 갔는지 그림자조차 보이지 않았다. 여우에 홀린 듯한 얼굴로 망연히 탑에서 나왔다. 집으로 돌아가는 길에 다시 종탑 아래를 지나는데 높다란 창에서 가이 포크스27)가 번개 같은 얼굴을 얼핏 내밀었다. "한 시간만 더 빨랐었다면……. 이 성냥 3개가 도움이 되지 못한 것은 참으로 안타까운 일이야."라고 말하는 목소리까지 들려왔다. 내가 생각해도 머리가 좀 어떻게 된 거 아닌가 싶어 허둥지둥 탑을 나왔다. 탑교를 건너 뒤를 돌아보니 북국의 일상인 듯, 이날도 언제부턴가 비가 내리기 시작했다. 쌀겨를 바늘귀로 쏟아내는 것 같은 가느다란 비가 도시 가득한 홍진[紅塵]과 매연을 녹이며 흐릿하게 천지를 가둔 뒤편으로 지옥의 그림자처럼 불쑥 올려다보이는 것이 런던탑이었다.

정신없이 집으로 돌아와 주인에게 오늘은 탑을 구경하고 왔다고 말했더니 주인이 까마귀가 5마리 있었죠, 라고 말했다. 어라, 이 주인도 그 여자의 친척인가 싶어 내심 크게 놀랐는데 주인이 웃으며, "그건 봉납을 위한 까마귀입니다. 옛날부터 거기서 길러왔

---

27) Guy Fawks(1570~1606). 잉글랜드 가톨릭 신자로 1605년의 화약 음모 사건을 주도한 인물이다.

는데 한 마리라도 숫자가 부족해지면 바로 다른 놈을 마련합니다. 그렇기 때문에 그 까마귀는 언제나 5마리로 한정됩니다."라고 아주 간단히 설명했기에 내 공상의 절반은 런던탑을 보고 온 그날로 깨져버리고 말았다. 내가 다시 주인에게 벽의 제사에 대해서 이야기하자 주인은 대수롭지 않다는 듯, "아아, 그 낙서 말입니까? 한심한 짓들을 해서 그 아름다운 곳을 엉망으로 만들어 버렸습니다. 그건 죄인의 낙서라고 확실히 밝혀진 게 아닙니다. 가짜도 꽤 있을 겁니다."라며 태연했다. 내가 마지막으로 아름다운 여인을 만난 일과 그 여인이 우리가 모르는 일이나 도무지 읽을 수 있을 것 같지 않은 글귀를 술술 읽었다는 사실 등을 신기하다는 듯 이야기했더니 주인은 아주 경멸한다는 듯한 투로 "그야 당연한 일이죠. 누구나 거기에 갈 때는 안내기를 읽은 다음 가니까요. 그 정도의 사실을 알고 있다고 해서 놀랄 필요는 어디에도 없습니다. 그리고 굉장한 미인이었다고요? 런던에는 미인들이 꽤나 많습니다. 조금 조심하지 않으면 위험합니다."하며 엉뚱한 곳으로 불똥이 튀었다. 이렇게 해서 내 공상의 후반부가 다시 깨져버리고 말았다. 주인은 20세기의 런던인이었다.

그 이후부터는 사람들과 런던탑에 대한 이야기는 하지 않기로 했다. 그리고 다시 구경을 하러 가지도 않기로 했다.

이 글은 마치 사실인 것처럼 써 내려왔지만 실은 절반 이상이 상상적인 내용이니 보는 사람들은 그런 마음으로 읽어주기를 희망한다. 탑의 역사에 관해서 희곡적으로 재미있을 듯한 일들을 골라 때때로 삽입해보았으나 생각한 대로 되지 않았기에 여기저기서 부자연스러운 흔적이 보이는 것은 어쩔 수 없는 일이다. 그 가운데 엘리자베스가 유폐 중인 두 왕자를 만나러 온 장면과, 두 왕자를 살해한 자객이 술회하는 장면은 셰익스피어의 역사극 리처드 3세 안에도 있다. 셰익스피어는 클래런스 공작이 탑 안에서 살해당하는 장면을 묘사할 때는 정필[正筆]을 사용했으며, 왕자를 교살한 모습을 나타낼 때는 측필[仄筆]을 써서, 자객의 말을 빌려 간접적으로 그 모습을 그려냈다. 예전에 이 극을 읽었을 때 그 점을 매우 재미있다고 느낀 적이 있었기에 지금 그 방법을 그대로 적용해보았다. 하지만 대화 내용이나 주위의 광경 등은 물론 내 공상에서 끄집어낸 것으로 셰익스피어와는 아무런 관계도 없다. 그리고 망나니가 노래를 부르며 도끼를 가는 부분에 대해서도 한마디 해두겠는데, 그 장면은 온전히 에인즈워스[28]의 『런던탑』이라는 소설에서 온 것으로 나는 여기에 대해서 조금의 창의도 요구할 권리가 없다. 에인즈워스는 도끼날이 상한 것은, 솔스베리 백작부인을 베었을 때의 일인 것처럼 서술했다. 내가 그 책을 읽었을 때, 단두장에서 쓰는 도끼의 날이 빠진 것을 망나니가 가는 장면은 겨우 한두 쪽에도 미치지 못하는 것이지만, 아주 재미있다고 생각했다. 뿐만 아니라 날을 갈면서 잔인한 노래를 태연하게 부르는 장면도 역시 15·6분 정도의 행위에 지나지 않지만, 전편에 활기를 불어넣기에 충분할 정도로 희곡적인 사건으로 여겨져, 커다란 흥미를 느꼈기에 지금 그 분위기를 그대로 답습한 것이다. 단, 노래의 의미나 가사, 두 망나니의 대화, 암굴의 광경 등 전체적인 분위기 이외의 것들은 전부 내 공상 속에서 이루어진 것이다. 말이 나온 김에 에인즈워스가 옥문지기에게 부르게 한 노래를 소개해두겠다.

The axe was sharp, and heavy as lead,

As it touched the neck, off went the head!

---

28) William Harrison Ainsworth(1805~1882). 영국의 소설가. 도둑을 주인공으로 하는 일련의 소설을 써서 유명해졌다. 그 밖에 역사 소설을 쓰기도 했다.

　　　　　Whir—whir—whir—whir!

Queen Anne laid her white throat upon the block,

Quietly waiting the fatal shock;

The axe it severed it right in twain,

And so quick—so true—that she felt no pain.

　　　　　Whir—whir—whir—whir!

Salisbury's countess, she would not die

As a proud dame should—decorously.

Lifting my axe, I split her skull,

And the edge since then has been notched and dull.

　　　　　Whir—whir—whir—whir!

Queen Catherine Howard gave me a fee, —

A chain of gold—to die easily:

And her costly present she did not rue,

For I touched her head, and away it flew!

　　　　　Whir—whir—whir—whir!

　이 전체를 번역하고 싶었지만 도저히 마음먹은 대로 되지 않았으며, 또 너무 길어질 염려가 있기에 그만두었다.

　두 왕자가 유폐된 장면과 제인이 처형되는 장면은 유명한 들라로슈[29]의 그림이 내 상상에 적잖이 도움을 주었다는 사실을 한마디 덧붙여 조금이나마 감사의 뜻을 표하기로 하겠다.

　배에서 내린 죄수 가운데 와이엇은 유명한 시인의 아들로 제인을 위해서

---

29) Paul Delaroche(1797~1856). 프랑스의 역사화가.

군대를 일으켰던 사람이다. 부자의 이름이 같아 혼동하기 쉬우니 적어두기로 하겠다.

 탑 안 사방의 풍치, 풍물을 조금 더 세밀하게 묘사하는 편이 독자에게 탑 그 자체를 소개하여 그 땅을 밟고 있는 것 같다는 생각을 저절로 품게 하기에 더 좋으리라는 사실은 알고 있었으나, 워낙 이런 글을 쓸 목적으로 유람한 것이 아니었고, 또 세월이 흘러 정확한 풍색을 아무래도 눈앞에 그려볼 수가 없었다. 그런 연유로 어쩌면 주관적인 구절이 중복되어 때로는 독자에게 불쾌한 느낌을 줄지 모르겠다 싶은 곳도 있지만 사정이 위와 같으니 어쩔 수가 없다.

칼라일 박물관
(カーライル博物館)

양허집 속의 삽화

양허집 속의 삽화

공원의 한편 구석에 지나는 사람들을 상대로 연설을 하고 있는 자가 있다. 맞은편에서 온, 솥 모양의 뾰족한 모자를 쓰고 낡은 외투를 구부정한 등에 입은 할아버지가 거기서 발걸음을 멈추고 연설자를 보았다. 연설자는 연설을 갑자기 멈추고 이 시골 학자가 서 있는 앞으로 성큼성큼 나갔다. 두 사람의 시선이 딱 마주쳤다. 연설자가 탁한 시골 말투로, '당신은 칼라일1) 아니오?'라고 물었다. '그렇소, 내가 칼라일이오.'라고 시골 학자가 대답했다. '첼시2)의 현인(sage)이라고 사람들이 떠들어대는 것이 바로 당신이오?'라고 물었다. '그렇소, 세상에서는 나를 첼시의 현인(세이지)이라고 말하는 듯하오.' '세이지란 새의 이름3)인데, 인간 세이지라니 별일도 다 있군.'이라며 연설자가 껄껄 웃었다. 시골 학자는, '허긴, 고양이든 주걱이든 같은 인간인데 유별나게 현인(세이지)이네 뭐네 이명[異名]을 붙이는 건, 저 사람은 새일세 하며 별명을 붙이는 것과 같은 일이로군. 인간은 역시 그냥 인간으로 족할

---

1) Thomas Carlyle(1795~1881). 영국의 사상가·평론가·역사가. 스코틀랜드 출신으로 『의상철학』, 『프랑스혁명사』, 『영웅숭배론』 등의 저서가 있다. 소세키의 소설 『산시로』에도 이름이 등장한다.
2) Chelsea. 런던 남서부에 위치한 주택지로 예로부터 문인·화가 등이 많이 살았다.
3) 뇌조의 일종을 영어로는 sage cock이라고 하며, 검은 방울새와 비슷한 새를 sage sparrow라고 한다.

듯한데.'라고 대답한 뒤 이 사람도 껄껄 웃었다.

나는 저녁을 먹기 전에 공원을 산책할 때마다 강변의 의자에 앉아 강 건너를 바라본다. 런던 고유의 짙은 안개는 특히 강가에 많다. 내가 벚나무 지팡이에 턱을 괴고 바로 정면을 바라보고 있자면, 아득하게 맞은편 기슭의 거리를 기어 돌아다니던 안개의 모습이 차츰 더 짙어져 5층 건물이 이어진 거리가 아래쪽부터 점점 이 길게 드리운 것의 뒤편으로 희미하게 사라져가기 시작한다. 결국에는 먼 미래의 세계를 눈앞으로 끌어다 내놓은 것처럼 아득한 하늘 속에 종잡을 수 없는 다갈색 그림자가 남는다. 그때 이 다갈색 속에서 둔탁한 빛이 뚝뚝 떨어지는 듯 보이기 시작한다. 3층, 4층, 5층 모두 가스등을 켠 것이다. 나는 벚나무 지팡이를 짚고 하숙으로 돌아간다. 돌아갈 때면 반드시 칼라일과 연설자의 이야기를 떠올린다. 저 흐릿하고 어두운 가스등이 안개 속에 뒤섞여 있는 곳이, 예전에 그 시골 학자가 살던 첼시다.

칼라일은 없다. 연설자도 죽었으리라. 그러나 첼시는 이전처럼 존재하고 있다. 아니, 그가 오래도록 살아 정들었던 집과 부지도 아직 여전히 엄연하게 보존되어 있다. 1708년에 체인 로 거리가 형성된 이후 얼마나 많은 주인을 맞이하고 얼마나 많은 주인을 떠나보냈는지는 모르겠으나, 어쨌든 오늘날까지 옛 모습 그대로 남아 있다. 칼라일 사후에는 유지가의 발기에 의해서 그가 생전에 사용했던 집기·가구·문서·도서를 모으고, 이를 각 방에 적당히 배치하여 원하는 자는 언제든 마음대로 볼 수 있도록 편의까지 꾀했다.

문학자 가운데 첼시와 연고가 있는 자들을 들어보자면 옛날에는 토마스 모어[4], 조금 내려오면 스몰렛[5], 다시 내려와서 칼라일과 동시대에는 리 헌트[6] 등이 가장 저명하다. 헌트의 집은 칼라일의 집과 매우 가까운 곳이어서, 실제로 칼라일이 이 집으로 이사 온 날 밤에 찾아갔었다는 사실이 칼라일의 기록에 적혀 있다. 또 헌트가 칼라일의 아내[7]에게 셸리[8]의 소상[塑像]을 선물했다는 사실도 잘 알려져 있다. 이 외에도 엘리엇[9]이 살던 집과 로세티[10]가 살던 저택이 바로 옆 강가를 향한 거리에 있다. 하지만 이들 집은 이미 모두 세대가 바뀌어 실제로 사람이 들어 살고 있기에 구경은 할 수 없다. 단, 칼라일의 옛 오두막만은 6펜스를 내면 누구든, 또 언제든 마음대로 관람할 수가 있다.

체인 로는 강변의 거리에서 남쪽으로 꺾어진 작은 거리로 칼라일의 집은 그 오른편 가운데쯤에 있다. 번지는 24번지다.

매일처럼 강을 사이에 두고 안개 속으로 첼시를 바라보던 나는 어느 날 아침, 마침내 다리를 건너 그 유명한 암자의 문을 두드렸다.

암자라고 하면 고색창연한 느낌이 있다. 적어도 정갈함이네

---

[4] Sir Thomas More(1478~1535). 저서 『유토피아』로 유명한 영국의 정치가·문인. 헨리 8세의 이혼을 반대하다 런던탑에 유폐되었으며, 이후 처형당했다.
[5] Tobias George Smollet(1721~1771). 악당을 소재로 한 작품으로 유명한 영국의 의사·문인.
[6] James Henry Leigh Hunt(1784~1859). 영국의 평론가·시인으로 그가 창간한 잡지에서 바이런, 셸리, 키츠 등의 낭만파 시인을 소개하여 중요한 문헌으로 남게 되었다.
[7] Jane Baillie Welsh Carlyle(1801~1866). 칼라일과는 1826년에 결혼했는데, 두 사람 사후 두 사람이 주고받은 연애편지가 출판되었다.
[8] Percy Bysshe shelley(1792~1822). 바이런, 키츠와 함께 영국 낭만파를 대표하는 시인.
[9] George Eliot(1819~1880). 뛰어난 심리묘사로 유명한 영국의 소설가.
[10] Dante Gabriel Rossetti(1828~1882). 영국의 시인이자 화가로, 라파엘 전파의 중심적 인물.

풍류네 하는 관념을 수반한다. 그러나 칼라일의 암자는 그런 유약하고 화사한 것이 아니다. 길가에서 바로 문을 두드릴 수 있을 정도로 길 옆에 세워진, 직사각형의 4층 집이다.

튀어나온 곳도 움파인 곳도 없이 편편하게 똑바로 서 있다. 마치 커다란 제조장의 굴뚝 밑동을 잘라가지고 와서 거기에 천장을 치고 창을 단 것처럼 보인다.

이것이 그가 북쪽의 시골에서 처음 런던으로 나와 샅샅이 뒤지고 다니다 간신히 찾아낸 집이다. 그는 서쪽을 돌아보고 남쪽을 돌아보고 햄스테드의 북쪽까지 돌아보았으나 끝내 맞춤한 집은 찾아내지 못했으며, 마지막으로 체인 로에 와서 이 집을 보았으나 그래도 여전히 바로 결정할 정도의 용기는 없었다. 4천만의 어리석은 자들이라고 천하를 매도하던 그도 집을 구하는 일에는 두 손을 들 수밖에 없었는지, 그 어리석은 자 가운데 당연히 헤아려야 할 아내에게 자세한 사정을 알리고 그 의향을 확인했다. 아내는 답장에서 〈말씀하신 셋집은 두 곳 모두 부족함이 없는 듯 여겨지니 제가 런던에 갈 때까지 양쪽 모두 비워두라고 청하고 싶습니다만, 만약 그때까지 결정할 필요가 생긴다면 당신의 판단에 따라서 어떻게든 일을 꾀하시기 바랍니다.〉라고 말했다. 칼라일은 책 속에서야 자신 홀로 모르는 것이 없는 듯 말했지만, 집을 정하는 일에는 아내의 도움을 얻지 않으면 안 되겠다고 각오한 듯, 부인이 상경할 때까지 손을 놓고 기다리고 있었다. 사오일 뒤에 부인이 왔다. 그랬기에 이번에는 둘이서 다시 동서남북을 돌아다닌 끝에 역시 체인 로가 좋겠다는 결론을 내렸다. 두 사람이 이곳으로 이사한 것은 1834년 6월 10일로, 이사를 하는 중에 하녀가 들고 있던 카나리아가 새장 안에서 지저귀었다는 사실까지 알려져 있다. 부인이 이 집을 선택한 이유가 굉장히 마음에 들어서인지, 달리 적당한 집이 없어서 어쩔 수 없었던 것인지, 어느 쪽인지는 모르겠으나 이 굴뚝처럼 네모난 집은 1년에 350엔의 집세로 이 새로운 가구의 부부를 맞아들였다. 칼라일은 이 크롬웰[11] 같은, 프레드릭 대왕[12] 같은, 그리고 제조장의 굴뚝 같은 집 안에서 크롬웰을 저술하고 프레드릭 대왕을 저술했으며, 디즈레일리[13]의 주선에 의한 연봉을 뿌리친 채 사각사면[四角四面]으로 살았다.

나는 지금 이 네모난 집의 돌계단 위에 서서 귀면[鬼面]을 한 노커를 콩콩 두드렸다. 잠시 후, 안에서 50세쯤의 뚱뚱한 할머니가 나와, "들어오세요."라고 말했다. 처음부터 구경을 온 사람이라 생각하고 있는 듯했다. 할머니는 지체 없이 명부 같은 것을 내밀며, "성함을."이라고 말했다. 나는 런던에 머무는 동안 4번 이 집에 들어가서 4번 이 명부에 나의 이름을 기록한 기억이 있다. 이때가 첫 번째로 나의 이름을 기입한 날이었다[14]. 가능한 한 정성껏 쓸 생각이었으나 언제나처럼 매우 볼품없는 글씨가

---

11) Oliver Cromwell(1599~1658). 청교도 혁명 때 활약했던 영국의 군인·정치가로 국왕 찰스 1세를 처형하고 영국 공화국의 호민관이 되었다. 칼라일은 1845년에 『올리버 크롬웰의 서간과 연설』을 저술했다.
12) Frederick the Great(1712~1786). 계몽전제군주로 유명한 프러시아 왕 프리드리히 2세를 말한다. 칼라일은 『프레드릭 대왕전』(전6권, 1858~1865)을 저술했다.
13) Benjamin Disraeli(1804~1881). 영국 보수당의 지도자로 2차례에 걸쳐 수상을 역임했던 정치가·소설가.
14) 소세키는 1901년 8월 3일에 화학자인 이케다 기쿠나에와 함께 칼라일, 엘리엇, 로세티의 집을 방문했다. 칼라일 박물관의 명부에 이날 이외의 소세키의 서명은 보이지 않는다.

되어버리고 말았다. 앞쪽을 넘겨보았는데 일본인의 이름은 하나도 없었다. 그러자 '일본인 가운데 여기에 온 것은 내가 처음이로구나.' 하고 별것도 아닌 일이 기쁘게 여겨졌다. 할머니가 "이쪽으로."라고 말하기에 왼쪽 문을 열고 거리에 면한 방으로 들어갔다. 이곳은 예전에 객실이었다고 한다. 여러 가지 물건이 놓여 있었다. 벽에 그림이네 사진이네 하는 것들이 있었다. 대부분은 칼라일 부부의 초상인 듯했다. 안쪽 방에 칼라일이 의장[意匠]했다고 하는 책장이 있었다. 거기에 수많은 책들이 빼곡하게 들어차 있었다. 어려운 책이 있었다. 하찮은 책이 있었다. 낡은 책이 있었다. 읽을 수 있을 것 같지 않은 책이 있었다. 그 외에 칼라일의 80번째 생일을 기념하기 위해서 주조했다는 은메달과 동메달이 있었다. 금메달은 하나도 없었던 듯하다. 메달이라고 이름 붙은 것 전부가 더없이 완고하게 언제까지고 태연히 남아 있는 모습을, 받은 자의 연기 같은 수명과 대조하여 생각해보니 묘한 느낌이 들었다. 그런 다음 2층으로 올라갔다. 여기에도 또 커다란 책장이 있고 여지없이 책들이 가득 들어차 있었다. 역시 읽을 수 있을 것 같지도 않은 책, 들어본 적도 없는 것 같은 책, 필요할 것 같지도 않은 책이 많았다. 헤아려보니 135권이었다. 이 방도 한때는 객실로 썼었다고 한다. 비스마르크15)가 칼라일에게 보낸 편지와 프러시아의 훈장이 있었다. 『프레드릭 대왕전』 덕분인 듯했다. 아내가 쓰던 침대가 있었다. 매우 투박하고 장식이 거의 없는 것이었다.

---

15) Otto Eduard Leopold von Bismarck(1815~1898). 독일의 통일과 발전에 공헌했던 독일제국의 초대 총리.

안내자는 어느 나라에서나 마찬가지인 듯했다. 아까부터 할머니는 실내의 그림과 기물에 대해서 하나하나 설명을 해주었다. 50년 동안 안내자를 전문으로 수업한 것도 아닐 텐데, 매우 숙련되어 있었다. 몇 년 몇 월 며칠에 이랬다, 저랬다, 마치 입에서 나오는 대로 말하고 있는 듯했다. 게다가 그 유창한 말솜씨에는 억양이 있고 리듬이 있었다. 말투가 재미있기에 그쪽으로만 듣고 있었더니 무슨 말을 하는지 알 수 없게 되어버렸다. 처음에는 되묻기도 하고 질문을 던지기도 하며 보았으나, 나중에는 귀찮아졌기에 너는 너대로 마음껏 설명해라, 나는 나대로 자유롭게 볼 테니 하는 태도를 취했다. 할머니는 사람이 듣든지 말든지 설명만은 반드시 하겠다는 듯, 특별히 싫증을 내는 기색도 없이, 대충 하려는 듯한 모습도 보이지 않고 몇 년 몇 월 며칠을 계속하고 있었다.

나는 동쪽 창으로 얼굴을 내밀어 근방을 잠깐 둘러보았다. 눈 아래에 10평(33㎡)쯤의 정원이 있었다. 오른쪽도 왼쪽도, 또 맞은편도 높다란 돌담으로 구분 지어져 있어서 그 모양도 역시 사각형이었다. 사각형은 어디까지고 이 집의 부속물인 걸까 생각했다. 칼라일의 얼굴은 결코 사각형이 아니었다. 그는 오히려 절벽의 중간이 무너져 풀밭 위를 덮친 듯한 용모였다. 아내는 매끈한 염교처럼 보였다. 지금 나를 안내하고 있는 할머니는 찐빵처럼 동그랬다. 내가 할머니의 얼굴을 보며 정말 둥글구나 생각하고 있을 때, 할머니는 다시 몇 년 몇 월 며칠을 읊어대기 시작했다. 나는 다시 창 밖으로 얼굴을 내밀었다.

칼라일은 말했다. 뒤쪽 창에서 둘러보면 보이는 것은 무성한 잎을 가진 나무줄기, 푸른 들판 및 그 사이에 드문드문 이어진 급한 경사의 빨간 지붕뿐. 서풍이 부는 이 무렵의 경치는 참로 쾌청하고 상쾌하다.

나는 사실 무성한 잎을 봐야겠다고 생각하고, 푸른 들판을 바라봐야겠다고 생각했기에 뒤쪽의 창으로 얼굴을 내민 것이었다. 얼굴은 벌써 2번이나 내밀었지만 푸른 것도 무엇도 보이지 않았다. 오른쪽으로 집이 보였다. 왼쪽으로 집이 보였다. 맞은편으로도 집이 보였다. 그 위로는 납빛 하늘이 위장병환자처럼 뚱하게 가득 드리워져 있을 뿐이었다. 나는 고개를 움츠려 얼굴을 창 안으로 집어넣었다. 안내자는 아직도 몇 년 몇 월 며칠의 뒤를 낭랑하게 암송하고 있었다.

칼라일은 또 말했다. 런던 쪽을 보면 눈에 들어오는 것은 웨스트민스터 사원과 높다란 세인트 폴 탑의 정상뿐. 그 외의 환상 같은 전당은 그을음을 머금은 구름의 흐름에 따라서 보이기도 하고 숨기도 한다.

'런던 쪽'이라는 것은 이미 시대착오적인 말이다. 오늘날 첼시에 와서 런던 쪽을 본다는 것은 집 안에 앉아서 집 쪽을 본다는 것과 같은 말로, 자신의 눈으로 자신 쪽을 바라본다는 말과 별반 차이가 없다. 그러나 칼라일은 스스로 런던에 산다고는 생각지 않았던 것이다. 그는 시골에 한거하며 도시의 중앙에 있는 커다란 가람을 멀리서 바라보듯 했던 것이다. 나는 세 번째로 얼굴을 내밀었다. 그리고 그가 말한 이른바 '런던 쪽'으로 시선을 뻗어보았다. 그러나 웨스트민스터도 보이지 않았고, 세인트 폴도 보이지 않았다. 수만의 집과, 수십만의 사람과, 수백만의 소리가 나와

당우 사이에 서 있었다, 떠돌고 있었다, 움직이고 있었다. 1834년의 첼시와 오늘날의 첼시는 전혀 다른 것이다. 나는 다시 얼굴을 집어넣었다. 할머니는 말없이 내 뒤에 서 있었다.

3층으로 올라갔다. 방의 구석을 보니 칼라일의 침대가 싸늘하게 누워 있었다. 파란 장막이 고요하게 드리워져 있어서 공허한 잠자리 안쪽은 적막하고 어두컴컴했다. 나무는 무슨 나무인지 모르겠으나, 조각은 그저 서툴고 소박하다는 것 외에 아무런 특색도 없었다. 그 위에 몸을 눕혔던 사람의 성품도 함께 떠올랐다. 옆에는 그가 평소 사용하던 목욕통이 구정[九鼎]처럼 소중히 놓여 있었다.

목욕통이라고는 하지만 커다란 양동이에 지나지 않는다. 그가 이 커다란 솥 속에서 런던의 먼지를 씻어냈는가 싶자 그의 성격이 더욱 자연스레 떠올랐다. 문득 머리를 들어보니 벽 위에, 그가 숨을 거두었을 때 떴다고 하는 회반죽 마스크가 있었다. 이 얼굴이구나 싶었다. 고타쓰[16])의 틀만 한 높이의 목욕통에서 씻고, 이 소박한 침대 위에서 잠을 자며 40년 동안 까탈스러운 잔소리를 쉴 새 없이 해대던 얼굴이 이거구나 생각했다. 할머니의 막힘없는 설명이 전화를 통해서 요코하마[17])에 있는 사람의 말을 듣는 것처럼 들렸다.

됐으면 위로 올라가자고 할머니가 말했다. 나는 이미 런던의 먼지와 소리를 멀리 하계에 남겨두고 5층탑의 꼭대기에 홀로

---

16) 炬燵 열원 위에 틀을 놓고 그 위를 이불로 덮는 난방기구.
17) 橫浜 도쿄 옆에 위치한 항구도시. 일본 근대화의 근원지로, 우리나라의 인천과 유사한 점이 많다.

앉아 있는 듯한 기분이 들었는데 귓가에서 '올라가자'는 재촉을 들었기에, 아직 위가 또 있었나 하고 이상히 여겼다. 그럼 올라가자고 동의했다. 올라가면 올라갈수록 기이한 마음이 일어날 듯했기에.

4층에 오른 순간에는 표묘[縹緲]한 느낌이 들어 왠지 모르게 기뻐졌다. 기쁘다기보다는 어딘지 모르게 묘한 기분이었다. 거기는 다락방이었다. 천장을 보니 좌우는 낮고 중앙이 이 높아서 말의 갈기 같은 모양을 하고 있는데 그 가장 높은 등줄기가 뚫려 있고 유리 채광창이 달려 있었다. 이 애틱(다락방)으로 새어 들어오는 광선은 전부 머리 위에서 똑바로 들어왔다. 그리고 그 머리 위는 유리 한 장을 사이에 두고 전 세계와 통하는 널따란 하늘이었다. 시야를 가리는 것은 터럭만큼도 없었다. 칼라일은 자신의 경영으로 이 방을 만들었다. 만든 뒤 이를 서재로 삼았다. 서재로 삼아 여기에 들어앉았다. 들어앉아보고 나서야 비로소 자신의 계획이 옳지 않았음을 깨달았다. 여름에는 더워서 있을 수 없었으며, 겨울에는 추워서 있을 수 없었다. 안내자는 낭독적으로 여기까지 말한 뒤, 나를 돌아보았다. 동그란 얼굴 속으로 웃음의 그림자가 보였다. 나는 말없이 고개를 끄덕였다.

칼라일은 무엇 때문에 하늘에 가까운 이 방의 경영에 고심했을까? 그는 그의 글이 나타내고 있는 것처럼 전광적[電光的]인 사람이었다. 그의 짜증은 자신의 주변을 감싸고 조금도 꺼릴 것 없이 일어나는 소리들을 그냥 흘려들으며 저작에 몰두할 수 있을 만한 여유를 주지 않았던 듯 여겨진다. 피아노 소리, 개 짖는 소리, 닭 우는 소리, 앵무새 소리, 모든 소리가 하나같이 그의 예민한 신경을 자극하여 오뇌에서 벗어나지 못하게 한 끝에 마침내는 그로 하여금 하늘에서 가장 가깝고 사람에게서는 가장 멀어질 수 있는 주거를 이 4층의 지붕 아래서 구하게 한 것이었다.

그는 에이트킨 부인[18]에게 보낸 편지에서, 〈이번 여름 내내 열어놓은 창으로 들려오는 소리에 이만저만 시달린 것이 아니다. 여러 수선도 시도를 해보았으나 터럭만큼도 효과가 없었다. 이에 깊이 숙고한 끝에 집 가장 위에 사방 20자(6m)의 방을 건축하기로 정했다. 이는 벽을 이중으로 하고, 빛은 천장에서 취하고, 통풍은 조금 궁리를 하여 지장이 없도록 장치를 할 생각인데, 완성이 되면 설령 천하의 닭들이 한꺼번에 함성을 내지른다 해도 항복을 하지 않을 수 없을 듯하다.〉라고 말했다.

이처럼 예기했던 서재는 2천 엔의 비용을 들여 그럭저럭 생각했던 대로 낙성되었으며, 예기했던 대로의 효과를 발휘했으나, 그와 동시에 생각지도 못했던 장해가 다시 주인공의 귓가에서 일어났다. 과연 피아노 소리도 그쳤고, 개 짖는 소리도 그쳤고, 닭 우는 소리, 앵무새 소리도 생각했던 대로 들리지 않게 되었으나, 아래층에 있을 때는 생각지도 못했던 사원의 종, 기차의 기적, 심지어는 무엇인지 알 수 없지만 멀리서 들려오는 하계의 소리가 저주처럼 그를 뒤따라와서 예전처럼 그의 신경을 괴롭혔다.

소리. 영국에서 칼라일을 괴롭혔던 소리는, 독일에서 쇼펜하우어[19]를 괴롭혔던 소리다. 쇼펜하우어는 말했다. 〈칸트[20]〉는 활력

---

[18] Mrs. Aitken. 칼라일의 여동생.
[19] Arthur Schopenhauer(1788~1860). 염세사상의 대표자로 불리는 독일의 철학자.
[20] Immanuel Kant(1724~1804). 비판철학을 탄생시켰으며, 『순수이성비판』 등

론을 저술했다. 나는 반대로 활력의 명복을 비는 글을 쓰려 한다. 물건을 때리는 소리, 물건을 두드리는 소리, 물건이 구르는 소리는 모두 활력의 남용으로, 나는 이 때문에 하루하루 고통을 받기 때문이다. 음향을 들어도 아무런 느낌도 받지 못하는 수많은 사람들은 나의 설을 들으면 웃을 것이다. 그러나 세상에 이치도 느끼지 못하고 사상도 느끼지 못하고 시가도 느끼지 못하고 미술도 느끼지 못하는 사람이 있다면, 그는 바로 이러한 무리들임을 잊지 말라. 그들은 머리의 조직이 거칠어서 깨달음에 둔하다는 것이 그 원인임은 의심의 여지도 없다.〉 칼라일과 쇼펜하우어는 그야말로 19세기의 호적수였다. 내가 이런 회상에 잠겨 있을 때, 예의 할머니가, "그만 되셨죠? 내려갈까요?"라고 재촉했다.

한 층 한 층 내려갈 때마다 하계와 가까워지는 듯한 기분이 들었다. 명상의 껍데기가 벗겨져 나가는 듯한 느낌이 들었다. 계단을 전부 내려와서 제일 아래에 있는 난간에 기대어 거리를 바라보았을 때에는 마침내 여전한 일개 속인이 되어버리고 말았다. 안내자는 별 감흥도 없는 얼굴로, "부엌을 보세요."라고 말했다. 부엌은 길거리보다도 낮은 곳에 있었다. 지금 내가 서 있는 곳에서 다시 대여섯 개 계단을 내려가지 않으면 안 되었다. 그곳은 지금 안내를 하고 있는 할머니의 거처가 되어 있다. 구석에 커다란 아궁이가 있다. 할머니가 예의 낭독하는 투로, "1844년 10월 12일에 유명한 시인인 테니슨[21]이 처음 칼라일을 방문했을 때,

---

의 저서로 유명한 독일의 철학자.
21) Alfred Tennyson(1809~1892). 영국의 시인으로 빅토리아 시대에 여러 걸작을 발표하여 여왕으로부터 영작[榮爵]을 받았다. 아서 왕 전설을 다룬 작품으로 유명하다.

그들 두 사람은 이 아궁이 앞에 마주앉아 서로 담배만 피웠을 뿐 2시간 동안 한 마디도 주고받지 않았습니다."라고 말했다. 천상에 머물며 음향을 싫어했던 그는 지하에 들어서도 침묵을 사랑했던 것일까?

　마지막으로 부엌의 문을 통해서 정원으로 안내를 받았다. 예의 네모난 평지를 둘러보니 나무다운 나무, 풀다운 풀은 조금도 눈에 띄지 않았다. 할머니의 말에 의하면 예전에는 벚나무도 있었고 포도도 있었고, 호두도 있었다고 한다. 칼라일의 아내는 어느 해에 25센[22]) 정도의 호두를 얻었다고 한다. 할머니가 말했다. "정원의 남동쪽 구석에서 5자(1.5m) 남짓 떨어진 지하에는 칼라일의 애견인 니로가 묻혀 있습니다. 니로는 1860년 2월 1일에 죽었습니다. 당시에는 묘표도 있었습니다만, 안타깝게도 그 후에 떼어냈습니다."라고 아주 자세히 알고 있었.

　칼라일이 밀짚모자를 뒤로 젖혀 쓰고 잠옷 차림으로 담배파이프를 문 채 소요한 것이 이 정원이었다. 한여름이면 그림자 깊은 포석 위에 간소한 천막을 치고 그 아래에 책상까지 들고 나와서 잡념도 없이 술작에 종사한 것이 이 정원이었다. 별이 밝은 날 밤, 마지막 담배를 피우고 난 뒤 그가 하늘을 올려다보며, "아아, 내가 마지막으로 너를 볼 때는 일순간의 뒤이리라. 전능하신 신께서 창조하신 무변광대한 극장, 눈에 들어오는 무한, 손에 닿는 무한, 이것도 역시 나의 눈을 스치고 지나리라. 그러나 나는 끝내 그것을 보지 못하리라. 내 힘쓰기를 허투루 하지 않았으며,

---

22) 錢. 일본의 화폐 단위. 엔(円)의 100분의 1.

알기를 간절히 바랐다. 그러나 나의 지식은 그저 이와 같이 미미하다."라고 외친 것도 이 정원이었다.

나는 할머니의 노고에 보답하기 위해서 할머니의 손바닥 위에 한 조각 은화를 놓았다. 고맙다고 말하는 목소리조차 낭독적이었다. 1시간 후, 런던의 먼지와 그을음과 마차소리와 템스 강이 칼라일의 집을 별세계인 양 먼 곳으로 밀어냈다.

환영의 방패
〔幻影の盾〕

盾影幻

양허집 속의 삽화

양허집 속의 삽화

일심불란[一心不亂]이라는 말을, 눈에 보이지 않는 괴력을 빌려 표묘한 배경 앞쪽으로 그려내겠다고 생각하다 이 분위기를 얻었다. 이를 일본의 이야기로 쓰지 않은 것은 이 분위기와 우리나라의 풍속이 조화를 이루지 못하리라 생각했기 때문이다. 지식이 부족하여 고대 기사의 상황을 잘 모르는 탓에 서사의 타당성이 결여되어 있고 배경 묘사와 진상에 부족한 부분이 많으리라 여겨진다. 독자 여러분의 가르침을 기다리겠다.

먼 옛날의 이야기다. 바론[1]이라 칭하는 자가 성을 쌓고 해자를 두르고, 사람을 죽이며 하늘 무서운 줄 몰랐던 옛날로 돌아가자. 지금 시대의 이야기가 아니다.

어느 시대인지도 알 수 없다. 그저 아서 대왕[2]의 시대라고만 전해지던 때에 한 브레튼[3]의 기사가 한 브레튼의 여자를 사모한 일이 있었다. 그 무렵의 사랑은 그리 만만한 것이 아니었다. 마음에 둔 사람의 입술에 불타오르는 정염의 숨결을 불어넣기 위해서는 자신의 팔꿈치까지도 부러뜨리지 않으면 안 되었다. 자신의 목까지도 꺾지 않으면 안 되었다. 때에 따라서는 자신의 피까지 가차

---

1) Baron. 영지를 받은 지방의 호족으로, 왕의 직속 신하.
2) King Arthur. 5·6세기 무렵의 인물이라 여겨지는 영국의 영웅.
3) Brenton. 프랑스의 브르타뉴 사람.

없이 흘리지 않으면 안 되었다. 사모받는 브레튼 여자가 사모하는 브레튼 남자에게 말했다. 당신의 사랑을 이루고 싶다면 원탁의 용사4)를 남김없이 쓰러뜨리고 저를 세상에서 비할 데 없이 아름다운 여자라고 불러주세요, 아서가 기르는 이름 높은 매를 잡아서 제게 보내주세요, 라고. 남자가 알겠다며 허리에 찬 기다란 검에 맹세하자 천상천하에 그의 뜻을 막을 자가 없었으며, 선녀의 도움을 얻어 마침내 여자가 말한 전부를 이루었다. 매의 발에 감긴 가느다란 금사슬 끝에 매달린 양피지를 읽어보니 사랑에 관한 법장 31개조였다. 이른바 '사랑의 관청'의 헌법5)이란 이를 말하는 것이다. ……방패 이야기는 이 헌법이 성행하던 시대에 일어난 일이라 여기기 바란다.

   길목을 지키는 일은 그 상류 기사 사이에서 행해지던 관습이었다. 폭이 넓지 않은 길에 서서 지나가는 무사에게 싸움을 걸었다. 두 사람의 창끝이 휘고 말과 말의 콧등이 만날 때, 안장에서 견디지 못하고 떨어지면 더는 그 관문을 무사히 넘을 수 없었다. 갑옷, 투구, 말 모두 빼앗겨야 했다. 길을 지키고 있는 기사는 무사의 이름을 빌린 산적과 다를 바 없었다. 기한은 30일, 옆의 나무에서 자신의 깃발을 펄럭이게 하고 나팔을 불며 사람이 오기를 기다렸다. 오늘도 기다리고 내일도 기다리고 모레도 기다렸다. 오륙 삼십 일의 기한이 차기까지는 반드시 기다렸다. 때로는 자기 마음속의 미인과 함께 기다리는 일도 있었다. 지나가는

---

4) 아서왕과 함께 활약했던 기사들.
5) 13세기 초에 프랑스의 사제인 안드레아스 카펠라누스가 쓴 『연애술』에 '사랑의 규율' 31개조가 있으며, 아서왕의 독수리와 관련된 이야기도 적혀 있다.

귀부인은 자신을 지켜주는 기사의 갑옷의 소매 뒤에 숨어 관문을 빠져나갔다. 수호 기사는 반드시 길을 점령하고 있는 무사와 창을 부딪쳤다. 부딪치지 않으면 자신은 물론 이승과 저승에 걸쳐서 맹세한 여성조차 지나갈 수가 없었다. 1449년에 버건디6)의 사생아라는 뛰어난 자가 라 벨 자르단이라 불리는 길을 30일 동안 성공적으로 지켰다는 이야기는 지금도 사람들의 입에 오르내리는 일화다. 30일 동안 사생아와 함께 기거한 미인은 단지 '청순한 순례의 아이'라는 이름뿐, 그 본명을 알 수 없다는 것은 유감스러운 일이다. ……방패 이야기는 이 시대의 일이라고 생각하기 바란다.

이 방패는 어느 시대의 것인지도 알 수 없다. 파비스라고 해서 역삼각형으로 전신을 감쌀 정도의 크기로 만들어진 것과도 다르다. 기지라고 하는, 가죽 끈으로 어깨에서부터 늘어뜨리는 종류도 아니다. 윗부분에 철제 격자로 구멍이 뚫려 있고 중앙의 구멍에 철포를 쏘는 장치가 달린 후세의 방패도 물론 아니다. 어느 시대에 어떤 자가 만든 방패인지는 방패의 주인인 윌리엄조차 몰랐다. 윌리엄은 이 방패를 자신의 방 벽에 걸어놓고 밤낮으로 바라보았다. 사람들이 물으면 신비한 방패라고 말했다. 영혼의 방패라고 말했다. 이 방패를 가지고 싸움에 임하면 과거, 현재, 미래에 걸쳐서 자신의 소망을 이룰 수 있는 방패라고 말했다. 이름이 있냐고 물으면 단지 환영의 방패라고만 답했다. 윌리엄은 다른 말은 하지 않았다.

---

6) 프랑스 중동부의 부르고뉴를 말한다.

방패의 모양은 보름밤의 달처럼 둥글었다. 강철로 만두 모양의 표면을 전부 덮어놓았기에 번뜩이는 빛조차도 달과 같았다. 테두리를 둘러싸고 새끼손가락 크기 정도의 대갈못이 아름답게 5푼(1.5㎝) 정도의 간격으로 박혀 있었다. 대갈못의 색도 역시 은색이었다. 대갈못으로 두른 테두리 안쪽에는 4치(12㎝) 정도의 원이 둘려 있고, 장인의 정교한 솜씨를 다한 당초를 새겨놓았다. 모양이 너무나도 자잘했기에 얼핏 보기에는 단지 불규칙한 잔물결이, 피부에 느껴지지 않을 정도의 미풍에 헤아릴 수 없는 주름을 만들고 있는 것 같았다. 꽃인지 덩굴인지, 혹은 잎인지 곳곳이 강렬하게 광선을 반사해서 다른 곳보다 현저하게 시선을 빼앗는 것은 예전에 상감이 있었던 흔적이리라. 거기서 안쪽으로 들어가면 편편한 판으로 된 몸통이었다. 그곳은 지금도 여전히 거울처럼 반짝여 면 앞에 있는 물건을 반드시 비추었다. 윌리엄의 얼굴도 비추었다. 윌리엄의 갑옷에 꽂은 깃털이 하늘하늘 바람에 날리는 모습도 비추었다. 태양으로 향하면 태양에 불타오르며 태양의 빛을 반사하리라. 새를 쫓으면 메아리조차 울리지 않고 100리를 날아가는 참매의 모습도 비추리라. 가끔은 벽에서 내려 닦느냐고 윌리엄에게 물으면 아니라고 말했다. 영혼의 방패는 닦지 않아도 빛난다고 윌리엄은 혼자 중얼거리듯 말했다.

  방패 한가운데가 5치(15㎝) 정도의 원을 그리며 도드라져 있었다. 여기에는 무시무시한 괴물의 얼굴이 빈틈없이 주조되어 있었다. 그 얼굴은 영원히 하늘과 땅과 그 중간에 있는 인간을 저주한다. 오른쪽에서 방패를 보면 오른쪽을 향해 저주하고 왼쪽에서 방패를 들여다보면 왼쪽을 향해 저주하고 정면에서 방패에 맞서는 적에게는 물론 정면을 보고 저주한다. 어떨 때는 방패 뒤에 몸을 숨기는 주인까지도 저주하는 것이 아닐까 여겨질 정도로 무시무시했다. 머리카락은 춘하추동의 바람에 일제히 나부끼는 것처럼 하나도 남김없이 곧추서 있었다. 게다가 그 한 가닥 한 가닥의 끝은 둥글고 편편한 뱀의 머리가 되어 있고 그 갈라진 부분에서부터 꺼질 듯 불타오르는 것 같은 혓바닥을 내밀고 있었다. 모든 머리카락이 전부 뱀으로 그 뱀들은 전부 머리를 쳐들었고, 혀를 내민 채 뒤얽힌 것도, 서로를 휘감은 것도, 몸을 비틀며 오르는 것도, 짓뭉개고 앞으로 나서려는 것도 보였다. 5치의 원 안에 사나운 괴물의 얼굴을 간신히 남기고 이마 부근에서부터 얼굴의 좌우를 남김없이 메워 자연스럽게 원의 윤곽을 이루고 있는 것이 이 모발의 뱀, 뱀의 모발이었다. 이게 바로 먼 옛날의 고르곤7) 아닐까 여겨질 정도였다. 고르곤을 본 자는 돌이 되어버린다는 것은 당시의 말이지만, 이 방패를 가만히 들여다본 자는 누구든 그 말을 우습게 여길 수 없다는 사실을 깨닫게 되리라.

  방패에는 흠집이 있었다. 오른쪽 어깨에서부터 왼쪽으로 비스듬하게 벤 칼의 흔적이 보였다. 구슬을 늘어놓은 것 같은 대갈못 가운데 하나를 절반쯤 찌그러뜨리고 고르곤, 메두사를 닮은 괴물의 귀 부근을 감싸고 있는 뱀의 머리를 치고, 편편한 판의 바탕에 옆으로 희미하고 가늘게 파인 긴 흠이 있었다. 윌리엄에게 이 흠집이 생긴 연유를 물으면 아무런 말도 하지 않았다. 모르냐고 물으면 안다고 말했다. 아냐고 물으면 말할 수 없다고 대답했다.

---

7) Gorgon. 고대 그리스 신화에 나오는 괴물. 머리카락이 뱀으로 되어 있는 세 자매(스테노, 에우리알레, 메두사)로, 이 괴물을 본 사람은 누구나 돌로 변했다.

사람들에게 말할 수 없는 방패의 유래 속에는 사람들에게 말할 수 없는 사랑의 원한이 잠겨 있었다. 사람들에게 말하지 않는 방패의 역사 속에는 세상도 신조차도 필요 없다고 생각할 만큼 간절한 소망의 끈이 연결되어 있었다. 윌리엄이 밤낮으로 거듭 되풀이하는 마음속 이야기는 이 방패와 얕지 않은 인연의 끈으로 연결되어 있었다. 만약의 사태가 벌어지면 이 방패를 들고······, 소망은 이것이었다. 마음속에서 어른거리며 사라지지 않는 전세의 흔적과도 같은 무엇인가를 밝은 태양 아래로 끄집어내 분명하게 볼 수 있게 하는 것이 이 방패의 힘이었다. 어디에서부터 불어오는지도 알 수 없는 업장[業障]의 바람이 빈틈 많은 가슴으로 새어 들어와 눈에 보이지 않는 파도가 일어났다가는 무너지고 무너졌다가는 일어나는 것을 물결 없는 옛날, 바람 불지 않는 옛날로 되돌아가게 하는 것이 이 방패의 힘이었다. 이 방패만 있으면, 하고 윌리엄은 방패가 걸린 벽을 올려다보았다. 천지인을 저주하는 괴물의 모습도 그의 눈에는 그림 속 천녀가 희미하게 미소를 짓고 있는 것처럼 보였다. 때로는 내가 마음속에 둔 사람의 초상이 아닐까 여겨지는 적조차 있었다. 단지 거기서 나와 이야기를 나눌 수 없다는 것이 안타까울 뿐이었다.

마음에 둔 사람! 윌리엄이 마음에 둔 사람은 여기에 없었다. 작은 산을 3개 넘어, 커다란 강을 하나 건너 20마일(32km) 떨어진 곳의 밤까마귀성에 있었다. 밤까마귀성은 이름부터가 불길하다고 윌리엄은 종종 생각하곤 했다. 그러나 그 밤까마귀성으로 그는 어렸을 때 종종 놀러 간 적이 있었다. 어렸을 때뿐만이 아니라 어른이 되어서도 수시로 방문했다. 클라라가 있는 곳이라면 바다

밑바닥이라 해도 가지 않고는 견딜 수 없었다. 그는 요 얼마 전까지만 해도 밤까마귀성으로 가서 하루 종일 클라라와 이야기를 나누며 시간을 보내곤 했다. 사랑이라는 이름이 붙으면 천리 길도 갈 수 있다. 20마일은 말할 필요도 없다. 밤을 지키던 별빛이 제풀에 사라지고 동쪽 하늘에 붉은 빛 물감을 문지른 듯한 시각이 되면, 하얀성의 도개교 위로 말에 오른 기사가 한 명 나타났다. ……저녁의 밝은 별이 본성의 망루 북쪽 끝에서 반짝이기 시작할 때, 멀리서부터 다시 말발굽 소리가 낮과 밤의 경계를 깨고 하얀성 쪽으로 다가왔다. 말은 온몸에 땀을 흘리며 하얀 거품을 물고 있는데도 말에 탄 사람은 채찍을 울리며 휘파람을 불고 있었다. 전국시대의 관습, 윌리엄은 말의 등에서 어른이 된 것이었다.

작년 봄 무렵부터 하얀성의 도개교 위로 새벽이면 모습을 드러내던 무사를 볼 수 없게 되었다. 저물녘의 말발굽소리도 들판으로 엄습해오는 검은 것의 뒤로 빨려 들어가 버렸는지 들리지 않게 되었다. 그 무렵부터 윌리엄은 자신을 자신 속에 끌어넣듯 안으로 안으로만 깊이 파고드는 것 같은 기색이었다. 꽃도 봄도 돌아보지 않고 단지 마음속에 쌓아둔 무엇인가를 전부 써버리기 전까지는 무슨 일이 있어도 바깥으로 마음을 돌리지 않을 것처럼 보였다. 무사의 생명은 여자와 술과 전쟁이다. 마음에 품고 있는 사람을 위해서라며 젓가락을 들고 놓을 때마다 말하는 사람들처럼, 나의 클라라를 위해서라고 말하지 않는 적은 없었지만 그 목소리가 목구멍에서 나올 때면 가로막는 성대를 억지로 밀고 나오는 듯한 느낌이었다. 피와 같은 포도주를 해골 모양의 잔에 받아 들고, 넘치는 것은 용납할 수 없다는 듯 수염의 끝까지 적셔가며 들이켜는 사람들 속에서 그는 단지 이마를 누르고 가라앉은 기분으로 떠들어대는 경우가 많았다. 산더미처럼 쌓인 사슴고기에 맛좋은 칼을 휘두르는 왼쪽도 돌아보지 않고 오른쪽도 바라보지 않고 그저 자신 앞에 놓여 있는 접시만을 바라보다 마는 경우도 있었다. 접시 위에 수북하게 쌓인 고깃덩어리가 남지 않는 경우는 거의 없었다. 무사의 생명을 셋으로 나누어 여자와 술과 전쟁이 그 셋 가운데 하나씩을 차지하고 있다면 윌리엄의 생명의 3분의 2는 이미 죽은 것이나 다를 바 없었다. 나머지 3분의 1은? 전쟁은 아직 없었다.

윌리엄은 키가 6자 1치(185cm), 마르기는 했으나 전신의 근육을 골격 위에 붙여서 만들어낸 것 같은 사내였다. 4년 전의 전쟁에서 투구도 버리고 갑옷도 벗고 알몸이 되어 성벽 안쪽에 설치해둔 캐터펄트8)를 당긴 적이 있었다. 전쟁이 끝난 후 그 모습을 보았던 사람들은 윌리엄의 팔에서는 철의 혹이 나온다고 말했다. 그의 눈과 머리카락은 석탄처럼 까맸다. 그 머리털은 소용돌이치고 있는데 그가 머리를 흔들 때마다 반짝반짝 빛났다. 그의 눈동자 안에는 또 한 쌍의 눈동자가 있어서 서로 겹쳐 있는 듯한 빛과 깊이가 보였다. 술의 맛에 생명을 잃고 이루지 못한 사랑에 생명을 잃어가고 있는 그는 다가올 전장에서도 역시 생명을 잃을까? 그는 말을 타고 밤낮 들판을 달려도 지친 적이 없는 사내였다. 그는 한 조각의 빵도 먹지 않고 한 방울의 물조차 마시지 않고 새벽부터 땅거미가 내릴 때까지 일할 수 있는 사내였다. 나이는

---

8) 나무틀에 지렛대와 그물을 장치해서 돌·화살·창 등을 날리던 무기.

26세. 그런데도 싸움을 못할까? 그런데도 싸움을 못한다면 무사의 집안에서 태어나지 않는 편이 나았으리라. 윌리엄 자신도 그렇게 생각하고 있었다. 윌리엄은 환영의 방패를 들고 싸울 기회가 있다면……, 하고 생각하고 있었다.

하얀성의 성주인 늑대 루파스와 밤까마귀의 성주는 20년 동안 친분을 이어온 사이로 자녀는 물론 말단의 신하에 이르기까지 서로 왕래하지 않는 자가 거의 없을 만큼 절친한 사이였다. 불화가 일어나기 시작한 것은 작년 초봄부터였다. 원인은 사적인 일이 아니라 정치상의 의견이 갈린 결과라고도 하고, 혹은 매사냥에서 돌아오는 길에 수렵물을 놓고 언쟁이 벌어졌기 때문이라고도 했으며, 또는 밤까마귀 성주의 사랑하는 딸 클라라의 신상과 관련된 충돌에 바탕을 둔 것이라는 말도 있었다. 지난번의 향연에서 탁상 위의 술이 떨어지고 자리에 있던 사람들의 혀끝이 제대로 돌지 않게 되었을 무렵, 수석을 점하고 나란히 앉아 있던 두 사람이 무엇 때문인지 언성을 높여 비난하는 목소리를 듣지 않은 자가 없었다. "달을 보고 짖는 늑대가 …… 지껄이는 소리는."하며 손에 들고 있던 잔을 땅바닥에 내던지고 밤까마귀의 성주는 자리에서 일어났다. 잔 바닥에 남아 있던 붉은 술이 점점이 바닥을 물들이는 데 그치지 않고 깨진 술잔의 조각과 함께 루파스의 가슴 부근까지 튀어 올랐다. "밤을 헤매고 다니는 까마귀의 검은 날개를 잘라 떨어뜨리면, 지옥의 어둠을 맛보게 될 것이다."라며 루파스는 가죽에 걸린 묵직한 검으로 손을 가져가 슬금슬금 네다섯 치(15cm)쯤 뽑았다. 자리에 있던 사람들의 시선이 전부 두 사람에게로 집중되었다. 높다란 창문으로 흘러 들어오는 저녁 해를 등지고 있는 두 사람의 검은 모습이 이 세상의 것이 아닌 듯 여겨지는 가운데 뽑아들기 시작한 검만이 싸늘한 빛을 발했다. 이때 루파스의 다음 자리를 차지하고 있던 윌리엄이 "별명은 늑대지만 성주님의 검에 새긴 글을 부끄럽게 해서는 안 됩니다."라며 오른손을 뻗어 루파스의 허리 부근을 가리켰다. 폭이 넓은 칼의 코등이 바로 아래에 pro gloria et patria[9]라는 글이 새겨져 있었다. 찬물을 끼얹은 듯 조용한 가운데 단지 루파스가 뽑으려던 검을 원래의 칼집에 넣는 소리만이 높이 울렸다. 그 이후부터 두 집안은 오래도록 사이가 벌어져 윌리엄이 늘 타고 다니던 갈색 말도 조금은 살이 찐 듯 보였다.

  요즘에는 전쟁에 대한 소문까지 자주 들려왔다. 사소한 원한은 사람을 속이는 미소의 옷으로 감쌀 수 있지만, 풀기 어려운 가슴속 혼란은 하늘에 부는 바람소리에조차 술렁인다. 밤낮없이 갈고 또 가는 칼날은, 사람을 베는 유한[遺恨]의 칼을 가는 것이다. 임금을 위해서, 나라를 위해서라는 아름다운 이름을 빌려 아주 작은 전쟁으로 천리의 원한을 갚으려는 마음에서 오는 것이다. 정의네 인도[人道]네 하는 것은 아침의 폭풍에 휘날리는 깃발에나 새겨진 말이고, 휘두르는 창끝에서는 분노의 불꽃이 불타오르고 있다. 늑대가 어떻게 해서 까마귀와 싸울 구실을 얻었는지는 알 수 없었다. 까마귀가 어떤 말을 외쳐 늑대를 무고할 생각인지는 알 길이 없었다. 단지 때 아닌 핏줄기로까지 보이며 튀어 오른 술 방울이 가슴을 물들인 원한을 풀지 않고는 견딜 수 없다고

---

9) '영광과 조국을 위하여'라는 뜻의 라틴어.

루파스가 세인트 조지10)에게 맹세한 것만은 사실이었다. 존귀한 문장은 검에나 새겨라, 단번에 빼든 칼의 빛 속에서 짖어대는 늑대를 베게 해달라고 온갖 성인에게 밤까마귀의 성주가 열심히 기원한 것도 사실이었다. 두 집안 사이의 전쟁은 도저히 막을 길이 없었다. 언제 시작될지, 그것만이 문제였다.

마지막 세상이 다하고 그 마지막 세상이 남을 때까지, 라고 사랑을 맹세한 클라라의 집안을 향해서 활을 당기는 것은 윌리엄이 바라던 일이 아니었다. 상처를 입어 쓰러지려 하는 아버지와 믿음직하지 못한 자신을 적 가운데서 구한 루파스 일가에 일이 벌어졌는데 다리를 꼬고 앉아서 움직이지 않는 것은 더더욱 윌리엄이 바라던 일이 아니었다. 봉건시대의 관습, 주인이라고 부르며 신하임을 자처한 자가 위험에 맞서지 않아 사람들에게 비겁하다는 비웃음을 사는 것은 그가 가장 바라지 않던 일이었다. 투구도 쓰자, 갑옷도 손보자, 창도 갈자, 함성이 일어날 때에는 가장 먼저 나서자……. 하지만 클라라는 어떻게 되는 걸까? 지면 칼에 맞아 죽는다. 클라라를 만날 수 없다. 이기면 클라라가 죽을지도 모른다. 윌리엄은 자신도 모르게 하늘을 향해 십자가를 그었다. 차라리 지금 모습을 바꾸어 클라라와 함께 북쪽으로라도 달아나버릴까? 달아나고 나면 친구들이 무엇이라고 할까? 루파스가 사람도 아니라고 말하겠지. 안쪽 주머니에서 클라라가 준 한 줌의 머리카락을 꺼내 보았다. 옅은 색의 긴 머리카락이, 삼베를 다듬이질해서

---

10) Saint George. 성 게오르기우스. 세인트 조지에 대한 이야기는 『황금 전설』에 기록되어 있다. 세인트 조지는 3, 4세기 카파도키아의 기사였다고 전해지는데, 그가 리비아의 사일런스에서 한 여인을 용으로부터 구한 이야기가 대중들에게 가장 잘 알려져 있다.

말랑하게 한 것처럼 보드랍게 굽이치며 윌리엄의 손에서 늘어졌다. 윌리엄은 머리카락을 바라보던 시선을 망연히 옆으로 돌렸다. 그것이 기계적으로 벽 위로 향했다. 벽 위에 걸어놓은 방패 한가운데서 다정한 클라라의 얼굴이 웃고 있었다. 작년에 헤어질 때의 얼굴과 조금도 다르지 않았다. 얼굴 주위를 감싸고 있는 머리카락이……. 윌리엄은 저주받은 사람처럼, 천리 떨어진 곳을 바라보는 듯한 눈빛으로 돌처럼 방패를 보고 있었다. 햇빛 때문인지 새파란 색이었다. ……얼굴 주위를 감싸고 있는 머리카락이 아까부터 흐르는 물에 잠긴 것처럼 술렁술렁 움직이고 있었다. 머리카락이 아닌 무수한 뱀의 혓바닥이 쉴 새 없이 흔들리며 5치 원의 둘레를 흔들흔들 돌아다녔기에 은 바탕에 비단실처럼 가느다란 불꽃이 보였다가는 사라지고 사라졌다가는 보이기도 하고, 소용돌이치기도 하고, 물결을 일으키기도 했다. 전부가 한꺼번에 움직여 얼굴 주위를 회전하는가 싶다가도 국부가 잠시 움직임을 멈추면 곧 그 옆이 움직였다. 순식간에 차례차례 파동이 전해지는 듯도 했다. 움직일 때마다 혀가 서로 스치는 소리인 듯한 희미한 소리가 났다. 희미하기는 하나 단순한 한 가지 소리는 아니었다. 고막을 간신히 울릴 정도의 조용한 소리 속에 무수한 소리가 뒤섞여 있었다. 귀에 들려오는 하나의 소리가, 들으면 들을수록 여러 소리가 뭉쳐 생긴 것처럼 분명하게 들려왔다. 방패 위에서 움직이는 물체의 숫자가 많은 만큼 소리의 숫자도 많았고, 또 그 움직이는 것이 분명하게 보이지 않는 것처럼 나는 소리도 희미해서 거칠게는 울리지 않았다. ……윌리엄은 손에 들고 있던 클라라의 금발을 방패를 향해서 3번 흔들며 "방패! 마지막 소망은 환영의 방패에 있다."고 외쳤다.

　전쟁은 바닷물이 강으로 오르듯 점차 가까이 다가오고 있었다. 철을 두드리는 소리, 강철을 단련하는 울림, 망치 소리, 줄의 울림이 끊이지 않고 안뜰의 한쪽 구석에서 들려왔다. 윌리엄도 남들에게 뒤지지 않겠다며 출진 준비를 했으나 때로는 살벌한 소리에 귀를 막고 성벽 모서리에 세운 높다란 망루로 올라가 멀리 밤까마귀성 쪽을 바라보는 적이 있었다. 눈길을 가로막을 정도의 물체는 없었지만 안개 깊은 나라이기에 날이 좋은 날에도 20마일 너머는 보이지 않았다. 전면에 차의 앙금을 뿌려놓은 것 같은 광야가 밀려오지 않는 파도를 그리며 이어지는 사이로 백금의 줄기가 선명하게 박혀 있는 것은, 매일 얕은 여울을 말로 건너던 강이리라. 하얀 물줄기가 눈에 띄게 시선을 끄는 것을 보니 밤까마귀성은 저쯤이겠군 하고 바라보았다. 성이다 싶은 모습은 안개 속에 갇혀 눈동자에 어리지 않았지만, 흐르는 은빛이 물보라가 되어버린 것 아닐까 의심이 들 만큼 점차로 희미해져 하늘과 구름의 경계로 들어는 모습은 이마에 얹은 손 아래 두 눈으로 까마득하게 모여들었다. 저 하늘과 저 구름 사이가 바다고, 파도가 부딪히는 깎아지른 바위 위에 거대한 돌을 깎아 땅 위에 돋아난 듯 세워놓은 것이 밤까마귀성이라고, 윌리엄은 보이지 않는 곳을 상상 속에서 그려낸다. 만약 그 거뭇하고 바닷바람에 시달리는 네모난 창 안에 한 인물을 그려 넣는다면, 죽은 용도 홀연 살아나 하늘로 오를 것이다. 화룡점정에도 비할 만한 그 사람은 누구일까? 윌리엄은 듣지 않아도 잘 알고 있었다.

　혼이 쏙 빠져버릴 만큼 바쁜 준비 때문에 낮 동안에는 이래저래 마음이 흩어져서 흥분하는 경우도 있었으나, 초저녁이 지나서 자신의 방으로 돌아와 차가운 침대 위에 6자 1치의 장신을 던질 때면 생각이 떠올랐다. 처음 클라라를 만났을 때는 열두엇의 어린아이로 낯선 사람에게는 말도 하지 못할 만큼 내성적이었다. 단, 머리의 색만은 지금처럼 금색이었다. ……윌리엄은 다시 품속 주머니에서 클라라의 머리카락을 꺼내 바라보았다. 클라라는 윌리엄을 검은 눈동자를 가진 아이, 검은 눈동자를 가진 아이라고 놀려댔다. 클라라의 설에 의하면 검은 눈동자를 가진 아이는 짓궂고 사람이 좋지 않으며, 유태인이나 집시가 아니면 검은색 눈동자를 가진 사람은 없다는 것이었다. 윌리엄이 화를 내며 밤까마귀성에 다시는 오지 않겠다고 말하자 클라라는 울음을 터뜨리고 용서해달라며 사과를 한 적이 있었다. ……둘이서 성의 정원으로 나가 꽃을 딴 적도 있었다. 빨간 꽃, 노란 꽃, 보라색 꽃―꽃의 이름은 기억하지 못한다― 색색의 꽃으로 클라라의 머리와 가슴과 소매를 장식하고 여왕님이다, 여왕님이다 하며 그 앞에 무릎을 꿇었더니 창을 가지고 있지 않은 자는 기사가 아니라며 클라라는 웃었다. ……지금은 창도 가지고 있다. 기사이기도 하다. 하지만 클라라 앞에 무릎을 꿇을 수 있는 기회는 이제 없으리라. 어떨 때는 들판으로 나가서 민들레 꽃씨를 불어 날렸다. 꽃이 지고 난 뒤에 남아 있는 보송한 털을 다발지어 놓은 것처럼 투명한 구슬을 꺾어 훅 불었다. 남은 씨앗의 숫자로 점을 쳤다. 소원이 이루어질까 이루어지지 않을까, 라고 말하며 클라라가 한 번 불었는데 씨앗의 숫자가 하나 부족해서 소원이 이루어지지 않는다는 점괘가 나왔다. 그러자 클라라는 갑자기 풀이 죽어 머리를 숙이고 말았다. 무슨 소원을 빌며 불었냐고 물었더니 아무렴 어떠냐며 평소와 달리 매정하게 대답했다. 그날은 말도 제대로 하지 않은 채 뚱해 있었다. ……봄 들판의 민들레를 전부 뜯어다 숨이 끊어질 때까지 날려도 바라는 점괘는 나오지 않을 거라고 윌리엄이 화난 듯 말했다. 하지만 아직 방패라는 믿을 만한 것이 있다며 부정하듯 덧붙였다. ……이건 서로가 성인이 된 뒤의 일이었다. 여름을 채색하는 장미덩굴에 둘이 앉아 유리 같은 푸른 하늘이 회색으로 변할 때까지 이야기를 나눈 적이 있었다. 기사의 사랑에는 4종류의 시기가 있다는 사실을 클라라에게 가르쳐준 것이 그때였다며 윌리엄은 당시의 광경을 단번에 눈앞에 떠올렸다. "첫 번째를 망설임의 시기라고 해. 이건 여자가 이 사랑을 물리칠까, 받아줄까 고민하는 동안의 이름이야." 라고 말하며 클라라 쪽을 보자 클라라는 고개를 숙인 채 뺨 부근에 희미한 미소를 짓고 있었다. "이 시기 동안 남자에게는 한마디라도 사랑을 내비치는 말을 하는 게 용납되지 않아. 단지 눈에서 넘쳐나는 정과 숨결에서 새어나오는 한탄으로, 낮에는 여자의 곁을 밤에는 여자의 집 주변을 떠나지 않는 성의로, 자신의 마음을 알아달라고 무언중에 나타낼 뿐이야." 클라라는 이때 연못 건너편에 세워져 있는 대리석 조각을 하염없이 바라보고 있었다. "두 번째를 기원의 시기라고 해. 남자는 여자 앞에 엎드려 정성껏 자신의 사랑을 이루게 해달라고 청해." 클라라는 얼굴을 돌려 빨간 장미꽃을 입술에 대고 불었다. 꽃잎 한 장이 날아가 물결 없는 연못의 물가에 떠올랐다. 한 장은 물매화풀 모양으로 짜여 연못을 감싸고 있는 돌난간에 부딪혀 바닥의 돌 위에 떨어졌다.

"다음에 오는 건 승낙의 시기야. 성심이 있다고 판단한 남자의 마음을 다시 한 번 확인하기 위해서 여자는 남자에게 여러 가지 일을 요구해. 검의 힘, 창의 힘으로 해내야 할 정도의 일임은 말할 것도 없어." 클라라가 내 모습이 비친 커다란 눈을 돌려 네 번째는, 이라고 물었다. "네 번째 시기를 Druerie[11]라고 불러. 무사가 임금 앞에 머리를 조아려 변치 않겠다고 맹세하는 것처럼, 남자는 여자의 무릎 아래에 꿇어앉아 손을 모아서 여자의 손 사이에 두지. 여주인처럼 사랑의 방식을 되돌려주어 남자에게 입맞춤을 해." 클라라가 먼 옛날의 사람에게 이야기하는 듯한 목소리로 당신의 사랑은 어느 시기냐고 물었다. 마음에 품은 사람의 입맞춤을 얻을 수만 있다면 하고 클라라 쪽으로 얼굴을 가져갔다. 클라라가 뺨을 빨갛게 물들이며 손에 들고 있던 장미꽃을 내 귀 부근으로 던졌다. 꽃잎이 눈처럼 흩어지고 그윽한 향기의 한 무리가 두 사람의 발 아래로 떨어졌. ……Druerie의 시기는 이제 바랄 수도 없게 되었다며 윌리엄은 6자 1치의 몸을 일으켰다가 털썩 돌아누웠다. 1간(1.8m)이 넘는 벽을 도려내서 높다랗게 뚫어놓은 가느다란 창으로 희미한 서광이 흘러들어와, 사물의 색조차 분명하게 보이지 않는 가운데서도 환영의 방패만은 어둠 속에 매달려 있는 커다란 거미의 눈처럼 빛나고 있었다. "방패가 있어. 아직 방패가 있어."라며 윌리엄은 까마귀 깃털처럼 매끄러운 머리털을 쥐고 벌떡 일어났다. 안뜰 구석에서는 철을 두드리는 소리, 강철을 단련하는 울림, 망치 소리와 줄의 울림이 들려왔다.

---

11) 드뤼에리. 사랑을 성취하는 시기.

전쟁은 하루하루 닥쳐오고 있었다.

그날 저녁, 성 안 사람들이 아주 높다란 천장의 식당에 모여 만찬의 식탁을 둘러쌌을 때, 늑대 장군의 입에서 마침내 전쟁의 시기가 발표되었다. 그는 우선 밤까마귀 성주의 무사도에 어긋난 죄를 헤아리고 일문의 체면을 지키기 위해 7일 뒤의 밤을 기해서 단번에 그 성을 떨어뜨리라고 외쳤다. 그 목소리는 방의 네 벽을 한 바퀴 돌아 둥글게 쌓아올린 높은 천장에 부딪히는 것이 아닐까 싶을 정도로 컸다. 애초부터 전쟁은 다가오고 있었다. 윌리엄은 전쟁이 점점 다가오고 있다는 사실을 각오한 채 그날의 낮을, 그날의 밤을 보내고 있었다. 그런데 지금 루파스의 입을 통해서 마침내 7일 뒤라는 말을 듣자 그러한 각오도 게거품이 갈대 뿌리를 감싸지 못하는 덧없는 목숨인 것처럼 어딘가로 사라져버리고 말았다. 꿈이 아닌 것을 꿈이라고 생각해보기도 하나, 끝끝내 그렇게 생각할 수 없을 때에는 어쩔 수 없이 사실이라고 포기하는 경우도 있다. 하지만 그 사실을 사실이라고 증명할 정도의 일이 힘차게 눈앞으로 다가오지 않는 한은 꿈이라고 생각하며 하루하루를 보내는 것이 사람 사는 세상의 관습이다. 꿈이라 생각하는 것은 기쁘고, 꿈이라 생각지 않는 것은 괴롭기 때문이다. 전쟁은 사실이라고 마음을 단단히 먹은 것은 어제오늘의 일이 아니었다. 단지 틀림없는 사실이라고 마음먹고 있던 전쟁이 일어날 듯 일어나지 않았기에, 이랬으면 좋겠다고 바라는 꿈속의 생각이 오히려 '사실이 될 것'이라는 생각을 짓누른 경우도 있었던 것이리라. 1년은 365일, 지나는 것은 한순간이다. 7일이라는 것은 1년의 50분의 1도 되지 않는다. 오른손을 꼽고 왼쪽 손가락 2개를 더하면 바로 7이다. 이름도 없는 귀신에게 사로잡혀서 이름이 없으니 귀신이 아니라고 애써 생각하고 있는데 갑자기 정체를 보아버려, 새삼스럽게 시력에 이상이 없음을 안타까워할 때 느끼는 감정과 다를 바 없으리라. 윌리엄은 새파랗게 질려버리고 말았다. 옆자리에 앉은 시왈드가 몸이 안 좋으냐고 물었다. 아니라고 답하고 잔을 입술에 댔다. 가득 차지도 않은 술이 무엇인가에 흔들렸는지 잔을 넘어 탁자 위로 흘렀다. 그때 루파스가 다시 일어나 밤까마귀 성을 성의 뿌리에 박힌 바위까지 바다에 떨어뜨리자며 잔을 눈썹 부근까지 들어 올렸다가 매처럼 바닥 위로 내던졌다. 자리에 있던 사람들 모두 후라, 라고 외치고 피와 같은 술을 마셨다. 윌리엄도 후라, 라고 외치고 피와 같은 술을 마셨다. 시왈드도 후라, 라고 외치고 피와 같은 술을 마시며 윌리엄을 곁눈질했다. 혼자 자리에서 일어나 자신의 방으로 돌아온 윌리엄은 사람이 들어오지 못하도록 안쪽에서 걸쇠를 걸었다.

 방패다, 드디어 방패다, 라고 외치며 윌리엄은 방 안을 여기저기 걸어 다녔다. 방패는 여전히 벽에 걸려 있었다. 고르곤, 메두사와도 견줄 만한 얼굴은 언제나처럼 천지인을 전부 저주하고, 과거·현재·미래에 걸쳐서 저주하고, 다가오는 자, 만지는 자는 물론 눈에 들어오지 않는 풀과 나무까지도 전부 저주하지 않고는 멈추지 않을 기색이었다. 결국은 이 방패를 쓰지 않으면 안 되는 걸까 하고 윌리엄은 방패 아래에 멈춰서 벽면을 올려다보았다. 방의 문을 두드리는 듯한 기척이 있었다. 귀를 쫑긋 세우고 들었으나 아무런 소리도 아니었다. 윌리엄은 다시 안주머니에서 클라라의 머리카락을 꺼냈다. 손바닥에 올려놓고 바라보는 건가 싶었으나 이번에는 그것을 방 구석으로 치워놓은 삼발이 둥근 테이블 위에 조심스럽게 놓았다. 윌리엄은 다시 품안에 손을 넣어 가슴의 주머니 안쪽에서 무엇인가 문서 같은 것을 끄집어냈다. 방의 문까지 가서 옆으로 질러놓은 철 막대기가 빠지지나 않을까 흔들어보았다. 단속에는 문제가 없었다. 윌리엄은 둥근 테이블로 다가가 꺼낸 문서를 천천히 펼쳤다. 종이인지 양피지인지 분명히는 보이지 않았으나 색이 바랜 정도로 봐서 오늘날의 물건은 아닌 듯했다. 바람도 없는데 종이의 표면이 움직이는 것은 종이가 저절로 움직이는 것인지, 들고 있는 손이 움직이는 것인지. 글의 첫 부분에는 〈환영의 방패의 유래〉라고 적혀 있었다. 닳았는지 글씨의 흔적이 희미하게 남아 있을 뿐이었다. 〈너의 조상 윌리엄은 이 방패를 북쪽 나라의 거인에게서 얻었다. ……〉 여기에 윌리엄이라고 적혀 있는 것은 나의 4대조라고 윌리엄이 혼잣말을 했다. 〈검은 구름이 땅을 건너는 날이었다. 북쪽 나라의 거인이 구름 안에서 떨어진 귀신처럼 다가왔다. 주먹 같은 혹이 달린 철봉을 한손으로 치켜 올렸다가 뼈가 으스러져라 내리치면 말도 쓰러지고 사람도 쓰러져 땅을 지나는 구름이 피를 머금고, 울리는 바람에 불꽃까지도 보였다. 사람을 베는 전쟁이 아니라, 뇌를 깨뜨리고 몸을 짓이겨 사람의 형체를 멸하지 않고는 그치지 않을 격렬한 전쟁이었다. ……〉 윌리엄은 용맹한 자들이여 라며 눈썹을 찌푸리고 혀를 찼다. 〈우리가 맞서 싸운 것은 거인 중에서도 거인이었다. 동판에 모래를 바른 것 같은 얼굴 가운데 눈이 달려서 벼락을 쏘았다. 나를 보고 남방의 개, 꼬리를 말고 죽으라며 그 철봉을 머리 위에서부터 내리쳤다. 시야 한가득 펼쳐진 하늘이 2개로 찢어지는 울림이 들리더니, 철의 혹이 내 오른쪽 어깨 끝을 미끄러져갔다. 서로 맞대어 어깨를 덮고 있던 강철판의 가장 바깥쪽에 맞았지만 2개로 부러져 살 속으로 파고들었다. 내가 휘두른 대검의 끝은 거인의 방패를 비스듬하게 베며 쨍그랑 소리를 울렸을 뿐, ······.〉 윌리엄은 갑자기 눈을 돌려 방패를 보았다. 그의 4대조가 새긴 칼자국이 역력하게 남아 있었다. 윌리엄은 다시 읽기 시작했다. 〈나, 거인 베기를 3차례, 세 번째에 나의 대검은 코등이 부분에서부터 셋으로 부러지며 거인이 쓴 투구를 안으로 일그러뜨렸다. 거인의 등뼈를 내리치기 네 차례, 네 번째에 거인의 다리가 피를 머금은 진흙을 박차며, 삭풍이 덴구12)가 사는 삼나무를 쓰러뜨린 것처럼, 엉겅퀴 꽃이 흩날리는 가운데로 벼락 떨어지는 소리보다 더 크게 털썩 쓰러졌다. 쓰러져 일어서지 못하는 사이에 질풍처럼 움직인 내 단도의 빛을 보라. 내가 한 일이지만 더없이 커다란 공로, ······.〉 브라보, 라고 윌리엄이 작은 목소리로 말했다. 〈거인이 말했다. 늙은 소가 석양에 울부짖는 듯한 목소리로 말했다. 환영의 방패를 남방의 풋내기에게 부여하겠다, 소중히 간직하라. 내가 방패를 치켜들고 그 이유를 물었으나 말없이 답하지 않았다. 강하게 묻자 그가 두 손을 들어 북쪽 하늘을 가리키며 말했다. 발할라13)의 나라 오딘14)의 좌에 가깝고, 불에 녹지 않는 무쇠를 얼음 같이 하얀 불꽃으로 단련한 것이 환영의 방패다. ······.〉

---

12) 天狗. 깊은 산에 산다는 상상 속의 괴물로 얼굴이 붉고 코가 높으며, 신통력이 있어서 하늘을 자유로이 날아다닌다.
13) Valhalla. 북유럽 신화에 나오는, 지붕이 방패로 덮여 있는 아름다운 궁전. 오딘을 위해 싸우다 목숨을 잃은 전사들이 사는 곳.
14) Odin. 북유럽 신화 속 최고의 신. 원래는 폭풍의 신이었으나 후에 군사, 농경, 사자[死者]의 신이 되었다.

이때 문 가까이에서 돌보다 단단한 복도 바닥을 울리는 발소리가 들려왔다. 윌리엄은 다시 일어나 문에 귀를 대고 들었다. 방 앞을 지나친 발소리가 점차 멀어져 아래쪽에서부터 벽에 부딪치는 울림만이 맑게 들려왔다. 누군가가 어두운 움막 속으로 내려간 것이리라. <이 방패에는 어떤 영험함이 있는가, 라고 거인에게 묻자 말했다. 방패에게 빌어라, 빌면 들어주지 않는 것이 없으리라. 단, 그 몸을 망치는 경우도 있다. 다른 이에게 말하지 말라. 말하면 방패의 영이 떠난다. ……너, 방패를 쥐고 전쟁에 임하면 사위의 귀신이 너를 저주하리라. 저주받은 뒤, 훗날 개천개지[蓋天蓋地]의 커다란 환희를 맛보리라. 오직 방패를 물려받은 자에게만 이 비밀을 허락해야 한다. 남국의 사람이 이 상서롭지 못한 도구를 아낄 수 없다며 방패를 버리고 떠나려 하자 거인이 손을 흔들며 말했다. 난 지금 정토[淨土]인 발할라로 돌아갈 것이다. 환영의 방패는 필요 없다. 백년 뒤 남방에 붉은 옷의 미인이 있으리라. 그 노래가 이 방패의 얼굴에 닿을 때, 네 자손 가운데 방패를 끌어안고 손뼉을 치며 춤을 추는 자가 있으리라. ……> 네 자손이란 나를 말하는 것이 아닐까 윌리엄은 의심했다. 바깥에서 발소리가 들리더니 방 문 앞에 멈춰선 듯했다. <거인은 엉겅퀴 속에 쓰러졌고, 엉겅퀴 속에 남은 것이 이 방패다.>라고 읽기를 마친 윌리엄이 다시 벽 위의 방패를 보자 뱀의 머리털이 다시 흔들리기 시작했다. 빈틈없이 엉킨 속을 안으로 안으로 잠겨들어 방패의 뒷면까지 뚫고 들어가는 것 아닐까 의심이 드는 경우도 있었으며, 또 위로 위로 몸부림치며 올라가 5치 원의 윤곽만이 방패에서 떨어져 떠오르는 것 아닐까 여겨지는 경우도 있었다. 안으로 움직일 때도 위로 흔들리며 오를 때도, 마찬가지로 맑은 물이 매끄러운 돌 사이를 맴돌 때와 같은 소리가 났다. 단, 털 하나하나의 울림이 한 묶음의 소리로 뭉쳐져 그 소리가 귓불에 도달하는 것은 전과 다를 바 없는 일이었다. 움직이는 것은 반드시 소리를 내는 것처럼 보였고 뱀의 털 전부가 움직이고 있었으니 그 소리도 뱀의 털의 숫자만큼 나야 할 터인데, 아주 작았다. 전세의 속삭임을 나락의 바닥에서 꿈결에 전하고 있는 것처럼 들려오고 있었다. 윌리엄은 멍하니 이 희미한 소리를 듣고 있었다. 전쟁도 잊고, 방패도 잊고, 자기 자신도 잊고, 문 밖에서 사람의 발소리가 멈췄다는 사실도 잊은 채 듣고 있었다. 똑똑 문을 두드리는 자가 있었다. 윌리엄은 귀신 들린 듯한 얼굴로 움직이려 하지 않았다. 똑똑 다시 두드렸다. 윌리엄은 두 손에 종잇조각을 든 채 의자에서 일어났다. 꿈결에 걷고 있는 사람처럼 몸을 돌려 문 쪽으로 세 걸음쯤 다가갔다. 눈은 문의 한가운데를 보고 있었으나 동공에 비쳐 뇌리에 새겨진 모습은 문이 아니리라. 밖에서는 조급한 마음이 들었는지 두꺼운 떡갈나무 문을 밤의 어둠에 울리라는 듯 거침없이 주먹으로 두드렸다. 세 번째 두드린 소리가 고요한 밤을 사방으로 깼을 때, 인형 같던 윌리엄은 얼음판이 공중에서 격파당한 듯 단번에 제정신으로 돌아왔다. 종잇조각을 서둘러 품속에 감췄다. 두드리는 소리는 더욱 다급해져 끊임없이 울렸다. 열지 않을 겐가, 하는 목소리까지 들려왔다.

"문을 두드리는 게 누군가?"라며 철로 된 버팀막대를 짤그락 벗겼다. 절벽 같은 이마 위에 검붉은 머리카락이 비스듬하게 걸려 있는 아래에서 날카롭게 빛나는 두 눈이 거침없이 방 안으로 들어왔다.

"날세."라며 시왈드가 권하기도 전에 의자 위에 털썩 앉았다. "오늘 만찬 때 혈색이 좋지 않은 듯 보였기에 어떤가 보러 왔네"라며 한쪽 다리를 공중으로 들어 남은 쪽 무릎 위에 얹었다.

"별일 아닐세."라며 윌리엄은 눈을 깜빡이고 얼굴을 돌렸다.

"밤까마귀의 날갯짓 소리를 듣기 전에 꽃이 만발한 나라로 갈 생각은 없는가?"라고 시왈드가 의미심장하게 물었다.

"꽃이 만발한 나라라니?"

"남쪽을 말하는 걸세. 트루바두우15)의 노래를 들을 수 있는 나라일세."

"자네가 가고 싶다는 말인가?"

"나는 가지 않아, 당연한 일 아닌가? 앞으로 여섯 번, 해가 오르는 것을 보면 밤까마귀의 둥지를 차서 뿌리째 바다로 떨어뜨리는 역할을 맡아야 하니까. 해가 긴 나라로 가면 자네의 혈색도 좋아지지 않을까 생각해서 베푸는 친절일세. 와하하하하."라고 시왈드가 방약무인하게 웃었다.

"울지 않는 까마귀가 어둠속으로 처박히기 전에는……."하고 6자 1치의 몸을 펴며 가슴을 두드렸다.

"안개 깊은 나라를 떠나지 않겠다는 말인가? 저 금색 머리털의 주인과 함께라면 마냥 싫지만도 않겠지?"라며 둥근 테이블 위를 가리켰다. 테이블 위에는 클라라의 머리카락이 아까와 같이 놓여 있었다. 품안에 넣기를 그만 잊고만 것이었다. 윌리엄은 몸을

---

15) Troubadour. 음유시인으로 11~13세기 무렵에 기사도와 연애를 노래하며 프랑스 남부 및 남유럽을 돌아다녔다.

편 채 말이 없었다.

"까마귀 속에 섞여 있는 하얀 비둘기를 구할 마음은 없는가?"라고 다시 수풀 속의 뱀을 건드려보았다.

"지금부터 7일 지난 뒤라면……."하고 수풀 속의 뱀은 의표를 찔렸기에 어쩔 수 없이 머리를 쳐들었다.

"까마귀는 죽이고 비둘기는 살려두겠다는 말인가……. 그건 좀 어려울 거야. 하지만 불가능하지도 않겠지. 남쪽에서 와서 남쪽으로 돌아가는 배가 있어. 잠깐 기다려봐."라며 손가락을 꼽았다. "그래, 6일째 밤이면 시간이 맞을 거야. 성의 동쪽 선착장으로 돌아가서 저 금색 머리카락의 주인을 태우세. 평소에는 돛대 끝에 하얀색 작은 깃발을 달지만, 여자가 타면 빨간색으로 바꿔 달라고 하세. 싸움은 7일째 되는 날의 정오를 지나서부터 아닌가. 성을 포위하면 항구가 보일 걸세. 돛대 위에 빨강이 보이면 천하태평……." "하양이 보이면……."하며 윌리엄은 환영의 방패를 노려보았다. 괴물의 머리카락은 움직이지도 않았다, 울지도 않았다. 클라라 아닐까 싶었던 얼굴이 순간 보였다가 다시 원래의 괴물로 돌아갔다.

"아아, 그만하게. 어떻게든 될 테니 걱정할 것 없어. 그보다는 남쪽 나라의 재미있는 이야기라도 하세."라며 시왈드는 적갈색 수염을 벅벅 긁은 뒤 젊은 사람을 위로하기 위해서인지 화제를 돌렸다.

"바다 하나만 저편으로 건너면 햇빛이 많아지네, 따뜻하지. 게다가 술이 달고 금이 떨어져 있어. 흙 한 됫박에 금 한 됫박……. 거짓말이 아닐세, 진짜야. 손을 흔드는 건 듣고 싶지 않다는 말인가? 앞으로는 차분하게 앉아서 함께 이야기를 나눌 새도 없을 걸세. 시왈드의 마지막 잔소리라 생각하고 들어주게. 그렇게 우울해할 일도 아니야." 저녁에 쏟아 부은 술기운이 아직 가시지 않았는지 꺼억 하고 냄새나는 숨결을 윌리엄의 얼굴에 세차게 내뿜었다. "아, 이거 미안하네······. 무슨 얘기를 할 생각이었더라? 그래, 맞아. 그, 술이 솟아나고 금이 흙에 섞여 있는 바다 건너편이었지."라며 시왈드는 윌리엄을 들여다보았다.

"자네가 여자에게 사랑을 받았다는 이야기인가?"

"와하하하, 친하게 지내는 여자도 많기는 하지만, 그 얘기가 아닐세. 보시일의 모임을 봤다는 말일세."

"보시일의 모임?"

"모르는가? 어두컴컴한 섬나라에 살고 있으니 모르는 것도 당연하겠지. 그쪽에서 프로벤살 백작과 트루이스 백작의 화목의 모임16)을 모르는 사람은 아무도 없다네."

"흠, 그런데?"라며 윌리엄은 뚱한 얼굴이었다.

"말은 은 편자를 신고 개는 진주 목걸이를 하고······."

"금 사과를 먹고, 달의 이슬을 데워서 목욕하고······."하며 마음이 평화롭지 못한 사람이 언제나 그런 것처럼 윌리엄도 조롱하듯 상대 이야기의 맥을 끊었다.

"그렇게 찬물 끼얹지 말고 들어보게. 거짓말이라도 흥미롭지 않은가?"라며 상대방은 끊어진 맥을 이었다.

"시합이 열릴 양이면 시미니안의 태수[太守]가 흰 소 24마리를

---

16) 프랑스 남부의 프로방스와 툴루즈 사이의 화목은 1176년의 일로, 시왈드의 이야기는 그것과 거의 일치한다고 한다.

급히 달리게 해서 울타리 안의 땅을 말끔하게 고르지. 고르고 난 뒤에 3만 개의 황금을 뿌리네. 그러면 아구의 태수가 나는 이긴 자에게 줄 상을 책임지겠다며 10만 개의 황금을 더하네. 마르텔로는, 나는 진수성찬을 맡겠다며 촛불로 삶고 구운 진미를 준비하고 은쟁반과 사발을 선물로 내놓는다네."

"이젠 됐네."라고 윌리엄이 웃으며 말했다.

"거의 끝났어. 마지막으로 레이몬이 지금까지 누구도 본 적이 없는 놀이를 하겠다며 우선 시합장의 울타리 안에 서른 개의 말뚝을 박네. 거기에 서른 마리의 명마를 묶지. 아무것도 채우지 않은 말이 아니라 안장도 얹고 등자도 매달고 화사한 재갈, 고삐까지 전부 갖춘 말이야. 알겠는가? 그리고 그 한가운데에 갑옷, 칼. 이것도 30명분. 투구는 물론 팔 보호대, 정강이 보호대까지 갖춰서 늘어놓네. 금액으로 따지자면 마르텔로의 진수성찬보다 더 들 거야. 그런 다음 주위에 장작을 산더미처럼 쌓아놓고 불을 붙이자 말도 장비도 전부 불에 타버리고 말았어. 그쪽 사람들은 참으로 호탕한 놀이를 즐기지 않는가?"라고 이야기를 마친 뒤, 기분 좋다는 듯 껄껄 웃었다.

"그런 나라에 가보라고 하는 건데, 자네도 꽤나 고집스럽군."하고 윌리엄의 마음을 떠보는 듯한 돌을 던졌다.

"그런 나라에 검은 눈, 검은 머리의 사내는 필요 없네."라고 윌리엄이 스스로를 비웃듯 말했다.

"역시 저 금색 머리카락의 주인이 있는 곳이 그리운 모양이군."

"말할 필요도 없지."라며 윌리엄은 굳은 표정이 되어 환영의 방패를 보았다. 안뜰 구석에서 철 두드리는 소리, 강철을 단련하는 울림, 망치 소리, 줄의 울림이 들려왔다. 어느 틈엔가 밤이 희붐하게 밝기 시작했다.

7일 앞으로 닥쳐온 전쟁은 하루의 목숨을 잃어 이제 6일이 되었다. 윌리엄은 시왈드의 권유대로 클라라에게 보낼 편지를 썼다. 마음이 조급하고 주위가 떠들썩했기에 생각한 것의 만분의 일도 쓰지 못했다. <너의 머리카락은 아직도 내 품에 있다. 그저 이 사자와 함께 도망치길 의심하면 큰 탈이 있으리라.>라고만 쓰고 붓을 놓았다. 그 편지를 들고 가서 클라라에게 전해줄 사람은 어디의 누구인지 알지 못했다. 그 무렵 유행하던 악인[樂 시]의 모습으로 변장하여 밤까마귀성으로 숨어들었다가 전쟁이 있기 전날 밤에 클라라를 빼내 배에 태울 것이다, 만일 일이 어긋나면 틈을 보았다가 성에 불을 지르고서라도 뜻을 이룰 예정이다. 이러한 말만은 시왈드에게서 들었다. 그 다음은……; 환영의 방패만이 알고 있었다.

만나면 기쁘겠지만 만나지 못한다면 슬프리라. 슬픔과 기쁨의 근원에서부터 구슬 같은 눈물이 솟아올랐다. 이 청순한 자에게 왜 흐르느냐고 물었으나 모른다고 대답했다. 모른다는 건 저절로 나온다는 뜻일까? 마리아상 앞에 무릎을 꿇고 앉아 기도를 올리던 윌리엄이 일어섰을 때 긴 눈썹이 평소보다 무겁게 보였으나 왜 무거운 것인지는 그도 알 수 없었다. 진심은 진심을 자각하지만 그 외의 것은 알지 못한다. 그날 밤 꿈에 그는 오색구름 위의 마리아를 보았다. 마리아라고 보인 것은 클라라를 신격화한 모습으로, 클라라란 지상에 사는 마리아인 것이리라. 기도받는 신, 기도받는 사람은 다르지만 기도하는 사람의 가슴에는 신도 사람도 같은 소망의 그림자에 지나지 않는다. 신처럼 모신 성모는 사랑하는 사람을 위해, 사람을 사랑하는 것은 성모에게 무릎 꿇기 위해. 마리아라고도 하고, 클라라라고도 하고. 윌리엄의 마음속에 두 모습은 깃들지 않는다. 깃들 여지가 있다면 이 사랑은 거짓 사랑이다. 꿈의 연속인지 안뜰의 구석에서 철을 두드리는 소리, 강철을 단련하는 울림, 망치 소리, 줄의 울림이 들려오고 언제나처럼 날이 밝았다. 전쟁은 더욱 앞으로 닥쳐왔다.

 닷새째에서 나흘째로 접어든 것은 엎었던 손을 뒤집는 정도의 시간처럼 여겨졌으며, 나흘째에서 사흘째로 나아간 것은 뒤집었던 손을 원래대로 되돌릴 정도의 시간처럼 보였고, 사흘, 이틀부터 마침내 전쟁의 날을 맞이하기까지는 손을 움직일 여유조차 없이 엄습해온 것처럼 느껴졌다. "달려라!"하고 시왈드가 윌리엄을 돌아보며 말했다. 나란히 선 재갈 사이에서 콧김이 오르고 두 투구가 달빛 아래서 춤추는 작은 물고기처럼 가을 햇빛을 반사했다. "달려라!"라며 시왈드가 뒤꿈치를 반쯤 말의 옆구리에 차 넣었다. 두 사람의 머리 위에 기다랗게 꽂혀 있는 새하얀 털이 세차게 바람을 맞아 떨어질 것처럼 흔들렸다. 밤까마귀성의 벽을 비스듬히 바라보며 야트막한 언덕을 달려가던 시왈드가 오른손을 이마에 대고 항구 쪽을 바라보았다. "돛대에 달린 기는 빨강인가, 하양인가?"라고 뒤로 처진 윌리엄이 외쳤다. "하양인가, 빨강인가? 빨강인가, 하양인가?"라고 연달아 외쳤다. 등자를 밟고 몸을 일으켰던 시왈드가 몸을 앉히더니 앞서와 마찬가지로 말의 방향을 틀어 성문을 향해 쏜살같이 달려나갔다. "뒤를 따라와, 뒤를 따라와."라고 윌리엄에게 말했다. "빨강인가, 하양인가."라고 윌리엄이 외쳤다. "한심하기는, 언덕으로 달리지 말고 해자 쪽으로 달려."라며 시왈드는 성문 쪽으로 똑바로 달려갔다. 항구의 입구에서는, 부두에 부딪치는 파도 때문에 몸체가 높다란 배가 위태롭게 흔들리고 있었다. 악마에게 시달려 꿈자리가 편치 않은 것 같은 모습이었다. 좌우에 나지막한 돛대를 늘어놓은 가운데의 높다란 돛대 꼭대기에는……, "하양이다!"라고 윌리엄은 입 안에서 말하며 앞니로 입술을 씹었다. 그때 전쟁의 소리가 밤까마귀성을 흔들며 쓸쓸한 바다 위로 울렸다.

성벽의 높이는 4장(12m), 둥근 망루의 높이는 그것의 배였는데 벽 곳곳에 구멍을 뚫어놓은 채 서 있었다. 하늘의 기둥이 떨어져 그 한가운데에 꽂힌 듯 보이는 것은 본성이리라. 높이 19장(57m), 벽의 두께는 3장 4자(13.2m), 이를 4층으로 나누어놓았는데 제일 위층에만 창문이 뚫려 있었다. 가장 위에서 가장 아래로 내려가는 우물 같은 길이 있는데, 이른바 던전[17]은 가장 낮고 가장 어두운 곳에 지옥과 벽 하나를 사이에 두고 만들어져 있었다. 본성에서 좌우로 떨어져 있는 2개의 망루는 본성의 2층에서 지붕이 달린 다리를 건너 드나들 수 있도록 편리하게 세워져 있었다. 삼삼오오 망루를 둘러싸고 있는 건물 가운데는 마구간도 있었다. 병사들의 거처도 있었다. 영내의 백성들이 난을 피해 숨을 장소도 있었다. 뒤쪽으로는 깎아지른 듯한 절벽에 바다가 울리는 소리를 들으며 부서지는 파도의 꽃 위로 내려앉았다가 날아오르는 갈매기가 보였다. 앞은 소를 삼킬 것처럼 장대한[18] 아치의 어두운 위에서부

---

17) dungeon. 성 안의 지하 감옥.
18) 탄우지기[呑牛之氣]를 풀어쓴 말.

터 돌에 올리는 문을 내리고, 도개교를 쇠사슬로 끌어올리면 사람이 건널 수 없는 해자가 있었다.

  해자를 건너면 문도 부술 수 있으리라. 문을 부수면 본성도 빼앗을 수 있으리라. 뜻이 있는 곳에 길이 있으니 길이 있는 곳으로 향하라며 루파스는 깨뜨린 문 틈으로 강철에 감싸인 늑대의 얼굴을 거침없이 내밀었다. 뒤를 따르라며 한 사람이 따르자, 뒤를 이으라며 또 한 사람이 나아갔다. 한 사람, 두 사람 뒤로는 앞 다투어 몰려들었다. 퐁퐁 솟는 맑은 물에 자잘한 모래가 떠올랐다가 한꺼번에 넘쳐나는 것처럼 보였다. 벽 위에서는 모든 활을 숨겨두고 고슴도치처럼 공격군의 코앞으로 갈고리처럼 구부러진 화살촉을 집중시켰다. 하늘을 나는 기다란 화살 하나하나가 소리를 울리며 수천의 울림이 한 덩이가 되었고, 지상에서 꿈틀대는 검은 그림자의 울림과 어우러져 때 아닌 소리가 바다 위 갈매기를 놀라게 했다. 정신 사나워지는 것은 새만이 아니었다. 가을의 저녁 해를 받기도 하고 뚫고 나가기도 하며 투구의 물결, 갑옷의 물결이 밀려들었다가는 무너지고 무너졌다가는 물러났다. 물러날 때는 벽 위, 망루 위에서 기울어가는 해를 바다 속으로 떨어뜨릴 만큼의 함성을 만들었다. 밀려들 때에는 투구의 물결, 갑옷의 물결 속에서 세차게 불어오는 커다란 바람의 숨통을 일시에 끊어놓을 듯한 목소리를 일으켰다. 물러나는 물결과 밀려드는 물결 사이에서 윌리엄과 시왈드가 문득 스쳐 지났다. "살아 있었는가." 라고 시왈드가 검으로 부르자, "죽을 뻔했어."라며 윌리엄이 방패를 높이 치켜들었다. 오른쪽에 솟아 있는 둥근 망루 위에서 날아온 화살이 쨍그랑 괴물의 이마를 스치더니 윌리엄의 발 아래로 떨어졌다. 이때 무너져 내린 사람의 물결이 삽시간에 두 사람 사이를 가로막아 투구를 감싼 하얀 털의 흔들림조차 맴도는 소용돌이 속에 휩싸여 곧 보이지 않게 되었다. 전쟁은 정오를 2시간쯤 지나서 시작되었으나 5시와 6시 사이가 되어서도 여전히 끝나지 않았다. 한때는 용맹한 마음에 본성까지도 떨어뜨릴 기세였던 공격부대가 무엇에 기가 꺾였는지 창연한 밤의 빛깔과 함께 성문 밖으로 우르르 몰려 나왔다. 공격 소리도 끊어진 것은 한때의 일일까? 한동안은 울림도 잠잠해졌다.

해가 완전히 저물어 새카만 밤이 한 치의 틈도 없이 인마를 감싼 가운데 부서지는 파도 소리가 홀연 높다랗게 들려왔다. 홀연 들려오기 시작한 것은 그때 비로소 바다가 처음으로 울렸기 때문이 아니라, 자신들의 울림이 잠시 그쳐 허무한 마음을 맞이했기 때문이었다. 이 물결의 소리는 몇 리 바다에서 일어나 멀리 이 해안에서 무너지는 것일까? 생각해보면 오래된 울림이다. 시간의 몇 대를 흔들며 낯선 미래에 울린다. 밤낮 쉬지 않고 끊임없이 되풀이되는 진리가 영겁무극의 울림을 전해, 검의 울림을 조롱하고 활 당기는 소리를 비웃는다. 백이네 천이네 하는 사람들의 덧없고 가련한 외침을 질타하는 것처럼 들린다. 그러나 성을 지키는 자도 성을 공격하는 자도 자신들의 외침이 잠시 그쳐 이 깊은 울림을 무심코 들을 수 있게 되었을 때조차 부끄럽게 여기는 자는 없었다. 월리엄은 방패에 굳은 핏자국을 보고 "너, 나까지도 저주하는가."라며 검을 들어 괴물의 얼굴을 3번 두드렸다. 루파스는 "까마귀라면 어둠에도 숨지 못하는 달이 뜨기 전에 베어버려라."라며 씩씩거리고 있었다. 시왈드만은 이마 깊숙이 박힌 듯한 두 눈을 들어 높다란 본성을 바라본 채 한마디도 하지 않았다.

바다에서 불어오던 바람이 바다로 불어가는 바람으로 바뀌어 부서지는 파도와 파도 사이에도 새로이 천지의 울림을 더했다. 탑을 감도는 소리, 벽에 부딪치는 소리가 점점 더해간다 생각하는 사이에 성 안에서 갑자기 사람들이 떠드는 기색이 있었다. 그것이 점차 격렬해졌다. 천리 깊이에서 오는 지진이 시시각각으로 밀려오는 건가 귀를 기울이고 있자니, 그것이 밤까마귀성 바로 아래서 찢어지는 듯한 울림이 있었다. 시왈드의 눈썹이 송충이를 때린 것처럼 뒤로 젖혀졌다. 망루의 창에서 검은 연기가 뿜어져 나왔다. 밤 속으로 밤보다 더 검은 연기가 뭉게뭉게 뿜어져 나왔다. 좁은 출구로 앞 다투어 나오려 하는 때문인지 연기의 양이 순식간에 늘어나 앞에 있는 것은 떠밀리고 뒤에 있는 것은 밀치고, 나란히 있는 것은 서로 양보하지 않겠다는 듯 동시에 넘쳐나는 것처럼 보였다. 점점 거세지는 폭풍이 그대로 연기를 깨뜨려, 둥근 소용돌이를 만들며 용솟음치려는 것을 원래대로 창으로 밀어붙이려 하고 있었다. 바람에 가로막힌 소용돌이는 단번에 무너져 하늘로 흘러 들어갔다. 잠시 시간이 흐르자 뿜어져 나오는 연기 속으로 불똥이 섞이기 시작했다. 그것이 순식간에 늘어났다. 늘어난 불똥이 연기와 함께 바람에 휩싸여 하늘로 날아올랐다. 성을 덮은 하늘의 일부가 망루를 중심으로 크고 붉은 원을 그렸으며, 그 원이 불규칙하게 바다 쪽으로 움직여 갔다. 불똥을 흩뿌려놓은 그림이 한시도 쉬지 않고 혹은 사라지기도 하고 혹은 반짝이기도 하며 움직이는 원의 내부는 단 한 점도 살아 움직이지 않는 곳이 없었다. "됐다!"라고 시왈드가 손뼉을 치며 펄쩍 뛰었다.

검은 연기를 내뱉다 내뱉기를 마친 뒤에는 굵직한 화염이 봉이 되어, 열기를 따라서 솟아오르는 바람과 함께 밤의 세계에 빠르게 화살을 쏘아 올렸다. 엿을 삶아 네 말짜리 나무통 크기의 펌프 주둥이에서 하늘로 뿜어올리는 것 같다고도 형용할 수 있겠다. 끓어오른 불이 어둠 속으로 덧없이 사라지는 뒤를 이어서 다시 끓어오른 불이 피어올랐다. 깊은 밤을 불태울 듯 끓어오르는 불꽃의 소리가, 땅에서 아우성치는 사람들의 외침이 아니꼽다는 듯 하늘 전체에 울려 퍼졌다. 울리는 가운데 불꽃은 깨지고, 깨진 불똥이 날아오르기도 하고 곤두박질치기도 하면서 바다 쪽으로 퍼져나갔다. 탁한 파도의 성난 빛깔은 분노한 울림과 함께 어둑하게 보일 뿐이었으나, 망루 주위는 그을음을 통해서 햇살이 비출 때보다 더 밝았다. 둥근 모양의 망루를 감싼 한 줄기 불이 거기에 만족하지 않고 옆으로 기어가 야트막한 담장의 가슴께를 덮쳤다. 불꽃은 자로 잰 듯 왼쪽으로 왼쪽으로 번져갔다. 마침 한 줄기 바람이 불어와 불길을 반대로 훑으면 왼쪽으로 향해야 할 창끝을 돌려 위로 향했다. 회오리바람이기에 뒤쪽에서부터 의표를 찌르는 경우도 있었다. 같은 방향으로 쓰다듬으며 불꽃을 앞질러 갈 때는 위로 향했다가 다시 방향을 바꾸어 지나간 바람을 뒤쫓았다. 왼쪽으로 왼쪽으로 번져가는 혓바닥은 삽시간에 길어지고 또 넓어졌다. 결국에는 이쪽에서도 한 줄기 불길이 일었다, 저쪽에서도 한 줄기 불길이 일었다. 불길에 휩싸인 얕은 담장 위를 검은 그림자가 오락가락했다. 때로는 어두운 위에서 밝은 곳 속으로 들어가 사라진 이후 다시는 나오지 않는 자도 있었다.

불에 타 문드러진 높은 망루의 운명이 다했는지 부는 바람에 맞서 한동안은 불꽃과 함께 기우는 듯 보이다가, 나락으로까지 떨어질 듯 3분의 2를 바위에 남긴 채 거꾸로 무너졌다. 둘러싼 화염이 단번에 확 피어올라 천지를 불태울 때, 얕은 담장 위에 불과 같은 머리카락을 마구 흩뜨린 채 서 있는 여자가 있었다. "클라라!"라고 윌리엄이 외친 순간 여자의 모습이 사라졌다. 불길에 휩싸인 말 두 마리가 안장을 얹은 채 허공을 달려왔다.

쏜살같이 달리는 꼬리를 잡혀 뿌리 끝에서부터 쑥 빠져나온 듯 앞선 말이 윌리엄 앞에서 우뚝 멈췄다. 멈춰선 앞발에 힘이 남아돌아 딱딱한 발굽의 절반쯤이 비스듬하게 흙 속으로 파고들었다. 방패에 가로막힌 콧등이 2치(6cm)를 사이에 두고 괴물의 얼굴에 불과 같은 숨결을 내뱉었다. "4개의 다리도 저주를 받았는가."라며 윌리엄은 자신도 모르게 갈기를 쥐고 훌쩍 높다란 등에 걸터앉았다. 발을 얹지 않은 등자가 흔들흔들 말의 옆구리를 치며 허공에서 춤췄다. 그때 누군가가 "남쪽 나라로 가라."며 철로 두른 단단한 손을 들어 말의 엉덩이를 힘껏 쳤다. "저주받았다."며 윌리엄은 말과 함께 허공을 달렸다.

윌리엄이 말을 쫓는 것도 아니고 말이 윌리엄에게 쫓기는 것도 아니고, 저주가 달리는 것이었다. 바람을 가르고 밤을 찢고 대지에 높다란 울림을 새기며 저주가 다하는 곳까지 달리는 것이었다. 들판을 끝까지 달리고 나면 언덕을 달렸으며, 언덕을 달려 내려가면 계곡으로 달려들었다. 날이 밝았는지, 해가 중천에 있는지 기울어가고 있는지, 비가 내리는지, 싸락눈이 오는지, 태풍인지, 삭풍인지, 알지 못했다. 저주는 일직선으로 달리는 것만을 알

뿐이었다. 앞을 가로막는 것은 부모라도 용서치 않았다. 돌을 차는 발굽에서는 불꽃이 튀었다. 가는 길을 막는 것은 주인이라도 쓰러뜨려라. 어둠을 불어 흩트리는 거센 콧김을 보라. 굉장한 소리가 굉장한 사람과 말의 그림자를 감싸며, 놀라 바라보는 눈썹이 맞붙을 사이도 없이 지나쳐버리고 말지 않는가. 사람인지 말인지 형체인지 그림자인지 의심하지 말라. 단지 저주 그 자체가 사납게 미쳐 날뛰며 가고 싶은 곳으로 가는 모습이라고 생각하라.

윌리엄은 몇 리를 달려왔는지 알지 못했다. 올라탄 말의 안장에 앉아 오른손으로 이마를 누르고 무엇인가를 생각해내려 노력하고 있었다. 죽은 사람이 되살아난 순간 예전의 자신과 지금의 자신을 때로는 다른 사람처럼, 때로는 같은 사람처럼 묶는 사슬은 매정하게 끊겼으나, 그래도 어떤 관계가 있는 것 같다며 당혹스러워하는 듯한 모습이었다. 죽은 사람의 뇌리에 희로애락의 그림자는 잠시도 깃들지 않으리라. 공허한 마음이 문득 제정신으로 돌아와 예전의 일들을 떠올리면 구름이 솟아나는 것처럼 그 순간순간이 마구 솟아오르리라. 솟아오르는 것을 받아들일 여지가 있으면 있을수록 솟아오르는 것은 더욱 신속하게 뇌리를 맴돌리라. 윌리엄이 제정신으로 돌아왔을 때의 마음이 물처럼 시원했던 만큼 지금 떠오르는 일들도 맞아들이고 보내기에 정신이 없을 만큼 실처럼 뒤엉켜 그 머리를 괴롭히고 있었다. 출진, 돛대의 깃발, 전쟁……, 순서대로 배열해보았다. 전부 사실로밖에 여겨지지 않았다. '그 다음에.'라며 머릿속을 뒤져보니 활활 노란 불꽃이 보였다. "불이다!"라고 윌리엄은 자신도 모르게 외쳤다. 화재는 상관없지만 지금 마음의 눈에 떠오른 불꽃 속에는 클라라의 머리카락이 맴돌고 있었다. 어째서 그 불 속으로 뛰어들어 같은 곳에서 죽지 않은 것일까 하고 윌리엄은 혀를 찼다. "방패가 한 짓이야."라고 입 안에서 중얼거렸다. 바라보니 방패는 말의 머리에서 3치(9㎝) 정도 오른쪽으로 떨어진 곳에 앞면을 하늘로 향해 누워 있었다.

"이것이 사랑의 끝일까? 저주는 깨어나도 사랑은 깨어나지 않구나."라고 윌리엄은 다시 이마를 누르며 자신을 번민의 바다로 던졌다. 바다의 바닥에 발이 닿아 세상사에서 멀어질 때까지 생각에 잠겼을 때, 어디에서인지 가느다란 실을 말총으로 문지르는 듯한 울림이 들려왔다. 까무룩 하던 윌리엄이 눈을 뜨고 주위를 둘러보았다. 여기가 어디인지는 모르겠으나 시야에 들어오는 한은 전부 숲이었다. 숲이라고는 하지만 가지가 뒤엉켜 높다란 해를 가로막을 정도로 한 아름, 두 아름 되는 커다란 나무는 없었다. 나무는 1평(33㎡)에 1그루 정도의 비율이었으며, 그 크기도 지름 6, 7치(20㎝) 정도의 것뿐인 듯했다. 신기하게도 그것이 전부 같은 나무였다. 가지가 줄기의 뿌리에서 6자(180㎝) 정도 떨어진 곳에서부터 위로 뻗어 부드러운 선을 그리며 돋아 있었다. 그 가지가 모여 가운데가 부풀어 오르고 위가 뾰족했기에, 난간의 기보주[擬寶珠][19]나 붓끝이 물을 머금은 것 같은 모양을 하고 있었다. 모든 가지가 둥글고 노란 잎들로 빈틈이 없을 정도로 덮여 있었기에 가지가 겹치는 붓끝은 색을 바꾸어 기다란 포도 알 같았고, 붓끝이 겹친 숲의 모습은 포도송이가 줄줄이 달려 있는 것 같았다. 밑에서 올려다보면 조금씩은 하늘의 푸르름도

---

19) 층계, 다리, 난간 등의 기둥 윗부분에 쓰이는 장식물. 양파와 비슷한 모양.

볼 수 있었다. 단, 시야 저 멀리 끝 쪽의 나무줄기가 서로 다가가기도 하고 멀어지기도 하며 검게 늘어서 있는 사이로 맑은 가을 하늘이 거울처럼 빛나고 있어서 마음이 끌리는 풍경이었다. 때때로 거울의 면을 얇은 천이 스쳐 지나는 모습까지 옆으로 보였다. 지면 전체에 이끼가 덮여 있었는데 가을로 접어들었기에 약간 노랗게 물든 듯 여겨지는 곳도 있었으며, 또 옅은 갈색으로 마르기 시작한 부분도 있었으나 사람의 발길이 닿은 흔적이 없었기에 노란색은 노란색대로, 옅은 갈색은 옅은 갈색대로 이끼의 예스러운 모습을 간직하고 있었다. 곳곳에 양치식물의 덤불이 평평한 면을 깨고 그윽한 정취를 더하고 있을 뿐이었다. 새도 울지 않았고 바람도 불지 않았다. 고요함 속으로 태곳적 옛날을 곳곳에 드러내고 있었으나 나무가 크지 않고 가을 햇살이 맑게 비쳤기에 그런 고요함에 비해서 무섭다는 느낌은 크지 않았다. 그 가을 햇살은 매우 밝은 햇살이었다. 바로 위에서 숲을 비추는 광선이 그 무수한 둥글고 노란 잎을 한꺼번에 물들여 숲 속은 의외로 밝았다. 잎의 방향은 애초부터 일정하지 않았기에 햇빛을 반사하는 정도도 전부 달랐다. 같은 노란색이기는 하나 투명, 반투명, 진한 것, 옅은 것, 저마다의 취향을 각자 가지고 있었다. 그것이 뒤엉키고 뒤섞이고 겹쳐져 이끼 위를 비추고 있었기에 숲 속에 있는 것은 호박 병풍에 둘려 간접적으로 태양 광선을 받고 있는 듯한 느낌이었다. 윌리엄은 정신이 들면 괴롭기에 꿈에 빠져 들어가는 듯한 모습처럼 보였다. 실의 소리가 다시 차분해진 귓가에 들려왔다. 이번에는 이상한 소리가 나는 쪽으로 시선을 돌렸다. 줄기를 통해서 하늘이 보이는 곳과 반대가 되는 방향을 보니—서쪽인지 동쪽인지는 물론 몰랐다— 그곳만은 나무가 서로 겹쳐져 1묘(99.174 ㎡) 정도 눈에 띄는 어둠을 땅에 새긴 가운데 연못이 있었다. 연못은 크지 않았다. 여물다 만 오이처럼 폭이 좁은 모습으로 나무그늘에 누워 있었다. 이것도 태고의 연못으로 안에 담겨 있는 것 역시 태고의 물이리라. 한기가 들 정도로 파랬다. 언제 떨어졌는지 노랗고 조그만 잎이 물 위에 떠 있었다. 여기에도 하늘 아래의 바람이 부는 적이 있는지 떠 있는 잎이 바람에 떠밀려 곳곳에 모여 있었다. 무리에서 떨어져 흩어져 있는 것은 애초부터 헤아릴 수도 없었다. 실의 소리가 세 번째로 울렸다. 매끄러운 언덕을 고무바퀴가 천천히 올라가듯 낮은 곳에서 자연스럽게 높은 음으로 옮겨가다가 뚝 끊겼다.

  윌리엄의 몸이 안장을 떠났다. 연못으로 시선을 향한 채 소리가 들리는 쪽으로 천천히 걸어갔다. 부슬부슬 부서지는 이끼의 껍질이 두껍고 부드러웠기에 걸을 때도 앉아 있을 때처럼 숲 속은 괴괴하고 고요했다. 발소리가 들리면 자신이 움직이고 있다는 사실을 알 수 있지만 소리가 나지 않으면 움직이고 있다는 사실도 잊는 것일까? 윌리엄은 걷는다고도 생각지 못한 채 그저 비척비척 연못의 물가까지 다가갔다. 연못의 폭이 조금 좁은 곳의 맞은편에, 앉아 있는 소를 떠오르게 할 정도의 바위가 절반은 물가를 따라 웅크리고 있었는데 윌리엄과 바위의 거리는 겨우 1장(3m)도 되지 않을 듯 여겨졌다. 그 바위 위에서 눈부실 정도로 붉은 옷을 입은 한 여자가 낯선 세상의 악기를 켜는 듯 마는 듯 켜고 있었다. 짙은 초록색 물이, 몸에 사무칠 듯 차가운 빛 가운데 그 여자의 그림자를 거꾸로 담고 있었다. 뻗은 다리의 기다란 치맛자락에 감춰진 끝부분까지 밝게 비치고 있었다. 물은 처음부터 움직이지 않았다. 여자도 움직이지 않았고 그림자도 움직이지 않았다. 단지 활을 문지르는 오른손만이 실을 따라서 천천히 움직였다. 머리에 감긴 실이 꿰뚫고 있는 진주 장식이, 가득 찬 물의 바닥에서 명왕성만큼의 빛을 발하고 있었다. 검은 눈에 검은 머리의 여자였다. 클라라와는 조금도 닮지 않았다. 여자가 마침내 노래를 시작했다.

"바위 위에 있는 내가 진짜일까, 물 밑에 있는 그림자가 진짜일까."

맑고 쓸쓸한 목소리였다. 바람이 불지 않는 가지 끝에서 노란 잎이 팔랑팔랑 붉은 옷에 부딪혔다가 연못 위로 떨어졌다. 잠잠하던 그림자가 잠시 움직였다가 다시 원래대로 돌아갔다. 윌리엄은 망연히 서 있었다.

"진짜는 한없이 생각하는 마음속 그림자. 마음속 그림자를 거짓이라 하는 것이 거짓." 여자가 조용히 노래를 그치고 윌리엄 쪽을 돌아보았다. 윌리엄은 눈 하나 깜빡이지 않고 여자의 얼굴을 지켜보았다.

"사랑에 원통한 목숨의 운명을 방패에게 물어보라. 환영의 방패."

윌리엄은 절벽을 뛰어가는 수사슴처럼 발걸음을 돌려 방패를 쥐고 돌아왔다. 여자가 "그저 열심히 방패의 면을 바라보라."고 말했다. 윌리엄은 말없이 방패를 끌어안고 연못가에 앉았다. 널따란 하늘 아래, 소슬한 숲 속, 어둡고 싸늘한 연못 위에 소리라고 할 만한 것은 아무것도 들리지 않았다. 단지 윌리엄이 응시하고 있는 방패의 안쪽 원이 언제나처럼 움직이기 시작함과 동시에 예전부터 들어왔던 희미한 소리가 그의 귀를 덮쳐올 뿐이었다. "방패 속에서 무엇이 보이는가?"라고 여자가 물 건너편에서 물었다. "모든 뱀의 털이 움직이고 있소."라고 윌리엄이 눈을 떼지 않고 대답했다. "소리는?" "거위 털로 만든 펜이 종이를 달리는 것 같은 소리요."

"망설이고 망설이며 자꾸만 움직이는 마음. 소리 없는 곳에서 소리를 듣네, 소리를 듣네."라고 여자가 반은 노래를 부르듯, 반은 이야기를 하듯 기슭을 사이에 두고 윌리엄을 향해 손을 파도처럼 흔들었다. 움직이던 털이 점차 멈추자 울리던 소리도 자연스레 끊겼다. 넋을 잃고 바라보던 방패의 모양이 흐려지는가 싶더니 곧 방패의 면에 검은 막이 쳐졌다. 보려 해도 보이지 않고, 들으려 해도 들리지 않고, 깊은 어둠의 세계에서 사는 자신을 이상히 여기며 "어두워, 어두워."라고 말했다. 자신이 부르는 소리를 자신조차 듣지 못할 정도로 희미했다.

"어둠에 까마귀가 보이지 않는다고 한탄하고, 울지 않는 소리까지 들리지 않는다며 그리워하네. 몸도 목숨도 어둠에 버리지 않고, 몸도 목숨도 어둠에서 건지면 얼마나 기쁠까."라는 여자의 노랫소리가 백척의 벽에서 새어나와 거미줄처럼 가느다란 통로로 다가왔다. 노래는 잠시 그치고 활을 켜는 소리가 바람이 이는 멀리에서부터 높고 낮게, 윌리엄의 귀에 한없이 청량한 기운을 불어넣었다. 그 순간 어둠 속에 한 점 백옥 같은 빛이 밝혀졌다. 보고 있자니 점점 커졌다. 어둠이 걷히는가, 빛이 나아오는가. 윌리엄의 눈이 가 닿는 곳은 사면의 허공 만리가 두꺼운 얼음을 세워 늘어놓은 것처럼 시원하게 트였다. 머리를 덮는 하늘도 없고 다리를 올려놓을 땅도 없고, 차갑게 빛나는 허무의 한가운데 홀로 서 있었다.

"당신은 지금 어디에 있나요?"라고 아득하게 묻는 것은 그 여자의 목소리였다.

"무의 가운데인지, 유의 가운데인지, 유리병 속인지."라고 윌리엄이 되살아난 사람처럼 대답했다. 그의 눈은 아직 방패에서 떠나지 않았다.

여자가 노래를 시작했다. "이탈리아의, 이탈리아의 바다 자줏빛으로 날이 밝았네."

"널따란 바다가 희미하게 밝고, ······주황색 태양이 물결 속에서 나온다."고 윌리엄이 말했다. 그의 눈은 여전히 방패를 바라보고 있었다. 그의 마음속에는 자신의 몸도 이 세상 그 무엇도 없었다. 오로지 방패만이 있었다. 머리털 끝에서부터 발톱 끝에 이르기까지 오장육부도, 이목구비도 전부 환영의 방패였다. 그의 온몸은 온전히 방패가 되어 있었다. 방패가 윌리엄이고 윌리엄이 방패였다. 두 객체가 티 없이 순수한 청정계에서 하나로 만났을 때, 이탈리아의 하늘이 저절로 밝아지고, 아탈리아의 태양이 저절로 떠올랐다.

여자가 다시 노래했다. "돛을 올리면 배도 떠나네. 돛대에 무엇을 올리고······."

"빨강이다!"라고 윌리엄이 방패 속을 향해서 외쳤다. "하얀 돛이 산 그림자를 가로질러 물가로 다가오고 있어. 돛대 세 개 중 좌우의 것은 알 바 아니야. 가운데 돛대 위에 봄바람을 받아

펄럭이는 것은 빨강이야. 빨강이야, 클라라의 배야." ……배는 기름처럼 평평한 바다를 미끄러져 무사히 물가로 다가왔다. 금색 머리카락을 햇살에 흩날리며 뱃전에 올라선 것은 말할 것도 없이, 클라라였다.

여기는 남쪽 나라로, 하늘에는 짙은 쪽빛을 흘려놓았고 바다에도 짙은 쪽빛을 흘려놓았고 그 가운데 누워 있는 먼 산도 역시 짙은 쪽빛을 머금고 있었다. 봄의 파도가 찰싹찰싹 물가를 훑고 있는 끝부분만이 한없이 긴 한 줄기 흰 천처럼 보였다. 언덕에는 감람나무가 짙은 녹색 잎을 따스한 햇살에 드러내고 있고 그 잎 뒤에는 온갖 새들이 숨어 있었다. 정원에는 노란 꽃, 빨간 꽃, 보라 꽃, 주홍 꽃……; 모든 봄꽃이 모든 색을 다해서 피었다가는 흐드러지고 흐드러졌다가는 지고 졌다가는 피고, 겨울을 모르는 하늘을 자랑하고 있었다.

따뜻한 풀 위에 두 사람이 앉아, 두 사람 모두 파란 비단을 펼쳐놓은 것 같은 바다를 멀리 아래로 바라보고 있었다. 두 사람 모두 반점 무늬의 대리석 난간에 몸을 기대고, 두 사람 모두 다리를 앞으로 뻗고 있었다. 두 사람의 머리 위에서 난간을 비스듬히 질러 사과나무 가지가 꽃으로 덮개를 드리우고 있었다. 꽃이 져서 어떨 때는 클라라의 머리에 떨어지고 어떨 때는 윌리엄의 머리에 앉았다. 또 어떨 때는 두 사람의 머리와 두 사람의 소매에 하늘하늘 한꺼번에 떨어졌다. 가지에 걸린 새장 안에서 앵무새가 때때로 요란한 소리를 냈다.

"남쪽의 해가 이슬에 잠기기 전에."라며 윌리엄이 뜨거운 입술을 클라라의 입술에 댔다. 두 사람의 입술 사이에 사과 꽃잎

하나가 끼워져 젖은 채로 붙어 있었다.

"이 나라의 봄은 영원해요."라고 클라라가 나무라듯 말했다. 윌리엄이 기쁘다는 듯한 목소리로 Druerie! 라고 외쳤다. 클라라도 역시 Druerie! 라고 말했다. 새장 속 앵무새가 Druerie! 라고 날카로운 소리를 냈다. 멀리 아래에 있는 봄의 바다도 드뤼에리라고 답했다. 바다 너머의 먼 산도 드뤼에리라고 답했다. 언덕을 덮고 있는 모든 감람나무와 정원에 핀 노란 꽃, 빨간 꽃, 보라 꽃, 주홍 꽃……; 모든 봄의 꽃과 모든 봄의 것이 모두 한꺼번에 드뤼에리라고 답했다. ……여기는 방패 속의 세계였다. 그리고 윌리엄은 방패였다.

100세라는 나이는 기쁘기도 하고 고맙기도 하다. 그러나 약간 따분하다. 즐거움도 많을 테지만 괴로움도 길리라. 밍밍한 맥주를 매일같이 들이켜기보다는 혀가 타는 듯한 알코올을 반 방울 맛보는 것이 더 간편하다. 100년을 10으로 나누고 10년을 100으로 나누고 남은 시간의 절반에 100년의 고락을 싣는다면 역시 100년의 생을 누린 것과 같지 않겠는가. 태산도 카메라 안에 담기고 수소도 식으면 액체가 된다. 평생의 정을 한껏 뭉치고, 목숨을 걸 정도의 달콤함을 점으로 응고시킬 수 있다면—그러나 그것이 보통 사람에게 가능하기나 할까?—, 이 맹렬한 경험을 맛본 것은 예로부터 지금에 이르기까지 윌리엄 한 사람뿐이었다.

환청에 들리는 거문고소리
(琴のそら音)

양허집 속의 삽화

양허집 속의 삽화

"별일도 다 있군. 한동안 안 오더니."라고 쓰다(津田) 군이 너무 많이 삐져나온 램프의 심지를 줄이며 물었다.

쓰다 군이 이렇게 말했을 때 나는 소마(相馬) 지방에서 구운 찻사발의 굽을, 꽉 껴서 무릎이 터져 튀어나올 것만 같은 바지 위에서 세 손가락으로 빙글빙글 돌리며 생각했다. 그래, 별스러운 일임에는 틀림없었다. 이번 새해 첫날에 얼굴을 본 뒤 꽃이 흐드러지게 핀 오늘까지 쓰다 군의 하숙을 찾아온 적이 없었다.

"와봐야지, 와봐야지 하면서도 바빠서 그만……."

"그야 바쁘겠지. 누가 뭐래도 학교에 있을 때와는 다르니까. 요즘에도 역시 오후 6시까지인가?"

"뭐 대체로 그 정도야. 집에 돌아와서 밥을 먹고 나면 그대로 잠들어버려. 공부는커녕 목욕도 제대로 하지 못할 정도야."라며 나는 찻사발을 다다미(畳) 위에 놓고 졸업이 원망스럽다는 듯한 표정을 지어 보였다.

쓰다 군은 이 한마디에 동정심이 약간 일었는지 "그러고 보니 조금 야윈 것 같은데. 아주 힘든가보군."하고 말했다. 그런 생각이 들어서인지 당사자는 학사가 된 이후 약간 살이 찐 듯 보이는 것이 심기를 건드렸다. 책상 위에 뭔가 재미있어 보이는 책을 펼쳐놓았는데 오른쪽 페이지 위에 연필로 주가 적혀 있었다.

이런 여유가 있는 건가 싶자 부럽기도 하고 분하기도 하고 동시에 내 신세가 원망스럽기도 했다.

"자네는 변함없이 공부를 하니 좋겠군. 저 읽고 있는 책은 뭔가? 필기까지 해가면서 아주 꼼꼼하게 살펴보고 있잖아."

"이거 말인가? 이건 그냥 유령에 관한 책이야."라며 쓰다 군은 아주 대수롭지 않다는 듯한 얼굴을 하고 있었다. 이 바쁜 세상 속에서 유행하는 것도 아닌 유령에 관한 책을 차분하게 앉아 애독한다는 것은 한가로움을 넘어서 사치스러운 일이라고 생각했다.

"나도 마음 편하게 유령이라도 연구하고 싶지만, ―아무래도 매일 시바(芝)에서 고이시카와(小石川)의 외진 곳까지 돌아와야 하기에 연구는커녕, 내 자신이 유령이 되어버릴 지경이야. 생각해 보면 불안해지기까지 해."

"그랬었지. 깜빡 잊고 있었네. 어떤가? 새로운 세대의 맛은? 한 가구를 이루고 나니 주인이 된 듯한 기분이 저절로 들던가?"라고 쓰다 군이 유령을 연구하는 사람답게 심리작용에 파고드는 질문을 했다.

"주인다운 기분도 그렇게 들지는 않아. 역시 하숙을 하는 게 마음 편해서 좋은 듯해. 그나마 모든 것이 정돈되어 있다면 주인장의 마음가짐이라는 특별한 기분도 생길지 모르겠지만 누가 뭐래도 놋쇠 주전자로 물을 끓이기도 하고, 양철 대야로 세수를 하다보면 주인답다는 생각은 들지 않으니까."라고 사실을 있는 그대로 자백했다.

"그래도 주인이지. 이게 우리 집이라고 생각하면 왠지 모르게 유쾌하지 않은가? 소유라는 것과 애착이라는 것은 대부분의 경우 동반되는 것이 원칙이니까."라고 쓰다 군이 심리학적으로 사람의 마음을 설명해주었다. 학자라는 자는 청하지도 않은 것을 일일이 설명해주는 사람이다.

"우리 집이라는 생각이 든다면야 어떨지 모르겠지만, 우리 집이라 생각하고 싶은 마음이 전혀 들지 않아. 그야 이름만은 틀림없이 주인이지. 그래서 문간에도 내 이름만은 달아놓은 거지만. 집세 7엔 50센짜리 주인이니, 주인이라고 해봐야 훌륭한 주인은 아니야. 주인 가운데서도 속관[屬官]이라고 부를 만한 자야. 주인이 될 바에는 칙임[勅任] 주인이나 적어도 주임[奏任] 주인이 되지 않는 한 유쾌함은 없어. 단지 하숙을 할 때보다 귀찮은 일만 더 늘어날 뿐이야."라고 깊이 생각해보지도 않고 표면상의 불평만을 발표한 뒤 상대방의 눈치를 살폈다. 상대방이 조금이라도 동의한다면 바로 불평의 후진[後陣]을 내보낼 생각이었다.

"그래, 진리는 그 부근에 있는 걸지도 모르겠네. 하숙을 계속하고 있는 나와 새로이 한 가구를 이룬 자네와는 당연히 입각지[立脚地]가 다르니까."라고 말은 굉장히 어렵지만 어쨌든 내 설에 찬성만은 해주었다. 이 상태라면 불평을 조금 더 진열해도 괜찮을 듯했다.

"우선 집에 돌아가면 할멈이 옆을 묶은 장부를 들고 내 앞으로 나와. 오늘은 된장을 3센, 무를 2개, 강낭콩을 1센 5린[1] 샀습니다,

---

[1] 厘. 일본의 화폐 단위. 1엔의 1,000의 1.

하고 정밀한 보고를 해. 귀찮기 짝이 없어."

"귀찮기 짝이 없다면 그만두면 되잖아."라고 쓰다 군은 누가 하숙인 아니랄까봐 한가로운 소리를 했다.

"나는 그만두어도 상관없지만 할멈이 승낙을 해주지 않으니까 문제지. 그런 건 일일이 듣지 않아도 상관없으니 적당히 알아서 하라고 해도, 천만에요, 안주인이 안 계신 댁의 부엌살림을 맡은 이상은 1센 1린이라도 어긋남이 있어서는 안 돼요, 라며 고집스럽게 주인의 말을 듣지 않으니 말이야."

"그럼 그냥 응, 응 듣는 척만 하고 있으면 되잖아." 쓰다 군은 외부의 자극 여부와는 상관없이 마음은 자유롭게 작용할 수 있는 법이라 생각하고 있는 듯했다. 심리학자답지 않은 일이었다.

"그런데 그게 전부가 아니야. 세밀한 회계 보고가 끝나고 나면 이번에는 다음 날 반찬에 대한 면밀한 지휘를 청해오기에 난처해져."

"적당히 알아서 장만해달라고 하면 되지 않는가?"

"하지만 본인이 적당히 알아서 할 만큼 반찬에 관한 명료한 관념이 없기에 어쩔 수가 없어."

"그럼 자네가 명령하면 되잖아. 반찬의 프로그램 정도는 별거 아니잖아."

"그걸 간단히 할 수 있을 정도라면 고생할 필요도 없겠지. 나 역시 반찬에 대한 지식은 아주 빈약해. 내일 토장국은 무엇을 넣고 끓일까요, 라고 물으면 애초부터 즉답은 할 수 없는 사내이니……."

"토장국은 또 뭔가?"

"된장국을 말하는 거야. 도쿄(東京)의 할멈이기에 도쿄식으로 토장국이라고 하는 거야. 그 국에 무엇을 넣을까 물어오면 우선 넣을 만한 것들을 질서정연하게 늘어놓은 다음 선택하지 않으면 안 되잖아. 하나하나 생각해내는 것이 첫 번째 고난이고, 생각해낸 물건 가운데서 취사[取捨]하는 것이 두 번째 고난이야."

"그런 고난을 겪으면서 밥을 먹는다는 건 한심한 일이군. 자네가 특별히 좋아하는 것이 없어서 고난을 겪는 거야. 2개 이상의 물체를 같은 정도로 호오[好惡]하면 결단력 상에 지둔[遲鈍]한 영향을 주는 것이 원칙이니까."라고 다시 뻔한 얘기를 일부러 어렵게 만들어버린다.

"된장국에 넣을 것까지 상의하는가 싶으면, 묘한 일에 간섭을 해."

"오호, 역시 음식물 상의 것인가?"

"응, 매일 아침이면 백설탕을 친 매실 장아찌를 가지고 와서는 무슨 일이 있어도 하나 먹으라고 하는데 말이지, 그걸 먹지 않으면 할멈은 기분이 아주 언짢아져."

"먹으면 어떻게 되는 건가?"

"그게 역병을 물리치는 주문이래. 그런데 할멈이 말하는 이유가 재미있어. 일본의 어느 여관에서 묵든 아침상에 매실 장아찌를 올리지 않는 곳은 없다, 주문이 통하지 않는다면 이렇게 일반의 습관이 됐을 리 없다며 자신만만하게 매실 장아찌를 먹인다니까."

"그래, 그 말에도 일리는 있군. 모든 습관은 모두 상응하는 공력이 있어서 유지되고 있는 거니까. 매실 장아찌도 단박에 무시할 수는 없지."

"그렇게 자네까지 할멈 편을 들기 시작하면 나는 더욱 주인답지 않은 기분이 되어버리고 말 거야."라며 피우던 담배를 화로의 재 속으로 던져 넣었다. 타고 남은 성냥이 흩어져 있는 가운데 하얀 것이 슥 움직여 비스듬한 한일자가 생겨났다.

"어쨌든 구폐에 물든 할멈이로군."

"구폐는 먼 옛날에 졸업했는데, 미신을 믿는 할멈이야. 아무래도 한 달에 두어 번은 덴즈인2) 부근의 어떤 스님에게 상의를 하러 가는 모양이야."

"친척 중에 스님이라도 있는 건가?"

"아니, 스님이 용돈벌이 삼아 점을 봐주고 있는데 말이지, 그 스님이라는 사람이 또 쓸데없는 소리만 해서 난감하기 짝이 없어. 실제로 내가 집을 얻었을 때도 귀문[鬼門]이라는 둥, 팔방이 막혔다는 둥 굉장히 골치 아프게 했어."

"하지만 집을 얻은 뒤에 그 할멈을 들였잖아."

"들인 건 이사할 때였지만 약속은 그 전부터 해두었거든. 사실은 그 할멈도 요쓰야(四谷)의 우노(宇野)가 소개해준 사람으로, 이 사람이라면 괜찮다, 혼자 집을 보게 해도 걱정할 것 없다고 어머님이 말씀하시기에 결정한 거야."

"그럼 미래에 자네 부인이 될 사람의 어머님께서 밝은 눈으로 고르신 할멈이니 틀림없지 않겠는가?"

"물론 틀림없는 사람이지만 미신에는 놀랐어. 듣자하니 이사하기 사흘 전에 그 스님을 찾아가서 점을 봤다는 거야. 그랬더니

---

2) 伝通院. 도쿄 분쿄 구 고이시카와에 있는 정토종의 절.

스님이 지금 혼고3)에서 고이시카와 쪽을 향해 움직이는 것은 아주 좋지 않다, 틀림없이 집안에 불행한 일이 있을 것이라고 했다는 거야. 쓸데없는 참견 아닌가? 스님씩이나 돼서 그렇게 잘난 척 망언을 할 필요는 없잖아."

"하지만 그게 직업이니 어쩔 수 없지."

"직업이라면 그냥 눈감아줄 테니 돈만 받고 무난한 얘기만 해주면 되잖아."

"그렇게 화를 내봐야 내 잘못이 아니니 일이 해결되는 건 아니야."

"거기다 젊은 여자가 화를 입을 거라고 한마디 덧붙였다는 거야. 그러니 할멈이 안 놀랄 수 있었겠는가? 우리 집에서 젊은 여자라면 틀림없이 조만간에 아내로 맞을 우노의 딸일 것이라 스스로 결론 내리고 혼자 걱정을 하고 있는 거야."

"하지만 아직 자네의 집에는 오지 않았잖아."

"오기 전부터 걱정을 하니, 사서 고생을 하는 거지."

"이거 농담인지 진담인지 알 수가 없어졌군."

"완전히 말도 되지 않는 일 아닌가? 그런데 요즘에 우리 집 주변에서 들개가 울어대기 시작했어. ……."

"개가 우는 거하고 할멈하고 무슨 관계라도 있는 건가? 내게는 연상되는 것조차 없는데."라며 쓰다 군이 아무리 심리학을 특기로 삼고 있다고 해도 이건 설명하기 어렵다는 듯 눈썹을 살짝 찌푸렸다. 나는 짐짓 아주 차분한 척 차를 한잔 달라고 말했다. 소마

---

3) 本郷. 도쿄 분쿄 구 남동부의 지명.

지방에서 구운 찻사발은 싸구려에 속된 것이다. 원래는 가난한 토족[土族]이 부업 삼아서 굽던 것이라는 말까지 전해들은 적이 있었다. 쓰다 군이 재탕한 싸구려 차를 싸구려 찻사발에 넘칠 정도로 부어준 순간 나는 왠지 싫은 기분이 들어 마시고 싶은 마음이 사라져버렸다. 찻사발 바닥을 보니 화공 가노 모토노부[4] 풍의 말이 기세 좋게 튀어오르고 있었다. 싸구려에 어울리지 않게 활달한 말이라고 감탄했으나 말에 감탄했다고 해서 마시고 싶지도 않은 차를 마셔야 한다는 도리도 없으리라 싶었기에 찻사발에는 손을 대지 않았다.

"자, 마시게."라고 쓰다 군이 재촉했다.

"이 말은 기세가 아주 좋군. 저 꼬리를 흔들며 갈기를 어지러이 날리고 있는 모습을 보니, 야생마로군."이라고 차를 마시지 않는 대신 말을 칭찬해주었다.

"그건 또 무슨 소리야. 할멈이 갑자기 개가 되었다 싶더니, 개가 갑자기 말이 되는 건 너무 심하지 않은가? 그래서 어떻게 됐지?"라고 자꾸만 다음 얘기를 듣고 싶어 했다. 차는 마시지 않아도 상관없는 일이 되었다.

"할멈이 말하기를, 저 우는 소리는 그냥 우는 소리가 아니다, 아무래도 이 주변에 이변이 있는 듯하니 조심하지 않으면 안 된다는 거야. 하지만 조심한다고 해봐야 특별히 조심할 방법이 있는 것도 아니어서 그냥 내버려두면 되니 상관은 없지만, 시끄러워서 견딜 수가 없어."

---

4) 狩野 法眼(1476?~1559). 아버지의 화풍을 계승함과 동시에 중국화의 화법을 정리해서 받아들여 가노파 화풍을 완성했다.

"그렇게 울어대는가?"

"아니, 개는 시끄러워도 아무 상관없어. 무엇보다 나는 쿨쿨 잠을 자버리기 때문에 언제, 얼마나 우는지조차 전혀 모를 정도니까. 하지만 할멈의 하소연은, 내가 깨어 있을 때만 골라서 해오기에 귀찮아."

"그렇겠군. 아무리 할멈이라 해도 자네가 자고 있을 때 와서 조심하세요, 라고는 하지 않을 테니."

"그런데 마침 내 미래의 아내가 감기에 걸리고 말았어. 할멈의 생각대로 사건이 폭주했기에 견딜 수가 없어."

"그래도 우노 댁의 아가씨는 아직 요쓰야에 있으니 걱정하지 않아도 될 것 같은데."

"그런데도 걱정을 하니 미신을 믿는 할멈인 거지. 당신이 이사를 하지 않으면 아가씨의 병이 빨리 낫지 않을 테니 이번 달 안에 꼭 방향이 좋은 곳으로 집을 옮기라는 거야. 뜻밖의 예언자에게 붙들려서 아주 성가시기 짝이 없어."

"이사를 하는 것도 괜찮을지 모르겠는데."

"한심한 소리 하지 마. 얼마 전에 막 이사를 했다고. 그렇게 자주 이사를 다니면 파산하고 말 거야."

"그런데 환자는 괜찮은가?"

"자네까지 묘한 말을 하는군. 덴즈인의 스님께 조금씩 물들기 시작한 건가? 사람을 그렇게 겁주는 게 아니야."

"겁주는 게 아니야, 괜찮으냐고 물은 거야. 내 딴에는 자네 집사람의 몸을 걱정해준 거라고."

"당연히 괜찮지. 기침이 조금 나기는 하지만 인플루엔자인걸"

"인플루엔자?"라고 쓰다 군이 갑자기 내가 놀랄 만큼 커다란 소리를 냈다. 이번에는 정말로 겁을 먹어 말없이 쓰다 군의 얼굴을 바라보았다.

"정말 조심하도록 하게."라고 두 번째에는 낮은 목소리로 말했다. 첫 번째의 커다란 목소리에 반해서 이 낮은 목소리가 귓속을 뚫고 머리로 쑥 파고 든 듯한 느낌이 들었다. 어째서인지는 몰랐다. 가느다란 바늘은 뿌리까지 파고든다, 작아도 울림이 좋은 목소리는 뼈에 울리는 것이리라. 파란 유리 같은 하늘에 눈동자만 한 검은 점이 콕 찍혀버린 듯한 기분이었다. 지워져 사라질지 녹아서 흘러나갈지, 어쩌면 폭풍이 되어버릴지도 모를 일이었다. 이 눈동자만 한 점의 운명은 지금부터 있을 쓰다 군의 설명으로 결정될 터였다. 나는 자신도 모르게 소매에서 구운 찻사발을 들어 식은 차를 단번에 벌컥 들이켰다.

"조심하지 않으면 안 돼."라고 쓰다 군이 같은 말을 같은 투로 거듭 되풀이했다. 눈동자만 한 점이 검은 빛을 한층 더했다. 그러나 흘러갈지 퍼져나갈지는 아직 알 수가 없었다.

"기분 나쁜 소리 하지 마. 이상하게 겁을 주는군. 와하하."라고 억지로 커다란 소리로 웃어 보였으나 맥이 풀려버린 힘없는 목소리가 의미 없이 울렸기에 스스로도 깨닫고 도중에 뚝 그쳐버리고 말았다. 그치고 나니 그와 동시에 이 웃음이 더욱 부자연스럽게 들렸기에 역시 끝까지 웃어버릴 걸 그랬다고 생각했다. 쓰다 군은 이 웃음을 어떻게 들었는지 알 수 없었다. 다시 입을 열었을 때도 여전히 전과 다름없는 말투였다.

"아니, 사실은 이런 일이 있었어. 요 얼마 전의 일이었는데 우리 친척 중에 역시 인플루엔자에 걸린 사람이 있었어. 별스러운 일도 아니라고 생각해서 그냥 내버려두었더니 일주일 지난 뒤부터 폐렴이 되었고 결국은 1개월도 되지 않아서 죽고 말았어. 그때 의사가 한 말이야. 요즘의 인플루엔자는 성질이 좋지 않다, 바로 폐렴이 되어버리기에 조심하지 않으면 안 된다고 말했는데……. 정말 꿈을 꾸고 있는 기분이야, 너무 가엾어서."라고 말하며 섬뜩하게 차가운 얼굴을 했다.

"흠, 그거 참 뜻밖의 일이군. 그게 어째서 폐렴이 된 거지?"라고 걱정이 됐기에 참고를 위해 들어둘 생각이었다.

"어째서라니, 특별한 사정이 있는 것도 아니었어……. 그러니 자네도 조심하지 않으면 안 된다고 말한 거야."

"정말이군."이라고 나는 온몸의 진지함을 이 네 글자에 담아 쓰다 군의 눈 속을 열심히 바라보았다. 쓰다 군은 아직도 차가운 얼굴을 하고 있었다.

"싫다, 싫어. 생각하기도 싫어. 스물두엇에 죽는다는 건 정말 허무한 일이니까. 게다가 남편은 전쟁에 나가 있으니……."

"흠, 여자였나? 그거 가엾게 됐군. 군인이란 말이지?"

"응, 남편은 육군 중위야. 결혼한 지 아직 1년도 안 됐어. 나는 장례식에도 갔었고 장지에도 함께 갔었는데……, 그 부인의 어머님이 우셔서……."

"울었겠지. 누구든 울 거야."

"발인이 있던 날은 마침 눈이 희끗희끗 날리던 추운 날이었는데 독경을 마치고 드디어 관을 묻는 순서가 되자 어머님이 구멍 옆에 웅크려 앉은 채 움직이지 않았어. 눈이 내려서 머리 위가 얼룩얼룩해졌기에 내가 우산을 씌워주었어."

"그거 참 기특하군. 자네에게는 어울리지 않는 친절한 행동을 했어."

"하지만 가엾어서 그냥 보고 있을 수 없었거든."

"그랬겠지."라며 나는 다시 화공 모토노부의 말을 보았다. 내 스스로도 이때는 틀림없이 상대방의 차가운 얼굴에 전염되었을 것이라고 생각했다. 순간적으로 세상을 떠난 여자의 남편에 대해서 들어보고 싶어졌다.

"그런데 그 남편은 무사한가?"

"남편은 구로키(黑木) 군에 소속되어 있는데 다행히 그 사람은 부상도 없는 모양이야."

"아내가 죽었다는 소식을 접하고 아마도 놀랐겠지."

"아니, 거기에는 신기한 이야기가 있어. 일본에서 편지가 도착하기 전에 아내가 먼저 남편을 찾아갔어."

"찾아갔다니?"

"만나러 간 거야."

"왜?"

"왜냐니, 만나러 간 거야."

"만나러 가든 뭘 하든, 당사자는 죽었잖아."

"죽어서 만나러 간 거야."

"황당한 소리를 하는군. 아무리 남편이 그립다 해도 그런 재주를 부릴 수 있는 사람이 어디 있어? 마치 하야시야 쇼자[5]의 괴담

---

5) 林屋 正三. 만담가.

같잖아."

"하지만 진짜로 갔으니 어쩔 수 없어."라고 쓰다 군이 교육받은 사람답지 않게, 어리석은 일을 완고히 주장했다.

"어쩔 수 없다니……. 마치 보고 온 사람처럼 말하는군. 이상한데, 자네 진심으로 그런 얘기를 하고 있는 건가?"

"물론 진심이지."

"이거 놀랐는걸. 마치 우리 집 할멈 같아."

"할멈이든 할아범이든 사실이니 어쩔 수 없어."라며 쓰다 군은 더욱 용을 썼다. 아무래도 내게 장난을 치고 있는 것처럼은 보이지 않았다. 글쎄, 진지하게 말하고 있는 것이라면 무슨 사연이 있으리라. 쓰다 군과 나는 대학에 들어가서 과는 달랐지만, 고등학교 때는 같은 반이었던 적도 있었다. 그때 나는 대체로 마흔 몇 명 가운데서 말석을 더럽히는 것이 일반적이었으나, 선생은 언제나 꿋꿋하게 2, 3등에서 떨어진 적이 없었던 것을 보면, 머리는 나보다 서른대여섯 수나 명석함에 틀림없으리라. 그런 쓰다 군이 용을 써가며 변호를 하고 있으니 마냥 엉터리 같은 소리만은 아닐 터였다. 나는 법학사였다. 눈앞의 사건을 있는 그대로 보고 상식적으로 판단해나가는 것 외에 다른 사고를 한다는 것은 불가능하다기보다 오히려 바람직하지 못한 일이었다. 유령이네, 재앙이네, 인연이네 하는 등의 뜬구름을 잡는 듯한 일을 생각하는 것은 무엇보다 싫었다. 그러나 쓰다 군의 머리에는 약간 감탄을 하고 있었다. 그 감탄하고 있는 선생이 진지하게 유령담을 하고 있으니, 그 문제에 대한 나의 태도 역시 의리를 생각해서라도 바꾸고 싶어졌다. 솔직히 말해서 유령과 부랑자는 유신[6] 이후 영원히 폐업을 했다고만 믿고 있었다. 그런데 아까부터 쓰다 군의 모습을 지켜보고 있자니 왠지 이 유령이라는 것이 나 모르는 사이에 재흥한 것처럼도 여겨졌다. 조금 전 책상 위에 있던 책은 무엇이냐고 물었을 때도 유령에 관한 책이라고 대답한 것으로 기억하고 있다. 어쨌든 손해 볼 것은 없는 일이었다. 바쁜 내게 이런 기회는 또 없으리라. 후학을 위해서 얘기만이라도 듣고 가자고 마침내 마음속으로 결심했다. 바라보니 쓰다 군도 이야기의 뒤를 계속하고 싶어 하는 눈치였다. 이야기하고 싶다, 듣고 싶다고 마음이 결정되면 문제는 간단하다. 한수[漢水]는 여전히 서남으로 흐르는 것이 천고의 법칙이다.

"차근차근 캐물어보니 그 아내 되는 사람이, 남편이 출정하기 전에 맹세했다고 하더군."

"뭘?"

"만에 하나 혹시 집을 비우신 동안에 병으로 죽는 일이 있어도 그냥은 죽지 않겠다고."

"흠."

"혼백만은 반드시 곁으로 가서 한 번 더 뵙도록 하겠습니다, 라고 말했을 때 남편은 군인에다 호방한 성격이었기에 웃으며 알겠소, 언제든 오시오, 전쟁 구경을 시켜드릴 테니, 라고만 말하고 만주로 건너갔어. 그 이후 그런 일은 새까맣게 잊고 전혀 신경도 쓰지 않았다고 해."

---

6) [維新] 메이지 유신. 19세기 후반, 에도 막부 체제를 붕괴시키고 중앙집권적 통일국가 건설과 일본 자본주의 형성의 기점이 되었던 정치적, 사회적 변혁 과정.

"그랬겠지. 나였다면 전쟁에 나가지 않았어도 잊었을 거야."
"그런데 그 남자가 출발할 때 아내가 여러 가지로 거들어 싸준 짐 가운데 품속에 넣어가지고 다니는 조그만 거울이 있었대."
"흠, 자네 참 자세히도 조사했군."
"그게 아니라, 나중에 전장에서 편지가 와서 그 전후 사정이 명료해진 거야. ……선생은 그 거울을 늘 품에 지니고 다녔는데 말이지."
"응."
"어느 날 아침, 평소와 다름없이 그걸 꺼내서 별 생각 없이 보았다고 해. 그런데 그 거울 안쪽에 비친 것은……, 언제나처럼 때에 찌든 수염투성이 얼굴일 것이라고 생각했는데……, 신기한 일도 다 있지……. 참으로 묘한 일이 일어났어."
"어떻게 된 건데?"
"병에 야윈 아내의 창백한 모습이 슥 나타났다고 하는데……. 물론 그건 얼핏 믿을 수 없는 일이야. 누구에게 말해도 거짓말이라고 할 거야. 실제로 나도 그 편지를 읽기 전까지는 믿지 않았던 사람 중 한 명이었어. 하지만 저쪽에서 편지를 보낸 건 물론, 이쪽에서 사망 통지를 행하기 3주일이나 전이었어. 거짓말을 하고 싶어도 거짓말로 삼을 재료가 없는 시기 아닌가. 게다가 그런 거짓말을 할 필요도 없지 않은가? 죽느냐 사느냐 하는 전쟁 중에 그런 소설 같은 한가로운 거짓말을 써서 고향에 보낼 사람은 하나도 없을 거야."
"그야 없지."라고 말했으나 사실은 아직 반신반의하고 있었다. 반신반의하기는 했으나 어딘가 무서운, 으스스한, 한마디로 표현해서 법학사에게는 어울리지 않는 느낌이 들기 시작했다.

"하지만 말을 하지는 않았다고 해. 말없이 거울 속에서 남편의 얼굴을 뚫어져라 바라봤을 뿐이라고 했는데 그때 남편의 가슴속에서는 결별의 순간 아내가 한 말이 소용돌이처럼 홀연 솟아올랐다고 해. 그야 물론 그랬겠지. 불에 달군 인두로 머릿속을 지지직 지지는 것 같은 기분이었다고 편지에는 적혀 있었어."

"묘한 일도 다 있군." 편지 글귀까지 인용을 하면 반드시 믿어야만 할 것 같다는 생각이 든다. 왠지 뒤숭숭한 기분이 들었다. 그때 쓰다 군이 만약 와, 하고 외치기라도 했다면 나는 틀림없이 깜짝 놀랐을 것이다.

"그래서 시간을 알아봤더니 아내가 숨을 거둔 것과 남편이 거울을 본 것이 같은 날, 같은 시간이었어."

"더욱 신기한 일이군." 이때에 이르러서는 진심으로 신기한 일이라고 생각하기 시작했다. "하지만 그런 일이 있을 수 있는 일일까?"라고 혹시나 해서 쓰다 군에게 물어보았다.

"여기에도 그런 내용이 적힌 책이 있어."라고 쓰다 군이 조금 전의 책을 책상 위에서 집어 들며, "요즘 같아서는, 있을 수 있는 일이라는 사실만은 증명이 될 것 같아."라고 더없이 차분하게 대답했다. 법학사가 모르는 사이에 심리학자 쪽에서는 유령을 재흥시키고 있었구나 하는 생각이 들자 유령도 더는 무시할 수 없게 되었다. 모르는 일에는 참견을 할 수가 없다, 모른다는 것은 무능력함이다. 유령에 관한 한, 법학사는 문학사에게 맹종할 수밖에 없다고 생각했다.

"먼 거리를 두고 어떤 사람의 뇌세포와 다른 사람의 세포가 감응해서 일종의 화학적 변화를 일으키면······."

"나는 법학사라 그런 얘기는 들어도 몰라. 결론은 이론상 그런 일도 있을 수 있다는 말이지?" 나처럼 머리가 불투명한 사람은 이유를 듣기보다 결론만 받아들이는 편이 간편하다.

"맞아, 결국은 거기로 귀착돼. 그리고 이 책에도 예가 잔뜩 실려 있는데 그 가운데서도 로드 브로엄7)이 본 유령은 조금 전의 이야기와 완전히 똑같은 경우에 속해. 꽤 재미있어. 자네, 브로엄은 알고 있지?"

"브로엄? 브로엄이 뭔데?"

"영국의 문학자야."

"어쩐지 모르겠다 싶었어. 자랑은 아니지만 내가 알고 있는 문학자라고는 셰익스피어하고 밀턴하고 그 외에 두어 명밖에 안 돼."

쓰다 군은 이런 인간하고 학문상의 논의를 하는 건 쓸데없는 짓이라고 생각했는지, "그러니까 우노의 아가씨도 세심하게 주의를 기울여야 한다고 말한 거야."라고 얘기를 원래대로 되돌렸다.

"응, 조심하라고 하지. 하지만 만일의 일이 일어나면 반드시 뵈러 가겠다는 맹세는 하지 않았으니 그쪽은 괜찮겠지."라고 말장난을 쳐보았으나 마음속은 왠지 불쾌했다. 시계를 꺼내보니 11시에 가까웠다. 이건 큰일이었다. 집에서는 할멈이 틀림없이 개 짖어대는 소리에 괴로워하고 있을 것이라는 생각이 들자 한시라도 빨리 돌아가고 싶어졌다. "어쨌든 조만간 할멈과 이야기를

---

7) 헨리 피터 브로엄(Henry Peter Brougham, 1778~1868)을 말한다.

나누러 가겠네."라고 말한 쓰다 군에게 "맛난 음식을 대접할 테니 꼭 오도록 하게."라고 말하며 하쿠산8) 고텐마치에 있는 하숙에서 나왔다.

앞 다투어 아낌없이 핀 벚꽃에 드디어 봄이 왔다며 들뜨기 시작한 것도 겨우 이삼일 동안의 일이었다. 지금은 벚꽃 자신조차 너무 성급했다며 후회하고 있으리라. 뜨뜻미지근하게 모자를 부는 바람에 이마 언저리에서 배어나오는 기름과 끈적하게 들러붙는 흙먼지를 닦아냈던 그제를 생각하면, 마치 작년의 일이었던 것 같은 기분이 들었다. 그 정도로 어제부터 추워졌다. 오늘밤은 한층 더했다. 꽃샘추위가 찾아올 시기도 아닌데 어처구니없다며 외투의 깃을 세우고 맹아학교 앞에서 식물원 옆으로 난 완만한 경사를 내려가고 있자니, 어디서 친 종소리인지 밤 속으로 파도를 그리며 조용한 하늘을 넘실넘실 다가왔다. 11시라고 생각했다. 시간을 알리는 종은 누가 발명한 것인지 모르겠다. 지금까지는 깨닫지 못했는데 주의해서 들어보니 묘한 울림이었다. 하나의 소리가 아주 끈끈한 떡을 갈가리 찢어놓은 것처럼 몇 개로 갈라져 들려왔다. 갈라졌으니 인연이 끊어졌는가 싶으면 가느다래졌다가 다음 소리로 이어졌다. 이어져 굵어졌는가 싶으면 다시 붓끝처럼 자연스럽게 가느다래졌다. 저 소리는 이상하리만큼 늘어나기도 하고 줄어들기도 한다고 생각하며 걷자니 내 심장의 고동도 종의 파장과 함께 늘어나기도 하고 줄어들기도 하는 듯한 느낌이었다. 심지어는 종소리에 내 호흡을 맞추고 싶어지기까지 했다. 오늘밤

---

8) 白山. 도쿄 분쿄 구의 지명.

에는 아무래도 법학사답지 못하다며 종종걸음으로 파출소의 모퉁이를 돈 순간, 차가운 바람에 실려 굵은 빗방울이 얼굴에 툭 떨어졌다.

고쿠라쿠스이9)는 묘하게 으스스한 곳이었다. 요즘에는 양쪽 편에 나가야10)가 들어서서 옛날만큼 호젓하지는 않았으나, 그 나가야의 좌우 모두가 쥐 죽은 듯 고요해서 빈집처럼 보이는 것은 그다지 기분 좋은 풍경이 아니었다. 빈민은 늘 활동하기 마련이다. 일하지 않는 빈민은 빈민으로서의 본성을 잃은 것으로, 살아 있는 자라고 인정할 수 없다. 내가 지나는 고쿠라쿠스이의 빈민은 몽둥이로 때려도 되살아날 기미가 보이지 않을 만큼 조용했다. 실제로 죽은 것이리라. 툭툭, 마침내 빗줄기가 거세졌다. 우산을 가져오지 않았다. 어쩌면 집에 돌아가기까지 상당히 젖을지도 모르겠다고 혀를 차며 하늘을 올려다보았다. 비는 어둠 속에서 소슬하게 내렸다. 쉽게 갤 것 같지도 않았다.

5, 6간(10m) 앞으로 갑자기 하얀 것이 보였다. 길 한가운데 멈춰 서서 목을 길게 빼고 그 하얀 것을 바라보고 있자니, 하얀 것이 거침없이 내 쪽으로 다가오고 있었다. 30초도 지나지 않아 내 오른쪽으로 스치듯 지나가는 것을 보니, 귤 상자 같은 것에 하얀 천을 씌우고 검은 옷을 입은 사내 둘이 봉을 끼워 앞뒤에서 짊어지고 지나갔다. 아마도 장례식장이나 화장터로 가는 것이리라. 상자 안에는 틀림없이 갓난아기가 있으리라. 검은 사내들은

---

9) 極樂水. 도쿄 분쿄 구 고이시카와에 위치한, 덴즈인의 시초가 된 암자를 세웠던 곳.
10) 長屋. 일본 전통의 공동주택. 단층인 경우가 많다.

서로 말도 주고받지 않고 입을 다문 채 그 관을 짊어지고 갔다. 천하에 한밤중에 관을 짊어지는 것만큼 당연한 일도 없을 것이라 생각하고 있기라도 하다는 듯 당당하게 뚜벅뚜벅 짊어지고 갔다. 어둠 속으로 사라져가는 관을 잠시 신기하다는 듯 바라보다 뒤돌아선 순간, 길 앞에서 다시 사람의 목소리가 들려오기 시작했다. 커다란 목소리도 아니고 작은 목소리도 아니었다. 밤이 깊었기에 의외로 반향이 심했다.

"어제 태어났다가 오늘 죽는 사람도 있으니."라고 한 사람이 말하자 "천명이야. 전부 천명이니 어쩔 수가 없어."라고 한 사람이 답했다. 두 사람의 검은 그림자가 다시 내 옆을 스쳐 지나 순식간에 어둠 속으로 잠겨들었다. 관의 뒤를 따라가는 부산한 나막신 소리만이 빗속에 울렸다.

'어제 태어났다가 오늘 죽는 사람도 있으니.'라고 나는 마음속으로 되풀이해보았다. 어제 태어났다가 오늘 죽는 사람도 있다면, 어제 병에 걸렸다가 오늘 죽는 사람은 당연히 있을 터였다. 26년 동안이나 사바세계의 기운을 빨아들인 사람은 병에 걸리지 않아도 충분히 죽을 자격을 갖추고 있다. 이렇게 고쿠라쿠스이를 4월 3일 밤 11시에 오르는 것은 어쩌면 죽으러 올라가는 것일지도 몰랐다. 어쩐지 오르고 싶지 않았다. 한동안 언덕 중간에 멈춰 서보았다. 그러나 서 있는 것은 어쩌면 죽기 위해서 서 있는 것일지도 몰랐다. 다시 걷기 시작했다. 죽음이라는 것이 이토록 사람의 마음을 움직이리라고는 지금까지 전혀 깨닫지 못하고 있었다. 정신을 차리고 보니 서 있어도 걷고 있어도 걱정이 되었다. 이대로라면 집에 가서 이불 속에 들어가도 역시 걱정이 될지 몰랐다. 지금까지는 어떻게 해서 느긋하게 살아올 수 있었던 것일까? 생각해보니 학교에 다닐 때는 시험과 베이스볼 때문에 죽음이라는 것을 생각할 여유가 없었다. 졸업한 뒤에는 펜과 잉크와, 또 월급이 적다는 사실과 할멈의 잔소리 때문에 역시 죽음을 생각할 여유가 없었다. 인간은 죽는 법이라는 사실은 제아무리 태평한 나라도 틀림없이 알고 있었지만, 실제로 나도 죽을 것이라고 느낀 것은 오늘밤이 태어나서 처음이었다. 밤이라는 한없이 크고 검은 것이, 걷고 있어도 서 있어도 상하 사방에서 가두고 있고, 그 안에서 나라는 형체를 녹여버리지 않고는 그냥두지 않겠다며 다가오고 있는 듯한 느낌이 들었다. 나는 원래 느긋한 성격인 만큼 솔직히 말해서 공명심에는 냉담한 사내였다. 죽는다 할지라도 특별히 아쉬울 건 없었다. 특별히 아쉬울 건 없었으나 죽기는 아주 싫었다. 무슨 일이 있어도 죽고 싶지 않았다. 죽기란 이렇게도 싫은 것일까 하고 처음으로 깨달은 듯 여겨졌다. 비가 점점 농밀해져서 외투가 물을 머금었기에 만지면 젖은 스펀지를 누르는 것처럼 질척질척했다.

다케하야마치(竹早町)를 가로질러 키리시탄자카[11])의 언덕길로 접어들었다. 어째서 키리시탄자카라고 부르는 것인지는 모르겠으나 이 언덕도 이름에 뒤지지 않을 만큼 이상한 언덕이었다. 언덕 위로 올라선 순간, 문득 예전에 이곳을 지나다 '일본에서 경사가 제일 급한 언덕, 목숨이 아까운 자는 조심, 또 조심.'이라고 적힌 팻말이 둑 옆에서 길가로 비스듬하게 튀어나온 것을, 재미있

---

11) 切支丹坂 도쿄 분쿄 구에 있는 언덕. 기독교도를 수용하던 건물이 근처에 있었다.

다며 웃었던 일이 떠올랐다. 오늘밤은 웃을 때가 아니었다. 목숨이 아까운 자는 조심하라는 글이 성경에라도 있는 격언처럼 가슴속에 떠올랐다. 언덕길은 어두웠다. 함부로 내려갔다가는 미끄러져 엉덩방아를 찧을 판이었다. 위험하다고 생각했기에 팔부능선쯤부터는 아래를 보며 발 디딜 곳을 찾았다. 어두워서 무엇 하나 제대로 보이지 않았다. 왼쪽 둑에서부터 오래된 팽나무가 거침없이 가지를 뻗어 햇빛이 들지 않을 정도로 언덕을 덮고 있기 때문에 낮에도 이 언덕을 내려갈 때에는 계곡 아래로 떨어지는 것처럼 기분이 별로 좋지 않았다. 팽나무는 보일까 얼굴을 들어 바라보니, 있다고 생각하자면 있는 듯하고, 없다고 생각하자면 없는 듯한 정도로 검은 것에 비 떨어지는 소리가 쉴 새 없이 들려왔다. 이 어두운 언덕을 내려가 가느다란 골짜기의 길을 따라가다가 묘가다니(茗荷谷)를 맞은편으로 올라서 7, 8정(800m)쯤 가면 고히나타다이마치(小日向台町)에 있는 우리 집에 도착하지만 맞은편으로 올라가기까지가 조금 기분이 좋지 않았다.

 묘가다니 언덕의 중간쯤에 해당하는 곳에서 빨갛고 선명한 불이 보였다. 전에부터 보였던 것인지 얼굴을 든 순간 보인 것인지는 분명하지 않았으나 어쨌든 빗속을 뚫고 또렷하게 보였다. 어쩌면 저택의 문에 걸어놓은 가스등일지도 모르겠다며 바라보고 있자니 그 불이 공양을 위해 켜놓은 등롱이 가을바람에 흔들리듯 너울너울 움직였다. ……가스등은 아니었다. 뭘까 싶어 바라보고 있는데 이번에는 그 불이 비와 어둠 속을 물결처럼 뚫고 위에서 아래로 움직였다. ……이건 초롱불임에 틀림없다고 마침내 판단한 순간 그것이 갑자기 사라져버렸다.

그 불을 본 순간 나는 퍼뜩 쓰유코(露子)를 떠올렸다. 쓰유코란 장차 아내 될 사람의 이름이었다. 미래의 아내와 그 불이 어떤 관계가 있는지는 심리학자인 쓰다 군조차 설명하지 못할지도 몰랐다. 하지만 심리학자가 설명할 수 있는 것이 아니라면 떠올려서는 안 된다는 법이 있는 것도 아니리라. 그 빨갛고 선명한, 꼬리가 사라져버린 밧줄 같은 불은 나로 하여금 분명히 내 미래의 아내를 순간적으로 떠오르게 했다. ……동시에 불이 사라진 순간 이 쓰유코의 죽음을 미련도 없이 떠오르게 했다. 이마를 문지르자 식은땀과 비로 미끌미끌했다. 나는 정신없이 걸었다.

언덕을 내려서면 가느다란 골짜기의 길인데, 그 골짜기의 길이 끝났다 싶은 곳에서 다시 방향을 틀어 서쪽으로 서쪽으로 완만하게 오르막을 이루는 새로운 골짜기의 길이 이어진다. 그 부근은 말하자면 고지대의 불모지로 비가 조금이라도 내리면 나막신의 굽이 진흙으로 빨려 들어가 빠져버릴 만큼 질척였다. 어둡기도 하고 구두의 발꿈치가 흙에 깊숙이 박혀버려 쉽게는 움직일 수가 없었다. 구불구불 무턱대고 가다보니 구기자나무 울타리라 여겨지는 곳을 날카롭게 꺾어진 모퉁이에서 빨간 불과 다시 딱 마주쳤다. 바라보니 순사였다. 순사는 그 빨간 불을, 델 정도로 내 얼굴에 들이밀며 "좋지 않으니 조심하십시오."라고 툭 내뱉고 스쳐 지나갔다. 세심하게 주의를 기울이라고 한 쓰다 군의 말과, 좋지 않으니 조심하라고 가르쳐준 순사의 말이 비슷하다고 생각하자마자 곧 가슴이 납덩이처럼 무거워졌다. 그 불이다, 그 불이다, 라며 나는 숨이 끊어질 듯 달려 올라갔다.

어디를 어떻게 지났는지도 모르게 유성처럼 우리 집으로 뛰어든 것은 12시가 다 되어서였으리라. 심지를 짧게 올려 어둑한 램프를 한손에 들고 안에서 달려나온 할멈이 느닷없이 괴성처럼 "도련님! 무슨 일이세요?"라고 소리를 질렀다. 바라보니 할멈은 창백한 얼굴을 하고 있었다.

"할멈! 무슨 일 있었어?"라며 나도 커다란 목소리를 냈다. 할멈도 내게 무엇인가를 듣기가 겁나고, 나도 할멈으로부터 무엇인가를 듣기가 겁났기에 서로 무슨 일이냐고 물었으면서도 그 대답은 두 사람 모두 하지 않고 잠시 서로 노려보기만 했다.

"물이……, 물이 떨어집니다." 이건 할멈의 주의였다. 아니나 다를까 비를 흠뻑 머금은 외투의 자락과 중절모의 챙에서 사정없이 차가운 물방울이 다다미 위로 떨어졌다. 접힌 부분을 쥐어 던지자 하얀 공단을 댄 안쪽을 천장으로 향한 채 할멈의 무릎 옆에서 모자가 나뒹굴었다. 회색 체스터필드를 벗어 한 번 턴 뒤 던졌을 때는, 평소보다 훨씬 무겁게 느껴졌다. 일본옷으로 갈아입고 몸서리를 치고 나서 마침내 안정을 되찾았을 무렵을 가늠해서 할멈이 다시 "무슨 일이세요."라고 물었다. 이번에는 상대방도 조금은 차분해져 있었다.

"무슨 일이냐니? 특별히 아무 일도 없었어. 그냥 비에 젖었을 뿐이야."라며 가능한 한 약한 모습은 보이지 않으려 했다.

"아니요, 그 안색은 평범한 안색이 아니에요."라고 덴즈인의 스님을 믿는 사람답게, 인상을 잘 살폈다.

"할멈한테 무슨 일이 있었던 거 아니야? 조금 전에는 이를 조금 떨고 있는 것 같았어."

"저는 도련님께 아무리 놀림을 당해도 상관없습니다. ……하지만 도련님, 농담이 아닙니다."

"응?"하고 나도 모르게 심장이 오그라들었다. "무슨 소리야? 집을 비운 사이에 무슨 일이라도 있었던 거야? 요쓰야에서 환자에 대한 무슨 소식이라도 전해온 거야?"

"그것봐요, 아가씨를 그렇게 걱정하고 계시면서."

"뭐라고 하던가? 편지가 왔는가? 사람이 왔었나?"

"편지도 사람도 오지 않았어요."

"그럼 전보인가?"

"전보 같은 것도 오지 않았어요."

"그럼 뭐야……. 얼른 말해봐."

"오늘은 울음소리가 달라요."

"뭐가?"

"뭐가라니요? 도련님, 저녁부터 걱정이 돼서 아무래도 견딜 수가 없었어요. 이건 분명히 보통 일이 아니에요."

"뭘 말하는 거야? 그래서 얼른 말해보라고 하는 거 아니야."

"전에부터 말씀드렸던 개 말이에요."

"개?"

"네, 멀리서 우는 소리 말이에요. 제가 말씀드린 대로 하셨으면 이런 일 겪지 않고 지나셨을 텐데, 도련님께서 할멈의 미신이라고 사람을 너무 무시하셔서……."

"이런 일이고 저런 일이고, 아직 아무런 일도 일어나지 않았잖아."

"아니요, 그렇지 않아요. 도련님도 돌아오시는 길에 틀림없이 아가씨의 병에 대해서 생각하셨을 거예요."라고 할멈이 정곡을 푹 찔렀다. 써늘한 칼이 어둠에 번뜩이며 가슴을 슥 벤 듯한 기분이 들었다.

"물론 분명히 걱정을 하며 오기는 했어."

"그것 보세요. 역시 벌레가 소식을 전해온 거예요[12]."

"할멈, 벌레가 소식을 전하는 일이 정말로 있을까? 할멈은 그런 경험을 한 적 있어?"

"있고 없고의 문제가 아니에요. 옛날부터 사람들은 까마귀 울음이 좋지 않다는 둥 곧잘 말하곤 했잖아요."

"그래, 까마귀 울음소리는 들어본 것 같지만, 개가 멀리서 우는 소리는 할멈 한 사람뿐인 것 같은데……."

"아니에요, 도련님." 하고 할멈이 아주 경멸한다는 투로 내 의심을 부정했다. "같은 거예요. 이 할멈 같은 사람은 개가 멀리서 우는 소리로도 잘 알 수 있어요. 말보다는 증거, 이거 무슨 일이 일어났구나 하는 생각이 들면 틀린 적이 없었어요."

"그래?"

"노인네의 말은 무시할 수 없어요."

"그야 물론 무시할 수는 없지. 무시할 수 없다는 건 나도 잘 알고 있어. 그래서 할멈을 절대……, 그런데 개 우는 소리가 그렇게 잘 맞는가?"

"아직도 이 할멈의 말을 의심하고 계시네요. 그건 아무래도 상관없으니 내일 아침 요쓰야에 가보세요. 틀림없이 무슨 일이 있을 거예요. 제가 보장할게요."

---

[12] 좋지 않은 예감이 들 때를, 일본에서는 벌레가 소식을 전한 것이라고 표현한다.

"틀림없이 무슨 일이 있다니, 그건 싫은데. 뭔가 좋은 방법 없을까?"

"그래서 얼른 이사를 하시라고 말씀드린 건데, 도련님께서 너무 고집을 부리셔서……."

"앞으로는 고집부리지 않을게. ……어쨌든 내일 일찍 요쓰야에 가보기로 하지. 오늘밤 당장 가도 상관은 없지만……."

"오늘밤 가신다면, 이 할멈은 집을 볼 수가 없어요."

"왜?"

"왜냐고요? 으스스해서 견딜 수가 없으니까요."

"하지만 할멈은 요쓰야의 일이 걱정되잖아."

"걱정이 되기는 하지만, 저 역시 무서우니."

그때 마침 처마를 둘러싸고 있던 빗소리에 더해, 무엇인가가 땅을 기어 돌아다니며 우짖는 소리가 어딘가에서 들려왔다.

"아아, 저 소리에요."라고 할멈이 시선을 가만히 고정시키고 작은 목소리로 말했다. 과연 음산한 소리였다. 오늘밤에는 여기서 자기로 했다.

나는 평소와 다름없이 이불 속으로 들어갔으나 그 우짖는 소리가 마음에 걸려 눈조차 감을 수가 없었다.

보통 개가 우는 소리는 앞도 뒤도 도끼로 팬 장작을 길게 이어붙인 것처럼 직선적인 소리다. 지금 들리는 우짖는 소리는 그렇게 간단하고 평범한 것이 아니었다. 소리의 폭에 끊임없는 변화가 있어서 굴곡이 보이고 둥근 맛을 띠고 있었다. 촛불처럼 가느다랗게 시작해서 점점 풍성하게 퍼졌다가 다시 기름이 떨어진 등잔의 꽃으로 점차 스러져갔다. 어디서 우짖는 것인지 알 수 없었다. 백리 떨어진 곳에서 부는 바람에 실려 희미하게 울리는가 싶다가도, 그것이 가까워지면 처마 끝으로 흘러들어 베개에 막힌 귀에까지도 파고들었다. 우우우우 하는 소리가 둥근 단락을 몇 개나 늘어놓으며 집 주위를 두어 바퀴 돌고나면 어느 틈엔가 그 소리가 와와와와로 변화하는 형국. 빠른 바람에 실려 가 저 멀리서 꼬리가 응응응으로 변하며 어둠의 세계로 들어갔다. 쾌활한 소리를 억지로 압박해서 음울하게 만든 것이 이 우짖는 소리였다. 미쳐 날뛰는 울림을 권위로 짓눌러 침통하게 한 것이 이 우짖는 소리였다. 자유로운 것이 아니었다. 압제당해서 어쩔 수 없이 내는 소리라는 점이 원래의 우울함, 천연의 침통함보다도 한층 더 싫었다. 듣기 괴로웠다. 나는 이불 속에 귀뿌리까지 숨겼다. 이불 속에서도 들렸다. 더구나 귀를 내밀고 있을 때보다 한층 더 듣기 힘들었다. 다시 얼굴을 내밀었다.

 시간이 조금 흐르자 우짖는 소리가 뚝 그쳤다. 이 한밤중의 세계에서 개 우짖는 소리를 빼고 나니 움직이는 것은 무엇 하나 없었다. 우리 집이 바다 속에 잠긴 것이라 여겨질 만큼 고요해졌다. 고요해지지 않는 것은 내 마음뿐이었다. 내 마음만은 이 고요함 속에서 무엇인가를 예감하고 있었다. 하지만 그것이 무엇인지는 조금도 관념이 되어 떠오르지 않았다. 정체를 알 수 없는 것이 이 어둠의 세계에서 얼핏 얼굴을 내미는 것 아닐까 하는 걱정이 맹렬하게 신경을 거스를 뿐이었다. 지금 나타나는 건 아닐까, 지금 나타나는 건 아닐까 생각하고 있었다. 머리카락 사이에 다섯 손가락을 찔러 넣어 벅벅 긁어보았다. 일주일 정도 목욕탕에 가서 머리를 감지 않았기에 손가락 사이가 기름으로 끈적해졌다.

이 고요한 세계가 변화한다면······, 아무래도 변화할 것 같았다. 오늘밤 안으로, 날이 밝기 전에 틀림없이 무슨 일이 일어날 것이다. 이 1초를 기다리며 시간을 보냈다. 다음 1초도 또한 기다리며 지나갔다. 무엇을 기다리는 것이냐고 물으면 곤란해진다. 무엇을 기다리고 있는지 자신도 모르기에 한층 더 고통스러웠다. 머릿속에서 빼낸 손을 얼굴 앞으로 가져와 무의미하게 바라보았다. 손톱 안이 때로 거뭇해져서 초승달처럼 보였다. 동시에 위가 운동을 멈추어, 비에 젖은 사슴 가죽을 햇빛에 바싹 말린 것처럼 뱃속이 거북해졌다. 개가 짖었으면 좋겠다는 생각이 들었다. 짖는 동안에는 섬뜩하다는 생각이 들지만 얼마나 섬뜩한지를 알 수 있었다. 이렇게 조용해져서는 어떤 섬뜩한 일이 뒤에서 일어나고 있는지, 나도 모르는 사이에 빚어지고 있는지 짐작조차 할 수 없었다. 우짖는 소리라면 참을 수 있었다. 제발 짖어주었으면 좋겠다고 생각하며 몸을 뒤척여 똑바로 누웠다. 둥그런 램프의 빛이 천장에 희미하게 비쳤다. 보고 있자니 그 둥근 빛이 움직이고 있는 듯했다. 마침내 이상해지기 시작했다고 생각하자 이부자리 속에서 척추가 갑자기 흐물흐물해졌다. 그저 눈만을 크게 떠서 틀림없이 움직이고 있는 건지 아닌지를 확인했다. ······틀림없이 움직이고 있었다. 평소에도 움직이던 것을 깨닫지 못하고 오늘까지 온 것인지, 혹은 오늘밤에만 움직이는 것인지는 알 수 없었다. ······만약 오늘밤에만 움직이는 것이라면 보통 일이 아니었다. 그러나 어쩌면 거북한 뱃속 때문일지도 몰랐다. 오늘 회사에서 돌아오는 길에 이케노하타(池の端)에 있는 서양 요리점에서 새우튀김을 먹었는데 어쩌면 그게 탈이 난 걸지도 몰랐다. 변변찮은

음식을 먹고 돈을 뜯기다니 한심하다, 그만두었으면 좋았을 것을. 이럴 때는 마음을 가라앉히고 자는 것이 무엇보다 중요하다며 눈을 굳게 감아보았다. 그러자 무지개를 가루로 만들어 뿌린 것처럼 눈앞이 오색의 반점으로 반짝였다. 이건 틀렸다 싶어 눈을 뜨니 램프의 빛이 다시 신경 쓰였다. 달리 방법이 없었기에 다시 옆으로 누워 큰 병에 걸린 사람처럼 날이 밝기를 가만히 기다리기로 결심했다.

옆으로 눕자 눈에 문득 들어온 것은 장지문 아래에 할멈이 정성스럽게 개어 놓은, 지치부 비단13)의 평상복이었다. 얼마 전 요쓰야에 가서 쓰유코의 머리맡에서 언제나처럼 잡담을 나누었는데 환자가 터진 소매 끝으로 명주가 삐져나오려는 것이 마음에 걸려, 그만두라고 했는데도 억지로 이부자리에 일어나 앉아 꿰매 주었던 일이 바로 떠올랐다. 그때는 얼굴색이 조금 좋지 않았을 뿐 웃음소리까지 평소와 다름없었는데⋯⋯, 본인도 이제는 많이 좋아진 듯하니 내일쯤부터는 이부자리를 걷겠다고까지 말했는데⋯⋯, 지금 눈앞에 쓰유코의 모습을 떠올려보니⋯⋯, 떠올려본 것이 아니라 자연스럽게 떠오른 것이지만⋯⋯, 머리에 얼음주머니를 얹고 기다란 머리카락을 절반쯤 적신 채 끙끙 신음소리를 내며 베개 위에 머리를 기대고 있었다. ⋯⋯드디어 폐렴인 걸까 싶었다. 하지만 폐렴에라도 걸렸다면 무슨 소식이 있었을 터였다. 사람도 편지도 오지 않은 것을 보니 역시 병은 완전히 나은 것임에 틀림없다, 걱정할 것 없다고 단정하고 잠을 자려 했다. 감은 눈

---

13) 秩父銘. 안감으로 쓰는 질이 떨어지는 명주.

속으로 쓰유코의 창백하고 야윈 뺨과 움푹하고 유리를 바른 것 같은 섬뜩한 눈이 생생하게 떠올랐다. 아무래도 병은 낫지 않은 듯했다. 소식은 아직 오지 않았지만, 오지 않았다는 사실로 안심할 수는 없었다. 지금 당장 올지도 모른다, 어차피 올 거면 빨리 오는 게 좋다. 오지 않으려나 하며 몸을 뒤척였다. 춥다고는 하지만 4월이라는 시기에 두꺼운 이불을 2장이나 겹쳐서 덮고 있었기에 안 그래도 잠을 뒤척일 만큼 더울 터였으나, 손발과 가슴 속은 피가 전혀 통하지 않는 것처럼 무겁고 차가웠다. 손으로 몸 안을 쓰다듬어보니 기름과 땀으로 눅눅해져 있었다. 피부 위에 차가운 손가락이 닿는 것이, 구렁이가 기어오르기라도 하는 것처럼 섬뜩한 기분이 들었다. 어쩌면 오늘밤 안으로 사람이 올지도 모르겠다는 생각이 들었다.

누군가가 갑자기 바깥의 덧문을 깨질 듯이 두드렸다. 드디어 왔다며 심장이 튀어 올라 네 번째 갈비뼈를 걷어찼다. 무슨 말인가 하고 있는 듯했으나 두드리는 소리와 함께 귀를 덮쳤기에 잘 알아들을 수 없었다. "할멈, 누가 왔는데."라고 말한 순간, "도련님, 누군가 왔습니다."라고 답했다. 나와 할멈이 동시에 문으로 나가 덧문을 열었다. ……순사가 빨간 불을 들고 서 있었다.

"조금 전에 무슨 일 있지 않았습니까?"라고 순사가 미심쩍다는 듯한 얼굴로 인사도 없이 다짜고짜 물었다. 나와 할멈은 약속이라도 한 듯 서로의 얼굴을 보았다. 두 사람 모두 아무런 대답도 하지 않았다.

"사실은 지금 이곳을 순찰하고 있었는데 뭔가 검은 그림자가 문에서 나왔기에……."

할멈의 얼굴은 흙빛 같았다. 무슨 말인가 하려 했으나 숨이 차서 말을 하지 못하고 있었다. 순사가 나를 보며 대답을 재촉했다. 나는 화석이 되어버린 것처럼 멍하니 서 있었다.

"이런 오밤중에 커다란 실례인 줄은 알고 있습니다만……, 사실은 요즘 이 부근이 매우 시끄러워서, 경찰에서도 매우 엄중하게 경계를 하고 있는데……. 마침 이 댁 문이 열려 있고 무엇인가가 나오는 듯한 기척이 있어서 혹시나 하고 잠깐 주의를 기울였습니다만……."

나는 마침내 안도의 숨을 내쉬었다. 목구멍에 걸려 있던 둥근 납덩이가 내려간 듯한 기분이 들었다.

"이거 친절하시게도, 감사합니다……, 아니 특별히 도난을 당한 것은 아무것도 없는 듯합니다."

"그렇다면 됐습니다. 매일 밤 개가 짖어서 시끄러우시죠? 어떤 이유에서인지 도둑이 이 부근만 배회하고 있기에."

"여러 가지로 고생 많으십니다."라고 활기차게 대답한 것은 개 짖는 소리를 도둑 때문이라고도 해석할 수 있기 때문이었다. 순사는 돌아갔다. 나는 날이 밝자마자 요쓰야에 갈 생각이었는데 6시가 울리기까지 거의 한잠도 자지 못하고 밤을 새웠다.

비는 마침내 그쳤으나 길이 아주 좋지 않았다. 굽이 높은 나막신을 꺼내달라고 했더니 수선집에 맡긴 채 찾아오는 걸 깜빡 잊었다고 한다. 구두는 어젯밤의 비로 도저히 신을 수 있을 것 같지 않았다. 알게 뭐냐며 바닥이 넓은 게다를 신고 전속력으로 요쓰야의 사카마치(坂町)까지 달려갔다. 대문은 열려 있었으나 현관은 아직 닫혀 있었다. 서생도 아직 안 일어난 것일까 싶어 뒷문으로 돌아가 보았다. 기요(淸)라는 시모우사(下総) 출신의, 뺨이 발그레한 하녀가 된장에 절여두었던 가느다란 무를 지금 막 꺼내와 도마 위에서 썰고 있었다. "잘 있었어? 그 사람은 어때?"라고 물었더니 놀란 얼굴로 어깨끈을 반쯤 내리며 "네."라고 대답했다. 네, 가지고는 상황을 알 수 없었다. 신경 쓰지 않고 뛰어올라 거실로 성큼성큼 들어갔다. 보니 어머님께서 지금 막 일어난 얼굴로 기다란 느티나무 화로를 정성스럽게 닦고 계셨다.

"어머나, 야스오(靖雄) 씨!"라며 걸레를 든 채 어리둥절하다는 표정을 지었다. 어머나, 야스오 씨로도 상황을 알 수는 없었다.

"어떻습니까? 아주 안 좋습니까?"라고 빠르게 물었다.

개 우짖는 소리가 도둑 때문으로 밝혀졌을 정도이니 어쩌면 병도 나았을지 몰랐다. 나은 뒤였으면 좋겠다고 생각하며 어머님의 얼굴을 숨 죽여 바라보았다.

"네, 좋지 않겠지요. 어젯밤에 비가 많이 내렸으니까요. 아마 난처했을 겁니다."

이건 번지수가 조금 달랐다. 어머님의 모습을 보니 어딘가 놀란 듯했지만 특별히 걱정스러운 것처럼은 보이지 않았다. 나는 왠지 마음이 가라앉기 시작했다.

"길이 아주 좋지 않았습니다."라며 손수건을 꺼내 땀을 닦았으나 역시 마음에 걸렸기에 "저기, 쓰유코 씨는……."하고 물어보았다.

"지금 세수를 하고 있어요. 어젯밤에 중앙회당의 자선음악회인지 뭔지에 갔다가 늦게 돌아온 바람에 그만 늦잠을 자고 말아서."

"인플루엔자는?"

"네, 고마워요. 벌써 깨끗하게……."

"아무렇지도 않은 건가요?"

"네, 감기는 벌써 나았어요."

차갑지 않은 봄바람에 흐릿하던 가랑비가 걷혀 파란 하늘 끝까지 보이는 듯한 기분이었다. 일본에서 가장 좋은 기분으로, 라는 문구가 어딘가에 적혀 있었던 듯한데, 이런 기분을 말하는 게 아닐까 하고, 어젯밤에 기분이 좋지 않았던 만큼 지금의 가슴속이 한층 더 명랑해졌다. 어째서 그런 일로 괴로워했던 것일까? 스스로도 어리석음의 극치라고 깨닫고 나니 왠지 한심하다는 생각이 들었다. 한심하다는 생각이 들자 아무리 친한 사이라고는 하지만 볼일도 없으면서 아침 일찍부터 남의 집으로 뛰어들었다는 사실이 쑥스럽게 여겨졌다.

"무슨 일로 이렇게 일찍……, 무슨 볼일이라도 생겼나요?"라고 어머님이 진지하게 물었다. 어떻게 대답해야 좋을지 몰랐다. 거짓말을 하려 해도 그렇게 순간적으로 그럴 듯한 거짓말이 나올 리 없었다. 나는 달리 방법이 없었기에 "네."라고 말했다.

'네.'라고 말한 뒤, 그만둘 걸 그랬다……; 큰맘 먹고 솔직하게 자백할 걸 그랬다고 바로 깨달았으나, '네.'가 나와버리고 난 뒤였기에 달리 방법이 없었다. '네.'를 무를 수도 없으니 '네.'를 살릴 수밖에 없었다. '네.'는 간단한 한마디지만 함부로 써서는 안 된다. 이걸 살리는 건 아주 힘든 일이다.

"무슨 급한 일이라도 있나요?"라며 어머님이 캐물었다. 특별히 좋은 생각도 떠오르지 않았기에 다시 "네."라고 대답해놓고, "쓰유코 씨, 쓰유코 씨."하고 욕실을 향해 커다란 소리로 외쳐보았다.

"어머, 누구신가 했더니. 일찍 오셨네요. 어쩐 일이세요? 무슨 볼일이라도 있으세요?" 쓰유코는 남의 속도 모르고 다시 같은 질문으로 괴롭혔다.

"그래, 갑자기 무슨 볼일이 생기셨다는구나."라고 어머님이 쓰유코에게 대리로 대답했다.

"그래요. 무슨 일이예요?"라고 쓰유코가 천진하게 물었다.

"네, 그게 잠깐 볼일이 있어서 근처까지 왔다가."라고 마침내 한 줄기 활로를 뚫었다. 참으로 궁색한 활로라고 마음속에서 혼자 생각했다.

"그럼 저한테 볼일이 있는 게 아니었어요?"라며 어머님이 약간 이상하다는 표정을 지었다.

"네."

"벌써 일을 마치고 오신 건가요? 정말 부지런하시네요."라며 쓰유코가 크게 감탄했다.

"아니, 아직, 지금부터 가봐야 합니다."라고 너무 감탄을 해도 곤란했기에 잠깐 겸손을 떨어보았으나, 어느 쪽이든 특별히 달라질 것은 없다는 생각이 들자 스스로도 자신의 말이 참으로 한심하게 들렸다. 이럴 때는 가능한 한 빨리 돌아가는 것이 상책이었다. 오래 머물면 머물수록 실수를 할 뿐이라며 슬슬 자리에서 일어서려는데,

"왠지 안색이 아주 안 좋은 거 같은데 무슨 일 있는 거 아니에요?"라고 어머님이 역습을 가했다.

"머리를 깎는 게 좋겠어요. 수염이 너무 길어서 환자 같아요. 어머, 머리에 흙탕물이 튀었네요. 아주 급하게 걸어온 모양이군

요."

 "굽이 낮은 나막신을 신어서요. 많이 튀었을 겁니다."라며 등을 돌려 보여주었다. 어머님과 쓰유코가 동시에 "세상에나."하며 약속이라도 한 듯 놀랐다.

 말려준 하오리14)를 걸치고 나막신을 빌려서, 안쪽에서 주무시고 계시는 아버님께는 인사도 드리지 않고 문을 나섰다. 맑고 화창한 날로, 더구나 일요일이었다. 약간 겸연쩍기는 했으나 어젯밤의 걱정은 달아오른 화로 위의 눈처럼 사라지고 내 앞길로 버드나무, 벚나무의 봄이 몰려오는 듯 기뻤다. 가구라자카(神樂坂)까지 와서 이발소로 들어갔다. 미래에 아내가 될 사람의 환심을 얻기 위해서라는 말을 들어도 상관없었다. 실제로 나는 무슨 일이든 쓰유코가 원하는 대로 해야겠다고 생각하고 있었다.

 "손님, 수염은 남겨둘까요?"라고 하얀 옷을 입은 이발사가 물었다. 수염을 깎는 게 좋겠다고 쓰유코가 말했으나 수염 전체를 말한 건지 구레나룻만을 말한 건지 알 수가 없었다. 코 아래의 수염만은 그냥 남겨두자고 혼자서 결정했다. 이발사가 남길까요, 하고 확인을 할 정도이니 남겨도 틀림없이 그렇게 크게 눈에 띄지는 않으리라.

 "겐 씨, 세상에는 꽤나 멍청한 양반도 있는 모양이야."라고 내 턱을 잡고 면도칼을 거꾸로 쥐며 화로 쪽을 힐끗 보았다.

 겐 씨는 화로 옆에 자리 잡고 앉아 장기판 위에서 금장[金將]과 은장[銀將]의 말 2개를 자꾸만 두드리다가 "누가 아니래. 유령이

---

14) 羽織 기모노 위에 입는 짧은 겉옷.

네, 망자네, 그건 말이지 옛날 얘기야. 전기등이 들어오는 요즘 같은 세상에 그런 엉터리 같은 일이 있을 리 없잖아."라며 왕의 어깨 위에 차를 얹어보았다. "이봐, 요시 공[公]. 너 이렇게 해서 말을 10개 쌓아올려 보지 않을래? 쌓으면 아타카즈시15)를 10센어치 사줄게."

이발소에서 일하는 꼬맹이는 높은 굽 하나만 달린 나막신을 신었는데 "생선초밥은 싫어요. 유령을 보여주면 쌓아 보일게요."라고 이제 막 세탁을 마친 수건을 개며 웃고 있었다.

"유령도 요시 공에게까지 무시를 당할 정도이니 체면이 서지 않겠군."이라며 내 귀밑머리를 관자놀이 부근에서부터 썩둑 잘랐다.

"너무 짧지 않은가?"

"요즘에는 모두 이 정도입니다. 귀밑머리가 길면 기생오라비 같아서 우습습니다. ……그건 전부 신경 때문이야. 자기 마음속에 무섭다는 생각이 있기 때문에 유령도 자연스럽게 우쭐해져서 나타나고 싶어지는 거야."라고 칼날에 붙은 털을 검지와 엄지로 닦아내며 다시 겐 씨에게 말을 걸었다.

"맞아, 신경 때문이야."라고 겐 씨가 야마자쿠라16)의 연기를 입에서 뿜으며 찬성했다.

"겐 씨, 신경이란 건 어디에 있는 걸까요?"라고 요시 공이 램프의 등피를 닦으며 진지하게 질문했다.

"신경 말이야? 신경은 말이지, 여기저기에 있는 거야."라고

---

15) 安宅鮨. 에도의 3대 생선초밥 가운데 하나.
16) 山桜. 1904년에 발매한 당시의 담배.

겐 씨의 답변은 조금 막연했다.

하얀 포렴이 걸린 다다미방의 입구에 걸터앉아 아까부터 손때가 묻은 얇은 책을 보고 있던 마쓰(松) 씨가 갑자기 커다란 목소리로, 재미있는 얘기가 적혀 있어, 아주 재미있어, 라며 혼자서 웃기 시작했다.

"뭔데? 소설인가? 식도락17) 아니야?"라고 겐 씨가 묻자 마쓰 씨는 그래, 그럴지도 몰라, 라며 겉표지를 보았다. 표제[標題]로는 당세 심리강의록, 어영부영 도인 저, 라고 적혀 있었다.

"이거 참 긴 이름이군. 어쨌든 식도락은 아니야. 가마[鎌] 씨, 이건 대체 무슨 책이야?"라고 내 귀에 면도칼을 대고 빙글빙글 회전시키고 있는 이발사에게 물었다.

"그게, 뭐가 뭔지 모를, 정신 나간 듯한 얘기가 적혀 있는 책인데."

"혼자서 웃지 말고 조금 읽어줘."라고 겐 씨가 마쓰 씨에게 청구했다. 마쓰 씨가 커다란 목소리로 한 구절을 읽었다.

"너구리가 사람을 홀린다고 하는데, 어찌 너구리가 사람을 홀리겠습니까. 그건 전부 최면술입니다. ……."

"정말 묘한 책이로군."이라고 말한 겐 씨는 연기에 둘러싸여 있었다18).

"제가 한번은 오래된 팽나무로 변신한 적이 있었습니다. 그때 겐베에무라19)의 사쿠조(作蔵)라는 젊은이가 목을 매러 왔습니

---

17) 食道楽. 사계의 음식을 소재로 한 무라이 겐사이(村井 弦斎)의 소설.
18) 일본에서 이 표현은 어리둥절하다는 의미로도 쓰이나 여기서는 굳이 직역을 택했다. 이유는 겐 씨가 담배를 피우고 있기 때문이다. 나쓰메 소세키도 2개의 뜻 모두를 염두에 두고 쓴 문장이 아닐까 여겨진다.

다. ……."

"뭐야, 너구리가 무슨 말인가 하는 건가?"

"아무래도 그런 거 같은데."

"그럼 능글맞은 너구리의 책이잖아. 사람을 바보로 아는군. 그래서?"

"제가 팔을 죽 뻗고 있는 곳에 낡은 들보를 걸쳤습니다. 냄새가 아주 지독했습니다. ……."

"너구리 주제에 별 호사스러운 말도 다 하는군."

"거름통을 발판으로 삼아 휙 매달린 순간 제가 일부러 팔을 툭 떨어뜨렸기에 목매달기에 실패한 사쿠조 군은 어리둥절해하고 있었습니다. 지금이다 싶었기에 갑자기 팽나무의 모습을 감추고 겐베에무라 전체에 울릴 만큼 커다란 소리로 아하하하 웃어주었습니다. 그랬더니 사쿠조 군, 굉장히 놀랐던지 사람 살려, 사람 살려, 라며 들보를 내버려둔 채 꽁무니를 빼고 달아났습니다. ……."

"이거 재미있군. 하지만 너구리가 사쿠조의 들보를 빼앗아 어디에 쓰려는 걸까?"

"아마 고추라도 가릴 생각이었던 게지."

아하하하, 하고 모두가 한꺼번에 웃었다. 나도 웃음을 터뜨릴 뻔했기에 이발사가 면도칼을 잠시 얼굴에서 떼었다.

"재밌는데. 계속 읽어봐."라며 겐 씨는 아주 흥미로운 모양이었다.

---

19) 源兵衛村. 도쿄 신주쿠 구에 존재했던 옛 지명.

"세상 사람들은 제가 사쿠조를 홀린 것처럼 말하지만, 그건 좀 억지스러운 말입니다. 사쿠조 군은 홀리고 싶다, 홀리고 싶다며 겐베에무라를 어슬렁거리고 있었습니다. 그 홀리고 싶다는 사쿠조 군의 주문에 따라서 제가 잠깐 홀리게 해준 것뿐이었습니다. 모든 너구리 일파의 수법은 오늘날의 개업의들이 쓰고 있는 최면술로, 예전부터 이 방법으로 꽤나 많은 사람들을 속여왔습니다. 서양의 너구리에게서 직접 수입한 방법을 최면법이라 칭송하고, 이를 응용하는 사람들을 선생이라 부르며 우러러보는 것은 전부 서양에 심취된 결과로, 저 같은 것은 남몰래 한없는 개탄을 금할 길이 없습니다. 일본 고유의 기술[奇術]이 실제로 전해지고 있는데 굳이 하나에서부터 열까지 서양, 서양하고 떠들어댈 필요는 없지 않겠습니까? 지금의 일본인은 너구리를 너무 경멸하고 있는 듯하니, 잠시 전국의 너구리들을 대신해서 제가 여러분께 반성을 희망하기로 하겠습니다."

"묘하게 이치를 따지는 너구리로군."하고 겐 씨가 말하자 마쓰 씨가 책을 덮고, "정말 너구리의 말대로야. 예나 지금이나 나만 정신 바짝 차리고 있으면 홀릴 일은 없는 법이니까."라며 너구리의 주장을 열심히 변호했다. 그렇다면 어젯밤에는 너구리에게 완전히 놀아난 걸까, 혼자서 넌더리를 치며 이발소에서 나왔다.

다이마치에 있는 우리 집에 도착한 것은 10시쯤이었으리라. 문 앞에 검게 칠한 인력거가 대기하고 있고, 문의 좁은 격자 사이에서 여자의 웃음소리가 흘러나왔다. 벨을 울리고 현관으로 들어선 순간 "틀림없이 돌아오신 거야."라는 목소리가 들리고 장지문이 슥 열리더니 쓰유코가 따뜻한 봄과 같은 얼굴로 나를 맞았다.

"당신, 와 있었나요?"

"네, 돌아가시고 난 뒤 생각해봤더니 어딘가 좀 이상하다 싶어서 인력거를 타고 바로 와봤어요. 그리고 어젯밤에 있었던 일을 할멈에게서 전부 들었어요."라며 할멈을 보고 커다랗게 웃었다. 할멈도 즐겁다는 듯 웃었다. 쓰유코의 은과 같은 웃음소리와 할멈의 놋쇠 같은 웃음소리와, 나의 구리 같은 웃음소리가 조화를 이루어 천하의 봄을 7엔 50센짜리 셋집에 전부 불러 모은 것처럼 밝았다. 제아무리 젠베에무라의 너구리라 할지라도 이만큼 커다란 웃음소리는 낼 수 없으리라 여겨질 정도였다.

그런 마음이 들어서였는지, 그 이후부터 쓰유코는 예전보다 한층 더 나를 사랑하는 것처럼 보였다. 쓰다 군을 만났을 때 그날 밤의 일들을 남김없이 들려주었더니, 그거 좋은 재료로군, 내 저서 속에 넣게 해주게, 라고 말했다. 문학사 쓰다 마카타(真方)의 저서인 유령론 72쪽에 K군의 예로 실려 있는 것은 나의 일을 말한다.

하 룻 밤
(一 夜)

양허집 속의 삽화

양허집 속의 삽화

"아름다운 많은 사람의, 아름다운 많은 꿈을……."이라고 수염 있는 사람이 두어 번 작은 소리로 읊조리다가 다음부터는 생각에 잠긴 모습이었다. 불이 비치는 장식공간의 기둥에 기대고 있던 곧은 등이 이때 약간 앞으로 수그러들며 두 손으로 끌어안은 무릎에 험한 산이 생겨났다. 아름다운 구절을 얻었으나 아름다운 구절을 이어나가지 못하는 것에 대한 원망 때문인지 검고 부드럽게 뻗은 눈썹 아래에서 편치 않은 듯한 눈빛이 반짝였다.

"그려도 이루어지지 않는구나, 그려도 이루어지지 않는구나."라고 툇마루 끝으로 나가 떡하니 양반다리를 하고 앉아 있던 사람이 되풀이했다. 예전에 기억해두었던 선어[禪語]를 가져와 즉흥적으로 장단을 맞출 생각인 것인지? 억센 머리를 짧게 쳐올리고 수염은 기르지 않은 둥근 얼굴을 기울이며 "그려도, 그려도, 꿈이라면, 그려도, 이루어지지 않네."라고 높다랗게 읊기를 마친 뒤, 껄껄 웃으며 방 안에 있는 여자를 돌아보았다.

대바구니로 뜨거운 빛을 가려 희미하게 밝힌 램프를 사이에 두고 오른쪽으로 어긋나게 짠 선반, 앞쪽으로 짙은 녹음의 정원을 향하고 있는 것이 여자였다.

"화가라면 그림으로 그리겠지요. 여자라면 비단을 틀에 끼워 수를 놓겠지요."라고 말하며 하얀 천으로 지은 유카타[1] 속의 한쪽 다리를 옆으로 가만히 내놓자 팥색 가죽방석에서 하얀 발등이 미끄러져내려 요염하지 않을 정도로는 아름다운 앉음새가 되었다.

"아름다운 많은 사람의, 아름다운 많은 꿈을……."하고 무릎을 끌어안은 사내가 다시 읊조리기 시작한 뒤를 이어서 "수로는 놓지 않으리. 수를 놓은들 누구에게 보내리. 보내리 누구에게."라며 여자가 일부러 지어낸 것 같지는 않은 모습으로 살짝 웃었다. 잠시 후, 붉게 칠한 부채의 손잡이로 뺨까지 흘러내린 검은 머리를 귀찮다는 듯 쓸어 넘기자, 손잡이 끝에 달린 자줏빛 술이 물결치며 녹음 짙은 향유의 향기 속에서 춤을 췄다.

"내게 보내."라고 수염 없는 사람이 바로 덧붙이고는 다시 껄껄 웃었다. 여자의 뺨에는 우윳빛 속에서부터 가늠하기 어려운 웃음의 소용돌이가 솟아오르고, 눈꺼풀에는 옅은 주홍빛이 슥 번졌다.

"수는 어떤 색으로?"라고 수염 있는 사람이 진지하게 물었다.

"비단을 살 때는 하얀 비단, 실을 살 때는 은실, 금실, 사라지려 하는 무지개의 실, 밤과 낮의 경계인 노을의 실, 사랑의 색, 원망의 색은 물론 있겠지요."라며 여자는 눈을 들어 장식공간의 기둥 쪽을 보았다. 근심을 녹여 빚어낸 구슬이, 격렬한 불에게는 견딜 수 없을 정도로 시원했다. 근심의 색은 옛날부터 검은색이었다.

이웃으로 통하는 골목의 경계에 심겨진 네다섯 그루의 노송나무로 구름을 부르더니 조금 전에 그쳤던 장맛비가 다시 내리기

---

1) 浴衣. 여름이나 목욕 후에 입는 홑옷.

시작했다. 둥근 얼굴의 사람은 어느 틈엔가 방석에서 내려와 툇마루에서 아래로 두 발을 늘어뜨리고 있었다. "저 나무는 가지를 쳐준 적이 없는 모양이군. 장마도 꽤나 오래됐어. 질리지도 않고 잘도 내리네."라고 혼잣말처럼 중얼거리며 문득 떠올랐다는 듯한 모습으로 자신의 무릎을 찰싹찰싹, 손바닥을 세로로 세워 두드렸다. "각기[脚氣]일까, 각기일까?"

나머지 두 사람은 꿈의 시인지, 시의 꿈인지, 얼핏 이해하기 어려운 이야기의 끝자락을 더듬어나가기 시작한다.

"여자의 꿈은 남자의 꿈보다 아름답겠지?"라고 남자가 말하자 "하다못해 꿈에서라도 아름다운 나라에 가지 못한다면."하고 이 세상은 더러워졌다는 듯한 얼굴이었다. "세상이 낡아 더러워진 건가?"라고 묻자 "더러워졌어요."라며 하얀 비단부채로 고운 피부를 가볍게 부쳤다. "오래된 항아리에는 오래된 술이 있는 법, 맛을 보시게."라며 남자도 거위의 날개를 치고 자단으로 손잡이를 단 깃털 부채로 무릎 부근을 털었다. "낡은 세상에 취할 수만 있다면 기쁘겠지요."라며 여자는 언제까지고 토라진 모습이었다.

이때 "각기일까, 각기일까?"라며 자꾸만 자신의 다리를 가지고 농을 부리던 사람, 갑자기 무릎 두드리던 손을 들어 쉿 하고 두 사람을 말렸다. 세 사람의 목소리가 한꺼번에 끊긴 사이를 쿠쿠—하며 날카로운 새가 노송나무 위의 가지를 스쳐 뒤편의 선사[禪寺] 쪽으로 빠져나갔다. 쿠쿠—.

"저 소리가 두견이인가?"라며 깃털 부채를 놓고 그도 툇마루로 기어나갔다. 올려다본 처마 끝을 비스듬히 검은 비가 얼굴에 떨어졌다. 각기가 마음에 걸리는 사내가 손가락을 세워 남서쪽을 가리키며 "저쪽이야."라고 말했다. 철우사[鐵牛寺]의 본당 위쯤에서 쿠쿠-, 쿠쿠-.

"첫 번째 소리에 두견이라고 깨달았네. 두 번째 소리에 좋은 소리라고 생각했네."라고 다시 장식공간의 기둥에 기대며 기쁘다는 듯 말했다. 이 수염 사내는 두견이 소리를 태어나서 처음 듣는 듯했다. "첫눈에 바로 반하는 것도 그런 것일까요?"라고 여자가 묻는다. 특별히 수줍어하는 듯한 기색도 보이지 않았다. 짧은 머리가 돌아보며 "저 소리는 가슴이 후련해지는 듯하지만, 반하면 가슴이 메겠지. 반하지 말라. 반하지 말라……. 아무래도 각기 같아."라며 엄지손가락으로 정강이를 힘껏 눌러보았다. "구인[九仞] 위에 일궤[一簣]를 더한다2). 더하지 않으면 부족하고, 더하면 위험해. 마음에 둔 사람과는 만나지 않는 편이 나을 거야."라며 깃털 부채가 다시 움직였다. "하지만 철조각이 자석을 만나면?" "처음 만나도 인사는 하지 않겠지."라며 엄지손가락으로 누른 자국을 거꾸로 쓰다듬어 가라앉히고 있었다.

"본 적도, 들은 적도 없는데 이 사람이라고 인식하는 게 신기해."라며 무슨 사연이라도 있는 듯 수염을 비틀었다. "나는 우타마로3)가 그린 미인을 인식했는데, 어떻게 그림을 살릴 방법은 없을까?"라며 다시 여자 쪽을 보았다. "제게는……. 인식한 바로 그 사람이 아니고는."이라며 부채의 술을 가느다란 손가락에 감았다. "꿈으

---

2) 구인공휴일궤[九仞功虧一簣]에 빗대어 한 말. 구인공휴일궤는 구인(높다는 뜻)의 산을 쌓는 데 한 삼태기의 흙을 얹지 못해 완성하지 못한다는 뜻으로, 오래 쌓은 공이 마지막 한 번의 실수나 부족으로 허사가 됨을 이르는 말이다.
3) 歌麻呂(1753~1806). 기타가와 우타마로. 에도 시대의 화공.

로 삼으면, 바로 살아나지."라고 예의 수염이 대수롭지 않다는 듯 답했다. "어떻게?" "내 경우는 이래."라고 이야기를 시작하려는 순간 모기향이 꺼져 어둠 속에 숨어 있던 놈이 불쑥 나타나서는 목덜미 부근을 따끔하게 찔렀다.

 "향이 눅눅해져 있는 걸까."하고 여자가 모기향 담긴 통을 끌어다 뚜껑을 열자 빨간 명주실로 묶어놓은 모기향이 연기를 피워 올리며 흔들흔들 흔들렸다. 동쪽 이웃에서 거문고와 퉁소의 합주 소리가 수국 덤불 사이로 흘러나와 뚜렷하게 들리기 시작했다. 수국 사이로 보니 열어젖힌 방의 불까지 얼핏얼핏 보였다. "잘하는 건가."라고 한 사람이 말하자, "보통이야."라고 한 사람이 답했다. 여자만은 말이 없었다.

 "내 경우는 이래."라고 이야기가 다시 원래대로 돌아갔다. 불을 다시 붙인 모기향의 연기가 통에 뚫린 3개의 구멍에서 흘러나와 3개의 연기가 되었다. "이번에는 붙었어요."라고 여자가 말했다. 3개의 연기가 뚜껑 위에서 하나가 되어 갈색 구슬이 생겼는가 싶으면 비를 머금은 바람이 슥 불어와 흩어놓았다. 하나가 되기 전에 날리면 3개의 연기가 3개의 원을 그리며 검은 칠에 그림이 새겨진 통 주위를 맴돌았다. 어떤 것은 천천히, 어떤 것은 빨리 맴돌았다. 또 어떨 때는 원조차 그릴 틈도 없이 흩어져버렸다. "화장[火葬]이다, 화장이야."라며 둥근 얼굴의 사내가 갑자기 화장터의 광경을 떠올렸다. "모기의 세계도 편하지는 않겠지."라며 여자는 인간을 모기에 비교했다. 원래대로 돌아가려던 이야기도 모기향과 함께 바람에 흩어져버리고 말았다. 이야기를 하려던 사내는 특별히 말을 계속하려 하지도 않았다. 세상은 전부 이런 것이라고 진작부터 알고 있었다.

"꿈에 관한 이야기는?"이라고 잠시 시간이 흐른 뒤 여자가 물었다. 남자는 옆에 있던 양가죽 표지에 붉은색으로 제목을 쓴 시집을 집어 무릎 위에 놓았다. 읽다가 중단한 곳에 상아를 얇게 깎아 만든 페이퍼나이프가 끼워져 있었다. 책보다 길어서 길게 밖으로 삐져나온 곳에만은 조그만 땀을 흘리고 있었다. 손가락 끝으로 만지자 미끌하고 이상한 글자가 생겨났다. "이렇게 습해서는 견딜 수가 없군."하고 눈썹을 찌푸렸다. 여자도 "끈적끈적해라."라며 한손으로 소맷자락을 쥐어보고 "향이라도 피울까요?"하며 자리에서 일어났다. 꿈에 관한 이야기는 다시 미루어진다.

선덕[4]) 향로에 자단으로 만든 뚜껑이 있는데 자단 뚜껑 한가운데에는 원숭이를 새긴 파란 구슬 손잡이가 달려 있었다. 여자의 손이 이 뚜껑에 닿은 순간, "어머, 거미가."하더니 긴 소매가 옆으로 나부꼈다. 두 남자는 함께 바닥을 보았다. 향로 옆에 놓인 백자 병에는 연꽃이 꽂혀 있었다. 어제 내린 빗속으로 도롱이 입고 꺾어온 사람의 마음을 장식공간에서 바라보는 꽃은 한 송이, 잎은 2개. 그 잎에서 3치 정도 위, 천장에서 백금의 실을 길게 늘어뜨리며 한 마리 거미가……, 굉장히 우아했다.

"연잎에 거미 내리고 향을 피우네."라고 읊으며 여자, 한 번에 여러 개를 집어 향로 안으로 던져 넣었다. "거미 내려와 움직이지 않고, 꽃무늬 연기 대나무 주위 맴도네."라고 읊은 뒤 수염 있는

---

[4]) [宣德] 선덕동기를 모방하여 만든 동기[銅器]. 선덕동기는 중국 명나라 선종의 칙명으로 만든 동기를 말한다.

사내도 보기만 할 뿐 쫓으려고는 하지 않았다. 거미도 움직이지 않았다. 그저 바람이 불 때마다 조금 흔들릴 뿐이었다.

"꿈 이야기를 거미도 들으러 온 모양이군."하며 둥근 사내가 웃자 "그래 맞아, 꿈으로 그림을 살리는 얘기였지. 듣고 싶으면 거미, 너도 들어라."라며 무릎 위의 시집을 읽을 마음도 없으면서 펼쳤다. 눈은 글자 위로 떨어졌지만 눈동자에 비치는 것은 시의 나라일까, 꿈의 나라일까?

"120칸이 되는 회랑이 있고 120개의 등롱을 달았어. 120칸 회랑에 봄의 바닷물이 밀려오고, 120개의 등롱이 봄바람에 흔들리는 아슴푸레한 가운데, 바다 속에는 커다란 두 기둥 문이 한 맺힌 거인의 분신처럼 우뚝 서 있어. ……."

그때 마침 대문의 벨소리가 요란하게 울리고 누군가가 문을 열었다. 이야기하던 사람은 말을 뚝 끊었다. 나머지는 앉은 자세를 슬쩍 고쳤다. 누구도 들어오는 기척은 없었다. "옆집이야."라고 수염 없는 이가 말했다. 잠시 후, 종이우산 펼치는 소리가 들리더니 "내일 밤 또 오세요."라는 젊은 여자의 목소리가 들렸다. "꼭 올게."라고 답한 것은 남자인 듯했다. 세 사람은 말없이 얼굴을 마주보고 가만히 웃었다. "저건 그림이 아니야. 살아 있어." "저걸 평면에 담으면 역시 그림이야." "그런데 저 목소리는?" "여자는 등나무의 보라색이야." "남자는?" "글쎄."라며 판단이 서지 않아 수염이 여자 쪽을 바라보았다. 여자가 "주홍."이라고 경멸하듯 답했다.

"120칸 회랑에 235개의 액자가 걸려 있고, 그 232번째 액자에 그려진 미인의…….."

"목소리는 노란색인가요, 갈색인가요?"라고 여자가 물었다.

"그렇게 단조로운 목소리가 아니야. 색으로는 표현할 수 없는 목소리야. 굳이 말하자면, 글쎄, 당신 같은 목소리일까?"

"고마워요."라고 말하는 여자의 눈 속에는 근심 어린 웃음의 빛이 가득했다.

이때 어딘가에서 개미 두 마리가 기어 나와 한 마리가 여자의 무릎 위로 기어올랐다. 아마도 길을 잃은 것이리라. 올라선 꼭대기에는 먹잇감도 없고 내려가는 길까지 잃고 말았다. 여자는 놀라는 기색도 없이 우왕좌왕하는 검은 녀석을 하얀 손가락으로 살짝 털어냈다. 위에서 떨어져 다른 한 마리와 다다미의 테두리 부근에서 딱 마주쳤다. 한동안은 머리와 머리를 마주대고 무엇인가를 속삭이는 듯하더니 이번에는 여자 쪽으로는 향하지 않고 고이마리5) 과자접시의 테두리까지 동행하다 거기서 오른쪽과 왼쪽으로 나뉘었다. 세 사람의 시선은 예기치 않게 두 마리 개미 위로 떨어졌다. 수염 없는 사내가 마침내 말했다.

"8첩짜리 방이 있고, 손님 세 사람이 앉아 있어. 홍일점 여자의 무릎으로 개미 한 마리가 올라가. 한 마리 개미가 오른 미인의 손은……."

"하양, 개미는 검정."이라고 수염이 덧붙였다. 세 사람이 일제히 웃었다. 한 마리 개미는 담배상자의 꽁초 담는 통 끝까지 올라가 꼭대기에서 뭔가 생각에 잠겼다. 나머지는 운 좋게도 과자 그릇 속에서 구즈모치6)와 해후해 너무 기뻐서인지 우물쭈물하는 기색

---

5) 古伊万里. 지금의 사가 현 및 나가사키 현에서 생산되었던 자기.
6) 葛餠. 칡가루, 밀가루 등으로 만든 일본의 과자.

이었다.

"그 그림에 담긴 미인이?"라고 여자가 다시 이야기를 되돌렸다.

"파도조차 소리도 없는 희미한 달밤에, 갑자기 그림자가 나타났는가 싶더니 어느 틈엔가 움직이기 시작했어. 길게 이어진 회랑을 나는 것도 아니고 밟는 것도 아니고, 그저 그림자인 채로 움직이고 있어."

"얼굴은?"하고 수염 없는 이가 물었을 때, 다시 동쪽 이웃의 합주가 들리기 시작했다. 첫 번째 곡은 먼 옛날에 끝났고 새로운 곡을 하나 시작한 모양이었다. 썩 잘하지는 못했다.

"꿀을 머금고 바늘을 분다."라고 한 사람이 평하자,

"비프스테이크의 화석을 먹이고 있군."이라고 한 사람이 말했다.

"조화라면 난사[蘭麝]라도 머금게 해야겠네." 이건 여자의 말이었다. 세 사람이 세 가지 해석을 했으나 세 가지 모두 이해하기 매우 어려웠다.

"산호의 가지는 바다 속, 약을 먹고 독을 뱉는 경박한 아이"라고 말했다가 제정신이 든 수염이, "그래, 그래. 합주보다 꿈에 관한 이야기를 계속하는 게 중요하지. ……그림에서 빠져나온 여자의 얼굴은……."이라고만 말하고 우물거렸다.

"그려도 이루어지지 않네. 그려도 이루어지지 않네."라고 둥근 사내가 장단을 맞추며 가볍게 은 주발을 두드렸다. 구즈모치를 얻은 개미는 이 울림에 넋이 빠져 과자 그릇 안을 우왕좌왕했다.

"개미가 꿈에서 깨어났어요."라고 여자가 꿈을 이야기하는 사람에게 말했다.

"개미의 꿈은 구즈모치인가?"라며 상대가 높지 않을 정도로 웃었다.

"빠져나오지 못하는가, 빠져나오지 못하는가."라며 자꾸만 과자 그릇을 두드리는 것은 둥근 사내였다.

"그림에서 여자가 빠져나오는 것보다 당신이 그림이 되는 편이 쉽지 않겠어요?"라고 여자가 다시 수염에게 물었다.

"그건 생각 못 했는걸 앞으로는 제가 그림이 되겠습니다."라고 남자가 천연덕스럽게 대답했다.

"개미도 구즈모치만 될 수 있다면 이렇게 당황하지 않아도 될 것을."하고 둥근 사내가 그릇 두드리기를 그만두고 어느 틈엔가 의젓하게 담배를 피우고 있었다.

장맛비에 4자(12㎝)나 자란 해장죽[海藏竹]이 손 씻는 사발 위로 드리워져 겹쳐 있고, 나머지 한두 줄기는 높다랗게 처마에 닿을 듯한데 바람이 불 때마다 두껍닫이에 몸을 비비고 툇마루 위에도 후둑후둑 장소를 가리지 않고 초록을 방울방울 떨어뜨렸다. "저기에 그림이 있어."라며 담배 연기를 훅 그쪽으로 내뱉었다.

장식공간의 기둥에 걸린 불자[拂子] 끝에는 타고 남은 향의 연기가 배어들었고, 족자는 자쿠추[7]의 갈대와 기러기처럼 보였다. 기러기의 숫자는 73마리, 갈대는 애초부터 헤아릴 수가 없었다. 바구니에 든 램프의 빛을 희미하게 받아, 깊이 3자(90㎝)의 장식공간이기에, 오래된 그림과 구분되지 않는다는 점에 노골적이지 않은 정취가 있었다. "여기에도 그림이 생겼어."라고 기둥에

---

7) 若冲. 이토 자쿠추(1716~1800)를 말한다. 근세 일본의 화가.

기댄 사람이 몸을 돌리며 바라보았다.

여자가 감고 난 그대로의 검은 머리를 어깨에 늘어뜨린 채 둥글게 바른 비단부채를 가볍게 흔들자, 때때로 머리카락 부근에 살랑 흩어지는 구름의 모습, 걷히고 나면 평소의 옅은 눈썹보다 한층 더 맑게 보였다. 벚꽃을 바수어 짜 넣은 듯한 뺨의 색에 봄밤의 별을 깃들게 한 눈을 시원하게 뜨고 "저도 그림이 될까요?"라고 말했다. 분명히는 알 수 없으나 하얀 천 전체에 칡의 잎을 흩뜨려 물들인 것 같은 유카타의 목깃을 보란 듯이 바로잡자 따뜻한 대리석으로 깎은 것처럼 목덜미가 눈에 띄어 남자의 마음을 매료시켰다.

"그대로, 그대로, 그대로가 명화야."라고 한 사람이 말하자, "움직이면 그림이 깨져버려."라고 한 사람이 주의를 주었다.

"그림이 되는 것도 역시 힘든 일이네요."라며 여자는 두 사람의 시선을 기뻐하려 들지도 않고 무릎에 얹었던 오른손을 갑자기 뒤로 돌려 몸을 휙 비스듬하게 젖혔다. 길고 검은 머리카락이 반짝반짝 빛을 받으며 사각사각 파란 다다미에 닿는 소리까지 들렸다.

"아뿔싸, 호사다마로다."라며 수염 있는 사람이 가볍게 무릎을 쳤다. "찰나를 위해 천금을 아끼지 않는다."라며 수염 없는 사람이 피우고 난 담배꽁초를 정원으로 던졌다. 이웃의 합주는 어느 틈엔가 멈춰, 홈통을 타고 흐르는 빗방울 소리만이 높게 울렸다. 모기향은 어느 틈엔가 꺼졌다.

"밤도 꽤 깊었군."

"두견이도 울지 않아."

"잘까요?"

꿈 얘기는 결국 중간에서 끊기고 말았다. 세 사람은 각자 잠자리에 들었다.

30분 뒤, 그들은 아름다운 많은 사람의……, 라는 구절도 잊었다. 쿠쿠-하는 소리도 잊었다. 꿀을 머금고 바늘을 부는 이웃의 합주도 잊었다. 개미가 담배상자의 꽁초 담는 통을 기어오른 일도, 연잎에 내려앉은 거미도 잊었다. 그들은 마침내 태평함에 들었다.

모든 것을 전부 잊고 난 뒤, 그녀는 자신이 아름다운 눈과 아름다운 머릿결의 주인이라는 사실도 잊었다. 남자 한 사람은 수염이 있다는 사실을 잊었다. 다른 한 사람은 수염이 없다는 사실을 잊었다. 그들은 더욱 태평해졌다.

옛날에 아수라가 제석천과 싸워졌을 때는 8만 4천의 권속을 거느리고 연뿌리의 가느다란 구멍 속으로 숨었다고 한다. 유마[8])의 방장[方丈]에서 법을 듣는 대중은 천인지 만인지 그 수를 잊었다. 호두 안에 숨어서 자신을 모든 대천세계[大千世界]의 왕이라고도 생각지 못한 것은 햄릿의 술회라고 기억하고 있다. 좁쌀 알갱이, 겨자 알갱이 안에 푸른 하늘도 있고 대지도 있다. 한 학생이 스승에게 묻기를, 분자를 젓가락으로 집을 수 있습니까? 분자는 잠시 내려놓기로 하겠다. 천하는 젓가락 끝으로 집을 수 있을 뿐만 아니라 일단 집기만 하면 언제라도 위 속으로 집어넣어야 할 것이다.

---

8) [維摩](?~?) 고대 인도의 상인으로 석가의 제자가 되었다고 한다.

또 생각건대 100년은 1년과 같고, 1년은 1각[刻]과 같다. 1각을 알면 곧 인생을 알 수 있다. 해는 동쪽에서 나와 반드시 서쪽으로 들어간다. 달은 차면 기운다. 덧없이 손가락을 꼽아가며 흰 머리에 이르는 자는, 덧없이 망망한 시간에 심신이 한정되어 있음을 원망하는 것에 지나지 않는다. 일월[日月]을 속일지라도 자신을 속이는 자를 지혜로운 자라고는 말할 수 없으리라. 1각에 1각을 더하면 2각으로 늘어날 뿐 아닌가. 촉천[蜀川]의 여러 가지 비단, 꽃을 더해 얼마간 색을 바꾸었다.

8첩 방에 수염 있는 사람과 수염 없는 사람과 시원한 눈을 가진 여자가 모여 이와 같은 하룻밤을 보냈다. 그들의 하룻밤을 그린 것은 그들의 생애를 그린 것이다.

왜 세 사람은 만난 걸까? 그건 알 수 없다. 세 사람은 어떤 신분과 경력과 성격을 가지고 있을까? 그것도 알 수 없다. 세 사람의 말과 동작을 통틀어서 일관된 사건으로 발전하지 않았다? 인생을 쓴 것이지 소설을 쓴 것이 아니기에 어쩔 수가 없다. 왜 세 사람 모두 동시에 잠들었을까? 세 사람 모두 동시에 잠이 왔기 때문이다.

해 로 행
(薤露行)

양허집 속의 삽화

양허집 속의 삽화

세상에 전하는 맬러리[1])의 아서 이야기는 정갈하고 소박하다는 점에 있어서 귀히 여겨야 할 책이기는 하지만, 고대의 것이기에 한 편의 소설로 보자면 산만하다는 비평을 면할 길이 없다. 하물며 그 일부에서 소재를 취해 완성된 이야기를 쓰려 하면 도저히 모든 것을 원저[原著]에 의지할 수가 없다. 따라서 이 작품도 작가 마음대로 사실의 앞뒤를 바꾸기도 하고, 사건을 창조하기도 하고, 성격을 바꾸기도 해서 상당히 소설에 가까운 것으로 고쳐버렸다. 주의할 점은 이런 일이 재미있기에 써보려 했던 것이지, 맬러리가 재미있어서 맬러리를 소개하려 했던 것은 아니라는 점이다. 그런 생각으로 읽어주시기 바란다.

솔직히 말하자면 맬러리가 묘사한 랜슬롯[2])은 어떤 점에서는 인력거꾼 같고, 귀네비어[3])는 인력거꾼의 정부 같다는 느낌이 든다. 이 한 가지 점만으로도 다시 고쳐 쓸 필요는 충분히 있다고 생각한다. 테니슨의 『아이딜스』[4])는 우아하고 아름다우며 고상하다는 점에 있어서 고금의 웅편[雄篇]일 뿐만 아니라, 성격의 묘사에 있어서도 19세기 사람을 고대의 무대에서 뛰어놀게 한 듯한 필치이기에 이 단편을 집필하는 데 커다란 참고로 삼아야 할 장시[長詩]임은

---

1) Sir Thomas Malory(?~1471). 영국의 기사·작가. 아서 왕을 둘러싼 수많은 전설을 집대성한 『아서의 죽음』은 후세에 커다란 영향을 주었다.
2) 원탁의 기사 가운데 으뜸가는 용사.
3) 아서 왕의 비. 귀네비어와 랜슬롯의 사랑은 아서 왕 전설의 주요한 이야기 가운데 하나다.
4) 영국의 시인인 알프레드 테니슨(Alfred Tennyson, 1809~1892)의 「국왕의 목가(Idylls of the King)」를 말한다.

말할 필요도 없다. 원래대로 하자면 기억을 새로이 하기 위해서 일단 다시 읽어봐야 했으나 읽고 나면 나도 모르는 사이에 흉내를 내고 싶어질 것이기에 그만두었다.

1. 꿈

100, 200, 모여 있던 기사들이 하나도 남김없이 북쪽의 시합을 향해 앞 다투어 떠나자, 돌에서 세월이 느껴지는 카멜롯5) 궁에는 그저 왕비 귀네비어가 길게 끄는 옷자락 소리만이 남았다.

옅은 주홍색 홑옷을 아무렇게나 걸친 듯 어깨에 걸쳐 하얀 두 팔까지 훤히 보였으나 치마만은 가볍게 움직이는 구슬 달린 신을 덮었으며, 그러고도 여전히 남은 자락을 뒤쪽 돌계단의 2단 아래까지 늘어뜨린 채 올라갔다. 올라선 계단의 정면에는 커다란 꽃을 옅은 먹색의 안쪽에 짜 넣은 장막이 사람 없음을 원망이라도 하는 듯한 얼굴로 꿈쩍도 하지 않고 있었다. 귀네비어는 막 앞에 귀를 대고 한 겹 너머에서 무엇인가를 들었다. 듣기를 마친 옆얼굴을 다시 정면으로 돌려 돌계단 아래를 날카로운 눈으로 엿보았다. 자잘한 반점이 새겨진 대리석 위로는, 하얀 장미가 어둠 속 여기저기서 흘러나와 부드러운 향기를 내뿜고 있었다. 이걸 좀 보라며 저녁에 보낸 화환이 어느 사이엔가 흩어진 흔적일까? 한동안은 자신의 발에 휘감기는 비단 소리에조차 신경을 쓰던 사람이, 무슨 생각에서인지 몸을 똑바로 세우고 가느다란 손을 움직이는가 싶자, 깊은 막이 물결을 그리고 눈부신 빛이

---

5) 아서 왕의 궁전이 있었다고 전해지는 가공의 지명.

화살처럼 맞은편 방 안에서부터 귀네비어가 머리에 쓰고 있는 관을 비췄다. 빛나는 것은 미간에 자리하고 있는 금강석이었다.

"랜슬롯." 하고 막을 걷어 올린 채 말했다. 하늘을 저어하고 땅을 저어하는 가운데서도, 무엇 하나 신경 쓰지 않겠다는 듯 힘이 담긴 목소리였다. 사랑에는 맞설 자가 없으니, 자신의 머리에 쓴 관조차 두려워하지 않았다.

"귀네비어!"라고 답한 것은 방 안에 있는 사람의 목소리라고 여겨지지 않을 만큼 부드러웠다. 넓은 이마를 반쯤 가리고도 다시 감겨 올라간 머리가 검은 빛을 자랑하듯 흐트러져 있었으나, 뺨의 색은 어울리지 않게 창백했다.

여자는 막을 걷어 올린 손을 툭 놓고 안으로 들어갔다. 갈라진 틈으로 새어나와 비스듬하게 대리석 계단을 가로지르던 햇빛은 단번에 사라지고 어둑한 가운데 장막의 무늬만이 눈에 띄었다. 좌우로 펼쳐진 회랑에는 둥근 기둥의 그림자가 겹겹이 늘어서 있었지만 그림자이기에 소리도 나지 않았다. 살아 있는 것이라고는 방 안의 두 사람뿐이라 여겨졌다.

"북쪽에서 열리는 시합에도 참가하지 못하고, 어지러운 것은 이마에 걸친 머리만이 아니겠지요."라고 여자가 생각에 잠긴 듯한 모습으로 물었다. 맑은 눈썹에 걷히지 않는 구름이 드리워져 있고, 옅은 웃음이 근심 속에서 억지로 흘러나왔다.

"보내주신 장미의 향기에 취해서."라고만 말하고 남자는 높은 창을 통해 바깥을 보았다. 때마침 5월이었다. 성을 둘러싸고 천천히 흐르는 강에 수많은 버드나무가 선명하게 그림자를 담그고 있었으며, 하늘에서 무너지는 구름의 봉우리조차 물속으로 흘러

들었다. 움직이는 것처럼 보이지 않는 하얀 돛에 사람이 있다면 재미있는 가락의 뱃노래도 흥겨우리라. 강 건너 나무 사이에 숨은 듯 하얗게 뻗은 것이 한 줄기 실이 되어 연기에 잠긴 것은, 떠오르는 아침햇살에 말발굽의 연기를 피워 올리며 오늘 아침 아서가 원탁의 기사들과 함께 북쪽으로 달려간 큰길이었다.

"기쁘기는 하지만 죄를 생각하면, 죄가 길어지기를 바라는 괴로운 몸이에요. 당신 혼자 성에 남은 오늘을 훔친, 오늘만의 인연이라면 괴롭지 않을 거예요."라고 여자가 편치 않은 마음을 입가에 보이며 산호 같은 입술을 움찔움찔 움직였다.

"오늘만의 인연이라니? 무덤에 막힌 저세상까지도 변하지 않을 거요."라며 남자가 검은 눈동자를 돌려 여자의 얼굴을 가만히 보았다.

"바로 그렇기에."라며 여자가 오른손을 높이 들고 펼친 손바닥을 세워 랜슬롯 쪽으로 향했다. 손목을 감싸고 있는 황금 팔찌가 반짝 빛난 순간 랜슬롯의 눈동자가 자신도 모르게 움직였. "바로 그렇기에!"라고 여자가 되풀이했다. "장미 향기에 취한 병을, 병이라며 용납하는 것은 저희 두 사람뿐. 이 카멜롯에 모인 기사는 다섯 손가락을 50번 꼽아도 헤아릴 수 없지만, 북쪽으로 가지 않는 랜슬롯의 병을 의심하지 않는 사람은 하나도 없어요. 짧은 동안에 위험을 탐하다 오랜 밀회의 늪으로 바뀌면……."이라고 말하며 들었던 손을 툭 떨어뜨렸다. 그 팔찌가 다시 반짝이더니 옥과 옥이 부딪친 소리인지 짤그락 짧은 소리를 올렸.

"목숨은 긴 선물이지만, 사랑은 목숨보다 더 긴 선물이요. 걱정할 것 없소."라고 남자는 과연 대담했다.

여자가 두 손을 뻗어 머리에 쓴 관을 좌우에서 누르며 "이 관 때문이야, 이 관 때문이야. 내 이마가 불타는 것은."이라고 말했다. 바라는 것이 이루어지기만 한다면 이 황금, 이 구슬 장식을 벗어 창 아래로 던져버리겠다고 말하기라도 하는 듯한 모습이었다. 하얀 팔이 슥 비단에서 미끄러져 잡고 있던 관의 빛 아래로, 소용돌이치는 머리카락이 구슬장식만으로는 버티기 어렵다는 듯 뺨 부근으로 나부끼며 흘러내렸다. 어깨에 모인 옅은 주홍색 옷의 소매는 가슴을 지나면서부터 풍성한 주름을 그리고, 옷자락은 강하지만 딱딱하지는 않은 선을 세 줄기 정도 바닥 위까지 늘어뜨리고 있었다. 랜슬롯은 단지 조용히 바라보고 있었다. 앞뒤를 잘라내 과거와 미래를 잊고 있는 사이로, 오직 귀네비어의 모습만이 생생하게 보였다.

미묘한 마음의 깊은 곳까지 비추는 거울은 여자들이 가진 모든 것들 가운데서도 가장 맑은 것이라고 한다. 괴로움을 견디다 못해 자신의 머리를 움켜쥔 귀네비어를 지켜보는 사람의 마음이, 나는 새의 그림자처럼 빠르게 여자의 가슴을 스치고 지나갔다. 괴로움은 거미줄을 걷어낸 것처럼 사라지고 남은 것은 기꺼운 사람에 대한 정뿐이었다. "그렇다면," 하고 여자가 위험한 순간에 스며드는 아슬아슬한 즐거움이 영원히 계속되기를 바라는 듯 두 뺨에 웃음 방울을 떨어뜨렸다.

"그래서는 안 되오."라고 남자는 처음보다 마음이 정리된 듯한 모습이었다.

"하지만," 하고 잠시 시간이 흐른 뒤 여자가 다시 입을 열었다. "그렇게 하지 않아도 되게……, 북쪽의 시합에 가도록 하세요.

오늘 아침에 떠난 사람들의 말굽 자국을 따라가서 병이 나았다고 말하세요. 요즘의 수군거림, 두 사람을 감싼 의혹의 구름을 거둬주세요."

"남들을 그렇게 두려워해서야 어찌 사랑이 이루어지겠소."라며 남자는 헝클어진 머리를 널따란 이마 위로 넘기고 보란 듯이 껄껄 웃었다. 널따란 방의 고요함 속으로 평소와는 달리 기분 나쁜 울림이 전해졌다. 갑자기 웃기를 멈추고 "바람도 없는데 이 막이 움직이는 것 같군."하고 방의 입구까지 걸어가 일부러 두꺼운 막을 흔들어보았다. 미심쩍은 울림은 가라앉고 원래의 적막함으로 돌아갔다.

"어젯밤 꾼 꿈의……, 꿈 속 소리의 울림일까요?"라며 여자의 얼굴에는 순식간에 붉은빛이 맴돌았고, 관의 별이 반짝반짝 떨렸다. 남자도 왠지 마음이 불안한 듯 어젯밤 꾸었다는 꿈을 여자에게 이야기하게 했다.

"장미 핀 날이었어요. 하얀 장미와, 빨간 장미와, 노란 장미 사이에 누워 있는 건 당신과 저뿐. 즐거운 해가 떨어지고 즐거운 저녁의 어스름이 사라지는 일은 없을 듯 여겨졌어요. 그때 쓰고 있던 것은 이 관이었어요."라며 손가락을 들어 미간을 가리켰다. 관 아래쪽을 2중으로 감싸고 있는 한 마리 뱀은 황금 비늘이 섬세하게 몸에 새겨져 있고, 치켜든 머리에는 청옥의 눈이 박혀 있었다.

"제 관이 살 속으로 파고드는 것처럼 뜨거워지고 머리 위에서 옷깃 스치는 듯한 소리가 들리더니 이 황금 뱀이 제 머리를 감싸고 움직이기 시작했어요. 머리는 당신 쪽에, 꼬리는 제 가슴 부근에.

파도처럼 뻗어나간다며 보고 있는 사이에 당신과 저는 비린내 나는 밧줄에, 끊을 수도 없을 만큼 묶여버렸어요. 4자(120㎝) 거리를 사이에 두고 다가가고 싶어도 힘이 없고 떨어지고 싶어도 방법이 없었어요. 설령 불길한 굴레라 할지라도 이 밧줄이 끊어져 두 사람이 헤어지는 것보다는 낫다는 게 그때 괴로운 저의 가슴 속 생각이었어요. 물리는 한이 있어도, 쏘이는 한이 있어도 고삐가 썩어 문드러질 때까지 이렇게 있겠다고 결심했는데, 아아 슬프게도. 장미꽃 중 빨간 것이 활활 불타오르기 시작하더니 묶고 있는 뱀을 태울 듯했어요. 잠시 후 당신과 저 사이에 연결된 1길 정도가, 한가운데서부터 파란 연기를 내뿜더니 금빛 비늘의 색이 바뀌어간다 싶은 순간 이상한 냄새를 풍기며 뚝 끊어졌어요. 몸도 영혼도 이대로 사라져버렸으면 좋겠다고 생각하는 귓가로 누군가가 깔깔 웃는 소리가 들려와 꿈에서 깼어요. 꿈에서 깨어난 후에도 여전히 귀를 덮치는 소리가 있었는데 지금 듣는 당신의 웃음소리도 어젯밤의 울림인 듯 뼈에 울리네요."라고 불안한 눈을 기다란 눈썹 속에 숨기고 랜슬롯의 기색을 엿보았다. 75번의 격투를 벌이는 동안 말의 등에서 미끄러진 것은 물론 등자에서조차 발이 떨어진 적이 없었던 용사도 이 꿈을 까닭 없는 것이라고만은 생각지 않았다. 기껍지 못한 눈썹은 저절로 가운데로 모였으며 굳게 다문 입 안에서는 이조차 앙다물지 않을 수 없었다.

"그렇다면 가기로 하지. 늦기는 했지만 북쪽으로 가기로 하지."라며 팔짱을 풀고 6자 2치(188㎝)의 몸을 훌쩍 일으켰다.

"가시겠어요?"라는 건 귀네비어의 절반쯤 의심하는 듯한 말이었다. 의심 속에서는 이제 와서 헤어지기 아쉽다는 마음까지

엿볼 수 있었다.

"가겠소."라고 단언하고 성큼성큼 걸어가 문에 걸린 막을 반쯤 걷어 올렸다가 갑자기 발걸음을 슥 돌려 여자 앞에서 하얀 손을 쥐어 열이 있는 게 아닐까 의심이 들 정도로 뜨거운 입술을 차갑고 부드러운 손등 위에 댔다. 새벽이슬 가득 맺힌 백합 꽃잎을 단번에 빤 느낌이었다. 랜슬롯은 뒤도 돌아보지 않고 돌계단을 달려 내려갔다.

마침내 말 울부짖는 소리가 세 번 들리고 안뜰의 돌 위에 딱딱한 발굽이 울릴 때 귀네비어는 높은 전에서 내려와 기사가 나설 문 바로 위에 있는 창에 기대어 그 사람의 출발을 초조하게 기다렸다. 검은 말의 콧등이 밑으로 보인 순간, 몸을 반쯤 내밀어, 떠나는 사람을 위해서 1자(30㎝)쯤 되는 하얀 비단을 흔들었다. 머리에 쓴 금관이 아름다운 머리카락에서 미끄러졌는지 말의 코를 스치며 부서질 듯 돌 위에 쨍그랑 떨어졌.

창끝에 관을 끼워 창 가까이로 내밀었을 때, 랜슬롯과 귀네비어의 시선이 딱 마주쳤다. "혐오스러운 관이여."라고 여자가 받아들며 말했다. "그럼."하고 남자는 말의 옆구리를 찼다. 하얀 투구와 거기에 꽂은 깃털이 슥 나부낀 뒤 남은 것은 막막한 먼지뿐.

2. 거울

있는 그대로의 세상을 보지 않고 거울에 비친 세상만을 보는 샬럿의 여자는 높은 전각 위에서 혼자 살고 있었다. 살아 있는 세상을 거울 안을 통해서만 알고 있는 자에게 얼굴을 마주할 친구가 있을 리 없었다.

봄이 그립다, 봄이 그립다며 지저귀는 온갖 새에 귀 기울이다 나뭇잎에 숨은 날개의 색이 보고 싶어지면 창으로 향하지 않고 벽에 박힌 거울로 향했다. 선명하게 비치는 깃털의 색에 햇살의 색까지 그대로였다.

샬럿의 들판에서 보리 베는 사내, 보리 찧는 여자의 노래일까? 계곡을 건너 물을 건너 희미한 소리가 높다란 전각으로 다른 세계의 소리 같이 실처럼 가느다랗게 울려오면 샬럿의 여자는 기울이던 귀를 가리고 다시 거울로 향했다. 강 너머로 안개에 감싸인 버드나무의, 끝은 하늘인지 들판인지 분간도 되지 않는 사이로 흘러나오는 슬픈 가락이라 생각하면 되리라.

샬럿의 길을 가는 사람도 역시 전부 샬럿의 여자의 거울에 비쳤다. 어떨 때는 빨간 모자를 쓴 머리를 흔들며 말을 쫓는 모습도 보였다. 어떨 때는 하얀 수염에 느슨한 옷을 두르고 기다란 지팡이 끝에 작은 호리병을 묶은 채 가는 순례자의 모습도 보였다. 또 어떨 때는 머리부터 단 한 겹이라 여겨지는 새하얀 상의를 뒤집어쓰고 눈과 입도 손과 발도 분명히는 알아볼 수 없지만 요란하게 징을 울리며 가는 모습도 보였다. 이는 문둥병 환자가 전세의 업을 스스로 세상에 알리는 잔혹한 행동이라는 사실을 샬럿의 여자는 알 길이 없었다.

떠돌이 장사꾼들이 등에 짊어진 보따리 속에는 빨간 리본이 있는지, 하얀 속옷이 있는지, 산호, 마노, 수정, 진주가 있는지, 보따리 안을 비추지 않으면 안에 있는 물건도 거울에는 비치지 않았다. 비치지 않으면 샬럿의 여자의 눈에도 보이지 않았다.

오래 전의 여러 세대를 비추고, 지금 세상의 샬럿에 있는 모든 것을 비춘다. 어떤 것도 가리지 않고 모든 것을 비추기에 샬럿의 여자의 눈에 비치는 것도 역시 한없이 많았다. 단, 그림자이기에 비쳤다가는 사라지고 사라졌다가는 비쳤다. 거울 속에 오래 머물기란 하늘에 걸려 있는 해라 할지라도 쉽지 않았다. 살아 있는 세상의 그림자이기에 저렇게 덧없는 것인지, 혹은 살아 있는 세계가 그림자인 것인지 샬럿의 여자는 때때로 의심을 품는 경우가 있었다. 분명하게 볼 수 없는 세상이기에 그림자라고도 실체라고도 단언할 수 없었다. 그림자라면 헛된 모습을 거울로만 보아도 부족함은 없으리라. 그림자가 아니라면? 때로는 모락모락 피어오르는 생각에 창가로 달려가서 마음껏 거울 밖의 세상을 보아야겠다고 생각하는 적도 있었다. 샬럿의 여자가 창을 통해 시선을 던지면 그것은 곧 샬럿의 여자에게 저주가 걸리는 순간이다. 샬럿의 여자는 거울에 한정된 천지 속에 몸을 움츠리고 있지 않으면 안 된다. 한 겹 떨어져서, 두 겹 떨어져서 넓은 세상이 네모나게 잘렸다 할지라도 자멸의 순간을 한시라도 앞당겨서는 안 된다.

그러나 있는 그대로의 세상은 죄로 더러워졌다고 들었다. 살다 진력이 나면 산으로 달아나는 속편한 사람도 있으리라. 거울 속 좁은 우주는 작지만, 근심스러운 일이 쏟아지는 십자로에 서서 오가는 사람들에게 신경을 써야 하는 괴로움은 없었다. 누군가가 인과의 물결을 한번 일으킨 이후 널따란 세상의 혼란은 영원히 이어져 그칠 줄 모르며 소용돌이치는 가운데 머리도, 손도, 다리도 휩싸여 우리가 가는 곳을 알 수 없다. 그러한 사람을 현명하다고 한다면 높은 전각에서 혼자 오래도록 살며, 은색

하얀 빛의 안인지도 밖인지도 구분하기 어려운 부근에서 환상의 세계를 작게 축소하여 전 생애를 흙조차 밟지 않고 보내는 것은 어리석음의 극치이리라. 내가 보는 것은 움직이는 세계가 아니다. 움직이는 세계를 움직이지 않는 물건의 도움으로 옆에서 엿보는 세상이다. 생과 사로 가득한 천지를 한정된 공간 안으로 이끌어내 오채[五彩]의 색상을 고요함 속에 그리는 세상이다. 이렇게 보면 이 여자의 운명도 반드시 한탄할 만한 것은 아니지만, 샬럿의 여자는 무엇인가에 마음이 동요되어 창 밖의 하계를 보려 한다.

거울의 길이는 5자(150㎝)가 되지 않았다. 검은 철의 검은빛을 닦아 본래의 흰빛으로 되돌리는 멀린[6]의 마술에 의한 것이라고 한다. 마법으로 유명한 그가 말했다. ─거울의 표면에 안개가 껴서, 가을 해 떠올라도 맑아지지 않는 마음이 되는 것은 불길한 징조다. 흐린 거울이 이슬을 머금어 부용에 방울져 떨어지는 소리를 들을 때 마주선 사람의 몸에 위험이 있으리라. 쩍쩍 까닭도 없이 소리를 일으키며 하얀 줄이 종횡으로 거울에 떠오를 때 그 사람은 최후의 각오를 하라.─ 샬럿의 여자가 얼마나 오랜 세월 동안 이 거울을 바라보았는지는 알 수 없었다. 아침에 바라보고 저녁에 바라보고, 해가 떴을 때도 바라보고 달이 떴을 때도 바라보고, 싫증을 내기조차 잊은 샬럿의 여자의 눈에는 안개가 낄 일도, 이슬이 맺힐 일도 없을 듯했으며, 더구나 깨질 염려가 있다고는 꿈에도 생각지 못했다. 가득히 담긴 채 소리 없는 가을의 물을 바라보듯 영롱한 거울의 표면을 지나가는 삼라만상의 모습이

---

[6] Merlin. 아서 이야기에 등장하는 예언자, 마법사.

어지러이 떠나고 난 뒤에는 빛을 잃은 태곳적 세상이 눈앞에 드러났다. 철저하게 무한한 하늘을, 단단히 주조하여 두드리면 소리를 내는 5자 안에 끌어 모은 것을, 샬럿의 여자는 밤낮으로 보았다.

밤낮으로 거울을 바라보는 여자는 밤낮으로 거울 옆에 앉아 밤낮으로 비단을 짰다. 어떨 때는 밝은 비단을 짰고, 어떨 때는 어두운 비단을 짰다.

샬럿의 여자가 베틀의 북 움직이는 소리를 들은 자 가운데 쓸쓸한 언덕 위에 서서 높다란 전각의 창을 조심조심 올려다보지 않은 자는 없었다. 부모도 세상을 떠나고 자식도 세상을 떠나고 새로운 세대에 오직 홀로 남아 목숨이 긴 자신을 원망하는 듯한 얼굴의 노인처럼 보이는 것이 언덕 위에 있는 샬럿의 여자의 집이었다. 담쟁이에 덮인 낡은 창에서 흘러나오는 베틀의 북소리가, 쉬지 않고 흔들리는 진자처럼 시간을 새기기에 분주한 모습이지만, 그 소리는 저세상의 소리였다. 고요한 샬럿에서는 공기조차 무거운 듯 평소에는 움직이려고도 하지 않지만, 오직 이 베틀의 북 소리에만은 자극을 받아 희미하게 떨리는 것일까? 쓸쓸함은 소리 없을 때의 쓸쓸함보다 더했다. 머뭇머뭇 높다란 전각을 올려다보던 행인은 귀를 막고 달렸다.

샬럿의 여자가 짜는 것은 끊김 없이 이어지는 비단이었다. 수풀에 새로 돋은 풀이 무성하게 우거진 바탕에 초롱꽃이 잠겨 있는 모습을 짤 때는 꽃이 언제 떠오를지도 모를 만큼 짙은 색이었다. 널따란 바다의 파도 속으로 눈처럼 떨어지는 물결의 꽃을 새길 때는 끝을 알 수 없는 깊이를 한 겹 얇은 천에 새겼다.

어떨 때는 검은 바탕에 타오르는 불꽃과 같은 색으로 십자를 새겼다. 더러운 세상에 만연한 죄업[罪業]의 바람은 온 천하에 불어, 십자를 짜는 날줄과 씨줄 사이에도 들어가는 듯, 불꽃만은 비단에서 나와 치솟으려 했다. ㅡ어둑한 여자의 방이 불에 타버리는 것 아닐까 여겨질 정도로 밝았다.

사랑의 실과 정성의 실을 가로와 세로로 물레의 북을 지나게 하면 손을 어깨에 엇갈려 얹고 하늘을 올려다보는 마리아의 모습이 되었다. 광기를 종으로 분노를 횡으로, 진눈깨비 날리며 삭풍이 부는 밤을 베틀 앞에서 밝히면, 황야에서 흰 수염을 흩날리는 리어[7]의 모습이 나타났다. 부끄러운 주홍과 원망스러운 쇳빛을 한데 모아 간절히 만남을 기다리는 사람의 마음을 읽어낸 듯했으며, 온화한 노랑과 흥분한 보라를 차례로 짜면 마법에 걸린 아가씨가 자신의 얼굴에 감동한 모습이 나타났다. 기다란 자락에 구름처럼 휘감긴 것은, 다른 사람에게는 말할 수 없는 소망의 실이 헝클어진 모습이었다.

샬럿의 여자는 눈이 깊고 이마가 넓고 여자답게 입술도 얇지 않았다. 여름의 해가 오른 뒤부터 시간을 쌓아가는 모래시계가 9번 다 떨어지고 나면 그때는 이미 정오를 지난 시각이었다. 창을 비치는 해가 눈부실 정도로 밝았으나 방 안은 여름을 모르는 동굴처럼 어두웠다. 반짝이는 것은 5자 남짓한 철의 거울과 어깨에 떠 있는 긴 머리카락뿐. 오른손으로 민 북을 왼손으로 받다가 여자는 문득 거울 안을 보았다. 시퍼렇게 갈아놓은 검보다도

---

[7] Lear. 셰익스피어의 리어왕에 등장하는 주인공.

싸늘한 빛이 언제나처럼 솜털 끝조차도 비춘다 싶은 순간……, 이 무슨 일이란 말인가! 소리 없이 슥 흐려지는 것은 안개인가? 거울의 면이 거인의 숨결을 정면에서 받은 것처럼 빛을 잃었다. 지금까지 보였던, 샬럿의 기슭에 늘어서 있는 버드나무도 숨어버렸다. 버드나무 사이를 흐르는 샬럿의 강도 사라졌다. 강을 따라 오가던 사람의 모습은 물론 비치지 않았다. 베틀의 북 소리가 뚝 끊기고 여자의 눈꺼풀이 검은 눈썹과 함께 파르르 떨렸다. "흉사[凶事]일까?"라고 외치며 거울 앞으로 간 순간, 흐릿하던 것이 단번에 걷히고 강도 버드나무도 사람도 예전처럼 나타났다. 베틀의 북이 다시 움직이기 시작했다.

잠시 후 여자는 이 세상 것이 아닌 듯 슬픈 목소리로 노래를 시작했다.

「이 세상을,

맑은 정신으로 살면

살기 괴로울 테지,

예나 지금이나.

아름다운 사랑,

비치는 거울에,

색이 비치네,

아침저녁으로.」

거울 속 멀리 있는 버드나무의 가지가 바람에 흔들려 움직이는 사이로 홀연 은빛이 반짝이더니 뜨거운 먼지를 가느다랗게 피워 올렸다. 은빛은 남쪽에서 북쪽으로 일직선을 그리며 샬럿을 향해 다가오고 있었다. 여자는 새끼 양을 노리는 독수리처럼 환영인

줄 알면서도 눈 하나 깜빡이지 않고 거울 속을 바라보았다. 10정(1.1 ㎞)쯤 이어진 버드나무를 바람처럼 달려 빠져나온 자를 보니 잘 단련된 강철 갑옷 가득 햇빛을 받고, 같은 투구에서는 1자(30㎝)가 넘는 하얀 깃털이 떨어져나갈 듯 어지러이 흩날리고 있었다. 밤색 말의 늠름함을 머리와 가슴까지 가죽으로 감쌌고, 그것을 장식한 징의 숫자는 흔들리며 떨어지는 가을밤의 별들을 한곳에 모아놓은 듯한 느낌이었다. 여자는 숨을 멈추고 눈을 고정시켰다.

  구부러진 둑을 따라 말의 머리를 조금 왼쪽으로 틀더니 지금까지는 옆으로만 보였던 모습이 거울을 정면으로 바라보며 다가왔다. 굵은 창을 레스트8)에 꽂고 왼쪽 어깨에 방패를 걸어놓았다. 여자는 목을 늘여 방패에 새겨진 무늬를 정확히 보려는 듯한 태도였는데 그 기사가 거침없이 이 철제 거울을 뚫고 나올 듯한 기세로 마침내 눈앞까지 다가왔을 때, 여자는 자신도 모르게 북을 집어던지고 거울을 향해 커다랗게 랜슬롯 하고 외쳤다. 랜슬롯은 투구의 챙 아래에서 반짝이는 눈을 들어 샬럿의 높다란 전각을 올려다보았다. 형형한 기사의 눈과 바늘을 묶어놓은 듯한 여자의 날카로운 눈이 거울 속에서 딱 마주쳤다. 이때 샬럿의 여자가 다시 "랜슬롯 경."하고 외치며 홀연 창 옆으로 달려가 창백한 얼굴을 세상 속으로 반쯤 내밀었다. 사람과 말이 높다란 전각 아래를 멀어져가는 지진처럼 달려나갔다.

  쩍, 하는 소리가 들리더니 교교하던 거울이 갑자기 한가운데서 2개로 갈라졌다. 갈라진 표면이 다시 쩍쩍 얼음이 갈라지듯 산산조

---

8) Rest. 돌진할 때 창끝을 받치는 갑옷의 창 받침.

각 나서 방 안으로 튀었다. 일곱 두루마리, 여덟 두루마리, 짜던 비단이 갈가리 찢어져 바람도 없는데 철조각과 함께 날아올랐다. 붉은 실, 초록 실, 노란 실, 보라색 실이 흐트러지고 끊어지고 풀리고 엉켜 땅거미가 친 그물처럼 샬럿의 여자의 얼굴에, 손에, 소매에, 기다란 머리카락에 휘감겼다. "샬럿의 여자를 죽이는 것은 랜슬롯. 랜슬롯을 죽이는 것은 샬럿의 여자. 내 마지막 저주를 짊어지고 북쪽으로 달려라."라며 여자는 두 손을 높이 하늘로 올리고 썩은 나무가 태풍을 맞을 때처럼 오색실과 얼음과도 같은 파편이 어지러운 가운데로 털썩 쓰러졌다.

3. 소매

가련한 일레인은 사람들의 눈에 띄지 않는 제비꽃처럼, 아스톨라트의 고성을 비추다 조용히 저무는 봄밤의 별의 자줏빛 깊은 이슬에 물들어 세월을 보냈다. 찾아오는 사람은 애초부터 없었다. 함께 살고 있는 것은 두 오빠와 눈썹까지 하얀 아버지뿐.

"기사는 어디로 가시는 분이십니까?"라고 노인이 온화한 목소리로 물었다.

"북쪽의 시합에 참가하기 위해 여기까지 채찍을 휘둘러 뒤따라왔소. 긴 여름 해에 어울리지 않게 어느덧 날도 저물고 어둠 속에서 길마저 갈렸소. 타고 온 말조차 은혜에 울부짖지 않소. 하룻밤의 잠자리를 내준 깊은 정에 보답할 것이 없음을 부끄럽게 생각하오."라고 대답한 것은 갑옷과 투구를 벗고 노란 도포로 갈아입은 기사였다. 샬럿을 달릴 때 어떤 이유에서인지는 모르겠으나 움푹 파인 바위에 고인 가을의 물을 뒤집어쓴 것 같은 느낌이 들었는데, 임시로 묵을 곳을 얻은 지금에 이르기까지도 뺨의 창백함이 유달리 눈에 띄었다.

일레인은 아버지 뒤에 조그만 몸을 숨기고, 이 아스톨라트에 무슨 바람이 불어서 저렇게 늠름한 장부를 데리고 온 것일까 싶어, 요즘에는 부쩍 야윈 노인의 어깨 사이를 통해 수줍은 눈썹 아래로 랜슬롯을 보았다. 유채꽃, 콩꽃이라면 어우러져 놀 방법도 있으리라. 골짜기 아래에 우뚝 솟아 당당히 서 있는 소나무 가지에 도저히 날아 앉을 방법이 없기에 하얀 나비는 얇은 날개를 접고 미동조차 하지 않았다.

"뻔뻔한 줄 알면서도 잠자리를 내준 사람에게 청하겠소."라고 잠시 후 랜슬롯이 말했다. "내일 개최하기로 정해진 시합에 뒤늦게 참가하는 내가 누구인지 사람들에게 알려지는 것은 재미없는 일이오. 새것이라 아끼지 말고, 헌 것이라 사양하지 말고, 사람들에게 알려지지 않은 방패가 있으면 빌려주시오."

노인이 찰싹 손뼉을 쳤다. "원하신다면 방패를 빌려드리겠습니다. 장남인 티어는 지난 기사들의 투기 시합에서 다리를 다쳐 지금도 여전히 자리에서 일어나지 못하고 있습니다. 그때 아들이 들고 있던 것은 하얀 바탕에 빨간 십자가를 물들인 방패입니다. 단 한 번의 시합에서 부상을 당했고 그 상처가 아직 낫지 않았기에 빨간 피의 십자가는 덧없이 벽에서 낡아가고 있습니다. 그것을 들고 가서 마음껏 사람들을 놀라게 하시기 바랍니다."

랜슬롯이 팔을 쥐며 "그렇게 해주시오."라고 말했다. 노인이 다시 말을 이었다. "차남인 라베인은 보기에도 씩씩한 젊은이이니 아서 왕이 개최하는 영광스러운 시합에 참가하지 못한다면 기사로서 안타까운 일일 것입니다. 그저 당신 밤색 말의 발자국 뒤에 함께 데려가주시기 바랍니다. 내일은 서두르라고 그에게 말해둘 테니."

랜슬롯은 별 생각 없이 "알겠소."라고 가볍게 말했다. 노인의 뺨에 자리한 주름 속에서 기쁨의 물결이 잠시 일었다. 여자만 아니라면 나도 갈 텐데, 라고 일레인은 생각했다.

나무에 매달리는 것은 덩굴, 휘감기면 언제까지고 떨어지지 않네. 밤에 만나 아침에 헤어지는 당신과 나, 내게는 휘감길 세월도 없네. 가느다란 몸을 기대면 가지에 부는 폭풍에 뿌리 없어도 쓰러지지 않을 텐데. 기대면 남몰래 은밀히 이어지는 사랑의 실, 뿌리치고 당신은 떠나겠지. 사랑이 녹아 눈꺼풀에 넘치는 이슬 속의 빛을 보지 못하네. 내가 살고 있는 집은 오래되었지만 봄을 아는 것은 태어나서 18번에 지나지 않네. 가련한 가슴에 가득한 것은, 뒤덮인 구름이 저절로 개어 화창한 햇살이 대지를 건너는 것과 다르지 않네. 들판을 메우고 계곡을 메우고 천리 밖으로 따뜻한 빛을 비추네. 밝은 그대의 눈과 마주한 지금의 마음은 동굴에서 나와 천하의 봄바람을 맞고 있는 것 같은데……; 말조차 주고받지 못하고 내일 헤어져야 한다니 매정하구나.

초를 태워 밤을 안타까이 여기지만, 밤이 깊자 손님은 잠자리에 들었다. 잠자리에 든 뒤 일레인은 감기지 않는 눈꺼풀 사이로 남자의 모습이 눈동자 안쪽까지 억지로 들어오려는 것을 몇 번이고 떨쳐내려 애썼지만 어쩔 도리가 없었다. 감기지 않는 눈을 힘껏 감고 그 모습을 쫓아내려 했지만, 그 사람의 모습은 어느 틈엔가 눈꺼풀의 안쪽에 숨어 있었다. 괴로운 꿈이 찾아와 세상이 무서워지는 밤도 있다. 혼이 쏙 빠져버릴 것 같은 귀신 이야기에 겁을 먹어, 잠들지 못하는 귀에 닭의 울음을 기뻐하며 일어나는 경우도 있다. 하지만 두려움도 괴로움도 전부 자신이 편안해지기를 바라는 마음의 반향에 지나지 않는다. 사랑스러운 자신 앞에 꿈의 악마를 놓고, 기괴한 저주를 두기에 일어나는 두려움과 고통이다. 오늘밤의 괴로움은 그런 것이 아니었다. 자신의 영혼은 사라져버리고, 얻기를 바라지만 끝내 얻을 수 없기에 놀라고 당황하여 결국에는 가엾어져서 이렇게 혼란스러운 것이었다. 자신을 지배하는 자가 자신이 아니라 조금 전에 본 사람의 모습이라는 사실을 기이하게 여기고 이상히 여기고 슬피 여기는 데서 오는 괴로움이었다. 어느 틈엔가 자신은 랜슬롯으로 바뀌고 평소의 마음은 어딘가에서 잃고 말았다. 일레인, 하고 자신의 이름을 불러보지만 대답하는 것은 일레인이 아니라 안뜰에 말을 묶어두고 챙이 깊은 투구 안쪽에서 높다란 망루를 올려다보는 랜슬롯이었다. 다시 일레인, 하고 불렀으나 일레인은 랜슬롯이잖아, 라고 대답했다. 일레인은 없는가, 라고 묻자 있다고 했다. 어디에 있냐고 묻자 모른다고 했다. 일레인은 조그만 모공 끝에 숨어 언젠가는 예전의 모습으로 돌아오리라. 일레인에게 8만 4천 개의 모공이 있어서 일레인이 8만 4천 항아리의 향유를 붓고 햇빛에 그 피부를 부드럽게 한다 할지라도 숨어 있는 일레인이 모습을 드러낼 순간은 끝내 찾아오지 않으리라.

  잠시 후 자기 방의 장막을 걷어 일레인은 벽에 걸어두었던 기다란 옷을 꺼냈다. 촛불에 비춰보니 불타오를 듯한 주홍색이었다. 방 안에 가득한 밤을 빨아들이고, 한 벌의 옷에 한낮의 햇살을 모아놓은 듯 선명했다. 일레인은 옷의 목깃을 오른손에 걸치고 잠시 눈부시다는 듯 바라보다 곧 왼손에 쥐고 있던 칼집이 끼워진 단도를 두어 번 흔들었다. 딸그락 바닥에서 소리가 들리더니 순식간에 번쩍임이 눈앞을 스쳐 주홍색의 깊은 속으로 숨어들었다. 보니 아름다운 옷의 한쪽 소매가 아낌없이 잘렸고 나머지는 칼집 위에 팔랑 떨어졌다. 순간 덮개를 하지 않은 촛불이 바람에 나부껴 슥 꺼졌다. 밝은 조각달이 하늘에 깊어가고 있었다.

오른손에 든 소매의 빛에 의지하여 어둠을 지나쳐 일레인은 자신의 방에서 나왔다. 오른쪽으로 꺾어지면 오빠의 방, 왼쪽으로 끝까지 가면 오늘밤 찾아온 손님의 침소였다. 꿈결에서처럼 나긋한 여자의 모습은 땅을 밟지 않고 걷는 듯, 그림자보다도 더 조용히 랜슬롯의 방 앞에 섰다. ―랜슬롯의 꿈은 아직 이루어지지 않았다.

들리는 소리에 의하면 아서 대왕이 귀네비어를 아내로 맞아들이기 위해 마음에 갈등을 하고 있을 때 앉은 자리에서도 세상의 모든 일을 꿰뚫고 있는 멀린은 머리를 흔들며 경사를 수락하지 않았다고 한다. 그 여자는 후에 뜻밖의 사람을 사모하게 될 것이다, 아내로 맞으면 폐하에게 후회가 있을 것이다, 라고 간곡하게 간언했다고 한다. 그 말을 들었을 때는 자신에게 죄가 없었기에 뜻밖의 사람이 누구인지는 알 도리도 없이 지나쳐버리고 말았다. 뜻밖의 사람이 누구인지를 알았을 때, 하늘 아래 헤아릴 수도 없이 태어난 자 가운데 이 슬픈 운명을 받은 자신을 원망하고, 이 고마운 행복을 누리게 된 자신을 기뻐하여 즐거움과 괴로움이 뒤섞인 밧줄을 끊으려고도 하지 않고 그 세월을 보내왔다. 양심의 가책을 느끼기는 싫었다. 양심의 가책 속에 꿀이 있다는 것은 기쁜 일이었다. 양심의 가책을 느끼기에 꿀을 빚어내는 것이라고 여겨질 때조차 있었기에 원탁에 함께 둘러앉는 기사인 자신을 의심하게 된 지금에 이르기까지 왕비를 버리지 못한 것이었다. 단, 의심이 쌓여 증거가 될 때―귀네비어가 붙잡혀 기둥에서 불태워질 때― 그때를 생각하자니, 랜슬롯의 꿈은 아직 이루어지지 않았다.

잠들지 못하는 문을 누군가가 살짝 만진 듯한 느낌이 들었다. 베개에서 떨어진 머리가 소리 난 쪽으로 한동안 향했다가 다시 원래대로 차분해지자 이후부터 고성[古城]은 시체처럼 맥박조차 뛰지 않았다. 고요했다.

다시 만진 소리는 거의 두드렸다고 할 정도로 컸다. 분명히 사람이라고 판단한 랜슬롯은 침대에서 천천히 몸을 일으켜 "누구요?"라고 말하며 문을 반쯤 열었다. 앞으로 내민 촛불이 바람에 흔들렸기에 자세를 고치자 이번에는 문가에 서 있는 아가씨 쪽에서 반짝였다. 아가씨의 얼굴은 들고 있는 빨간 소매에 가려 있었다. 얼굴이 빨간 것은 불빛 때문만이 아니었다.

"이렇게 깊은 밤에……, 길을 잃은 건가?"라고 남자가 놀란 혀를 더듬더듬 움직였다.

"낯선 길이라면 잃을 수도 있겠지요. 오래 살아온 집인데……, 쥐조차도 길을 잃지는 않을 거예요."라고 여자가 가느다랗지만 당찬 목소리로 대답했다.

남자는 그저 이상하다는 듯 여자의 얼굴을 바라보았다. 여자는 1자(30㎝)도 되지 않는 붉은 비단 가리개에 꽃보다 아름다운 얼굴을 숨겼다. 평소보다 더 눈에 띄는 뺨의 색은 솟아오르는 피가 빠르게 흐르기 때문인지, 선명한 비단의 도움 때문인지. 단지 숨길 수 없는 머리카락이 어깨 위에 흐트러져 있고, 머리에는 하얀 장미 3송이를 고리에 끼워 꽂고 있었다.

하얀 향기가 코를 찌르고 비단의 그림자 속에 있는 꽃의 숫자까지 알아볼 수 있게 되었을 때, 랜슬롯의 가슴에는 문득 귀네비어가 들려준 꿈이 되살아났다. 이유는 모르겠으나 온몸이 마비되어 손에 들고 있던 초를 떨어뜨릴 뻔했다가 깜짝 놀라서 정신이 들었다. 아가씨는 자기 앞에 서 있는 사람의 마음은 읽을 수도 없었다.

"붉은색에는 사람의 진심이 담겨 있습니다. 부끄러운 한쪽 소매를 청하지도 않으셨지만 바치겠습니다. 투구에 감고 승부하시기 바랍니다."라며 그 소매를 떠넘기듯 앞으로 내밀었다. 남자는 쉽게 대답하지 않았다.

"여자의 선물을 받지 않는 당신도 기사인가요?"라며 일레인이 애원하듯 아래에서부터 랜슬롯의 얼굴을 바라보았다. 시선을 받고 있는 사람은 얇은 입술을 굳게 다물고 불타오르는 한쪽 소매를 오른손으로 반쯤 받아든 채 당혹스러운 빛을 눈썹에 새겼다. 잠시 후 말했다. "크고 작은 전쟁에 임한 것이 60여 번, 싸움의 기술을 겨루는 장에 올라 창을 맞부딪친 것은 그 숫자를 헤아릴 수 없소. 지금까지 가인[佳人]의 선물을 몸에 지닌 적이 없었소. 인정 많은 주인의 딸이 주는 정 깊은 선물을 거절한다는 것은 예의가 아니지만……."

"예의네, 예의가 아니네 하는 게 아니에요. 예의를 위해서 이런 밤에 온 게 아니에요. 마음이 담긴 이 한쪽 소매를 천하의 용사에게 바치기 위해서 온 거예요. 간절히 바랄게요."라고 이렇게까지 말한 이상, 가녀린 아가씨의 마음을 굳이 꺾을 수도 없는 일이었다. 랜슬롯은 망설였다.

카멜롯에 모인 기사는 강한 자든 약한 자든 모두 내 방패 위에 새겨진 문양을 모르는 자가 없다. 또 내 팔에서, 내 투구에서 아름다운 사람이 보낸 물건을 본 적도 없다. 내일의 시합에 늦은 것은 애초부터 나설 마음이 없었는데 중간에 마음을 돌렸기 때문이다. 경기장에 말을 타고 들어서서 랜슬롯이다, 뒤늦게 온 랜슬롯이다, 라는 말을 듣는 것뿐이라면 염문에는 신경 쓸 필요도 없으리라. 하지만 뒤에 남은 것은 병 때문, 뒤에 남았다가 온 것은 진짜 병이 아니라는 증거라는 말을 듣는다면 뭐라 답할 것인가? 지금 다행히 낯선 사람의 방패를 빌렸으니 모르는 사람의 소매를 감고 스물, 서른 명의 기사들을 쓰러뜨릴 때까지 내 얼굴을 깊이 숨겼다가, 저물녘이 되어 랜슬롯이라고 이름을 밝혀 사람들을 놀라게 하면 ─모든 사람들이 일부러 늦게 온 나에 대해서 고개를 끄덕이리라. 병이라며 들어앉았던 나의 계책을 재미있어하는 자조차 있으리라. 랜슬롯은 마침내 마음을 정했다.

방 안쪽에서 빛나고 있는 것은 갑옷이었다. 갑옷의 몸통에 기대놓았던 자신의 방패를 한손으로 가볍게 들어 여자 앞에 놓고 랜슬롯이 말했다.

"기꺼운 사람의 진심을 투구에 감는 것은 기사의 자랑. 고맙소."라며 그 소매를 여자에게서 받았다.

"받아주신 건가요?"라며 한쪽 뺨에 웃음 띤 모습은, 골짜기 속의 은방울꽃에 아침 해가 비춰 가득 맺혔던 이슬이 흔적도 없이 사라진 모습 같았다.

"내일의 승부에서는 쓰지 않을 방패를 만날 때까지의 징표로 남기겠소. 시합이 끝나 이곳에 다시 들를 때까지 가지고 계시오."

"가지고 있을게요."라며 여자는 무릎을 꿇고 두 손으로 방패를 안았다. 랜슬롯은 기다란 소매를 눈썹 부근까지 받들어 "붉구나, 붉어."라고 말했다.

이때 망루 위를 까마귀가 울며 지났고, 밤은 희붐하게 밝기 시작했다.

4. 죄

아서를 미워하는 것이 아니라 랜슬롯을 사랑하는 것이라고 귀네비어는 자신의 마음속에서만 속삭였다.

북쪽에서 열린 시합이 끝나고 그곳으로 향했던 자들 모두 성으로 돌아왔으나 랜슬롯만은 그림자조차 보이지 않았다. 돌아오기 바라는 사람의 소식은 끊기고 마음에 없는 사람들만 재갈을 나란히 하고 카멜롯으로 돌아오는 모습을 보는 것은 아무런 의미도 없는 일이었다. 첫째 날에는 둘째 날을 헤아렸으며 둘째 날에는 셋째 날을 헤아렸고, 결국에는 양쪽 손가락을 전부 꼽아 열흘에 이른 오늘까지도 여전히 돌아올 것이라고 희망을 걸었다.

"돌아오지 않는 사람은 어디에 붙들려 있는 건지."라고 아서가 그다지 걱정하는 기색도 보이지 않고 말했다.

높다란 방의 정면에 돌로 쌓은 2개의 단, 절반은 두툼한 양탄자에 덮여 있었다. 단 위의 커다란 의자에 편안하게 앉아 있는 것은 아서였다.

"붙드는 해도, 붙드는 달도 없는데."라고 귀네비어가 대답인 듯, 아닌 듯 말했다. 왕과 2자(60cm) 정도 왼쪽으로 떨어진 의자 위에서 가녀린 손가락의 깍지를 꼈으며, 무릎 아래는 기다란 치마에 가려 구두가 어디에 있는지조차 분명하지 않았다.

냉랭한 듯 대답했으나 마음은 그 사람의 이름을 듣기만 해도 두근거렸다. 이야기의 씨앗이 바라던 곳에서 싹을 틔웠는데 차가운 숨결로 말라버리게 하기는 아까웠다. 귀네비어는 다시 입을 열었다.

"늦게 간 사람은 늦게 와야 한다는 규율이라도 있는 건가요?"라고 덧붙이며 한쪽 뺨으로 웃었다. 여자가 웃을 때는 위험한 법이다.

"늦는 것은 규율 때문이 아니라, 사랑의 법칙 때문이오."라며 아서도 희미하게 웃었다. 아서의 웃음에도 특별한 의미가 있었다.

사랑이라는 말이 귓가에 전해진 순간 귀네비어의 가슴은 송곳에 찔린 것 같은 아픔을 느껴 덜컥 내려앉았다. 귀 안에서 벌컥 소리가 들리더니 뜨거운 피가 쏟아졌다. 아서는 아무것도 모르는 얼굴이었다.

"그 소매의 주인이야말로 아름답겠지. ……."

"그 소매라니요? 소매의 주인이라니요? 아름답다니요?"라고 말하는 귀네비어는 숨이 차올랐다.

"하얀 깃털에 빨간 천이었소. 떠나는 사람의 선물인 듯했소. 묶이는 것도 당연한 일이지."라며 아서는 다시 껄껄 웃었다.

"주인의 이름은?"

"이름은 모르겠소. 단지 아름답기에 아름다운 소녀라 불린다고 들었을 뿐이오. 지난 열흘 동안 묶여 있었고, 나머지 며칠을 묶여 있을 자는 행복한 자요. 카멜롯으로 발걸음을 향하지는 않을 거요."

"아름다운 소녀! 아름다운 소녀!"라고 연달아 외친 귀네비어는 얇은 구둣발로 돌바닥을 세 번 울렸다. 어깨에 걸쳐 있던 머리카락이 갑자기 물결을 일으켜, 2자(60cm)가 넘는 끝부분까지 가닥가닥 퍼져갔다.

남편에 대해 두 마음을 품어서는 안 된다는 말을 신의 길이라 가르친 것은 옛날부터의 일이다. 신의 길을 따르는 마음의 평안함도 모르지는 않는다. 마음의 평안함을 스스로 버리고, 버린 뒤의 괴로움을 기쁨으로 여긴 것도 당신 때문이었다. 봄바람이 불면 자신의 뜻과는 상관없이 꽃은 저절로 핀다. 꽃에 죄가 있다고 하는 것은 속된 세상의 말에 지나지 않는다. 사랑을 비추는 거울이 맑은 것은 거울의 덕이다. 그런 생각 속에, 사람에게도 세상에게도 버림받았을 때의 위로가 있는 것이리라. 그렇게 생각하기로 마음을 정한 지금, 내가 올라서 있던 발판이 뒤집혀 발꿈치를 받쳐주는 것은 한 톨의 먼지조차 없다. 서로를 끌어당긴 철과 자석은 자연스럽게 끌어당긴 것이니 허물도 두려워하지 않고 세상을 꺼리는 관문 하나 저편으로 넘어가면 평생의 안도가 있으리라 생각했는데, 끌어당긴 자석이 부싯돌로 바뀌어 당겨진 철은 무한한 허공 속을 저승으로 떨어졌다. 내가 앉은 의자의 바닥이 꺼지고, 내가 올라 있는 단의 바닥이 무너지고, 내가 밟고 있는 대지의 거죽이 찢어지고, 나를 받치던 것들 전부 사라진 것과 다름없다. 귀네비어는 깍지 낀 손을 가슴 앞에 모은 채 좌우에서부터 뼈가 으스러지도록 눌렀다. 한손에 넘치는 힘을 한손으로 뽑아내 괴로운 가슴의 번민을 사람들이 모르는 쪽으로 빼내려는 것이었다.

"왜 그러는가?"라고 아서가 물었다.

"왜 그러는지 모르겠어요."라는 대답은 아서를 속이려는 것이 아니었다. 또 자신을 왜곡하려는 것도 아니었다. 모르는 것을 모른다고 말한 것일 뿐. 자신이 무슨 말을 하고 있는지조차 모르는 사이에 진심이 목구멍을 굴러 나온 것이었다.

밀려났던 파도가 되돌아올 때에는 밀려갈 때의 기색을 잊고, 곤두박질치듯 절벽을 물어뜯는 기세가 전보다 더 거센 데에는 파도 스스로조차 놀라지 않을까 싶다. 생각할 수도 없었던 소식이 가슴을 쳐서 당황했던 귀네비어는 제정신을 잃을 만큼 자신에게서 멀어졌다가 이후, 침착하게 평소보다 더 절박한 자신으로 돌아왔다. 무슨 일인지 모르겠다는 듯 놀란 눈썹을 자신의 이마 위에 모은 아서를 자신의 남편이라고 깨달은 순간, 귀네비어의 눈에 아서는 조금 전의 아서가 아니었다.

사람에게 상처를 준 자신의 죄를 후회하고 있는데, 상처 입은 사람은 상처가 있다고도 마음에 깨닫지 못할 때만큼 후회가 깊은 적도 없는 법이다. 성도를 향해 채찍을 휘두른 죄의 두려움은 채찍을 휘두른 자의 몸으로 되돌아오는 벌에 있는 것이 아니라, 스스로 그 죄를 후회했다는 데 있다. 자신을 의심하는 아서 앞에서 부끄러워하는 마음은, 의심하지 않는 아서 앞에서 자신의 죄를 마음속으로 책망하는 것만큼 아프지는 않다. 귀네비어는 두려움에 몸이 오그라들고 뼈에 사무칠 정도의 추위를 느꼈다.

"남의 처지는 나의 처지라 생각하시오. 남을 그리워하지 않던 옛날이라면 모르겠으나 아내를 맞은 지 몇 밤인가가 지났소. 빨간 소매의 주인이 랜슬롯을 생각하는 마음은, 당신이 나를 생각하는 마음처럼 되어야 할 것이오. 선물이 있다면 나도 열흘, 스무날, 돌아오기를 잊을 테니, 비난하는 것은 옳지 않소."라고 아서가 왕비 쪽을 보며 이상하다는 듯한 표정을 지었다.

"아름다운 소녀!"라고 귀네비어는 세 번째로 일레인의 이름을 되풀이했다. 이때는 날카로운 목소리가 아니었다. 그렇다고 해서 가련함을 내보인 것이라고도 느껴지지 않았다.

아서가 의자에 기대고 있던 몸을 약간 돌리며 말했다. "당신과 내가 처음으로 만났던 옛날을 기억하고 계시오? 1길이 넘는 돌 십자가를 땅속 깊이 묻은 건 덩굴이 자라기 시작한 봄 무렵이었소. 길을 헤매다 성당으로 잠시 쉬러 들어갔을 때 은을 박아놓은 제단 앞에서 하늘색 옷을 어깨 위에서부터 늘어뜨리고 금발에 구름을 일으키던 건 누구였소?"

여자는 떨리는 목소리로 "아아."라고만 말했다. 그립지 않은 것도 아닌 옛날, 지금은 잊는 것만이 마음의 평안이라고 생각하고 있었는데 홀연 가차 없이 떠오르는 것을 견딜 수 없었다.

"평온하지 못한 가슴에, 버리고 가는 사람이 돌아오기를 기다리겠다며 풀이 죽은 목소리로 내게 말한 당신의 목소리를 듣기까지는 하늘에서 내려온 마리아가 그 성당의 신단에 서 있는 줄로만 알았소."

흐르는 시간을 잡을 수는 없지만 돌아올 수 없는 곳으로 가버린 일을 영원히 어둠 속에 묻어둘 수도 없는 법이다. 생각하지 않겠다고 맹세한 마음에 탁 부딪치는 예전의 불꽃도 있는 법이다.

"함께 성으로 가지 않겠느냐고 물었더니 금발을 움직여 어디에라도, 라고 끄덕인……."하며 도중에 말을 끊은 아서는 몸을 일으켜 두 손으로 귀네비어의 뺨을 감싸고 위에서 왕비의 얼굴을 들여다보았다. 새로운 기억에 이끌려 새로운 사랑의 물결이 한차례 되살아난 것이리라. 왕비의 뺨은 시체를 끌어안은 것처럼 차가웠다. 아서는 자신도 모르게 감싸고 있던 손을 떼었다. 마침 회랑 멀리서 사람의 발소리가 들리고 고함을 지르는 듯한 여러 목소리가 점차 아서의 방으로 다가왔다.

입구에 걸쳐놓은 두꺼운 장막은 늘어뜨린 채 묶지 않았다. 길게 늘어져 바닥까지 가렸다. 그 발소리가 문 가까이에서 잠시 멈추더니, 늘어진 막을 2개로 가르고 숱이 많은 머리에 키가 큰 사내 하나가 모습을 드러냈다. 모드레드[9]였다.

모드레드는 인사도 하지 않고 방 정면까지 성큼성큼 걸어와 왕이 서 있는 단 아래에서 멈춰 섰다. 뒤이어 들어온 것은 아그라베인[10], 굳센 팔뚝이 헐렁한 소매에 가득하고 빨간 목이 옷의 목깃에 꽉 껴서 색까지 변했을 정도로 근육질의 사내였다. 두 사람 뒤로는 누구인지 알아볼 틈도 없이 우르르 앞 다투어 몰려 들어와 모드레드를 앞에 두고 줄줄이 늘어섰는데 숫자는 전부해서 12명. 무슨 일이 있지 않고는 모일 수 없는 숫자였다.

모드레드가 왕을 향해 숙였던 머리를 들고 힘이 느껴지는 목소리로 말했다. "죄 있는 자를 벌하는 것은 왕의 일입니까?"

"물을 필요도 없는 일일세."라고 대답한 아서는 새삼스러울

---

[9] 아서 왕의 조카로 알려진 기사.
[10] 모드레드와 함께 아서 왕과 랜슬롯 사이를 이간질한 인물.

것도 없다는 표정이었다.

"죄 있는 자는 높은 자리에 있는 자라도 가리지 않습니까?"라고 모드레드가 다시 왕에게 물었다.

아서는 자신의 가슴을 두드리고 "황금의 관은 부정한 자의 머리에 쓸 수 없소. 천자의 옷은 악을 숨기지 않소."라며 단 위에서 몸을 폈다. 어깨에 두른 심홍색 옷의 자락이 벌어져 하얀 안감이 눈처럼 빛났다.

"죄 있는 자를 용서하지 않겠다고 맹세하신다면 왕의 곁에 앉아 있는 여자도 용서하셔서는 안 됩니다."라며 모드레드가 망설이는 기색도 없이 한 손가락을 들어 귀네비어의 미간을 가리켰다. 귀네비어는 자리에서 벌떡 일어났다.

아서는 어리둥절함에 벼락을 맞은 벙어리처럼 자신 앞에 서 있는 사람—땅을 뚫고 나온 바위처럼 서 있는 사람—을 바라보았다. 입을 연 것은 귀네비어였다.

"죄가 있다고 나를 모함하는 겐가? 무엇을 증거로, 무슨 죄를 들려는 것인가? 거짓이 있다면 하늘도 살펴보실 것이다."라며 가느다란 손이 빠져라 하늘 높이 들었다.

"죄는 하나. 랜슬롯에게 물으시오. 증거는 그것이오."라며 독수리와 같은 눈을 뒤로 던지자 늘어선 12명이 하나같이 오른손을 높이 치켜들고 "신도 알고 계시오. 죄에서 벗어날 수 없을 것이오."라고 저마다 말했다.

귀네비어는 쓰러지려는 몸을 벽에 걸린 장식용 카펫에 간신히 기댄 채 "랜슬롯!"하고 희미하게 외쳤다. 왕은 당황했다. 어깨에 두른 심홍색 옷의 안쪽을 반쯤 드러내며 오른 손바닥을 13명의 기사에게 향한 채 당황했다.

이때 성 안에서 "검구나, 검어."라고 외치는 소리가 돌담에 울리며 깊고 어둡게 멀리서 울리는 삭풍처럼 전해져왔다. 잠시 후 하늘에 울릴 듯 녹슨 쇠사슬을 삐걱거리며 강에 면한 수문을 여는 소리가 들렸다. 방 안의 사람들은 서로의 얼굴을 바라보았다. 보통 일이 아니었다.

5. 배

"투구에 감은 비단의 색에 창을 마주한 적의 눈도 번쩍 뜨이는 듯했어. 랜슬롯은 그날의 시합에서 20여 명의 기사들을 쓰러뜨리고 물러나기 직전에야 비로소 자신의 이름을 밝혔어. 놀란 사람들의 마음이 가라앉기도 전에 나와 함께 경기장을 나왔지. 행선지는 물론 아스톨라트였어."라고 사흘이 지나서 아스톨라트로 돌아온 라베인이 아버지와 동생에게 말했다.

"랜슬롯?"하고 아버지가 놀란 눈썹을 꿈틀거렸다. 여자는 "어머."라고만 말한 채 머리에 꽂은 꽃의 색을 떨었다.

"20여 명의 적과 맞서는 동안 누군가의 창에 맞았는지 갑옷의 몸통이 2자 정도 흘러내려 왼쪽 허벅지에 상처를 입고……."

"깊은 상처인가요?"라며 여자가 숨을 멈추고 근심스러운 눈을 둥그렇게 떴다.

"안장에서 버티지 못할 정도는 아니었어. 여름의 더딘 해가 저물고 푸른 저녁 내내 풀이 무성한 들판만을 걸었더니 말의 발굽이 이슬에 젖었어. 두 사람은 한마디도 주고받지 않았어. 랜슬롯이 무슨 생각에 잠겼는지는 모르겠지만, 나는 낮에 있었던 시합의 다시없을 화려한 모습을 떠올리고 있었어. 바람이 스쳐가는 나뭇가지도 없었기에 말발굽이 땅을 울리는 소리만 높았지. 길이 갈라져 2줄기가 됐어."

"왼쪽으로 꺾어지면 여기까지 10마일(16km)이지."라고 노인이 아는 척하며 말했다.

"랜슬롯은 말머리를 오른쪽으로 향했어."

"오른쪽? 오른쪽은 샬럿으로 가는 대로, 틀림없이 15마일(24km)쯤 될 텐데." 이것도 노인의 설명이었다.

"그 샬럿 쪽으로, 뒤에서 부르는 나를 돌아보지도 않고 발굽을 울리며 떠나갔어. 어쩔 수 없이 나도 따라가려 했지. 신기한 일은, 내 말의 방향을 바꾸려 한 순간, 앞발을 치켜들고 이상한 소리로 울부짖었다는 점이야. 울부짖는 소리가 끝도 없는 여름의 벌판으로 널리 펴져 사라지고, 말의 발걸음이 평소처럼 내가 고삐를 당긴 쪽으로 움직였을 때 랜슬롯의 모습은 밤과 함께 멀리로 희미하게 사라졌어. 나는 안장을 두드려 뒤쫓았지."

"따라잡았나?"라고 아버지와 동생이 한목소리로 물었다.

"따라잡기에는 이미 늦어버리고 말았어. 내가 탄 말의 숨결이 어둠을 가르며 하얗게 피어올랐지만 채찍을 더욱 휘둘러 길고 긴 길을 똑바로 달려 나갔어. 그가 아닐까 여겨지는 검은 그림자가 2정(220m)쯤 앞에 나타났을 때, 나는 폐가 쏟아져 나올 정도로 랜슬롯, 하고 불렀어. 검은 그림자는 들리지 않는다는 듯 가고 있었어. 희미하게 들리는 것은 말발굽 소리뿐이었어. 이상한 일은 그렇게 서두르는 것 같지도 않았는데 쉽게 따라잡을 수 없었다는 점이었지. 간신히 1정쯤으로 거리를 좁혔을 때 검은 그림자가 밤 속으로 빨려 들어가듯 쑥 사라져버렸어. 어찌된 일인지 짐작할 수 없었던 나는 더욱 빨리 따라붙었어. 샬럿의 입구에 걸린 돌다리에 부서져라 말발굽이 접어들었는가 싶은 순간 말이 무엇인가에 걸려 앞다리가 휘청했어. 타고 있던 나는 갈기를 쥔 채 앞으로 고꾸라졌어. 쿵 떨어진 곳은 돌 위라고 생각했는데 나보다 먼저 넘어진 사람이 입고 있던 갑옷의 소매였어."

"위험해!"라고 노인이 눈앞에서 벌어진 일인 양 외쳤다.

"위험한 건 내가 아니었어. 나보다 먼저 넘어진 랜슬롯이었지⋯⋯."

"넘어진 게 랜슬롯이었나요?"라고 동생이 혼비백산할 정도의 목소리를 내며 의자의 끝을 쥐었다. 의자의 다리가 부러진 것이 아니었다.

"다리 옆의 버드나무 뒤로 사람이 사는 것처럼도 보이지 않는 움막이 있기에 혹시나 해서 두드려보니 세상을 등진 은자의 집이었어. 다행이다 싶어 차갑게 식은 사람을 업어다 안으로 옮겼지. 투구를 벗겨보니 눈까지 얼어서⋯⋯."

"약을 캐고 풀을 삶는 것은 은자들이 흔히 하는 일 아니냐. 랜슬롯을 살려냈느냐?"라고 아버지가 이야기 중간에 자신의 말을 끼워 넣었다.

"살려내기는 했어. 하지만 저승에 있는 사람과 별반 다를 바 없었지. 정신을 차린 랜슬롯은 참된 자신으로 되돌아오지 못했어. 악마에 씌워 꿈에서 헛소리를 하는 사람처럼 터무니없는 말만 했어. 어떨 때는 죄, 죄, 라고 외치고, 어떨 때는 왕비―귀네비어―샬럿이라고 말했어. 은자의 마음을 담은 풀의 향기조차 끓어오르는 머리에는 한 점의 냉기도 불어넣지 못했어. ……."

'머리맡에 내가 있었다면.' 하고 아가씨는 생각했다.

"하룻밤이 지나 흥분한 머리도 점차 평온해져 조용한 예전의 모습이 얼핏얼핏 마음으로 찾아왔을 무렵, 랜슬롯은 내게 떠나라고 말했어. 마음이 놓이지 않았던 은자는 떠나지 말라고 했어. 그렇게 해서 이틀이 지났지. 셋째 날 아침, 잠에서 깬 나와 은자는 환자의 용태가 오늘 아침에는 어떤가 보려고 침소로 갔는데, —그의 모습이 보이지 않았어. 검의 날 끝으로 낡은 벽에 새겨 남긴 글은, 죄는 나를 쫓고 나는 죄를 쫓는다, 라는 것이었어."

"달아난 게냐?"라고 아버지가 물었고, "어디로?"라고 동생이 물었다.

"어디로 갔는지 알면 찾아갈 방법도 있었겠지. 망망한 여름 벌판에 부는 바람의 끝은 알 길이 없었어. 동서로 해가 지나는 땅은 끝을 알 수 없는데 홀로 돌아오지 않았어. 은자는 말했지. 병을 고치지 않고 떠났다, 그 사람의 몸이 위험하다, 미친 듯 달려간 곳은 카멜롯일 것이다. 비몽사몽간에 한 말을 생각하면 그럴 수도 있다고 여겨지지만, 나는 반드시 그렇다고만은 생각지 않아."라고 말을 마친 뒤 술잔에 담긴 쓴 술을 단숨에 들이켜고 무지개와 같은 숨을 내쉬었다. 동생은 자리에서 일어나 자신의 방으로 들어갔다.

꽃 속에서 노니는 나비의 날갯짓을 보면, 봄 가운데 근심이 있으리라고는 천하를 둘러보아도 알 수 없다. 하지만 싸늘하게 해가 떨어지고 달조차 어둠 속에 숨은 밤을 생각해보라. 내리는 짙은 이슬을 생각해보라. 얇은 날개가 얼마나 얇은지를 생각해보

라. 널따란 벌판의 풀 뒤에 손톱만큼 작은 것이 숨어 있는 모습을 생각해보라. 접은 날개에 내린 이슬의 무게에 겨워 꿈조차 괴로우리라. 끝도 없는 벌판의 바닥에 덧없는 몸을 움츠린 채 불어오는 바람에도 부서질까 염려하는 것은 외로운 일이리라. 일레인은 오래 버티지 못하리라.

일레인은 방패를 바라보고 있었다. 랜슬롯이 맡긴 방패를 바라보며 살아가고 있었다. 그 방패에는 키 큰 여자 앞에 한 기사가 무릎을 꿇고 앉아 사랑과 믿음을 맹세하는 무늬가 새겨져 있었다. 기사의 갑옷은 은색, 여자의 옷은 불꽃색으로 불타오르고 있었으며, 배경에는 검정에 가까운 감색이 깔려 있었다. 빨간색의 여자가 귀네비어라는 사실을, 가엾은 일레인은 꿈에조차 알 길이 없었다.

일레인은 방패 속의 여자를 자신이라 여기고, 무릎을 꿇고 있는 자를 랜슬롯이라 생각하는 때조차 있었다. 그렇게 되기를 바라는 생각이 어느 틈엔가 마음속을 비집고 나와 그 생각대로 방패의 표면에 나타나는 것이리라. 그렇게 해서 있지도 않은 반석을 일단 구축하고 나면 그 위에 헛된 일들을 쌓고 그 헛된 일들의 미래까지도 상상하기를 그치지 않았다.

쌓아올린 공상은 다시 무너지곤 했다. 아이가 작은 돌로 탑을 쌓으며 놀다가 그 탑을 발로 찰 때처럼 무너졌다. 무너지고 난 뒤 제정신으로 돌아와 바라보면 랜슬롯은 없었다. 미친 듯이 멀리 카멜롯으로 달려간 사람이 내 곁에 있을 리가 없잖아. 헤어졌다 할지라도 맹세만 변하지 않는다면 천리를 연결해주는 밧줄도 있을 테지. 랜슬롯과 나는 무엇을 맹세했지? 일레인의 눈에서는 눈물이 넘쳐흘렀다.

눈물 속에서 다시 떠올려보았다. 랜슬롯은 맹세하지 않았어, 홀로 맹세한 나는 변할 리가 없지, 두 사람 사이에서 이루어진 것만을 맹세라고는 할 수 없어, 스스로 마음에 다짐한 것도 맹세임에는 틀림없어, 이 맹세만 깨지 않는다면, 하고 생각했다. 일레인의 뺨의 색이 생기를 잃었다.

죽음은 두렵지 않았으나 죽은 뒤 랜슬롯을 만나지 못할 것이 두려웠다. 하지만 이 세상에서는 만날 수 없다는 점을 생각해보면, 미래에 만나는 것이 오히려 쉬울지 모르겠다는 생각도 들었다. 양귀비가 떨어지는 것을 근심스럽게만 바라볼 필요는 없다. 꽃이 떨어져야 거기서 다시 필 여름도 있으리라. 일레인은 식음을 전폐했다.

쇠약함이 봄 들판에 붙은 불처럼 작은 가슴을 침범했으며, 근심이 옷의 무게조차 견디지 못하는 뼈를 시시각각 갉았다. 지금까지는 긴 목숨이라고만 생각했다. 설마 언제까지고 살게 해달라고 욕심을 부리지는 않았지만, 죽음이라는 것은 꿈에조차 생각해본 적이 없었다. 짧은 봄이라 여겨지는 지금이 되어 유심히 세상을 살펴보니 햇살에 피는 꽃봉오리 속에도 한은 있었다. 둥글게 비치는 밝은 달의 내일을 묻는다면, 쓸쓸해진다. 일레인은 죽음 외에는 이 세상에 볼일이 없는 사람이었다.

이제 얼마 남지 않은 목숨이라 여겨졌을 때 일레인은 아버지와 오빠를 머리맡으로 불러 "저를 위해서 랜슬롯에게 보내는 글을 써주세요."라고 말했다. 아버지는 붓과 종이를 꺼내 목숨이 꺼지려 하는 사람의 말을 하나하나 적었다.

〈하늘 아래에 사모하는 사람은 당신뿐이에요. 당신 한 사람 때문에 죽는 저를 불쌍히 여겨주세요. 아지랑이처럼 피어오르던 검은 머리가 길게 흐트러져 흙이 된다 할지라도 가슴에 새긴 랜슬롯이라는 이름은 별이 바뀐 뒤의 세상에까지도 지워지지 않을 거예요. 사랑의 불꽃에 물든 글자가 흙과 물 때문에 변할 리 없을 테니. 눈썹에 깃든 이슬방울에 어렸는가 싶어 바라보면 부서지는 당신의 모습, 여리기도 하지. 내 목숨도 그렇게 여린 것을, 눈물 있으면 흘려주세요. 그리스도도 알고 계실 거예요, 저는 죽을 때까지 청순한 처녀였어요.〉

쓰기를 마친 글자는 이상하게 흐트러져 알아보기 어려웠다. 노인의 손이 떨린 것은 늙음 때문인지 슬픔 때문인지 알 수 없었다.

여자가 다시 말했다. "숨이 끊어져 몸이 식기 전에, 오른손에 이 편지를 쥐어주세요. 손과 발 모두 싸늘하게 식은 뒤에 온갖 아름다운 옷으로 저를 꾸며주세요. 한 치의 빈틈도 없이 검은 천을 깐 작은 배 안에 저를 태워주세요. 산과 들의 하얀 장미, 하얀 백합을 전부 따다가 배 안에 던져주세요. ―배는 띄워 보내주세요."

그리고 일레인은 눈을 감았다. 잠든 눈을 뜰 때는 오지 않으리라. 아버지와 오빠는 유언대로 순순히 가엾은 아가씨의 시체를 배에 실었다.

오래 전부터 흐르던 강에는 잔물결조차 죽어 바람이 분다는 사실도 모른다는 듯 고요했다. 배는 지금 초록으로 둘러싸인 그늘을 지나서 중류로 저어 나갔다. 노를 젓는 것은 오직 한 사람, 하얀 머리에 하얀 수염을 기른 노인처럼 보였다. 천천히 젓는 물이 한가로이 움직여 노를 한 번 저을 때마다 납과 같은 빛을 내뿜었다. 배는 물결에 떠 있는 수련이 잠들어 있는 속으로 소리도 없이 들어갔다가, 지나쳐갔다. 꽃받침 기울여 배를 보내고 난 뒤에는, 가볍게 그려진 물결과 함께 잠시 흔들리던 꽃의 모습도 평소의 고요함으로 돌아갔다. 떠밀려 갈라졌던 잎이 다시 떠오른 표면에서는 때 아닌 이슬이 방울을 굴렸다.

  배는 아득하게 어딘지 모를 곳으로 떠나갔다. 아름다운 시체와 아름다운 옷과 아름다운 꽃과 사람 같아 보이지 않는 일개 노인을 싣고 떠났다. 노인은 아무런 말도 하지 않았다. 그저 고요한 물결 속으로 기다란 노를 젓고 또 저었다. 나무에 새긴 사람을 채찍질해서 일으켜 세운 것일까? 노를 움직이는 팔 외에는 살아 있는 곳이 없는 것처럼 보였다.

  문득 보니 눈처럼 하얀 백조가 접은 날개로 물살을 가르며 왕자[王者]처럼 유유히 물을 저어 가고 있었다. 기다란 모가지를 한껏 뽑아든 기품 있는 모습이 주위를 물리쳐, 두려운 것 하나 없는 듯 보였다. 넘실거리는 물결을 곁눈질조차 하지 않고 뱃머리에 서서 배를 인도했다. 배는 어디까지고 새의 깃털에 찢긴 파문이 다시 만나기 전에 그 뒤를 따랐다. 양쪽 기슭의 버드나무는 푸르렀다.

  샬럿을 지날 때, 어딘가 구슬픈 목소리가 왼쪽 기슭에서부터 오래된 강의 정적을 깨고 움직이지 않는 물결 위로 울려 퍼졌다. "이 세상을, ……맑은 정신……으로 살면…….” 끊겼던 소리가 뒤를 잇고, 이어졌던 소리가 다시 한동안 끊어지려 했다. 듣는 자는 죽은 일레인과 뱃고물에 앉아 있는 노인뿐. 노인은 귀조차 기울이지 않았다. 그저 기다란 노를 젓고 또 젓기만 했다. 아마도 귀가 들리지 않는 듯했다.

하늘은 틀어놓은 솜을 두껍게 깔아놓은 것처럼 무거웠다. 강을 끼고 좌우의 버드나무는 한 그루 한 그루 초록으로 물든 채 흐릿하게 안개에 잠겨 있었다. 이승과 저승의 경계에서 방황하는 사람이 있다면, 그 사람들의 영혼을 늘어놓은 것이 이러한 분위기이리라. 그림에 그려놓은 듯한 아가씨가 배에 실려 타계로 가는 모습을 나란히 늘어서서 배웅하는 모습 같기도 했다.

배는 카멜롯의 수문 옆으로 흘러가 딱 멈춰 섰다. 물결에 잠긴 백조의 그림자가, 기슭에 높이 솟아 있는 누각의 검은 물그림자에 비쳐 섬뜩하게 보였다. 수문이 좌우로 열리고 돌계단 위에는 아서와 귀네비어를 선두로 성 안의 남녀가 전부 모여 있었다.

일레인의 시체는 모든 시체들 가운데서 가장 아름다웠다. 맑고 깨끗한 얼굴을 구름처럼 흩어져 있는 금발 속에 묻은 채 미소 짓고 있는 것처럼 누워 있었다. 육신에 붙은 모든 육신의 부정을 씻어내고 영혼 그 자체의 형상을 이목구비에 드러낸 모습은 맑고 또 한없이 깨끗했다. 괴로움도, 근심도, 원한도, 분노도, ―이 세상 더러운 것의 흔적조차 없어 흙으로 돌아갈 사람으로는 보이지 않았다.

왕이 엄숙한 목소리로 "누구인가?"라고 물었다. 노 젓는 손을 멈춘 노인은 벙어리처럼 입을 열지 않았다. 귀네비어가 돌계단을 훌쩍 내려가 흩어져 있는 백합 속에서 일레인이 오른손에 쥐고 있는 편지를 꺼내 의아함에 봉투를 뜯었다.

슬픈 목소리가 다시 물을 건너 "……아름다운…… 사랑, 색이…… 비치네."라고 가느다란 실을 흔들어 물결을 일으킬 때처럼 사람들의 귓가를 스쳤다.

다 읽고 난 귀네비어는 허리를 뻗어 배 안에 있는 일레인의 이마—투명한 일레인의 이마로 떨리는 입술을 가져가며 "아름다운 소녀!"라고 말했다. 동시에 한 방울 뜨거운 눈물이 일레인의 차가운 뺨 위로 떨어졌다.

13명의 기사는 서로의 눈을 바라보았다.

취미의 유전
(趣味の遺伝)

양허집 속의 삽화

양허집 속의 삽화

1

날씨 때문에 신도 미친다. '사람을 도살하여 굶주린 개를 구하라.'고 구름 안쪽에서 외치는 소리가 동해를 뒤집을 듯 흔들고 만주의 끝까지 울려 퍼지자, 일본인과 러시아인이 네, 라고 대답하고 백 리도 넘는 일대 도살장을 삭북1)의 들판에 펼쳤다. 그러자 아득한 평원의 끝 아래에서부터 헤아릴 수 없는 맹견의 무리들이 피비린내 나는 바람을 가로로 찢고 세로로 가르며 네 발 달린 탄환을 한꺼번에 쏘아 올린 것처럼 달려왔다. 미친 신이 덩실거리며 '피를 마셔라.'라고 말한 것을 신호탄으로 날름날름 내미는 불꽃의 혓바닥이 어두운 대지를 비췄으며, 목구멍을 넘어가는 핏줄기 소리가 들렸다. 이번에는 검은 구름 끝을 발로 구르며 '살을 뜯어라.'라고 신이 외치자 '살을 뜯어라! 살을 뜯어라!'라고 개들도 일제히 짖어댔다. 그리고 우지끈우지끈 팔을 끊어먹고, 깊은 아가리를 벌려 귀 밑까지 몸을 덥석 물었다. 정강이 하나를 물고 좌우에서 승강이질을 벌였다. 드디어 고기를 대부분 먹어치웠다고 생각되었을 때, 다시 빽빽한 구름을 뚫고 무시무시한 신의 목소리가 들려왔다. '살 다음에는 뼈를 핥아라.'라고 말했다.

---

1) [朔北] 북방. 중국 북방의 변경.

이크, 뼈다. 개의 이빨은 살보다 뼈를 씹기에 적당하다. 미친 신이 만든 개에는 미친 도구가 갖춰져 있다. 오늘의 행동을 예견하고 마련해준 이빨이 아닌가. 울려라, 울려라, 라고 이빨을 울리며 뼈에 덤벼들었다. 어떤 놈은 꺾어서 골수를 마시고, 어떤 놈은 바수어 땅에 발랐다. 이빨이 무딘 놈은 옆에 누워서 이빨을 갈았다.

끔찍한 일이라고 평소와 다름없이 공상에 빠져서 어느 사이엔가 신바시2)에 도착했다. 둘러보니 정차장 앞의 광장은 사람들로 가득해서 개선문3)을 지나 2간(3.6m) 정도의 길을 가운데만 열어놓았을 뿐, 좌우로는 비집고 들어갈 틈이 없을 정도로 줄지어 있었다. 뭐지?

행렬 속에는 이상한 실크해트를 뒤로 젖혀 썼는데 귀 덕분에 눈이 가려지는 재난을 면한 사람도 있었다. 센다이히라4)를 갑갑한 듯 껴입고 나나코5)로 지은 몬쓰키6)를 남의 옷처럼 뚫어져라 바라보는 사람도 있었다. 플록코트까지는 이해하겠는데 즈크7)로 만든 하얀 운동화를 신고 역시 하얀 장갑을 예보란 듯이 흔드는 모습은 기이한 광경이었다. 그리고 스무 명에 하나 정도의 비율로 적당한 크기의 깃발을 세워놓고 있었다. 대부분은 보라색 바탕에 흰 글자를 염색한 것이지만 개중에는 하얀 천에 새까맣게 달필을

---

2) 新橋. 도쿄 미나토 구, 신바시 역 일대를 일컫는 지명.
3) 러일전쟁 종결 후 신바시 역 앞에 세웠던 문.
4) 仙台平. 남자용 겉옷을 만들 때 쓰는 비단 천.
5) 七子. 특히 견사로 곱게 짠 평직물을 일컫는 경우가 많으며 하오리·허리띠 등을 만드는 데 주로 쓰였다.
6) 紋付. 가문을 넣은 일본의 예복.
7) doek. (네덜란드) 마·목면의 섬유를 굵게 꼰 실로 만든 천. 돛, 텐트, 운동화를 만드는 데 쓰인다.

휘갈긴 것도 보였다. 그 깃발만 보면 이 군중들의 의미도 대충은 알 수 있을 것이라고 생각하여 가장 가까이에 있는 것을 주의 깊게 읽어보니 기무라 로쿠노스케(木村 六之助) 군의 개선을 축하하는 렌자쿠초(連雀町) 유지일동이라고 적혀 있었다. 아하, 환영이로군, 이라고 비로소 깨달은 뒤 살펴보니 조금 전 말했던 이상한 차림의 신사도 어딘지 훌륭하게 보이는 것 같았다. 뿐만 아니라 전쟁을 미친 신 탓인 것처럼 생각하기도 하고, 군인을 개에게 먹히러 전지로 향하는 것처럼 상상하기도 했던 것이, 갑자기 딱하게 여겨지기 시작했다. 사실은 만나기로 한 사람이 있어서 정차장까지 가려던 것이었는데, 정차장까지 가려면 반드시 이 군중을 좌우로 보면서 누구도 지나지 않는 한가운데를 오직 혼자서 걸어가야만 했다. 설마 이 사람들이 나의 시상[詩想]을 꿰뚫어볼 리야 없을 테지만, 안 그래도 사람들의 시선을 내 한 몸에 받으며 거리를 행진하기는 쑥스러운 일인데 개에게 물어뜯기다 살아남은 자의 가족이라는 말을 들으면 틀림없이 화를 낼 것이라는 생각이 들었기에 한층 더 몸이 굳어오는 것을 아무렇지도 않다는 표정으로 서둘러 발걸음을 재촉해 정차장의 돌계단 위에 도착하기까지는 약간 진땀을 뺐다.

   구내에 들어서보니 그곳에서도 환영 인파 때문에 쉽사리 목적지에 갈 수가 없었다. 간신히 일등 대합실에 도착해보니 약속한 사람은 아직 오지 않은 듯했다. 난로 옆에서 붉은 모자를 쓴 사관이 뭐라고 쉴 새 없이 이야기하며 때때로 허리에 찬 칼을 쩔걱이고 있었다. 그 옆으로 실크해트가 둘 나란히 서 있었는데 그중 한 명은 둥그렇게 떠도는 담배연기에 휩싸여 있었다. 그

맞은편 구석에서는 시로에리8)를 입은 젊은 부인이 품위 있어 보이는 오십 줄의 부인과, 옆 사람에게는 들리지 않을 만큼 낮은 목소리로 무엇인가 속삭이고 있었다. 그때 도잔9)으로 만든 하오리를 입고 사냥 모자를 삐딱하게 얹은 남자가 와서 입장권은 받을 수 없습니다, 개찰장 안은 이미 꽉 찼습니다, 라고 급히 알렸다. 아마도 그들의 집안에 드나드는 상인이리라. 대합실 중앙에 비치해놓은 테이블 주위에서는 기다림에 지쳐버린 사람들이 한데 모여 신문이나 잡지를 뒤적거리고 있었다. 진지하게 읽는 사람은 극히 드물었으니 뒤적거리고 있다고 말하는 편이 적당하리라.

약속을 한 사람은 좀처럼 오지 않았다. 조금 따분해졌기에 잠깐 밖에 나가볼까 싶어 대합실의 문턱을 넘은 순간 양복을 입고 수염을 기른 한 남자가 스쳐 지나가면서 "이제 얼마 남지 않았어요, 2시 45분이니까."라고 말했다. 시계를 보니 2시 30분이었다. 이제 15분만 있으면 개선 장사[將士]를 볼 수 있다. 이런 기회는 쉽게 오지 않는다. 온 김에, 라고 말하면 실례가 될지도 모르겠지만 실제로 나처럼 도서관 이외의 공기를 그다지 마셔본 적이 없는 사람은 일부러 환영을 위해 신바시까지 올 일도 없을 테니 마침 잘 됐다, 보고 가자고 마음을 정했다.

대합실을 나서서 보니 장내에도 역시 거리처럼 열이 늘어서 있었는데 그중에는 일부러 구경을 나온 서양인도 섞여 있었다. 서양인까지 올 정도이니 제국의 신민인 나는 말할 것도 없이

---

8) 白襟. 기혼여성이 기모노를 입을 때의 정식 예장.
9) 唐棧. 줄무늬 면포로 도락가나 직인이 즐겨 입었다.

환영을 해야 한다, 만세 한 번 정도는 의무에서라도 외치고 가자며 간신히 행렬 가운데로 비집고 들어갔다.

"당신도 친척을 환영하러 나왔나요……?"

"네, 너무 마음이 급해서 점심도 안 먹고 왔는데, ……벌써 2시간 반 가까이 기다렸습니다."라며 배는 고프지만 꽤 씩씩했다. 그때 서른 전후의 부인이 와서,

"개선 병사들은 모두 여기를 지날까요?"라고 걱정스럽다는 듯 물었다. 소중한 사람을 놓쳐서는 큰일이라고 말하기라도 하는 듯한 결심을 보이고 있었다. 배고픈 남자가 바로 그 말을 받아,

"네, 모두 지납니다. 한 사람도 빠짐없이 지나니까 두 시간이고 세 시간이고 여기에 서 있기만 하면 틀림없습니다."라고 대답하는 것을 보니 꽤나 자신이 있는 모양이었다. 하지만 점심도 먹지 말고 기다려야 한다고까지는 말하지 않았다.

기차의 기적 소리를 천식에 걸린 고래 같다고 형용한 프랑스의 소설가가 있는데, 정말 기막힌 말이라고 생각할 겨를도 없이 긴 뱀처럼 꿈틀대며 들어온 열차는 순식간에 500여 명의 건아들을 플랫폼 위로 내뱉었다.

"온 모양인데요."라며 한 사람이 고개를 길게 빼자,

"그냥 여기에 서 있기만 하면 돼."라며 배고픈 남자는 태연하게 움직이려는 기색도 없었다. 그 남자에게 있어서는 도착을 하든지 말든지 상관없는 것이리라. 어쨌든 배고픈 사람치고는 참으로 침착하기 짝이 없었다.

잠시 후, 1, 2정(100~200m) 앞의 플랫폼 위에서 만세! 하는 소리가 들려왔다. 그 목소리가 파동처럼 점점 다가왔다. 예의 남자가

"뭐, 아직은 괜찮……."이라고 말한 순간 내 좌우에 함께 늘어서 있던 사람들이 일제히 만세! 하고 외쳐 말꼬리가 묻혀버리고 말았다. 그 목소리가 채 사라지기도 전에 한 장군이 거수경례를 하며 내 앞을 지나갔다. 희끗희끗하고 빛바랜 수염이 있는 조그만 사람이었다. 좌우의 사람들이 장군의 뒷모습을 보내며 다시 한 차례 만세를 외쳤다. 나도 —이상한 얘기지만 사실은 태어나서 지금까지 만세를 한 번도 외쳐본 적이 없었다. 만세를 외쳐서는 안 된다고 누군가 내게 말한 기억은 애초부터 없었다. 또한 만세를 외치는 것은 좋지 않다는 주의를 가지고 있는 것도 물론 아니었다. 하지만 그 자리에 임해서 커다란 소리를 내려 해도 되지 않았다. 돌멩이로 기관지를 막아버린 것처럼, 아무리 해도 만세가 목구멍에 들러붙은 채 움직이질 않았다. 아무리 애를 써봐도 나오지 않았다. —그래도 오늘은 내보겠다고 아까부터 결심하고 있었다. 사실은 빨리 그런 기회가 왔으면 좋겠다고 기다리고 있었을 정도였다. 옆의 선생은 아니지만, 뭐, 괜찮아, 하며 안심하고 있었다. 천식에 걸린 고래가 포효한 순간부터 드디어 왔구나, 라고까지 각오를 하고 있었을 정도였으니 주위 사람들이 와— 하자마자 그 뒤를 따라서 바로 하려고, 사실은 목구멍까지 넘어왔었다. 막 내려는 순간 장군이 지나갔다. 장군의 햇볕에 그을린 얼굴빛이 보였다. 장군의 수염 속으로 희끗희끗한 것이 보였다. 그 순간 막 나오려던 만세가 딱 멈춰버리고 말았다. 왜?

왜인지 어찌 알겠는가? 이런 이유에서다, 저런 이유에서다 하는 것은 사건이 지나간 뒤 냉정한 머리로 돌아왔을 때, 당시를 회상해보고서야 비로소 분석해낼 수 있는 지식에 지나지 않는다.

왜 그랬는지를 알 정도였다면 애초부터 주의해서 만세가 되돌아가는 것을 막을 수 있었을 것이다. 예기치 못한 갑작스러운 작용에 분별 있게 대처한다면 인간의 역사는 무사태평할 것이다. 내 만세는 내 지배권 밖에서 초연하게 멈춰버린 것이라고 말할 수밖에 없었다. 만세가 멈춰버리자 그와 동시에 가슴에 말로 표현할 수 없는 파동이 치밀어 올라 두 눈에서 두 방울 정도 눈물이 떨어졌다.

장군은 태어나면서부터 얼굴이 검은 사람이었을지도 모른다. 하지만 요동[遼東]의 바람에 시달리고 봉천[奉天]의 비를 맞고 사하[沙河]의 햇볕을 쬐면 대부분의 사람들은 까맣게 된다. 원래부터 검었던 사람은 더욱 검어진다. 수염도 다를 바 없다. 출정한 뒤로 은백의 줄기가 몇 가닥이고 늘었을 것이다. 오늘 처음 보는 우리에게는 예전의 장군과 지금의 장군을 비교할 재료가 없었다. 하지만 손가락을 꼽으며 밤낮으로 기다려온 부인과 딸들이 본다면 틀림없이 놀랄 것이다. 전쟁은 사람을 죽이거나 그게 아니라면 사람을 늙게도 하는 것이다. 장군은 굉장히 야위었다. 그것도 고생을 한 때문일지 몰랐다. 그렇다면 장군의 몸 중에서 출정 전과 다를 바 없는 것은 키 정도일 것이다. 나 같은 것은 황권청질[10] 속에 기거하며 서재 이외에서는 무슨 일이 일어나는지 몰라도 상관없는 천하의 일민[逸民]이다. 평소 신문에서 전쟁소식을 읽지 않은 것도 아니고, 또 그 상황을 시적으로 상상해보지 않은

---

10) [黃券靑帙] 황권은, 옛날 중국에서 책이 좀먹는 것을 방지하기 위해 황벽으로 염색한 종이를 썼다는 데서 전하여 책을 이르는 다른 말. 청질은, 청포를 사용한 책싸개, 전하여 책.

것도 아니었다. 하지만 상상은 어디까지나 상상에 지나지 않으며, 신문은 이리저리 아무리 둘러봐도 종이 나부랭이에 지나지 않는다. 따라서 아무리 전쟁이 계속되어도 전쟁다운 느낌은 들지 않았다. 그처럼 속편한 사람이 문득 정차장으로 섞여 들어와 가장 먼저 본 것이 볕에 그을린 얼굴과 서리에 물든 수염이었다. 전쟁은 눈앞에 보이지 않지만 전쟁의 결과 —틀림없는 결과의 한 조각, 그것도 움직이는 결과의 한 조각이 눈동자 속을 스치고 지나갔을 때는, 그 한 조각에 의해서 만주의 넓은 들판을 뒤덮은 대전쟁의 광경이 생생하게 머릿속에 그려졌다.

그리고 이 전쟁의 그림자라고도 할 수 있는 한 조각의 주위를 둘러싼 것은 만세라는 환호성이었다. 이 목소리는 말하자면 만주 벌판에서 일어난 함성의 반향이었다. 만세의 뜻은 글자 그대로 만세에 지나지 않지만 함성이 되면 그 분위기가 아주 달라진다. 함성은 와— 하는 것일 뿐, 만세처럼 의미도 아무것도 없다. 하지만 그 의미가 없다는 점에 아주 깊은 감정이 담겨 있다. 사람의 음성에는 노란 것, 탁한 것, 맑은 것, 굵은 것 등 여러 가지가 있으며, 그 말투도 또한 분류할 수 없을 정도로 여러 가지지만 하루 24시간 중에서 23시간 50분까지는 모두 의미 있는 말을 사용한다. 옷에 관한 건, 밥에 관한 건, 담판에 관한 건, 거래에 관한 건, 인사에 관한 건, 잡담에 관한 건, 하나같이 건[件]이라는 이름이 붙은 것은 모두 입에서 나온다. 심지어는 건이 없으면 입에서 나오는 것도 없으리라 여겨지기까지 한다. 따라서 건도 없는데 의미를 알 수 없는 음성을 낸다는 것은 평범한 일이 아니다. 내봐야 아무런 쓸모도 없는 소리를 사용한다는 것은 경제주의적 관점에서 봐도, 공리주의적 관점에서 봐도 당연히 득 될 것이 없다. 그 득 될 것도 없는 소리를 조심성 없이 다른 사람이 듣게 하여 아무런 이유도 없이 죄 없는 고막에게 피해를 주는 것은 어쩔 수 없는 경우가 아니면 안 된다. 함성은 그 어쩔 수 없음을 푹 고고 삶아서 통조림에 담은 목소리다. 죽느냐 사느냐, 이승이냐 지옥이냐 하는 아슬아슬한 철사 위에 서서 몸서리쳐질 때 자연스럽게 횡경막 밑에서 솟아오르는 지성[至誠]의 목소리다. 살려달라는 말 속에는 진심이 담겨 있을 것이다. 죽여버리겠다는 말 속에도 진심이 담겨 있지 않을 리가 없다. 그러나 의미가 통하는 만큼, 그만큼 진심의 정도는 적어진다. 의미가 통하는 말을 사용할 만큼의 여유, 분별이 있을 때는 일심불란의 경지에 달했다고는 할 수 없다. 함성에 이와 같은 인간적인 분자는 포함되어 있지 않다. 와— 하는 것이다. 이 와— 속에는 비아냥거림도 없고 사려도 없다. 도리도 없고 도리에 어긋나는 것도 없다. 거짓도 없고 술수도 없다. 처음부터 끝까지 와—인 것이다. 결정[結晶]이 된 정신이 단번에 파열해서 사방팔방의 공기를 진동시키며 와—하고 울린다. 만세의, 살려줘의, 죽여버리겠어의 그런 치졸한 의미는 담겨 있지 않다. 와— 그 자체가 바로 정신인 것이다. 영[靈]인 것이다. 인간인 것이다. 진심인 것이다. 그런데 인간 세계의 숭고한 느낌은 귀를 기울여 이 진심을 들었을 때 비로소 향수[享受]할 수 있는 것이라고 생각한다. 귀를 기울여서 수십 명, 수백 명, 수천 명, 수만 명의 진심을 한꺼번에 들었을 때 그 숭고한 감정은 비로소 무상절대[無上絶大]의 오묘한 경지에 들어간다. —내가 장군을 보고 흘린 시원한 눈물은 이 오묘한 경지에 대한 반응이었을 것이다.

 장군의 뒤를 이어 짙은 녹색의 현대식 군복을 입은 사관이 두어 명 지나갔다. 그들은 마중을 나온 사람들인 듯 표정이 장군과는 사뭇 달랐다. 환경이 영향을 준다는 맹자의 말은 어렸을 때부터 들어왔지만 전쟁에서 돌아온 사람과 국내에서 생활하던 사람의 인상은 이렇게도 달라 보이는 걸까 하는 생각이 들자 한층 더 감개무량했다. 다시 한 번 장군의 얼굴이 보고 싶어서 까치발을 해보았지만 소용없는 일이었다. 그저 장외에 모여 있는 수만 시민들이 힘껏 외쳐대는 함성에 정차장의 유리창이 깨져버릴 정도로 울리고 있을 뿐이었다. 내 전후좌우에 있던 사람들이 드디어 열을 풀고 입구 쪽으로 몰려들었다. 보고 싶은 것은 나와 마찬가지인 모양이었다. 나도 검은 물결에 밀려서 한두 간(2~4m) 정도 돌계단 쪽으로 흘러갔지만 더 이상 앞으로는 나가지 못했다. 이럴 때면 나는 성격 때문에 늘 손해를 본다. 공연이 끝나 문을 나설 때, 기다렸다가 전차에 오를 때, 인파 속에서 표를 살 때, 무슨 일이든 많은 사람들이 경쟁을 할 때는 대부분 제일 뒤로 처지게 된다. 이번에도 예외는 아니어서 보기 좋게 사람들 뒤로 처지고 말았다. 그것도 그냥 뒤로 처진 것이 아니었다. 아주 멀리 사람들 뒤로 떨어진 것이기 때문에 불안하기 짝이 없었다. 장례식에서 밥을 얻어먹지 못하는 것이라면 아무렇지도 않게 여길 수 있지만 제국의 운명을 결정하는 활동력의 단편을 보지 못한다는 것은 안타까운 일이 아닐 수 없었다. 어떻게 해서든 보고 싶었다. 그 순간 광장을 뒤덮은 만세소리가 절벽에 부딪친 커다란 파도 같은 기세로 내 고막에 울려 퍼졌다. 더 이상 참을 수가 없었다.

무슨 수를 써서라도 봐야만 한다.

문득 떠오른 생각이 있었다. 작년 봄, 아자부11)의 한 거리를 지나는데 기와를 얹은 높다란 담이 있는 넓은 저택 안에서 여러 사람들이 모여 놀고 있는 것인지 재미있게 웃는 소리가 들려왔다. 그 순간 나는 무슨 마음에서였는지 잠깐 저택 안을 들여다보고 싶어졌다. 틀림없이 어떤 마음 탓이었을 것이다. 어떤 마음 때문이 아니라면 그렇게 멍청한 생각을 했을 리가 없다. 원인이야 어찌됐든 보고 싶은 것은 보고 싶은 것이니, 원인에 따라서 마음을 바꿀 수는 없었다. 하지만 조금 전에 말한 것처럼 높은 담 너머에서 웃고 있었기 때문에 벽에 구멍이라도 뚫려 있지 않은 한, 생각한 대로 뜻하는 바를 만족시킨다는 것은 그 누구의 솜씨라 할지라도 도저히 불가능한 일이었다. 사방의 상황으로부터 도저히 볼 수 없다는 선고를 받으면 더욱 더 보고 싶어진다. 어리석은 얘기지만 나는 잠깐이라도 저택 안을 보지 못한다면 맹세코 이 마을을 떠나지 않겠다고 결심했다. 그러나 안내를 청하지도 않고 남의 집에 들어가는 것은 도둑이나 하는 짓이다. 그렇다고 해서 안내를 청해 들어가기는 더욱 싫었다. 이 저택 안 사람들의 신세를 지지 않고, 또 내 인격에도 상처를 주지 않고 정정당당하게 보지 않으면 속이 풀리지 않을 것이다. 그러자면 높은 산에서 내려다보거나 풍선 위에서 바라보는 수밖에는 달리 명안이 없었다. 하지만 두 가지 모두 당시의 경우에 맞는 손쉬운 방법이라고는 말할 수 없었다. 그래, 그렇다면 내게도 생각이 있다. 고등학교 시절에

---

11) 麻布. 도쿄 미나토 구의 지명. 외국 공관이 많다.

연습했던 높이뛰기 기술을 응용해서 뛰어오른 순간 잠깐 보기로 하자. 참으로 묘안이었다. 다행히 지나는 사람도 없고, 있다 하더라도 내가 뛰어오르겠다는데 트집을 잡을 수도 없으리라. 꼭 해내고 말겠다는 생각으로, 일시에 두 다리에 힘을 주어 뛰어올랐다. 그러자 숙련의 결과란 참 무시무시한 것으로, 그 담 위로 얼굴이 —얼굴 정도가 아니라 어깨까지가 내 생각대로 솟아올랐다. 이번 기회를 놓치면 목적은 결코 달성할 수 없을 것이라는 생각에 어지러운 시선을 억지로 끌어다 여기다 싶은 곳을 둘러보니 여자 네 명이 테니스를 치고 있었다. 내가 뛰어오른 것을 신호탄으로 네 명이 입을 맞추기라도 한 듯 호, 호, 호 하며 높은 소리로 웃었다. 뭐야? 하는 순간 털썩 하고 다시 전처럼 지면에 섰다.

이건 누가 들어도 우스운 일이었다. 모험의 주인공인 나조차도 너무 한심해서 지금까지 아무에게도 이야기를 하지 않았을 만큼 스스로도 우습다고 생각하고 있다. 하지만 우습다거나 진지하다거나 하는 것은 상대와 경우에 따라서 변화하는 것이지 높이뛰기 그 자체가 우습다는 건 아무런 근거도 없는 주장이다. 여자들이 테니스를 치고 있는데 내가 뛰어올랐기 때문에 우스운 것이지, 로미오가 줄리엣을 보기 위해서 뛰어올랐다면 조금도 우습지 않을 것이다. 로미오 정도로는 아직 우스움을 떨쳐버릴 수 없다고 한다면 나는 한 걸음 더 전진하겠다. 이 개선장군, 이름 높은 위인을 보기 위해서 뛰어오르는 것은 우스운 일이 아닐 것이다. 그래도 우스울지 모른다고? 우습든지 말든지 내 알 바 아니다. 보고 싶은 건 누가 뭐래도 보고 싶은 것이다. 뛰어오르자, 그게 좋겠다. 뛰어오르는 것보다 더 좋은 방법은 없다며, 드디어 먼젓번처럼 한번 뛰어올라보기로 결심했다. 우선 모자를 벗어서 옆구리에 꼈다. 전에는 경험이 없었기 때문에 다리가 인력작용에 의해서 지면에 닿은 순간 그 반동으로 산 지 얼마 되지도 않은 중절모자가 느닷없이 공중제비를 돌아서 1간(1.8m) 정도 저쪽으로 나뒹굴었다. 그것을 빈 인력거를 끌고 가던 차부가 주워서 헤에에 웃으며 내민 것을 기억하고 있다. 이번에는 당하지 않겠다. 이렇게 하면 된다고 모자를 꼭 누르며 발끝으로 바닥에 깔린 돌을 차고 오를 생각으로 남몰래 자세를 갖췄다. 사람들 뒤로 처진 덕분에 다행히 근처에는 방해가 될 만한 사람도 없었다. 잠시 잠잠해졌던 환성이 세력을 회복한 파도가 바위에 부서지듯 주위 일대에서 끓어올랐다. 지금이라고 생각하고, 두 다리가 몸속으로 들어가 버리는 것이 아닐까 싶을 정도로 힘껏 다리에 힘을 주어 뛰어올랐다.

포장을 열어젖힌 사륜마차가 개선문을 옆쪽으로 빠져나가려 하는 속에 −있다 −있어. 그 검은 얼굴이 들끓어오르는 소리에 둘러싸여서 과거의 기념품처럼 화려한 군중들 속에 점처럼 떠 있었다. 장군을 맞으러 나온 의장병의 말이 만세 소리에 놀라서 앞발을 높이 치켜들고 인파 속으로 벗어나려고 하는 것이 보였다. 장군의 마차 위로 자줏빛 깃발이 한 번 슥 펄럭이는 것이 보였다. 신바시로 꺾어지는 모퉁이에 있는 3층 여관의 유리창에서 보라색이 감도는 회색 기모노를 입은 여자가 하얀 손수건을 흔드는 것이 보였다.

보였다고 느끼기보다도 먼저 내 발이 다시 정차장의 바닥 위에 닿았다. 모든 것이 한순간의 작용이었다. 번쩍 하고 쏜 번개가 어디까지고 환하게 사물을 비춘 뒤, 모든 것이 평소보다 더 어둡게 보이는 것처럼 나는 멍한 상태에서 땅으로 내려왔다.

장군이 떠난 뒤부터는 군중들도 저절로 어지러워져서 지금까지와 같은 정숙함은 없었다. 함께 열을 지어 서 있던 사람들의 한 귀퉁이가 무너지더니 견고하던 검은 산이 일제히 움직이기 시작하여 짙었던 곳이 점점 옅어져갔다. 성질 급한 사람들은 벌써 돌아갈 모양이었다. 그곳으로 장군과 함께 기차에서 내린 병사들이 삼삼오오 짝을 지어 장내에서 나오고 있었다. 옷은 빛이 바래 있었으며, 각반 대신 누런 나사를 접어 빙글빙글 정강이에 두르고 있었다. 모두 있는 대로 수염이 나 있었으며, 가능한 한 검은 얼굴을 하고 있었다. 그들도 전쟁의 파편이었다. 야마토다마시이[12]를 주조한 제작품이었다. 실업가도 필요 없고, 신문기자 양반들도 필요 없고, 기생도 필요 없고, 나처럼 책과 씨름하는 사람도 물론 필요 없다. 단지 저 수염 덥수룩하고 지저분하기가 거지와 그다지 다를 바 없는 기념물만은 없어서는 안 된다. 그들은 일본의 정신을 대표하고 있을 뿐만 아니라 널리 인류 일반의 정신까지도 대표하고 있다. 인류의 정신은 주판으로도 계산할 수 없고, 샤미센[13]으로도 연주할 수 없으며, 세 페이지로도 적을 수 없고, 백과전서 속에서도 찾아볼 수 없다. 오직 이 병사들의 검은 얼굴, 초라한 모습에 역력히 남아 있을 뿐이다. 출가한 석가는 화장을 하지 않았다. 금반지도 끼지 않았다. 쓰레기더미에서 건진 걸레를 이어 만든 것 같은 옷을 한 벌 걸치고 있을 뿐이었다. 그것조차 전신을 가리기에는 부족하다. 가슴 부근은 몰아친 북풍

---

12) 大和魂 일본민족 고유의 정신, 일본인으로서의 의식.
13) 三味線 고양이나 개 가죽을 바른 동체에 세 줄을 건 일본 전통 악기.

때문에 갈비뼈가 몇 개인지를 자유롭게 읽을 수 있을 정도다. 그 석가가 존엄하다면 이 병사들도 존엄하다고 하지 않을 수 없다. 먼 옛날 원나라가 일본을 침공했을 때 도키무네14)가 불광국사15)를 뵙자 국사가 무엇이라 했는가? 위세를 떨쳐 똑바로 나아가라고 부르짖었을 뿐이다. 저 꼬질꼬질한 병사들이 불광국사의 일갈을 들은 것도 아닐 터인데 똑바로 나아가라고 한 대사의 선어[禪語] 대해서는 예전의 도키무네와 방법을 같이하고 있다. 그들은 똑바로 나아가기를 마치고 떳떳하게 집으로 돌아온 영령한 [英靈漢]들이다. 천상을 가고, 천하를 가고, 앞으로 나아가기를 멈추지 않는 마음속 기백이 우리의 존경을 얻을 만한 것이 아니라면 이 세상에서 존경할 만한 것은 무엇 하나 없으리라. 검은 얼굴! 개중에는 일본에 국적이 있는 것인지 의심스러울 정도로 새카만 사람도 있었다. —깎지 못한 수염! 종려나무의 털로 만든 빗자루를 다듬잇돌로 두드린 것 같은 수염 —이 기백은 그 속에 가득 들어차 서로 뒤얽힌 채 넘쳐나고 있었다.

한 무리의 병사들이 나올 때마다 사람들은 만세를 외치고 있었다. 병사들 중 어떤 사람은 그 검은 얼굴에 미소를 담고 기쁘다는 듯이 지나갔다. 어떤 사람은 옆으로 눈길 한 번 주지 않고 느릿느릿 걸어갔다. 환영이라니 뭐하자는 거야, 라며 의아하다는 표정을 지어보이는 사람도 가끔 눈에 띄었다. 또 어떤 사람은 자신을 환영하는 깃발 아래 서서 득의양양하게 뒤따라 나오는 동료들을

---

14) 北条 時宗. 1251-1284. 가마쿠라 막부 8대 쇼군(将軍).
15) [佛光國師] 1226-1286. 가마쿠라 시대에 송에서 넘어온 임제종의 승려. 무학파[無學派]의 시조.

바라보고 있었다. 혹은 돌계단을 내려오자마자 마중 나온 사람들에게 둘러싸여서, 너무나도 갑작스러운 일격에 인사도 잊고 이 사람 저 사람에게 정신없이 악수의 예를 베푸는 사람도 있었다. 출정 중에 만주에서 익힌 것이리라.

그중에 —그가 생각지도 않았던 이 이야기를 쓰게 된 동기가 되었는데— 스물여덟, 아홉쯤으로 보이는 하사관 한 명이 있었다. 얼굴은 다른 선생들과 다를 바 없이 검고, 수염도 자랄 만큼 자라서 틀림없이 작년부터 깎지 않았을 것이라 생각되었지만 이목구비는 다른 사람들과 비교가 되지 않을 정도로 훌륭했다. 뿐만 아니라 죽은 친구인 고(浩)와 형제가 아닐까 착각이 들 정도로 꼭 닮았다. 사실 이 남자가 혼자서 돌계단을 내려왔을 때는 깜짝 놀라서 달려가려고 했을 정도였다. 하지만 고는 하사관이 아니다. 지원병 중에서 승진한 보병중위였다. 그것도 고 보병중위로 지금은 하쿠산에 있는 절에서 1년 넘게 신세를 지고 있다. 따라서 제 아무리 고라고 생각하려 해도 그렇게 생각할 수 있을 리가 없었다. 하지만 사람의 마음이란 참 묘한 것이어서, 이 하사관이 고 대신 여순[旅順]에서 전사하고 고가 이 하사관 대신 무사히 귀환했다면 얼마나 좋았을까, 어머님도 틀림없이 기뻐하셨을 거야, 라고 탄로 날 리도 없으니 제멋대로 생각하며 바라보았다. 하사관도 무엇인가 아쉬운 듯 자꾸만 주위를 둘러보았다. 다른 사람들처럼 신바시 쪽으로 서둘러 가려는 기색도 보이지 않았다. 무얼 찾고 있는 걸까? 혹시 도쿄 사람이 아니라서 길을 잘 모르는 것이라면 가르쳐주고 싶다며 계속 눈을 떼지 않고 지켜보고 있자니, 어디를 어떻게 뚫고 나온 것인지 예순쯤 돼 보이는 할머니가 달려와서 갑자기 하사관의 소매에 매달렸다. 하사관은 평범한 체격이었지만 키만은 보통 사람보다 틀림없이 2치(6㎝) 정도 컸다. 그에 비해서 할머니는 굉장히 키가 작은 데다 나이 때문에 허리가 조금 굽어 있었기에 끌어안았다고도 바싹 달라붙었다고도 형용할 수 없었다. 만약 내 머릿속에 있는 일본어와 한자에 모든 정신을 집중해서, 그중에서 이 모습을 묘사하기에 가장 적당한 말을 찾는다면 틀림없이 매달리다가 당선되었을 것이다. 그 순간 하사관은 분실물을 찾았다는 듯한 표정으로 위에서 할머니를 내려다보았다. 할머니는 드디어 미아를 찾았다는 듯한 모습으로 밑에서 하사관을 올려다보았다. 마침내 하사관은 걷기 시작했다. 할머니도 걷기 시작했다. 여전히 매달린 채였다. 주위에 서 있던 구경꾼들은 만세, 만세하며 두 사람에게 환호성을 보냈다. 할머니는 만세 소리에는 털끝만큼도 귀를 기울이려 하지 않았다. 매달린 채로 밑에서부터 하사관의 얼굴을 올려다보며 자신의 아들에게 끌려갔다. 히야메시조리16)와 징이 박힌 군화가 어지럽게 얽히고설키면서, 구불구불 신바시 쪽으로 멀어져갔다. 나는 고를 생각하면서 창연[悵然]히 짚신과 구두의 뒷모습을 바라보았다.

2

고! 고는 작년 11월, 여순에서 전사했다. 26일은 바람이 세차게 불던 날이었다고 한다. 요동의 넓은 벌판을 이리저리 떠돌다 검은 해를 바다에 불어 넣으려 하는 폭풍 속에서 송수산[松樹山]

---

16) 冷飯草履. 짚으로 꼰 끈이 달려 있는 거친 짚신.

돌격은 예정대로 행해졌다. 시간은 오후 1시였다. 엄호를 위해 아군이 쏘아올린 대포가 적 망루의 왼쪽 모서리에 명중해서 5장(15m) 정도 되는 먼지를 피워올린 것을 신호탄으로 산병호[散兵壕]에서 뛰어나온 병사의 숫자는 몇 백인지 알 수가 없었다. 개미집을 쑤셔놓은 것처럼 뿔뿔이 흩어져서 전면의 경사를 기어올랐다. 산중턱 전면에 적이 깔아놓은 철조망 때문에 발 디딜 틈도 없었다. 그런 곳을 사다리를 들고, 흙자루를 지고 각자 빠져나갔다. 공병이 열어놓은 2간(3.5m)도 되지 않는 길은 앞을 다투는 사람들에게 빼앗겼고, 뒤에서 밀고드는 사람들의 세력 때문에 물결이 일었다. 이쪽에서 바라보면 그저 한 줄기 검은 강이 산을 가르며 흐르는 것처럼 보였다. 그 검은 흐름 속으로 적의 탄환이 가차 없이 쏟아져 모든 것이 사라진 것이 아닐까 싶을 정도로 짙은 안개가 피어올랐다. 성난 태풍이 옆으로 연기를 흩어 저 멀리 하늘 위로 실어갔다. 그곳에서는 여전히 검은 사람들이 무리지어 꿈틀대고 있었다. 그 꿈틀대는 사람들 속에 고가 있었다.

화로를 가운데 놓고 이야기를 나눌 때면, 고는 커다란 남자였다. 거무스름한 수염이 짙은 멋진 남자였다. 고가 입을 열어 흥에 겨운 이야기를 하면, 상대방의 머릿속에는 고 이외에 아무것도 남지 않았다. 오늘도 잊고, 내일도 잊고, 이야기에 푹 빠져 있는 자기 자신도 잊고 고만이 남아버리게 된다. 고는 그렇게 훌륭한 남자였다. 고라면 어디에 내놓아도 안심, 틀림없이 사람들의 눈에 띌 것이라고 생각했다. 따라서 고에게는 꿈틀대고 있다는 등의 하등한 동사는 쓰고 싶지 않다. 않지만 어쩔 수가 없다. 실제로 꿈틀대고 있었다. 쟁기의 날 끝에 걸려 파헤쳐진 개미 떼 중

한 마리처럼 꿈틀대고 있었다. 국자의 물로 한방 먹인 새끼거미처럼 꿈틀대고 있었다. 어떤 인간이라도 이렇게 되면 끝장이다. 거대한 산, 거대한 하늘, 천 리를 달려가는 태풍, 사방을 둘러싼 연기, 주철의 목구멍에서 울부짖으며 날아가는 총알 —이런 것들 앞에서는 그 어떤 위인도 위인으로 보이지 않는다. 가마니에 가득 담은 콩 중 한 알처럼 무의미하게 보인다. 아, 고! 대체 어디서 무얼 하고 있는가? 빨리 평소의 고로 돌아와 가장 먼저 로스케17)를 놀라게 해줬으면 좋으련만.

새까맣게 몰려드는 사람들은 총알을 퍼부을 때마다 눈앞에서 휙 사라졌다. 사라졌다 싶으면 바람에 흩어지는 연기 속에서 움직이고 있었다. 사라졌다가 움직이기를 반복하면서, 뱀이 벽을 건널 때처럼 머리에서부터 꼬리까지 물결치며 전체가 전체로서 점점 위로, 위로 올라갔다. 이제 적의 망루다. 고는 앞장서서 뛰어들지 않으면 안 된다. 연기가 끊어진 사이로 들여다보니 검은 머리 위에서 깃발 같은 것이 펄럭이고 있었다. 바람이 강한 때문인지, 사람들에게 떠밀려서인지 똑바로 섰는가 싶으면 옆으로 누웠다. 떨어졌나 싶어 놀라면 다시 높이 솟아올랐다. 그러다 이번에는 다시 비스듬하게 쓰러지기 시작했다. 고다, 고야, 고가 틀림없어. 수많은 사람들이 모여 밀고 당기며 소동을 벌이고 있는 중에서도 만약 한 사람이라도 눈에 띄는 사람이 있다면, 고임에 틀림없다. 내 아내는 천하의 미인이다. 그 천하의 미인이 화려한 모임에 가면 옆자리의 부인과 그다지 다를 바 없이 눈에

---

17) 露助. 러시아 사람을 얕잡아 부르던 말.

띄지 않는 것은 불만스러운 일이다. 내 아이가 우리 집에서 설치고 다닐 때는 천하에 둘도 없이 소중한 도련님이다. 그 도련님이 교복을 입고 학교에 가면 맞은편 잡화상의 아들과 자리를 함께 하는데, 그 둘 사이에 조금도 차이가 없어 보이는 것은 살짝 아쉽다는 느낌이 든다. 고에 대한 나의 마음도 그랬다. 고를 어디에 내놓아도 평소의 고답지 않으면 성에 차질 않았다. 스리바치[18] 속에서 이리저리 휘둘리는 시골 감자처럼 어지럽게 나뒹굴고 있는 것은 아무래도 고답지가 않다. 따라서 무엇이든 상관없다. 깃발을 흔들든, 검을 치켜들든, 아무튼 이 혼란 속에서 조금이라도 사람들의 주의를 끌기에 충분한 행동을 하고 있는 사람을 고라고 생각하고 싶다. 생각하고 싶은 정도가 아니다. 틀림없이 고다. 아무리 착각이라 할지라도 고가 평범하게 두각을 나타내지 못할 것이라는 몰상식한 생각은 도저히 떠올릴 수가 없다. ─그러니 저 깃발을 들고 있는 사람은 고다.

검은 덩어리가 적의 망루 밑까지 이르렀으니 이제 누벽을 기어오를 것이라고 생각했는데 순식간에 긴 뱀의 머리가 두세 치 정도 툭 잘려 사라져버렸다. 이건 이상한데. 총알에 맞아 쓰러진 것 같지도 않았다. 저격을 피하기 위해서 땅에 엎드린 것 같지도 않았다. 어떻게 된 걸까? 그런데 머리가 끊긴 뱀이 다시 두세 치 정도 순식간에 사라져버리고 말았다. 참으로 이상한 일이라며 바라보고 있는데, 밑에서부터 밀려드는 사람들이 같은 장소에 오면 순식간에 차례대로 사라져버리고 말았다. 하지만 망루의

---

18) 擂鉢. 질그릇으로 만들어진 양념절구.

벽에는 누구 하나 들러붙은 사람이 없었다. 참호다. 적의 망루와 아군 사이에 그 장애물이 있어서 그 장애물을 넘지 않는 한 누구 한 사람도 적에게 다가갈 수 없는 것이다. 그들은 철조망을 뚫어 열어놓은 급경사를 어기영차 뛰어오른 끝에 이 호의 끝까지 와서 이것저것 따질 것도 없이 깊은 웅덩이 속으로 뛰어든 것이었다. 짊어지고 있는 사다리는 벽에 걸치기 위해서, 지고 있는 흙자루는 호를 메우기 위해서 준비한 듯했다. 호가 얼마나 메워졌는지 알 수는 없지만 앞쪽부터 차례대로 뛰어들어 사라지고, 뛰어들어 사라지고 해서 드디어 고의 차례가 왔다. 드디어 고다. 정신 똑바로 차려야 한다.

 높이 치켜올린 깃발이 옆으로 휘날려 너덜너덜 찢어지는 게 아닐까 싶을 정도로 강한 바람을 받은 뒤, 깃대가 갑자기 기울어 꺾였나 하는 의심이 든 순간 고의 모습이 순식간에 사라져버리고 말았다. 드디어 뛰어들었다! 그때 마침 이룡산[二龍山] 쪽에서 쏘아올린 대포가 대여섯 발, 하늘에 울리는 열풍을 찢으며 한꺼번에 산 중턱에 떨어져 산을 뿌리째 흔들어놓을 듯이 울려 퍼졌다. 피어오르는 흙먼지가 쓸쓸한 초겨울의 그림자를 가득 머금은 채 일대에 있는 모든 사물들을 뒤덮었다. 고는 어떻게 됐는지 알 수가 없었다. 제정신이 아니었다. 저 연기가 피어오르는 곳 아래일 것이라 어림짐작하여 뚫어져라 쳐다보았다. 소나기를 멀리서 바라볼 때처럼 빽빽하게 뒤덮인 짙은 연기는, 세찬 바람이 반격을 가해 휩쓸어가 버리려고 초조해하고 있는 속에서도 여전히 굳게 뭉쳐 움직이려 하지 않았다. 약 2분 동안은 눈을 아무리 비벼봐도 장님처럼 어떻게 해볼 수가 없었다. 하지만 저 연기가 걷히면 —만약 연기가 흩어져버리면 틀림없이 보일 것이다. 고의 깃발이 참호 건너편에서 햇빛을 반사하여 번쩍이는 모습이 보일 것이다. 아니, 반대편을 꼭대기까지 올라 저 높이 보이는 담 위에서 펄럭펄럭 휘날리고 있을 것임에 틀림없다. 다른 사람은 몰라도 고라면 틀림없이 그 정도의 일은 해낼 수 있다. 연기가 빨리 걷혔으면 좋겠다. 왜 걷히지 않는 걸까?

됐다. 망루의 오른쪽 끝 모서리 부분이 희미하게 보이기 시작했다. 중앙에 두껍게 쌓아올린 돌벽도 보이기 시작했다. 하지만 사람의 모습은 보이지 않았다. 이상한데, 저 부근에서 벌써 깃발이 움직이고 있어야 하는데, 어떻게 된 거지? 그렇다면 벽 밑에 있는 둔덕의 중간쯤에 있는 것이 틀림없어. 연기는 누가 닦기라도 하는 것처럼 한 번 닦을 때마다 위에서부터 아래로 차례차례 걷혀가고 있었다. 어디에서도 고는 보이지 않았다. 이거 큰일 났다. 우렁이처럼 꿈틀대던 다른 사람들 역시 어디에서도 모습을 드러내지 않은 모양이다. 정말 큰일이다. 이제 나올지도 모른다. 5초가 지났다. 아직 이른 건지도 모른다. 10초 지났다. 5초가 10초로 변하고, 10초가 20초, 30초가 되어가도 누구 하나 참호 속에서 맞은편으로 기어오르는 사람이 없었다. 있을 리가 없었다. 참호로 뛰어든 사람들은 건너편으로 넘어가기 위해서 뛰어든 것이 아니었다. 죽기 위해서 뛰어든 것이었다. 그들의 발이 참호 바닥에 닿자마자 구덩이 속에서 조준을 하고 있다가 쏘아대기 시작한 기관포가, 지팡이로 대나무 울타리를 옆으로 긁을 때 내는 소리를 내며 순식간에 그들을 죽여버렸다. 죽은 자가 기어오를 리 없었다. 돌을 얹은 단무지처럼 차곡차곡 쌓여서 사람의 눈에 띄지 않는 갱 안에 쓰러져 있는 사람에게 반대편으로 기어오르기를 바란다면 그건 바라는 사람의 억지다. 쓰러진 자 역시 오르고 싶을 것이다. 오르고 싶었기 때문에 뛰어든 것이다. 아무리 오르고 싶어도 손발이 말을 듣지 않으면 오를 수가 없다. 눈이 보이지 않으면 오를 수가 없다. 몸에 구멍이 뚫려서는 오를 수가 없다. 피가 돌지 않게 되어도, 뇌가 짓이겨져도, 어깨가 날아가 버려도, 몸이 막대기처럼 딱딱하게 굳어도 오를 수가 없다. 이룡산에서 쏘아올린 포연이 완전히 걷혔을 때만 오르지 못하는 것이 아니다. 차가운 해가 여순의 바다로 떨어지고, 차가운 서리가 여순의 산 위에 내려도 오를 수는 없다. 스테셀19)이 성을 열어 스무 개의 포대가 하나도 남김없이 일본의 손에 들어온다 해도 오를 수 없다. 러일 강화가 성사되어 노기20) 장군이 환호 속에 개선한다 해도 오를 수 없다. 백 년, 3만 6천 일의 세월을 물리치고 맞으러 가도 끝내 오를 수 없다. 이것이 그 참호에 뛰어든 사람들의 운명이었다. 그리고 또한 고의 운명이기도 했다. 꼬물꼬물 올챙이처럼 움직이던 사람들이 갑자기 그 바닥없는 구멍에 떨어져 이 세상의 표면에서 어둠 속으로 사라져버렸다. 깃발을 흔들든지 말든지, 사람들의 눈에 띄든지 말든지, 이렇게 된 이상 그게 그거다. 고가 열심히 깃발을 흔들 때까지만 해도 좋았는데, 호 속에서는 다른 병사들과 다를 바 없이 죽어서 싸늘하게 식어 있었다고 한다.

---

19) Anatolii Mikhailovich Stessel'(1848~1915). 제정러시아의 장군. 러일전쟁 때 여순 요새의 사령관. 요새 함락 후, 수사영에서 노기 장군과 회견했다.
20) 노기 마레스케(乃木 希典, 1849~1912). 육군 대장. 러일전쟁에서 제3군 사령관으로 여순을 공격했다.

스테셀은 항복했다. 강화는 성립되었다. 장군은 개선했다. 병사들도 환영을 받았다. 하지만 고는 아직 갱에서 올라오지 않았다. 신바시에 가서 뜻밖에도 검은 얼굴의 장군을 보고, 얼굴이 검은 하사관을 보고, 키가 작은 하사관의 어머니를 보고 눈물까지 흘리며 유쾌함을 느꼈다. 동시에 고는 왜 호에서 올라오지 않는 걸까 하는 생각이 들었다. 고에게도 어머니가 있다. 그 하사관의 어머니처럼 키는 작지 않다. 그리고 히야메시조리를 신은 적은 없었을 테지만 만약 고가 전지에서 무사히 돌아와서 어머님이 신바시로 마중을 나왔더라면 그 할머니처럼 역시 매달렸을지도 모른다. 고도 플랫폼 위에서 아쉬운 얼굴로 어머니가 군중 속에서 나오기를 기다렸을 것이다. 그런 생각이 들자 가엾은 것은 갱 속에서 올라오지 않는 고가 아니라, 세상의 바람을 맞고 있는 어머니였다. 참호로 뛰어들기 전까지야 어찌 됐든, 일단 뛰어들면 그것으로 끝장이다. 세상의 날씨가 맑든 흐리든 마음에 둘 필요는 없으리라. 하지만 남은 어머니는 그럴 수가 없다. 아, 비가 온다, 방에 들어앉아서 고를 생각한다. 아, 개었구나, 밖으로 나가서 고의 친구들을 만난다. 환영을 위해서 국기를 꺼낸다. 그 놈이 살아 있었으면 좋았을 것이라며 푸념을 늘어놓는다. 목욕탕에서 젊은 아가씨가 물을 떠준다. 저런 며느리가 있었으면 좋겠다며 옛날을 생각한다. 이래서는 살아가는 것이 고통이다. 그나마 자식이 많은 사람이라면 한 명 정도 잃어도 뒤에 남아 위로해줄 자식도 있을 것이다. 하지만 홀어머니와 외동아들뿐인 가정에서 반이 떨어져나가면, 표주박의 가운데가 부러진 것처럼 어떻게 손을 쓸 수가 없다. 하사관의 어머니는 아니지만, 나이 든 양반이 매달릴

데가 없어진다. 어머님은 당장에라도 고이치(浩一, 고)가 돌아오기만 하면, 하고 주름투성이 손가락을 밤낮으로 꼽으며 매달릴 날만을 애타게 기다려왔던 것이다. 그렇게 매달려야 할 사람이 깃발을 들고 힘차게 참호 속으로 뛰어들었다가 아직도 올라오질 않았다. 백발은 늘었을지 몰라도 장군은 환호 속에서 되돌아왔다. 얼굴은 까매졌을지 몰라도 하사관은 자랑스럽게 플랫폼 위로 뛰어내렸다. 백발이 늘든, 햇볕에 그을리든 돌아오기만 한다면 매달리는 데는 아무런 지장도 없다. 오른쪽 팔을 붕대에 매달고 왼쪽 다리가 의족으로 바뀌어도 돌아오기만 한다면 상관없다. 상관없다는데도 고는 여전히 갱 속에서 올라오지 않는다. 그래도 올라오지 않는다면 어머니가 뒤를 따라서 갱 속으로 들어가는 수밖에 달리 방법이 없다.

마침 오늘은 한가하니 고의 집으로 가서 오랜만에 어머님을 위로해줄까? 위로하러 가는 건 좋지만 거기에 가면, 갈 때마다 우셔서 난처하다. 전에는 1시간 반 정도 계속 우시는 바람에 더 이상 위로할 말이 없어서 어떻게 해야 할지 몰랐을 정도였다. 그때 어머님은 하다못해 마음씨 고운 며느리라도 있었으면 이럴 때 힘이 됐을 텐데, 라며 자꾸만 며느리, 며느리 해서 나를 매우 난처하게 했다. 그것도 어느 정도 잠잠해져서 이젠 돌아가야겠다고 생각한 순간, 네가 꼭 좀 봐줬으면 하는 게 있다고 하시기에 뭐냐고 물었더니 고이치의 일기라고 하셨다. 그래, 죽은 친구의 일기는 재미있을 거야. 원래 일기라는 것은 그날그날 있었던 일을 기록하는 것뿐만 아니라, 시시각각으로 일어나는 마음의 변화를 거침없이 토로하는 것이니 제아무리 친한 친구의 수첩이라 할지라도 허락 없이 봐서는 안 되지만, 어머님이 승낙한 —아니 저쪽에서 먼저 의뢰한 이상은 말할 것도 없이 흥미 있는 일이 아닐 수 없다. 따라서 어머님께 읽어달라는 말을 들었을 때는 커다란 호기심을 갖게 되어 그럼 꼭 좀 보여달라고까지 말하려 했지만, 여기서 또 일기 때문에 눈물을 흘리시면 큰일이다, 내 수완으로는 도저히 벗어날 방법이 없다, 게다가 시간을 정해놓고 어떤 사람과 만나기로 약속했는데 그 시간도 다가오고 있었기에, 그건 다음에 다시 찾아뵙고 천천히 보겠다고 말씀드리고 도망쳤을 정도였다. 이런 이유로 방문을 조금 난처하게 여기는 꼴이 되고 말았다. 그렇다고 해서 일기를 읽고 싶지 않은 건 아니었다. 우시는 것도 잠깐뿐이라면 싫다고는 하지 않으리라. 애초부터 나무나 돌로 생겨먹은 것도 아니니 남의 불행에 대해서 한 방울의 동정 정도는 충분히 보여줄 수 있는 남자이기는 했으나, 선천적으로 그다지 말주변이 좋지 못하기 때문에 안타깝게도 어떻게 대응해야 할지를 몰랐다. 어머님이 한번 들어봐, 라며 훌쩍이기 시작하면 어떻게 받아들여야 하는 건지 알 수가 없었다. 그걸 억지로 좋게 꾸며서 어설프게 맞춰주려고 하면 큰맘 먹고 하는 호의적인 위로도 수포로 돌아갈 뿐만 아니라 때로는 전혀 뜻밖의 결과를 빚어 끓는 물처럼 끓어오르게 만드는 경우도 있었다. 그래가지고서는 위로를 하러 간 것인지 화를 돋우러 간 것인지 상대방도 이해를 할 수 없으리라. 가지 않으면 약을 줄 수도 없지만 그 대신 독도 주지 않아도 되니 위험은 없다. 방문은 다음 기회로 미루고 오늘은 우선 포기하기로 하자.

방문은 뒤로 미루기로 했지만, 어제 있었던 신바시 사건을 생각해보면 아무래도 고의 일이 마음에 걸려 견딜 수가 없었다. 어떤 방법으로라도 친구를 추모해주지 않으면 안 된다. 애도의 말은 도저히 할 수 없게 생겨먹었다. 글재주가 있다면 평소의 교제를 그대로 기술해서 잡지에라도 투고를 해보겠지만 내 재주로는 그것도 글러먹었다. 달리 방법이 없을까? 그래 있다, 있어. 무덤을 찾는 거야. 고는 아직도 송수산의 참호 속에서 나오지 않았지만 그의 기념물인 머리카락은 멀리 바다 너머 고마고메21)의 작코인(寂光院)에 묻혔다. 거기로 가서 무덤을 보고 오기로 하자며 니시카타마치22)에 있는 집을 나섰다.

겨울의 초입이었다. 늦가을의 맑은 날이라고 하면 그 말은 듣는 것만으로도 잘 익은 홍시처럼 기분이 좋아진다. 특히 올해는 예년과 달리 따뜻해서 아와세바오리23)에 와타이레24) 한 장을 걸친 차림으로 나서도 가볍고 기분 좋은 느낌을 주었다. 끝이 비스듬하게 닳은 지팡이를 휘두르며 작코인이라고 쓴 다이시류25)의 글씨를 파서 곤조26)로 물들인 현판을 바라보고 문으로 들어서니, 사찰은 특별한 곳이라 그런지 문 안은 숙연하고 먼지의 흔적 하나 남아 있지 않을 정도로 깨끗하게 청소를 해놓았다. 반가운 일이다. 고운 적토가 너무 질퍽하지도 않고 너무 말라붙어 있지도 않고, 촉촉하게 젖어서 햇볕을 머금고 있는 모습만큼

---

21) 駒込. 도쿄 도요시마 구 동부에서 분쿄 구 북부에까지 걸쳐 있는 지구.
22) 西片町. 도쿄 분쿄 구의 지명으로 도쿄 대학 부근.
23) 袷羽織. 안을 덧댄 하오리.
24) 綿入. 안을 덧대, 가운데 솜을 넣은 방한용 의복.
25) 大師流. 일본 서예의 한 유파. 구카이의 서풍을 이어받은 유파.
26) 紺靑. 파란색 안료의 하나.

고마운 것도 없다. 니시카타마치는 학자들의 마을일지는 몰라도 우아한 집은 물론, 차분한 흙의 빛깔마저도 찾아볼 수 없을 정도로 최근에는 주택이 많아졌다. 학자가 그만큼 는 것인지, 혹은 학자가 그만큼 풍류를 잃은 것인지는 아직 연구를 해보지 않아서 잘 모르겠지만, 이렇게 널따란 경내에 와보니 평소에는 학자마을에 만족하던 눈에도 스님들의 생활이 어딘가 부럽게 여겨졌다. 문 좌우로는 둘레 2자(60㎝) 정도 되는 적송이 떡하니 자리를 잡고 있었다. 어림잡아 100년 정도 전부터 저렇게 자리를 잡고 있었으리라. 의젓한 것이 믿음직스러웠다. 음력 10월의 소나무 낙엽이라며 옛날에는 칭송을 들었다고 하는데 잎을 떨군 흔적은 조금도 보이지 않았다. 그저 웅크리고 있는 뿌리가 깨끗한 흙 속에서 혹투성이 뼈를 두어 치 정도 내밀고 있을 뿐이었다. 노승이나 동자승이나 잔심부름을 하는 중이나 혹은 문지기가 꼼꼼한 성격 때문에 하루에 대략 세 번 정도는 쓸고 있는 것이리라. 소나무를 좌우로 바라보며 반 정(50m)쯤 들어가면 그 끝이 본당이고 그 오른쪽이 공양간이다. 본당 정면에도 금박을 한 현판이 걸려 있었는데 새의 똥인지 종이를 씹어 집어던진 것인지 점점이 필자의 신성함을 더럽히고 있었다. 네모난 느티나무 기둥에는 초서체로 휘갈겨 쓴 주련판이 읽을 테면 읽어보라는 듯 새침하게 걸려 있었다. 과연 못 읽겠다. 못 읽겠는 걸 보니 굉장한 명가가 쓴 것임에 틀림없다. 어쩌면 왕희지[27]일지도 모르겠다. 잘나 보이고 못 읽겠는 글자를 보면 나는 반드시 왕희지라고 하고 싶어진다.

---

27) [王羲之] 307~365. 중국 동진의 서예가.

왕희지라고 하지 않으면, 오래된 것에서 느껴지는 묘한 감정이 느껴지지 않는다. 본당을 오른편으로 바라보며 왼쪽으로 돌아들면 묘지다. 묘지 입구에는 도깨비은행나무가 서 있었다. 단, 도깨비라는 말은 내가 붙인 것이 아니다. 들은 말에 의하면 이 부근에서 작코인의 도깨비은행나무라고 하면 모르는 사람이 없다고 한다. 그런데 어떤 도깨비든 이렇게 크게 둔갑할 수 있을 것 같지는 않았다. 세 아름 정도는 될 것 같은 커다란 나무였다. 예년 같았으면 지금쯤은 벌써 잎을 다 떨구고 까까중이 되어 칼바람 속에서 울부짖고 있었을 테지만, 올해는 아주 파격적인 날씨 때문에 높다란 가지들이 전부 아름다운 잎들을 달고 있었다. 밑에서 올려다보면 어마어마하게 큰 황금빛 구름이 평온한 햇빛을 받아 여기저기서 대모갑처럼 빛나고 있었기에 눈부실 정도로 멋있었다. 그 구름 덩어리가 바람도 없는데 하늘하늘 떨어져 내렸다. 얇은 잎이기에 떨어져도 물론 소리는 나지 않았다. 떨어지는 시간도 역시 굉장히 길었다. 가지를 떠나서 땅에 떨어지기까지, 혹은 해를 향해서, 혹은 해를 등지며 여러 가지 빛을 발했다. 여러 가지로 변하기는 하지만 서두르는 기색도 없이 극히 여유롭게, 극히 품위 있게 떨어져내렸다. 그래서 보고 있으면 떨어지는 게 아니라 공중에서 하늘하늘 놀고 있는 것처럼 여겨졌다. 한정했다. ―아무것도 움직이지 않는 것이 가장 한정한 것이라고 생각하는 것은 착각이다. 움직이지 않는 커다란 면적 속에서 한 점이 움직이고 있기 때문에 그 한 점 이외의 한정함을 알 수 있는 것이다. 게다가 그 한 점이 움직인다는 느낌을 과도하게 주지 않을 정도로, 아니 그 한 점의 움직임 자체가 정숙한 모습을 띠고 있을 뿐만 아니라 다른 부분의 정숙한 모습을 둘러보게 하기에 충분할 정도로 하늘거린다면 —그때가 가장 한적한 느낌을 주는 법이다. 은행잎이 한 점 바람도 없는데 떨어지는 풍경이 바로 그렇다. 헤아릴 수도 없이 많은 잎들이 밤낮없이 떨어져내리기 때문에 나무 밑은 검은 흙이 보이지 않을 만큼 부채 모양의 작은 잎들로 뒤덮여 있었다. 스님들도 그것까지는 어떻게 해볼 도리가 없기에 당분간은 청소의 번거로움을 피하기로 한 것인지, 혹은 두툼하게 쌓인 낙엽을 운치 있는 것이라고 바라보며 그대로 내버려둔 것인지, 어쨌든 아름다웠다.

한동안 도깨비은행나무 밑에 서서 위를 보기도 하고 밑을 보기도 하다가 마침내 줄기 밑을 떠나 드디어 무덤이 있는 곳 안으로 들어섰다. 이 절은 유서 있는 절이라고 하는데 곳곳의 커다란 연대[蓮臺]위에 세워놓은 돌탑이 보였다. 오른쪽 울타리를 해놓은 곳에 매화원전[梅花院殿] 척학대거사[脊鶴大居士]라고 적혀 있는 걸 보니 대충 다이묘28)나 하타모토29)의 무덤이리라. 그중에는 지극히 간략해서 1자(30cm)조차 안 되는 것도 있었다. 자운동자[慈雲童子]라고 해서체로 파놓았다. 어린아이라 작은 것이다. 그 외에 석탑들도 많았다. 계명도 질려버릴 만큼 많이 새겨져 있었지만 짜기라도 한 듯 전부 오래된 것들뿐이었다. 최근에는 인간이 죽지 않게 된 것도 아닐 테니, 역시 전과 다름없이 그에 상응하는 망자가 매해 손님이 되어 저 벗겨진 현판 밑으로 들어올

---

28) 大名. 에도 시대, 쇼군의 직속 신하로 1만 석 이상의 녹봉을 받던 무사.
29) 旗本. 쇼군의 직속 가신 중 녹봉 1만 석 이하로 쇼군을 직접 볼 수 있는 자격을 갖춘 자.

것임에 틀림없다. 하지만 그들은 일단 도깨비은행나무 밑을 지나면 갑자기 낡은 부처님30)이 되어버린다. 뭐 그렇다고 해서 은행나무 때문이라고 할 수는 없겠지만, 절과 연을 맺고 있는 대부분의 집들에서 스님들의 간청으로 그다지 넓지도 않은 묘지의 빈 곳을 차지하지 않고 조상대대로 내려온 무덤 속에 새로운 부처님을 묻기 때문일 것이다. 고도 묻힌 사람 중 하나였다.

고의 무덤은 오래됐다는 점에서는, 이 오래된 묘지 중에서도 꽤 알아주는 편이다. 무덤이 언제 생겼는지 정확히는 알 수 없지만, 고의 아버지가 들어갔고, 할아버지도 들어갔으며, 또 그 할아버지도 들어갔다고 하니 결코 새로 생긴 무덤이라고는 말할 수 없다. 오래된 것에 비해서는 경치 좋은 땅을 점하고 있다. 옆의 절을 경계로 한 단 높이 쌓은 토대 위에 세 평 정도 되는 평지가 있고, 돌계단을 두 단 올라간 곳의 끝 쪽 한가운데 있는 것이 할아버지와 아버지와 고가 동거하며 잠들어 있는, 가와카미(河上)가 대대로 내려오는 무덤이다. 아주 찾기 쉬웠다. 도깨비은행나무를 지나서 한 줄기 길을 북쪽으로 스무 간(35m) 정도 걸어가면 된다. 내게는 익숙한 곳이었기에 평소와 다를 바 없이 그 길을 따라 반 정도 가다가 별 생각 없이 문득 눈을 들어 내가 가야 할 무덤 쪽을 보았다.

보니! 벌써 와 있었다. 누구인지는 모르겠으나 내게 등을 돌린 채 열심히 합장을 하고 있는 모습이었다. 어라? 누구지? 누구인지는 잘 모르겠지만 멀리서 봐도 남자가 아니라는 것만은 알 수

---

30) 일본에서는 죽은 사람을 부처라고 부르기도 한다.

있었다. 모습으로 봐서도 틀림없는 여자였다. 여자라면 어머님일 지도 모른다. 나는 둔한 성격 때문에 여자의 복장 같은 것에 대해서는 전혀 아는 바가 없지만 어머님은 대체로 검은 공단으로 된 허리띠를 매신다. 그런데 그 여자의 허리띠는 ─여자의 등에 가득 펼쳐져 있어서 뒤에서 볼 때 가장 사람의 눈을 끄는 그 허리띠는 결코 검은 것이 아니었다. 눈부실 정도로 매우 아름다운 것이었다. 젊은 여자다! 나도 모르게 입 안에서 외쳤다. 그렇게 되자 나는 조금 쑥스러워졌다. 나아가야 할지 물러나야 할지 잠깐 멈춰 서서 생각했다. 여자는 내가 온 줄도 몰랐기에 웅크려 앉은 채로 가와카미 가 대대로 내려오는 무덤에 열심히 참배를 올리고 있었다. 다가가기가 영 어려웠다. 그렇다고 해서 도망쳐야 할 만큼 나쁜 짓을 한 기억도 없었다. 어떻게 해야 할지 망설이고 있는데 여자가 벌떡 일어났다. 뒤쪽은 옆 절의 죽순대 밭이어서 시릴 정도로 푸르름이 우거져 있었다. 그 듣는 듯이 깊은 대나무 앞에서 벌떡 일어났다. 북쪽의 그림자가 배경을 이뤄, 어두운 속에 여자의 얼굴이 도드라지듯 하얗게 보였다. 눈이 크고 뺨이 탱탱하고 목이 긴 여자였다. 오른손을 밑으로 늘어뜨렸는데 손가락 끝으로 손수건 끝자락을 쥐고 있었다. 눈처럼 하얀 그 손수건이 어두운 대나무 속에서 더욱 선명하게 보였다. 앗 하고 놀란 순간에는 얼굴과 손수건의 깨끗함 외에 아무것도 내 눈에 들어오지 않았다.

내가 이 나이가 되도록 봐온 여자들은 헤아릴 수도 없이 많았다. 거리 속, 전차 위, 공원 안, 음악회, 극장, 엔니치[31] 아주 많이 봤다고 해도 좋을 것이다. 하지만 이때만큼 놀란 적은 없었다.

이때만큼 아름답다고 생각했던 적도 없었다. 나는 고도 잊고, 무덤을 찾아왔다는 사실조차 잊고, 쑥스럽다는 생각조차 잊고 하얀 얼굴과 하얀 손수건만을 바라보고 있었다. 지금까지 뒤에 사람이 있으리라고는 꿈에도 생각지 못했던 여자도 돌아가기 위해 발걸음을 떼려는 순간, 멍하니 서 있는 내 모습이 눈에 들어왔는지 돌계단 위에 잠깐 멈춰 섰다. 밑에서부터 올려다보는 나의 눈과 위에서부터 내려다보는 여자의 시선이 5간(9m)을 사이에 두고 서로 부딪쳤을 때, 여자는 바로 고개를 숙였다. 그리고 한없이 새하얀 뺨에, 속에서부터 붉은 물감을 풀어 흘려보낸 것처럼 짙은 색이 점점 번지기 시작했다. 그것이 순식간에 얼굴 전체로 번져서 귀밑까지 새빨갛게 보였다. 참 미안한 생각이 들었다. 도깨비은행나무 쪽으로 되돌아가자. 아니, 그러면 오히려 살금살금 뒤라도 쫓아 온 것이라고 생각할 것이다. 그렇다고 해서 넋을 놓고 멍하니 바라보고 있으면 그건 더욱 실례다. 사지에서 활로를 찾는 병법도 있다고 하니 이건 기세 좋게 전진할 수밖에 없다. 무덤에 성묘를 하러 온 것이니 특별히 이상할 건 없으리라. 단지 망설이기 때문에 이상히 여겨지는 것이다. 이렇게 결심하고 예의 지팡이를 고쳐잡은 뒤, 성큼성큼 여자 쪽으로 걷기 시작했다. 그러자 여자도 고개를 숙인 채 걸음을 옮겨 돌계단 밑으로 도망치듯 내 소매 곁을 스쳐 지났다. 헬리오트로프 냄새 같은 향기가 코를 찔렀다. 냄새가 높았기에 맑은 가을 햇볕을 받은 아와세바오

---

31) 縁日. 특정 신불과 연이 있는 날. 그날 참배하면 특별한 공덕이 있다고 한다. 유명 신사나 절의 엔니치에는 많은 참배객들이 몰려들기에 노점상들이 늘어서 마치 장날을 연상케 한다.

리의 등으로 배어들 것 같은 느낌이 들었다. 여자가 지나간 뒤로 간신히 마음이 놓여 그제야 제정신이 든 것처럼 침착함을 되찾을 수 있었기에, 그런데 누굴까 하며 다시 뒤를 돌아보았다. 그러자 불행하게도 다시 눈과 눈이 마주쳤다. 이번에는 내가 돌계단 위에 서서 지팡이를 짚고 있었다. 여자는 도깨비은행나무 밑에서 앞으로 나가려던 몸을 비스듬히 돌려서 이쪽을 올려다보고 있었다. 은행나무 잎은 바람도 없는데 여전히 팔랑팔랑 여자의 머리 위, 소매 위, 허리띠 위로 춤추듯 떨어지고 있었다. 시간은 1시나 1시 반쯤이었다. 작년 겨울 고가 커다란 바람 속에서 깃발을 들고 산병호에서 뛰쳐나온 바로 그 시간이었다. 하늘은 잘 갈아놓은 칼을 나란히 걸어놓은 것처럼 맑았다. 가을 하늘이 겨울로 바뀌려 할 때처럼 높이 보이는 적도 없다. 우스모노32) 같은 구름이 아련하게 날아가는 모습도 눈 안으로는 들어오지 않는다. 날개가 있어서 날아오를 수만 있다면 틀림없이 어디까지고 날아오를 수 있을 것이다. 그러나 아무리 날아올라도 다 오르지 못하리라 여겨지는 것이 이 하늘이다. 무한이라는 느낌은, 이런 하늘을 바라볼 때 가장 잘 느껴진다. 그 무한히 멀고, 무한히 아득하고, 무한히 조용한 하늘을 도깨비은행나무가 한마디 양해도 없이 갈라 황금빛 구름을 배치해놓았다. 그 옆으로는 작코인의 기와지붕이 역시 그 창공의 일부를 옆으로 가른 뒤, 몇 만 장이 겹쳐졌는지도 모를 시커먼 비늘처럼 따뜻한 햇빛을 반사하고 있었다. ─오래된 하늘, 오래된 은행나무, 오래된 사찰과 오래된 분묘가 적막하게

---

32) 羅. 얇게 짠 직물. 얇아서 반대편이 들여다보이는 천.

존재하고 있는 속에 아름답고 젊은 여자가 서 있었다. 굉장한 대조였다. 대나무 숲을 뒤에 업고 일어선 순간에는 그저 하얀 얼굴과 하얀 손수건밖에 눈에 들어오지 않았지만, 이번에는 늘씬하게 차려입은 옷의 빛깔과 그 옷을 한가운데서 둥그렇게 자른 허리띠의 빛깔이 한층 더 눈에 띄었다. 줄무늬네 옷감이네 하는 것들은, 나처럼 풍류를 모르는 사내에게는 안타깝게도 묘사할 재주가 없지만 빛깔만은 참으로 화사했다. 이렇게 적막한 경내에는 단 1분도 있어서는 안 될 성질의 것이었다. 있다면 어디선가 길을 잃어 잘못 들어온 것임에 틀림없으리라. 미쓰코시33) 진열장의 단편을 떼어내 라쿠시샤34)의 빨랫줄에 걸어놓은 꼴이다. 대조의 극치란 이것을 두고 하는 말일 것이다. —여자는 도깨비은행나무 밑에서 비스듬히 몸을 돌려 내가 성묘하는 무덤이 어디인지를 확인한 뒤 가고 싶어 하는 모습이었으나, 나도 마침 여자가 궁금해져 돌계단 위에서 뒤돌아봤기에, 포기하고 본당 쪽으로 꺾어져 들어갔다. 은행잎이 팔랑팔랑 떨어져 검은 땅을 덮어버렸다.

나는 여자의 뒷모습을 바라보며 신비한 대조라고 생각했다. 예전에 스미요시의 신사35)에서 게이샤를 본 적이 있었다. 그때는 소나기 속에 시마다36)를 하고 서 있는 모습이 평소보다 더 아름답게 내 눈에 비쳤다. 하코네37)의 오지고쿠38)에서 열여섯 살 정도의

---

33) 三越. 도쿄의 백화점.
34) 落柿舍. 교토 시 우쿄 구 사가에 있는 무카이 교라이의 별택[別宅].
35) 住吉. 오사카 시 스미요시 구에 있는 스미요시 신사.
36) 島田. 일본 전통의 머리 형태 중 하나. 주로 미혼여성이나, 혼례식 때 틀어 올렸다.
37) 箱根. 가나가와 현 남서부.
38) 大地獄. 하코네 화산에 있는 오와쿠다니를 말한다. 연기와 뜨거운 물이 끊임

서양인을 만난 적이 있었다. 그때는 열 길이나 끓어오르는 수증기의 무시무시한 광경이, 한동안은 부드러워지는 듯해서 안도의 마음을 내 머리에 심어주었다. 모든 대조란 대체로 이 두 가지의 결과 외에는 무엇도 낳지 않는 법이다. 종전의 날카로운 느낌을 갈아서 둔하게 하거나, 혹은 새로이 시계에 나타나는 사물을 평소보다 더 명료하게 뇌리에 각인시키거나, 이것이 우리가 보통 예상할 수 있는 대조다. 그런데 지금 본 것은 그런 느낌을 털끝만큼도 불러일으키지 않았다. 상제[相除]의 대조도 아니었고 상승[相乘]의 대조도 아니었다. 오래되고, 쓸쓸하고, 소극적인 마음 상태가 줄어든 풍경은 더욱 아니었다. 그렇다고 해서 그 아름다운 옷을 입은 여자의 자태가 음악회나 야외 파티에서 만났을 때보다 한층 더 눈에 띄게 보인 것도 아니었다. 내가 작코인의 문 안으로 들어서서 느낀 감정은 세상의 나이가 역행해서 부모님이 태어나기 이전으로 거슬러간 것이라고 생각될 정도로 오래되고, 적막하고, 비애에 젖어 있고, 잡을 수 있을 만큼 확실한 흔적도 없을 정도로 옅고, 소극적인 정서였다. 그 정서는 숲을 배경으로 벌떡 일어선 여자에게 내 시선이 쏟아진 순간에 털끝만큼도 모순된 느낌을 주지 않았을 뿐만 아니라, 낙엽 속에서 뒤돌아본 모습을 바라본 순간에는 오히려 한층 더 깊이를 더해갔다. 고찰과 벗겨진 현판, 도깨비은행나무와 움직이지 않는 소나무, 어지럽게 늘어서 있는 돌탑 —죽은 사람의 이름을 새겨놓은 죽은 돌탑과 꽃과 같은 가인[佳人]이 융화해서, 하나의 기운이 되어 흘러 원숙하고 거침

없이 솟아오르기에 지옥에 비유된다.

없는 하나의 감동을 내 신경에 전달해준 것이었다.

 이렇게 억지스러운 말을 들은 독자들은 틀림없이 인정하지 못하리라. 이는 문사의 허언이라고 비웃을 사람도 있을 것이다. 하지만 사실은 거짓이라 할지라도 사실이다. 문사든 문사가 아니든 쓴 것은 쓴 그대로, 무엇 하나 더한 부분 없이 쓴 것이다. 만약 문사가 좋지 않은 것이라고 한다면 미리 말해두겠다. 나는 문사가 아니다. 니시카타마치에 살고 있는 학자다. 혹시 의심스럽다면 이 문제에 대해서 학자적으로 설명해보기로 하겠다. 독자들은 셰익스피어의 비극 맥베스를 알고 계실 것이다. 맥베스 부부가 공모하여 주군 덩컨을 침실 속에서 죽인다. 죽이자마자 문을 계속해서 두드리는 자가 있다. 그러자 문지기가 두드린다, 두드려, 라고 말하며 나와서는 술 취한 사람처럼 의미를 알 수 없는 말을 횡설수설 혀 꼬인 소리로 늘어놓는다. 이것이 대조. 대조도, 대조도, 그냥 평범한 대조가 아니다. 살인자 옆자리에서 도도이쓰39)를 부르는 것만큼의 대조다. 그런데 묘한 것은 그 해학을 삽입했다고 해서 지금까지의 처참한 광경이 조금이나마 부드러워져서 여기에 이르러 한층 더 편안해졌다는 느낌도 없고, 또 사건의 배열 상태 때문에 해학이 평소보다 한층 더 우스움을 주는 것도 아니다. 그렇다고 해서 아무런 효과도 없는가 하면, 아주 크다. 극 전체를 통해서 느껴지는 스산함, 두려움은 이 일단의 해학 때문에 그 정도를 더해가는 것이다. 좀 더 확대해서 말해보자면 이 경우에 있어서는 해학 그 자체가 공포인 것이다. 두려움인

---

39) 都々逸 속악의 하나. 가사를 즉석에서 만들어 부른다. 대부분은 남녀 간의 정을 7·7·7·5조로 엮어 샤미센 반주에 맞춰 부른다.

것이다. 몸을 웅크리며 소름이 돋게 하는 요소가 된다. 그 이유를 설명하면 이렇다.

우리의 사물에 대한 관찰점은 종래의 경험에 지배받고 있다는 것은 말할 필요도 없이 명료한 사실이다. 경험의 세력은, 빈도와 한 번의 경험에서 받은 감동의 양에 따라 고저증감[高低增減]한다는 사실에도 역시 이론의 여지가 없으리라. 비단이불에 싸인 채 태어나 나리의 뜻이다, 나리의 말씀이다, 라며 대접받는 경험만 계속되면 사람들은 내게 머리를 숙이기 위해서 태어난 것이라고 생각하시게 되신다. 돈으로 술을 사고, 돈으로 첩을 사고, 돈으로 저택, 친구, 벼슬까지 산 사람들은 돈만 있으면 무엇이든 할 수 있다고 금고를 힐끔힐끔 곁눈질하며, 세상은 별것 아니라는 듯 시건방을 떤다. 한 번의 경험으로도 그렇게 될 수 있다. 하쿠야초40)의 대화재로 재산을 잃은 사람은 멀리 이타바시(板橋)에서 들려오는 종소리41)만 들어도 새파랗게 질려버릴지 모른다. 노비(濃尾)의 대지진42) 때 기왓장 아래에 깔려 죽다 살아난 사람은 시각을 알리는 포 소리만 들어도 염불을 외울 것이다. 솔직한 사람이 평생에 한 번 물건을 훔치면 그를 아는 사람들은 누구도 그를 의심하지 않을 것이며, 농담을 직업으로 삼고 있는 남자가 10년 만에 한나절 진지한 말을 한다고 해도 누구 하나 거들떠보지도 않을 것이다. 결국 우리의 관찰점이라는 것은 종전의 타성이라는 것으로 해석할 수 있는 것이다. 우리의 생활은 천차만별이기

---

40) 箔屋町. 니혼바시 근처의 지명. 1880년에 대형 화재가 있었다.
41) 이타바시의 종소리는 도쿄에 영향이 거의 없는 먼 지역에서 불이 났을 때 울리는 소리.
42) 1891년 10월 28일 오전 6시 38분에 발생. 강도는 8.

때문에 우리의 타성도 하는 일에 따라서, 직업에 따라서, 나이에 따라서, 기질에 따라서, 성별에 따라서 각각 다를 것이다. 바로 그렇다. 연극을 볼 때나 소설을 읽을 때도 전편을 통해서 느껴지는 분위기가 있는데 그 분위기가 독자, 관객의 마음에 반응하면 그것 역시 일종의 타성이 된다. 만약 그 타성을 구성하는 분자가 맹렬하면 맹렬할수록 타성 자체도 꽉 박혀서 움직일 수도 뽑아낼 수도 없는 경향을 띠게 될 것임에 틀림없다. 맥베스는 요망한 노파, 독한 여자, 흉악한 남자의 행위와 동작을 치밀하게 묘사한 비극이다. 처음부터 읽기 시작해서 문지기가 나오는 골계에 다다른 독자들의 마음에 자신도 모르게 발생한 유일한 타성은 공포라는 한마디로 귀착된다. 과거가 이미 공포인 것이다. 미래도 또한 공포일 것이라는 예상이 자연스럽게 자신을 방사하여, 다음에 출현할 그 어떤 일도 공포와 관련지어 해석하려 시도하는 것은 당연한 일이라고 할 수 있을 것이다. 뱃멀미를 일으킨 사람이 뭍에 오른 뒤까지도 대지를 움직이는 것이라고 생각하고, 겁쟁이로 태어난 참새가 허수아비를 예의 할아버지라고 의심하는 것처럼, 맥베스를 읽는 사람도 또한 공포라는 한마디 말을 언제까지나 끌어안고 있으면서 공포라는 말에 적합하지 않은 부분에까지 적용시키려고 힘쓰는 것은 이상한 일이 아니다. 무슨 일이든 공포로 변하지 않을까 조마조마할 때 등장하는 문지기의 잠꼬대 같은 소리를 평범한 광언, 해학이라고는 받아들일 수 없을 것이다.

  세상에는 풍자어라는 것이 있다. 풍자어는 모두 표리 양면의 의미를 가지고 있다. 선생을 바보의 별호로 사용하고, 대장을 필부의 별명으로 사용한다는 것은 누구나 알고 있을 것이다.

이런 식으로 보자면 겸손하게 사람을 대하는 것은 사람을 더욱 바보로 취급하는 대우법이며, 남을 칭송하는 것은 격렬하게 남을 매도하는 것이 된다. 표면의 의미가 강하면 강할수록 이면의 함축도 더욱 깊어진다. 예의를 갖춘 한마디 말로 사람을 우롱하기보다는, 그가 아무렇게나 벗어놓은 신발을 가지런히 정리하여 야유하는 것이 더욱 신랄하지 않은가? 이런 심리를 한걸음 더 개척해서 생각해보겠다. 우리가 사용하는 대부분의 명제는 반대 의미로도 해석할 수 있는 것이리라. 이건 과연 어떤 의미로 사용한 것일까라고 생각할 때면, 앞서 말한 타성이라는 것이 나타나서 어렵잖게 판단을 해준다. 해학의 해석에 있어서도 마찬가지라고 생각한다. 해학의 뒷면에는 진지함이 배어 있다. 커다란 웃음 속에는 뜨거운 눈물이 숨겨져 있다. 잡담의 밑바닥에서 구슬픈 귀곡[鬼哭]이 들려온다. 그렇다면 공포라는 타성을 양성한 눈으로 문지기의 해학을 읽는 사람은 그 해학을 정면에서부터 해석할까, 뒷면에서부터 관찰할까? 뒷면에서부터 관찰한다면 취객의 망언 속에서 온몸의 털이 곤두설 것만 같은 공포심을 느낄 것이다. 원래 풍자어란, 정어[正語]보다도 비비꼬인 것인 만큼 정어보다도 심각하고 맹렬한 것이다. 벌레조차 무서워하는 미인의 근성을 꿰뚫어보아, 독사의 화신, 그것이 곧 천녀[天女]라고 판단한 찰나에 그 죄악은 같은 정도의 다른 죄악보다도 한층 더 무시무시한 느낌을 불러일으킨다. 바로 인간의 풍자어이기 때문이다. 한낮의 도깨비가 제대로 된 유령보다도 더 무서운 경우가 있다. 풍자어이기 때문이다. 폐허가 된 절에서 하룻밤을 보낼 때, 정원 앞의 한 그루 삼나무 밑에서 갓포레43)를 추는 사람이 있다면 그 갓포레는 매우 무시무시할 것이다. 그것도 일종의 풍자어이기 때문이다. 맥베스의 문지기는 산사의 갓포레와 완전히 똑같은 것이다. 맥베스의 문지기를 이해했다면 작코인의 미인도 이해했을 것이다.

꽃 중의 꽃이라고 불리는 모란의 부귀한 빛깔조차도 시들 때에는 호사가들의 안타까움을 사기에도 부족할 만큼 덧없는 것이 된다. 미인박명이라는 속담도 있을 정도이니 이 여자의 생명에도 그리 수월하게 보험을 들어놓을 수는 없을 것이다. 하지만 묘령의 아가씨들은 대부분 활기에 넘쳐난다. 앞날에 대한 희망의 빛 때문에 보기에도 활발한 마음을 갖게 되는 법이다. 뿐만 아니라 유젠44)이나 슈친45)과 같이 화려한 것에 둘러싸여 있기 때문에 이리저리 둘러봐도 화사하다. 멋지다. 화창한 봄날과 같다. 그중 한 사람이 —가장 아름다운 그 한 사람이 작코인의 무덤가 속에 서 있었다. 음울하고, 낡고, 고요한 사방의 풍경 속에 서 있었다. 그러자 그 사랑스러운 눈, 그 화려한 소매가 갑자기 본연의 모습을 바꿔서 숙연한 주위로 흘러들어 경내의 적막감을 한층 더 깊은 것으로 만들었다. 이 세상에서 무덤만큼 차분한 곳도 없다. 하지만 이 여자가 무덤 앞에서 몸을 일으켰을 때는 무덤보다도 더 차분했다. 은행나무의 노란 잎은 쓸쓸하다. 거기다 도깨비라고 하니 더욱 쓸쓸하다. 그런데 이 여자가 은행나무 밑에서 옆얼굴을 보이며 서 있었을 때는 은행나무의 정기가 줄기로부터 빠져나온 것이 아닐까 생각될 정도로 쓸쓸했다. 우에노46)에서의 음악회가

---

43) カッポレ. 막부 말기부터 메이지 시대에 걸쳐서 유행한 속요와 춤.
44) 友染. 유젠조메(友禪染)의 줄임말. 날염에서 염색약이 배어드는 것을 막기 위해 풀을 바르고 문양을 염색하는 것.
45) 繻珍. 생사 외에도 여러 색실을 사용하여 모양이 도드라지도록 짠 직물.

아니면 어울리지 않을 복장을 하고, 제국 호텔의 야외 파티에나 초대될 것 같은 이 여자가 왜 그렇게 주위 풍경과 어우러져 삭막한 느낌을 더해준 것일까? 이것도 풍자어이기 때문이다. 맥베스의 문지기가 무시무시한 것이라면 작코인의 이 여자도 쓸쓸한 것이 아니어서는 안 된다.

  무덤을 보니 꽃통에 국화가 꽂혀 있었다. 울타리에 핀 데이지의 색은 전부 하얀색뿐이었다. 이것도 틀림없이 조금 전의 여자가 한 일이리라. 집에서 꺾어온 것인지 도중에서 사가지고 온 것인지는 알 수 없었다. 혹시 명함이라도 꽂아놓지 않았나 해서 잎의 뒷면까지 들여다보았지만 아무것도 없었다. 대체 누구일까? 나는 고등학교 때부터 고와 친하게 지낸 사람 중 하나였다. 집에 곧잘 자러 갔었기에 고의 친척들은 대부분 알고 있었다. 하지만 손가락을 꼽아가며 이리저리 순서대로 헤아려보아도 이런 여자는 떠오르지 않았다. 그렇다면 다른 사람일까? 고는 사람을 좋아하는 성격으로 교제도 아주 넓었지만 여자 친구가 있다는 말은 끝내 들어본 적이 없었다. 물론 교제를 했다고 해서 반드시 내게 말했을 것이라고는 할 수 없지만 그러나 고는 그런 일을 숨길 성격이 아니었으며, 만약 다른 사람에게는 숨겼다 할지라도 내게는 숨기지 않았을 것이다. 이렇게 말하면 우스울지도 모르겠지만 나는 가와카미가의 비밀을 상속인인 고에게도 뒤지지 않을 만큼 자세하게 알고 있다. 그리고 그것은 전부 고가 내게 이야기해준 것이었다. 따라서 여자와의 교제도 만약 정말로 있었다면 특별히 내게는 말했을

---

46) 上野. 도쿄 다이토 구 서부의 공원지구·상점가의 총칭.

것임에 틀림없었다. 알리지 않은 것을 보면 모르는 여자다. 하지만 모르는 여자가 꽃까지 들고 고의 무덤을 찾을 리가 없다. 이건 이상하다. 조금 이상하지만 뒤쫓아가서 이름만이라도 물어볼까? 그것도 우습다. 차라리 말없이 뒤따라가서 어디로 가는지 지켜볼까? 그건 탐정이나 하는 짓이다. 그런 천박한 짓은 하기 싫다. 어떻게 해야 좋을지 무덤 앞에서 생각했다. 고는 작년 11월에 참호 속으로 뛰어든 이후 오늘까지도 올라오지 않았다. 가와카미가에 대대로 내려오는 무덤을 지팡이로 두드려봐도, 손으로 흔들어봐도 고는 역시 참호 속에 잠들어 있을 것이다. 이렇게 아름다운 사람이 이렇게 아름다운 꽃을 들고 무덤을 찾는다는 사실도 모른 채 잠들어 있을 것이다. 따라서 고는 그 여자가 누군지, 이름은 무엇인지도 물을 필요가 없을 것이다. 고가 물을 필요도 없는 것을 내가 탐구할 필요는 더더욱 없을 것이다. 아니, 그래서는 안 된다. 이런 논리에 의하면 그 여자의 신상을 조사해서는 안 된다는 말이 된다. 하지만 그것은 잘못 된 것이다. 왜? 왜, 라는 것에 대해서는 나중에 생각한 뒤 설명하기로 하고, 지금 당장은 반드시 물어봐야만 한다. 뭐가 됐든 묻지 않는다면 속이 풀리지 않을 것이다. 갑자기 돌계단을 한달음에 달려 내려가 도깨비은행나무의 낙엽을 휘날리며 작코인의 문을 나서서 우선 왼쪽을 바라보았다. 없었다. 오른쪽을 바라보았다. 오른쪽에도 보이지 않았다. 잰걸음으로 사거리까지 가서 시선이 닿는 한, 동서남북을 둘러보았다. 역시 보이지 않았다. 결국은 놓쳐버리고 말았다. 하는 수 없다, 어머님을 뵙고 말씀드려보자. 어쩌면 어찌된 일인지 알 수 있을지도 모른다.

3

 여섯 첩짜리 응접실은 남향인데 잘 닦아놓은 툇마루 끝에 진다이스기47)로 만든 수건걸이가 있다. 처마 밑에서부터 둥그런 조즈오케48)를 쇠사슬로 늘어뜨린 것이 운치 있어 보였는데, 그 밑에 한 무더기 속새를 심어놓은 것이 한층 더 운치를 더해줬다. 요쓰메가키49) 너머에는 이삼십 평 정도 되는 차밭이 있었는데 그 사이로 매화나무가 서너 그루 보였다. 울타리에 묶어놓은 대나무 끝에 세탁한 하얀 버선이 뒤집어져 널려 있었으며 그 옆에는 물뿌리개가 거꾸로 씌워져 있었다. 그 아래쪽으로 하얀 구슬을 줄줄이 엮어놓은 것처럼 데이지가 모여서 피어 있는 모습을 보고 "예쁜데요."라며 어머님께 말을 걸었다.

 "올해는 따뜻해서 늦게까지 피어 있네요. 저것도 고이치가 아주 좋아하던 국화로······."

 "그래요? 흰 것을 좋아했었던가요?"

 "희고, 작은 콩 같은 것이 가장 재미있다며 직접 뿌리를 얻어다 일부러 심은 거예요."

 "그래요? 그런 일이 있었나요?"라고 말했지만 내심 조금 기분이 나빠졌다. 작코인의 꽃통에 꽂혀 있던 것도 바로 같은 종의 같은 색 국화였다.

 "어머님, 요즘에도 절에 참배를 가세요?"

---

47) 神代杉. 오랫동안 물이나 흙 속에 묻혀 있던 삼목. 고급 공예품, 장식품의 재료로 쓰인다.
48) 手水桶. 다도에서 손 닦을 물을 임시로 담아두는 통.
49) 四つ目垣. 대나무를 종횡으로 성기게 짜서 칸살이 네모난 울타리.

"아니요, 얼마 전부터 감기기운이 있어서 대엿새 누워 있었기에 그만 부처님께 인사를 드릴 수 없었어요. ―집에 있어도 한시도 잊을 때는 없지만―나이를 먹으면 목욕탕 가는 것조차도 큰일이거든요."

"가끔은 조금씩 밖을 걷는 게 약이 됩니다. 요즘에는 날씨도 좋으니……."

"신경을 써줘서 고마워요. 친척들도 걱정을 해서 이런저런 말을 해주지만, 워낙 기운이 없어서, 그리고 이런 할머니를 일부러 데리고 다닐 사람도 없고요."

이렇게 되면 나는 언제나 무슨 말을 해야 할지 궁해진다. 무슨 말로 빠져나가야 하는 건지 도무지 알 수가 없다. 별 수 없었기에 '네에에.'라며 조금 꼬리를 길게 뺐지만 어머님은 약간 불만인 듯했다. 이거 실수를 했구나 싶었지만 달리 수습할 방법도 없었기에 매화나무를 이쪽저쪽으로 뛰어다니고 있는 박새를 바라보고 있었다. 도중에서 말이 끊겨버린 어머니도 말이 없었다.

"친척 중에 젊은 아가씨라도 있으면 이럴 때 좋은 상대가 되어줄 텐데요."라고 말하며 어리숙한 나 치고는 아주 그럴 듯한 말을 했다고 스스로 감탄했다.

"공교롭게 그런 아가씨도 없어요. 그리고 남의 자식에게는 역시 어려워서……. 아들놈이 며느리라도 얻었더라면 이럴 때 아주 마음 든든했을 거라고 생각해요. 정말 안타까운 일이에요."

역시 며느리가 나왔다. 올 때마다 며느리가 나오지 않는 적이 없었다. 나이가 찬 아들에게 아내를 맞게 하고 싶다는 것은 부모의 정으로써 흔히 있는 일이지만, 죽은 아들이 며느리를 맞지 않았다고 안타까워하는 것은 조금 이치에 맞지 않는다. 사람의 마음이란 이런 것일까? 아직 나이를 먹어보지 않았기 때문에 잘은 모르겠지만 일반의 상식에 비춰보자면 아무래도 조금 잘못된 것 같다. 물론 혼자서 쓸쓸하게 생활하는 것보다는 마음에 드는 며느리의 수발을 받는 편이 훨씬 더 든든하다고 누구나 생각할 것이다. 하지만 며느리의 입장에서 생각해보길 바란다. 결혼한 지 반년도 지나지 않아서 남편이 출정한다. 드디어 전쟁이 끝났다고 생각했는데 어느 사이엔가 전사를 해버렸다. 스물이 될까 말까 한데 평생을 시어머니와 둘이서 생활해야 한다. 그런 잔혹한 일이 또 어디 있겠는가? 어머님의 말씀은 노인의 입장에서 보자면 당연한 하소연이겠지만, 너무 이기적인 소망이다. 나이 든 양반들은 이래서 안 된다며 내심은 매우 불만이었지만, 함부로 항의를 했다가는 또 마음을 상하게 할 위험이 있었다. 기껏 위로하러 와서 늘 실수만 한다면 솜씨가 너무 없다는 얘기가 된다. 그냥 입을 다물고 있는 게 가장 좋겠다고 생각하고 일부러 반대편으로 방향을 잡았다. 나는 천성적으로 솔직한 사람이다. 하지만 사회에 존재하며 원성을 듣지 않고 살아가려면 아무래도 거짓말을 하고 싶어진다. 정직과 사회생활이 양립하기에 이른다면 거짓말은 바로 그만둘 생각이다.

"정말 안타까운 일입니다. 그런데 고는 대체 왜 아내를 맞아들이지 않았나요?"

"그게, 이리저리 알아보고 있던 중에 여순으로 가게 되었기에."

"그럼 본인도 맞을 생각이었군요."

"그건……."이라고만 말하고 그대로 입을 다물어버렸다. 아무래도 뭔가 좀 이상하다. 어쩌면 작코인 사건의 단서가 잠복해 있을지도 모르겠다. 솔직히 말하자면 그 순간 나의 머릿속에는 고에 대한 생각도 어머님에 대한 생각도 없었다. 단지 그 이상한 여자의 정체와 고와의 관계를 알고 싶다는 생각으로만 가득했다. 그날의 나는 평소처럼 동정적인 동물이 아니었다. 아주 냉정한, 호기수[好奇獸]라고 할 만한 것으로 둔갑해 있었다. 인간도 그날 그날에 따라서 여러 가지로 변한다. 악인이 된 이튿날에는 선한 남자로 변하고, 소인으로 낮을 보낸 뒤에 군자로 밤을 맞이하기도 한다. 그 사람의 성격은, 이라며 아주 뻔하다는 듯이 떠들고 다니는 선생이 있는데 그건 영리한 바보라고 할 수 있는 것으로, 그날그날의 자신조차도 연구할 능력이 없기 때문에 그런 방약무인한 잠꼬대를 해대며 저 혼자 희열을 느끼는 것이다. 탐정만큼 열등한 직업도 없을 것이라고 스스로도 생각하고 사람들에게도 거침없이 선언해왔던 내가 순수한 탐정과도 같은 태도로 일을 대하기에 이른 것은 참으로 어처구니없는 현상이었다. 잠깐 말을 흐렸던 어머님이 결심한 듯한 어조로,

"그 일에 대해서 고이치가 뭔가 이야기한 적 없었나요?"

"며느리 말인가요?"

"네, 어디에 자기가 좋아하는 사람이 있다는 말을."

"네."라고 대답했지만, 사실 그 물음이야 말로 내가 어머님께 여쭤봐야만 했던 문제였다.

"어머니께는 무슨 말이 있었겠지요?"

"아니요."

희망의 끈은 그것으로 끊어져버리고 말았다. 하는 수 없이

눈을 다시 정원 쪽으로 돌려보니 박새는 이미 어디론가 날아가 버리고, 그 하얀 국화의 빛깔만이 물기를 머금은 검은 흙에 비춰 멋지게 보였다. 그때 문득 떠오른 것이 전에 말했던 일기였다. 어머님도 모르고 나도 모르는 그 여자에 대한 얘기가 어쩌면 적혀 있을지도 몰랐다. 어쩌면 확실하게는 기록되어 있지 않다 하더라도 일단 훑어보면 뭔가 단서를 잡을 수 있을지도 몰랐다. 어머님은 여자라 잘 모를 수도 있지만 내가 보면 이럴 것이라는 정도로는 짐작할 수 있을 것이다. 어서 재촉해서 일기를 보는 것이 상책이다.

"저, 전에 말씀하셨던 일기 말인데요, 그 안에 뭔가 적혀 있지는 않았나요?"

"네, 그것을 보기 전에는 별로 대수롭지 않게 생각했었는데, 그만 봐버렸기에……."라며 어머니는 갑자기 울음 섞인 목소리를 냈다. 또 울렸다. 이래서 난처하다는 것이다. 난처해지기는 했지만 뭔가 적혀 있는 것만은 사실이다. 이렇게 된 이상 울든지 말든지 그건 상관할 바가 아니었다.

"일기에 뭔가 적혀 있나요? 그렇다면 꼭 한번 보고 싶은데요."라고 기세 좋게 말했는데 지금 생각해보면 부끄럽기 짝이 없다. 어머니는 자리에서 일어나 안으로 들어가셨다.

잠시 후, 장지를 열어 주머니에 든 수첩을 들고 다시 나왔다. 표지는 갈색 가죽으로 언뜻 보기에는 지갑처럼 생겼다. 밤낮으로 안쪽 주머니에 넣고 다녔는지 갈색 부분이 검게 변해 있었고, 손때로 반짝반짝 빛나고 있었다. 아무 말 없이 일기를 받아들고 안을 보려는 순간 바깥쪽 문이 드르륵 열리며 죄송합니다, 라는 목소리가 들렸다. 마침 손님이 온 모양이었다. 어머님께서 손짓으로 얼른 감추라고 하시기에 나는 수첩을 안쪽 주머니에 넣고 "집에 가서 봐도 괜찮겠습니까?"라고 물었다. 어머니는 현관 쪽을 바라보시며, "그러세요."라고 대답하셨다. 잠시 후, 하녀가 어떤 분이 찾아왔다고 알리러 들어왔다. 어떤 분에게는 볼일이 없다. 일기만 있으면 된다, 빨리 돌아가서 읽어야 한다. 그럼, 이라고 인사를 하고 히사카타마치50)의 거리로 나왔다.

　덴즈인의 뒷길을 지나서 앞쪽의 언덕길을 내려오며 생각했다. 아무리 생각해봐도 소설이다. 단, 소설에 가까운 만큼 어딘가 부자연스럽다. 하지만 지금부터 사건의 진상을 파헤쳐서 전체적인 상황이 명료해지기만 하면 그 부자연스러움도 저절로 사라지고 말 것이다. 어쨌든 재미있다. 무슨 일이 있어도 탐색―탐색이라고 하니 어딘가 불쾌하다―, 탐구해둬야겠다. 무슨 일이 있어도 탐구해야만 한다. 어쨌든 어제 그 여자의 뒤를 밟지 않았던 것은 정말 안타까운 일이다. 만약 앞으로 그 여자를 만날 수 없다면 이 사건을 명확하게 밝힐 수 있을 것 같지 않다. 쓸데없이 체면을 차리다, 다케다 신겐(武田 信玄)을 놓쳐버린 우에스기 겐신(上杉 謙信)은 아니지만, 좋은 기회를 놓쳐버리다니 정말 아깝다. 원래부터 품위를 너무 지나치게 중히 여기거나, 너무 고상하게 굴면 자칫 이런 꼴을 당하기 쉬운 법이다. 사람에게는 어딘가에 도둑놈 근성이 있어야만 성공할 수 있다. 신사도 좋은 것임에는 틀림없지만, 신사로서의 체면을 구기지 않는 범위 안에서 도둑놈 근성을

---

50) 久堅町. 도쿄 분쿄 구에 있는 지명.

발휘하지 않으면 신사가 신사로 통하지 않게 되는 법이다. 도둑놈 근성이 없는 순수한 신사는 대부분 도중에서 쓰러지고 만다고 한다. 그래, 앞으로는 조금 더 천박해지기로 하자. 이런 시답잖은 생각들을 하며 야나기초의 다리 위까지 왔는데, 인력거 한 대가 스이도바시51) 쪽에서 하쿠산 쪽으로 힘차게 달려갔다. 인력거가 내 앞을 지난 시간은 몇 초라는 짧은 순간이었기에 내가 명상에 빠졌던 눈을 잠깐 들어 인력거 위를 봤을 때 타고 있던 손님은 이미 시야에서 사라지려 하고 있었다. 그런데 그 사람의 얼굴은? 아, 작코인이다, 라고 깨달은 순간에는 벌써 대여섯 간(10m)이나 앞을 달리고 있었다. 지금이다, 천박해져야 할 때는 지금이다. 무슨 짓을 해도 상관없으니 뒤쫓아 가자며 나막신의 끝을 그쪽으로 돌렸지만 보도에서 인력거 뒤를 쫓아 달리는 것은 너무 천박하다. 미치지 않고서 그런 바보 같은 짓을 할 사람은 없다. 인력거, 인력거, 인력거는 없을까 사방을 둘러보았지만 마침 한 대도 보이지 않았다. 그러는 동안 작코인은 모습도 보이지 않을 만큼 저 멀리로 달려가고 있었다. 이젠 글렀다. 미쳤다고 생각될 만큼 천박해지지 않으면 세상은 성공할 수 없는 건가, 라며 망연히 니시카타마치로 돌아왔다.

  어쨌든 서재로 들어가 품 안에서 그 수첩을 꺼냈지만, 벌써 저녁이었기에 분명하게는 보이질 않았다. 사실은 오는 길에도 여기저기 펼쳐가며 읽어보기는 했지만 연필로 휘갈겨 쓴 것이라 밝은 곳에서도 쉽게 알아볼 수가 없었다. 램프에 불을 붙였다.

---

51) 水道橋. 도쿄 치요다 구에 있는 다리 및 그 일대의 지명.

하녀가 저녁은 어떻게 할 거냐고 물으러 왔기에 저녁은 나중에 먹겠다며 내몰았다. 그런 다음 첫 페이지부터 차례대로 읽어 내려가니 전부가 진중에서의 일뿐이었다. 그것도 바쁠 때 잠깐 짬을 내서 쓴 것인 듯, 대부분 한두 마디로 끝을 맺었다. <바람, 갱도 안에서 식사. 주먹밥 두 개. 진흙투성이.>라는 부분이 있었다. <밤이 되자 감기기운, 발열. 진찰을 받지 않고 평소와 다름없이 근무.>라는 부분이 있었다. <텐트 밖 보초, 산탄에 맞았다. 텐트로 쓰러졌다. 혈흔을 남겼다.>, <5시 대돌격. 중대 전멸, 실패로 끝났다. 안타깝다!!!> 안타깝다 밑에 !가 세 개 찍혀 있었다. 물론 기억을 위한 메모이기에 문장다운 부분은 털끝만큼도 찾아볼 수 없었다. 글을 수식하거나 다듬은 흔적은 약에 쓰려 해도 찾아볼 수가 없었다. 하지만 그것이 아주 재미있었다. 그저 있는 그대로의 상황을 있는 그대로 옮겨 적은 점이 아주 마음에 들었다. 특히 속인들이 사용하는 허풍스러운 말이 없다는 점이 기뻤다. 노기충천했다거나, 난폭한 러시아인이라거나, 오랑캐들의 간담을 써늘하게 해주겠다거나, 잘난 척하는 싸구려 미사여구는 어디에서도 사용하지 않았다. 문체는 아주 마음에 들었다. 과연 고라고 감탄했지만 중요한 작코인 사건은 아직 나오질 않았다. 차례로 읽어나가니 네 줄 정도 쓴 위에 선을 그어 지운 곳이 나왔다. 이런 곳이 의심쩍은 부분이다. 이것을 완전히 읽어내지 못하면 속이 풀리지 않을 것이다. 수첩을 램프의 유리 쪽으로 바싹 가져가 비춰보았다. 두 번째 줄의 선 밑으로 한 글자가 2/3 정도 삐져나와 있었다. '우[郵]'라는 글자 같았다. 그때부터 고생을 한 끝에 우편국[郵便局]이라는 세 글자만을 알아볼 수 있었다. 우편국 앞의 글자는

'대요[大么]'만 보일 뿐이었다. 이건 또 뭘까, 라며 3분 정도 램프 앞에서 씨름을 해서 간신히 알아냈다. 혼고 우편국이었다. 간신히 여기까지 오기는 했지만 다른 글자들은 뒤에서 보고, 거꾸로 들어 봐도 도무지 읽을 수가 없었다. 결국에는 단념했다. 그리고 2, 3페이지 더 읽어나가다 갑자기 커다란 발견을 할 수 있었다. 〈이삼일 한숨도 자지 못했기에 근무 중 갱 안에서 가끔, 우편국에서 본 여자의 꿈을 꿈.〉

나는 자신도 모르게 덜컥 했다. 〈단지 2, 3분 동안, 얼굴을 봤을 뿐인 여자를 오래 뒤에 꿈에서 보다니 이상하다.〉 여기서부터 갑자기 언문일치가 되어버렸다. 〈많이 쇠약해졌다는 증거일 것이다. 하지만 쇠약하지 않을 때라도 그 여자라면 꿈에서 볼지도 모른다. 이걸로 여순에 와서 세 번째다.〉

나는 일기장을 찰싹 때리며, 이거다! 라고 외쳤다. 어머님이 며느리, 며느리 하며 노래를 부르는 데에도 다 이유가 있었다. 이걸 읽었기 때문이다. 그것도 모르고 이기적이라는 둥, 잔혹하다는 둥 속으로 평을 하다니, 내가 잘못했다. 그래, 이런 여자가 있다면 부모로서 단 하루만이라도 수발을 받고 싶을 것이다. 어머님이, 며느리가 있었다면, 며느리가 있었다면 한 것을 지금까지 오해해서 완전히 자신의 외로움을 달래기 위한 것일 뿐이라고만 해석했던 것은 나의 안식이 부족했기 때문이다. 그건 이기심에서 한 말이 아니었다. 전사하기 전에 보름만이라도 사랑스러운 아들의 소원을 풀어주고 싶었다는 마음의 수수께끼 같은 표현이었던 것이다. 그래, 남자란 참 생각이 없다. 하지만 몰랐던 일이니 하는 수 없다. 그건 그렇고, 과연 작코인이 이 여자일까, 혹은 그건 전혀 다른 여자이고, 고가 우편국에서 만났다고 하는 여자는 또 다른 여자일까, 그것이 의문이다. 이 문제는 아직 단정할 수 없었다. 이 자료만으로 그렇게 빨리 결론에까지 뛰어오를 수는 없었다. 어쩔 수 없지만 조금도 상상의 여지가 없으니 아무것도 판단할 수가 없었다. 고가 우편국에서 그 여자를 만났다고 하자. 우편국에 놀러 갈 리는 만무하니, 우표를 사거나 수표를 바꾸거나 수표를 발급받으러 갔을 것이다. 고가 우표를 편지에 붙일 때 옆에 있던 그 여자가 어떻게 어떻게 해서 보내는 사람의 주소와 이름을 보지 말라는 법도 없다. 그 여자가 고의 주소와 이름을 그때 외웠다고 하고, 거기에 소설적인 분자를 조금 가미하면 작코인 사건이 일어나지 말라는 법도 전혀 없는 건 아니다. 여자 쪽은 그렇게 이해할 수 있다고 하지만 이상한 건 고다. 어째서 잠깐 본 여자를 그렇게 자주 꿈에서 본 것인지 알 수가 없었다. 아무래도 지금은 조금 더 확실한 토대가 필요하다며 계속 읽어 나가자 이런 말이 적혀 있었다. 〈근세의 군략에서 공성은 매우 어려운 것 중 하나로 꼽히고 있다. 우리 공격군의 사상자가 많은 것은 이상한 일이 아니다. 지난 2, 3개월 동안에 내가 아는 장교 중 성 밑에서 쓰러진 사람은 이루 헤아릴 수도 없이 많다. 죽음은 매일 밤 나를 덮쳐온다. 나는 밤낮으로 양 군의 포격을 들으면서 이제나 저제나 내 순서가 오기를 기다린다.〉 그랬군, 죽음을 결의하고 있었던 모양이다. 11월 25일에는 이런 말이 있었다. 〈나의 운명도 드디어 내일로 다가왔다.〉 이번에는 언문일치였다. 〈군인이 전쟁에서 죽는 것은 당연한 일이다. 죽는 것은 명예다. 어떤 면에서 말하자면, 살아서 본국에 돌아간다는 것은 죽어야 할

곳에서 죽지 못했다는 말이다.〉 전사한 당일의 기록을 보면, 〈목숨도 오늘로 마지막이다. 이룡산을 무너트리는 대포 소리가 끊임없이 울린다. 죽으면 저 소리도 들리지 않을 것이다. 귀는 들리지 않게 되어도 누군가 무덤을 찾아주겠지. 그리고 희고 조그만 국화라도 올려주겠지. 작코인은 한적한 곳이다.〉라고 적혀 있었다. 그 다음에 〈바람이 강하다. 드디어 지금부터 죽으러 간다. 총알에 맞아 쓰러질 때까지 깃발을 흔들며 나갈 생각이다. 어머니가 춥겠다.〉 일기는 여기서 뚝 끊기고 말았다. 끊기는 것이 당연하다.

나는 오싹함을 느끼며 일기를 닫았지만 그 여자의 일이 더욱 마음에 걸려 견딜 수가 없었다. 그 인력거는 하쿠산 쪽을 향해 달려갔으니 틀림없이 하쿠산에 살 것이다. 하쿠산 쪽이라면 혼고 우편국에 오지 말라는 법도 없다. 하지만 하쿠산도 넓다. 이름도 모르는 사람을 찾아서 돌아다녀봐야 그렇게 갑자기 알아낼 수는 없을 것이다. 어쨌든 오늘 밤 안으로 만날 수 있을 만큼 간단한 문제는 아니다. 달리 방법이 없었기에 저녁을 먹고 그날 밤은 그대로 잠자리에 들기로 했다. 사실은 책을 읽어도 무슨 말이 적혀 있는지 정신이 멍해서 바다를 보고 있는 것 같은 느낌이 들었기에 하는 수 없이 잠자리에 든 것인데, 침구 속에서도 마음대로는 되지 않았기에 밤새도록 편안히 잠을 잘 수가 없었다.

이튿날, 학교에 가서 평상시대로 강의를 했지만 그 사건이 마음에 걸렸기에 평소와는 달리 수업에 열중할 수가 없었다. 휴게실에 가서도 다른 직원들과 이야기할 기분이 아니었다. 학교가 파하기를 기다렸다가 그대로 작코인에 가보았지만 여자의 모습은 보이지 않았다. 어제 그 국화가 대나무 숲의 푸른색 속에서 선명하게 눈에 띄어 마치 눈송이처럼 보일 뿐이었다. 그런 다음 하쿠산에서부터 하라마치(原町), 하야시초(林町)를 빙글빙글 맴돌아 보았지만 역시 아무런 단서도 없었다. 그날 밤은 피로 때문인지 잠만은 잘 잤다. 하지만 아침이 되어 수업을 재미있게 할 수 없었던 것은 어제와 마찬가지였다. 사흘째 되는 날, 교원 중 한 명을 붙들고, 하쿠산 근처에 미인이 살고 있는지를 물어보았더니, 응, 아주 많지, 그쪽으로 이사를 하게, 라고 대답했다. 집으로 돌아오는 길에 학생 한 명을 뒤따라가서, 자네 하쿠산 근처에서 살고 있나, 라고 물었더니, 아니요, 모리카와초에서 살아요, 라고 대답했다. 이런 멍청한 소동을 벌여봤자 해결될 일이 아니었다. 역시 평소처럼 차분하게 천천히 탐구를 하는 것이 가장 좋겠다고 마음속으로 생각했다. 그랬기에 그날 밤은 번민도 초조함도 느끼지 않고 평소와 다름없이 조용히 서재로 들어가 예전부터 조사하던 것을 계속해서 하기로 했다.

    요즘 내가 조사하고 있는 사항은 유전이라는 커다란 문제였다. 원래 나는 의사도 아니고 생물학자도 아니다. 따라서 유전이라는 문제에 대해서 전문적인 지식은 물론 가지고 있지 않다. 가지고 있지 않다는 것이 나의 호기심을 도발하는 이유인데, 얼마 전 사소한 일을 계기로 이 문제에 관한 기원과 발달의 역사, 최근의 학설 등을 대충 알아두고 싶다는 생각이 들었기에 이후부터 연구를 시작한 것이었다. 유전이라고 한마디로 말하면 아주 단순한 것 같지만 점점 조사해나감에 따라서, 복잡한 문제로 이것만 연구하려 해도 충분히 평생을 바쳐야 한다는 사실을 알게 되었다.

멘델의 법칙이나, 바이스만의 이론, 헤켈의 법칙, 그의 제자인 헤르트비히의 연구, 스펜서의 진화심리설 등 많은 사람들이 여러 가지 것들을 말했다. 그래서 오늘 밤에는 평소와 다름없이 서재에 들어가서 최근 출판된 영국의 리드라는 사람의 저술을 읽을 생각으로 두어 장 정도는 별로 어렵지 않게 넘겨버렸다. 그런데 어떻게 된 일인지 그 일기 속 일들이 책을 읽지 못하게 하겠다며 머릿속으로 파고들었다. 그렇게는 내버려두지 않겠다며 다시 한 장 정도 읽었는데 이번에는 작코인이 습격을 해왔다. 간신히 그것을 내쫓고 대여섯 장 정도 무사히 통과했는가 싶었는데 어머님의 기리사게[52]에 히후[53]를 걸친 모습이 페이지 위로 떠올랐다. 읽겠다고 결심하고 덤빈 일이니 읽지 못할 것은 없었다. 읽지 못할 것은 없었지만 페이지와 페이지 사이로 다른 말이 껴들었다. 그래도 상관하지 않고 척척 읽어나가니 그 다른 말과 본문 사이가 점점 가까워졌다. 결국에는 어디까지가 다른 말이고 어디까지가 본문인지 알 수 없을 정도로 흐릿해지기 시작했다. 이처럼 명한 상태가 5, 6분 계속 됐는가 싶었는데 갑자기 머릿속으로 전류가 흐르는 것 같은 느낌이 들어 퍼뜩 제정신이 들었다. "그래, 이 문제는 유전으로 풀어야 할 문제야. 유전으로 풀면 틀림없이 풀 수 있어." 라는 말이 그와 동시에 내 입에서 튀어나왔다. 지금까지는 그저 이상하고 소설적인 일이었다. 뭔가 이해가 되지 않아, 어떻게 의혹을 풀 방법이 없을까, 그러기 위해서는 본인을 찾아내 물어보

---

[52] 切り下げ. 머리카락을 목의 아랫부분에서 잘라 늘어트린 머리. 미망인의 머리 형태.
[53] 被布. 긴 옷 위에 걸치는 방한용 외투.

는 수밖에 없다고만 속단, 그 때문에 친구들의 놀림감이 되기도 하고 넝마주이처럼 고마고메 일대를 배회하기도 했던 것이다. 하지만 이런 문제는 본인의 지배권 밖에 있는 것이니, 혹시 본인을 찾아내 사실을 밝힌다 할지라도 의혹은 풀리지 않을 것이다. 본인에게서 듣는 사실 자체가 신비한 것인 이상 나의 의혹은 풀리지 않을 것이다. 옛날에는 이런 현상을 업보[業報]라고 말했었다. 업보는 포기하는 것, 우는 아이와 지주에게는 당할 수가 없다54)고 그대로 받아들이는 것이다. 그렇다, 업보라고 말해버리면 업보로 끝나버릴지도 모른다. 하지만 20세기의 문명은 그 업[業]을 철저하게 파헤치지 않으면 납득을 하지 않는다. 게다가 이런 연극적이고 몽환적인 업을 파헤치기 위해서는 유전에 의지하는 수밖에 달리 방법이 없을 것이라고 생각한다. 원래대로 하자면 우선은 그 여자를 만나서 일기 속의 여자와 같은 사람인지 다른 사람인지를 밝혀낸 뒤에 유전에 대해서 연구를 시작하는 것이 마땅한 순서겠지만, 그 사람이 사는 곳조차 명확하지 않은 지금으로서는 그 순서를 반대로 해서 그들의 혈통에서부터 조사, 밑에서부터 위로 거슬러 올라가는 대신에 옛날부터 지금으로 되짚어오는 수밖에 달리 길이 없을 것이다. 어쨌든 같은 결과에 도달할 테니 상관은 없다.

그렇다면 어떻게 해야 두 사람의 혈통을 조사할 수 있을까? 여자는 누구인지도 모르니 우선은 남자부터 조사하기로 하자. 고는 도쿄에서 태어났으니 도쿄 사람이다. 들은 바에 의하면

---

54) 이치에 맞게 설명을 해도 통하지 않는 사람에게는 당할 재간이 없다는 속담 (泣く子と地頭には勝たれぬ).

고의 아버지도 에도55)에서 태어나 에도에서 죽었다고 한다. 그렇다면 아버지도 에도 사람이다. 할아버지도 할아버지의 아버지도 에도 사람이었다. 그렇다면 고의 일가는 대대로 도쿄에서 살아온 것 같은데, 그렇다고 해서 조닌56)도 아니고 막부의 신하도 아니었다. 들은 말의 의하면 고 일가는 기슈57)의 한시58)였는데 에도에서 근무하게 되어 대대로 여기서 살게 된 것이라고 한다. 기슈의 가신이라는 사실만 알면 그것으로 충분히 단서는 된다. 기슈의 한시가 몇 백 명 있는지는 모르겠지만 지금 도쿄에 나와 있는 사람은 그렇게 많지 않을 것이다. 특히 그 여자처럼 훌륭한 복장을 하고 있는 신분이라면 틀림없이 한슈59)의 집안에 출입하는 사람일 것이다. 한슈 집안에 출입하는 사람이라면 그 이름은 바로 알아낼 수 있다. 이것이 나의 가정이었다. 만약 그 여자가 고와 같은 한이 아니라면 이 사건은 당분간 해결되지 않을 것이다. 그냥 내버려두고 자연스럽게 작코인에 왕래하다 해후하기를 기다리는 수밖에 없다. 하지만 내 가정이 옳은 것이라면 나머지는 대체로 내 생각대로 전개될 것임에 틀림없다. 내 생각에 의하면, 고의 조상과 그 여자의 조상 사이에 어떤 일이 있어서 그 업보로 이런 현상이 일어난 것임에 틀림없다. 이것이 두 번째 가정이다. 이렇게 생각하고 나니 일이 점점 더 재미있어졌다. 단순히 내

---

55) 江戶. 도쿄의 옛 명칭.
56) 町人. 근세, 도시에 살던 상공업자.
57) 紀州. 옛 지명 중 하나. 와카야마 현 전역과 미에 현 남부에 해당.
58) 藩士. 한(에도 시대 다이묘의 지배 영역, 혹은 지배 기구)에 소속된 무사. 에도 시대 다이묘의 가신.
59) 藩主. 한의 영주.

호기심을 채울 수 있는 것만이 아니다. 지금 연구하고 있는 학문에도 매우 흥미 있는 재료를 부여하는 공헌적인 사업이 될 것이다. 이렇게 태도가 변하자 정신도 갑자기 상쾌해졌다. 지금까지는 개나 탐정처럼 아주 하등한 것으로 영락한 기분이 들었기에 머릿속의 불쾌감을 상당히 키워왔지만, 이 가정에서부터 출발한다면 정정당당하게 나갈 수 있다. 학문상의 연구 분야에 속할 만한 일이다. 조금도 이상할 것이 없다고 생각을 고쳐먹었다. 무슨 일이든 생각을 고쳐먹으면 상당히 정당한 이유를 얻을 수 있는 법이다. 좋지 않다는 사실을 깨달았다면 말없이 앉아서 생각을 고쳐먹는 게 최고다.

이튿날 학교로 가서 와카야마(和歌山) 현 출신의 동료 아무개에게, 자네 시골의 노인 중에 한의 역사에 대해서 자세히 알고 있는 사람 없느냐고 물었더니 그 동료는 고개를 갸우뚱하다가 있다고 말했다. 그래서 그 사람에 대해서 물었더니, 원래는 가로[60]였지만 지금은 가레이[61]라고 그 이름을 바꾸고 지금도 여전히 살아 있다며 어딘지 묘한 대답을 했다. 가레이라면 더 잘됐다. 평소 한슈의 집에 출입하는 사람들의 이름과 직업은 물론 알고 있을 것이다.

"그 노인, 옛날 일을 여러 가지로 기억하고 있겠지?"

"응, 뭐든 다 알고 있어. 유신 때는 굉장한 활약을 했다나봐. 창의 명수로 말이지."

---

[60] 家老. 무가의 중신으로 집안일을 통솔하던 사람. 등장인물은 에도에서 근무하는 기슈의 한시.
[61] 家令. 메이지 이후 황족, 화족의 집에서 집안일과 회계를 관리하고 다른 고용인을 감독하던 사람.

창 같은 건 다루지 못해도 상관없다. 옛날 한 안에서 일어났던 이문기담[異聞奇譚]을 잊지 않고 기억하고 있기만 하면 되는 것이다. 말없이 듣고 있으면 얘기가 옆길로 새버릴 것 같았다.

"아직도 가레이로 있을 정도니까 기억력은 좋겠지."

"너무 좋아서 탈이야. 집안사람들도 전부 혀를 내두른다니까. 벌써 여든 가까이 됐는데, 인간도 아주 튼튼하게 제조할 수 있나봐. 당사자에게 물으면 전부 창술 덕분이라고 말하지. 그리고 매일 아침 눈 뜨기가 바쁘게 창술을 연습해……."

"창은 아무래도 좋으니 그 노인을 소개해 줄 수 있어?"

"언제라도 해줄 수 있어."라고 말했는데 옆에서 듣고 있던 동료가, "하쿠산의 미인을 찾질 않나, 기억력이 좋은 노인을 찾질 않나, 자네도 무척 바쁘구먼."하며 웃었다. 나는 웃을 상황이 아니었다. 그 노인을 만나기만 하면 내 생각이 맞는지 틀리는지 대충은 짐작을 할 수 있을 것이다. 한시라도 빨리 만나야 한다. 동료에게 편지를 써서 노인의 형편을 물어봐달라고 했다.

이삼일 아무런 소식도 없이 지났는데, 만날 테니 내일 3시 무렵에 오라는 대답이 드디어 왔다는 말을 동료에게 들었을 때는 아주 기뻤다. 그날 밤에는 제멋대로 여러 가지 사건의 전개를 상상해보며, 어쨌든 70%까지는 내가 예상한 대로의 사실이 어둠 속에서 백일하에 끌려나올 것이라고 생각했다. 그런 생각이 들자, 이번 사건에 대한 나의 행동은 —행동이라기보다 오히려 발상은, 아주 교묘한 것이다, 학식이 없는 사람은 도저히 이런 걸 생각해내지 못했을 것이다, 학식이 있는 사람이라 할지라도 재기가 없는 사람은 이처럼 효과적인 응용은 하지 못했을 것이다, 라며 누워서 아주 자랑스러워했다. 다윈이 진화론을 공표했을 때도, 해밀턴이 사원수[四元數]를 발명했을 때도 대체로 이런 기분이었을 거야, 라며 혼자서 멋대로 생각해보았다. 자기 집의 떫은 감이 과일가게에서 사온 사과보다 더 맛있는 법이다.

이튿날, 학교가 정오에 끝났기에 정해진 시각을 기다리지 못하고 아자부까지 인력거 삯 25센을 치르고 노인을 만나러 갔다. 노인의 이름은 굳이 밝히지 않겠다. 보기에도 건강해 보이는 할아버지였다. 하얀 수염을 가늘고 길게 늘이고, 검은색 몬쓰키에 하치오지히라[62]를 입고 기다리고 있었다. "야야, 당신이 누구누구의 친구?"라며 동료의 이름을 말했다. 완전히 어린애 취급이었다. 지금부터 대발명을 해서 학계에 공헌하려는 내게는 조금 거친 대접이었다. 지금 와서 생각해보면, 그쪽이 거칠었던 것이 아니다. 내 자만심이 너무 강했기에 평범한 대접도 거칠게 느껴진 것일지도 모르겠다.

그런 다음 두어 마디 평범한 말을 주고받은 뒤, 드디어 본론으로 들어갔다.

"조금 엉뚱한 질문입니다만, 전에 계시던 고한[63]에 가와카미라는 사람이 있었죠?" 나는 학문은 하지만 사람을 대할 때의 말에는 익숙지가 않다. 한이라고 말하는 것이 일반적이지만 상대방이 상대방인 만큼 존경의 뜻에서 고한이라고 해봤다. 이런 경우에는 어떻게 말해야 좋은 건지 아직도 알 수가 없다. 노인은 조금 웃은 듯했다[64].

---

62) 八王子平. 하치오지 시 및 그 주변에서 산출되는 직물의 총칭.
63) 御藩. 일본에서는 존경을 표할 때 앞에 고 또는 오를 붙인다.

"가와카미 —가와카미라는 사람이 있기는 있지. 가와카미 사이조(才三)라고 루스이65)로 있었어. 그 아들이 고고로(貢五郎)라고 역시 에도에서 근무했는데 —얼마 전에 여순에서 전사한 고이치의 아버지야. —당신도 고이치의 친군가? 그래, 그랬었군. 참 가엾게도 —어머니가 아직 살아계실 텐데······."라고 혼자서 전부 말한다.

가와카미 일가에 대해서 물을 생각이었다면 일부러 아자부 같은 촌구석까지 나올 필요는 없었을 것이다. 가와카미 얘기를 꺼낸 것은 가와카미와 아무개와의 관계를 알고 싶어서였다. 하지만 그 아무개의 이름을 몰랐기에 어떻게 이야기를 꺼내야 할지 몰랐다.

"그 가와카미에 관해서 뭐 재미있는 얘기 없습니까?"

노인이 묘한 표정으로 나를 바라보다가 드디어 답답한 사람이라는 듯 입을 열었다.

"가와카미? 조금 전에 얘기한 것처럼 가와카미도 한두 사람이 아니야. 어느 가와카미를 말하는 거지?"

"어느 가와카미든 상관없습니다."

"재미있는 일이라면, 어떤 일?"

"어떤 일이든 상관없습니다. 자료가 좀 필요해서요."

"자료? 어디에 쓰려고?" 성가신 할아버지다.

"잠깐 조사하고 싶은 것이 있어서요."

---

64) 고한은 일본어로 밥(御飯)을 뜻하는 말이기도 하다.
65) 留守居. 최고 집정관의 지배하에 있었으며 장군의 부인, 측실이 있는 곳을 관장하고 비상시에 대처하며 여자들의 통행허가증을 관리하는 등의 사무를 맡았다. 장군이 출정하면 성에 남아 성을 지켰다.

"그런가? 고고로라는 사람은 굉장히 강개[慷慨]한 사람이라, 유신 때도 대활약을 펼쳤었지. ―한번은 긴 칼을 차고 내가 있는 곳으로 논의를 하러 와서……."

"아니, 그런 얘기가 아니라 좀 더, 집안에서 있었던 일 중에서 재미있었다며 지금도 사람들이 기억하고 있는 사건은 없었습니까?" 노인은 말없이 생각에 잠겼다.

"고고로라는 사람의 아버지는 성격이 어땠습니까?"

"사이조 말인가? 그야 다정하기 짝이 없는, ―자네가 알고 있는 고이치와 판박이, 아주 닮았어."

"닮았나요?"라며 나도 모르게 큰소리를 냈다.

"그래, 정말 많이 닮았어. 그런데 그때는 유신이 있기도 훨씬 전으로 세상도 태평했을 뿐만 아니라, 직책도 루스이였기에 풍류에 상당한 돈을 썼다고 하더군."

"그 사람에 관한 어떤 염문은 ―염문이라고 하면 좀 이상하지만 ― 없었나요?"

"사이조에 관해서라면 가엾은 얘기가 있지. 그 무렵 가신 중에 오노다 다테와키(小野田 帯刀)라고 2백 석을 받는 사무라이(侍)가 있었는데 마침 가와카미와 맞은편 집에서 살고 있었어. 그 다테와키에게 딸이 한 명 있었는데 그 딸이 한 안에서도 제일가는 미인이었지."

"그래서요?" 됐다, 점점 실마리가 잡히기 시작한다.

"서로 마주보고 있었으니 두 집안은 밤낮으로 왕래를 했지. 왕래를 하던 중에 그 딸이 사이조를 흠모하게 됐어. 사이조에게 시집가지 못하면 목숨을 끊어버리겠다고 소동을 피우며 ―여자란

애물단지 같아서- 꼭 보내달라고 울어댔어."

"흠, 그래서 생각대로 됐습니까?" 성적은 양호한 편이다.

"그래서 다테와키가 사람을 보내 사이조의 부모님과 상의하게 했는데 사이조도 사실은 아내로 맞고 싶은 생각이 굴뚝같았기에 그 뜻을 전했지. 일이 순조롭게 진행돼서 결혼날짜까지 잡게 됐어."

"잘 됐군요."라고 말하기는 했지만 그렇게 결혼을 해버리면 조금 난처하다 싶어서 내심으로는 식은땀을 흘리며 듣고 있었다.

"거기까지는 좋았는데 -엉뚱한 일이 벌어지고 말았어."

"그래요?" 그렇게 나와야지, 라고 생각했다.

"그 무렵 구니가로66)에게도 역시 사이조와 비슷한 나이의 아들이 있었는데 그 아들 또한 다테와키의 딸을 연모해서 꼭 아내로 맞아들이고 싶다며 혼담을 꺼냈지만 벌써 사이조와 약속을 한 뒤였어. 가로가 제아무리 세력을 가졌다 해도 이 문제만은 어떻게 해볼 수가 없었지. 그런데 그 아들이 어렸을 때부터 나리를 가까이서 모시며 성장했기에, 마님께서 그 아이를 아주 마음에 들어 하셨지. -어디서 어떻게 운동을 했는지, 딸을 가로의 아들에게 시집보내라는 명령을 나리가 다테와키에게 내렸어."

"거참, 안됐군요."라고 말하기는 했지만 내 예상이 착착 들어맞으니 사실은 기뻐서 견딜 수가 없었다. 이런 걸 보면 친구가 죽을 만큼 흉한 일이라 할지라도 자신의 예언이 적중하면 기뻐할지도 모른다. 옷을 두껍게 입지 않으면 감기에 걸린다고 충고했는

---

66) 国家老. 에도 시대, 각 다이묘의 영토에서 주군이 에도에 있을 때 성을 지키던 가로.

데, 충고를 들은 당사자가 내 말을 채용하지 않고 심지어는 팔팔하게 돌아다닌다면 기분이 상한다. 어떻게든 감기에 걸리게 하고 싶어진다. 인간이란 그처럼 이기적인 법이니 나 한 사람만을 탓해서는 안 된다.

"정말 안타까운 일이었지. 마님의 명령이니 혼약이 돼 있다, 어쨌다 말해봐야 소용없는 일이었어. 그래서 다테와키가 딸을 설득해서 결국에는 가와카미와의 혼담을 파기했지. 두 집이 전과 다름없이 서로 마주보고 있어서는 하나도 좋을 것이 없다고들 했기에, 다테와키는 영지로 돌려보내고 가와카미는 에도에 남기기로 우리 아버지가 일을 꾀했어. 가와카미가 에도에서 돈을 쓴 것도 전부 이런저런 일들로 울분을 씻기 위해서였을 거야. 그런데 이런 얘기도 지금이니까 하는 거지, 당시에는 이 사실이 알려지면 두 집안 모두 체면이 땅에 떨어진다며 쉬쉬했기에 그렇게 아는 사람이 많지도 않아."

"그 미인의 얼굴을 기억하고 계십니까?"라며 내게 있어서는 아주 중요한 질문을 던져보았다.

"기억하고 말고, 당시에는 나도 젊었으니까. 젊은 사람에게는 미인이 가장 눈에 잘 들어오는 법 아닌가."라며 주름투성이 얼굴에 주름만 남도록 껄껄 웃었다.

"어떤 얼굴이었습니까?"

"어떤 얼굴이라고 말로는 형용할 수도 없어. 하지만 혈통이라는 건 무시할 수 없는 법인지, 지금 오노다(小野田)의 동생이 꼭 닮았어. ㅡ모르시려나? 역시 대학을 나왔는데 ㅡ공학박사인 오노다를."

"하쿠산 쪽에 살고 있죠?"라며 이젠 괜찮겠다 싶어 말해놓고 노인의 기색을 살피니,

"역시 알고 계시나? 하라마치에 살고 있는. 그 여동생도 아직 시집가지 않은 것 같던데. —이 댁의 따님을 뵈러 종종 오시곤 하지."

됐다, 됐어, 이 정도 들었으면 충분하다. 하나에서부터 열까지 전부 내가 생각한 대로다. 이렇게 기쁜 일도 없었다. 작코인은 그 오노다의 딸임에 틀림없을 것이다, 나 스스로도 내가 이렇게까지 기민한 재능이 있는 줄은 지금까지 생각지 못했다, 내가 평소 주장해오던 취미의 유전이라는 이론을 입증할 완전한 예를 찾아냈다, 로미오가 줄리엣을 얼핏 보고 이 여자임에 틀림없다며, 조상의 경험을 몇 십 년 뒤에 인식하게 된다, 일레인이 랜슬롯을 처음 보고, 이 남자라고 굳게 생각하게 되는데, 역시 부모님이 태어나기 이전부터 물려받은 기억과 정서가 오랜 시간을 넘어 뇌 속에서 재현된 것이다, 20세기 사람들은 산문적이다, 잠깐 보고 바로 반하는 남녀를 칭하여 경박하다고 한다, 소설이라고 한다, 그런 멍청이가 어디 있냐고 한다, 바보든 뭐든 사실을 왜곡해서는 안 된다, 뒤집어서도 안 된다, 신비한 현상을 경험하지 못했다면 모르겠지만, 경험하고 난 뒤에도 그런 게 어딨냐며 냉담하게 간과한다면 그건 간과한 사람이 멍청한 거다, 이처럼 학문적으로 연구하고 조사해보면 어느 정도까지는 20세기를 만족시키기에 충분한 설명은 할 수 있는 법이다, 라며 단번에 여기까지는 생각이 미쳤는데 문득 생각을 해보니 조금 난처해지는 일이 있었다. 이 노인의 이야기에 의하면, 노인은 오노다의 동생도 알고 있고

고가 전사한 사실도 기억하고 있다. 그렇다면 두 사람은 같은 한 사람이라는 인연으로 평소 이 집을 드나들면서 서로 얼굴 정도는 알고 있었을지도 모른다. 어쩌면 이야기를 나눈 적이 있었을지도 모른다. 그렇다면 내가 표방하고 있는 취미의 유전이라는 새로운 설도 그 논거가 조금은 약해지게 된다. 이건 두 사람이 그저 혼고의 우편국에서 한 번 만났을 뿐이었다고, 그렇게 해두지 않으면 안 된다. 고가 도쿠가와(德川)의 집에 출입했다는 말은 한 번도 한 적이 없으니 괜찮을 것이다, 특히 일기에 그렇게 적혀 있으니 틀림없을 것이다. 그래도 혹시 모르니 확실히 하기 위해서 물어보기로 마음먹었다.

"조금 전에 고이치의 이름을 말씀하셨는데, 고이치는 생전에 이곳에 자주 왔었습니까?"

"아니, 그저 이름만 알고 있을 뿐이야. —아버지는 조금 전에 말했던 대로 나와 밤새도록 격론을 벌이던 사이였지만 아들은 대여섯 살 때 본 게 마지막이고, —사실은 고고로가 일찍 세상을 떠서 이곳에 올 기회도 그것으로 끊겨버렸기에, —그 이후로는 전혀 만난 적이 없어."

그래, 그래야지, 그렇지 않으면 앞뒤가 맞질 않아. 무엇보다도 내 이론의 증명에 지장이 생기지. 이 정도면 우선 안심. 덕분에, 라며 인사를 하고 돌아오려 했는데, 노인은 이렇게 이상한 손님은 태어나서 처음이라고 생각했는지 배웅하기 위해 현관까지 나왔다가 내가 문을 나서서 뒤돌아볼 때까지도 그대로 서서 나를 바라보고 있었다.

이후부터의 이야기는 줄여서 간단히 말하겠다. 나는 전에도 밝힌 바대로 문사가 아니다. 문사라면 지금부터 한껏 솜씨를 발휘해야 할 테지만, 나는 오로지 학문과 독서만을 하는 몸이기에 이렇게 소설 냄새가 나는 것을 길게 쓰고 있을 새가 없다. 신바시에서 군대를 환영하는 모습을 보고 그 감흥으로 고를 회상하게 되었고, 뒤이어 작코인에서 이상한 현상을 경험하게 되었는데, 그 현상은 학문적으로 봐도 상당 부분 설명할 수 있는 것이라는 사실을 독자들이 짐작할 수만 있다면 이 한 편의 생각은 그것으로 끝나는 것이다. 사실 처음 쓰기 시작했을 때는 커다란 기쁨에 의욕이 넘쳐나서 가능한 한 자세하게 서술해왔지만, 손에 익지 않은 일이기 때문에 쓸데없는 서술을 하기도 하고 필요 없는 감상을 삽입하기도 하고, 다시 한 번 읽어보니 내가 생각해도 이상하다 싶을 정도로 세세하다. 그 대신 여기까지 쓰고 보니 이제 지긋지긋해졌다. 지금과 같은 필법으로 그 뒤의 일들을 묘사한다면 앞으로도 오륙십 장은 더 써야 한다. 마침 기말시험도 다가오고 있고, 아까 말한 유전설도 연구해야 하기 때문에 그런 붓을 놀리고 있을 시간은 물론 없다. 뿐만 아니라 원래부터 작코인 사건에 대한 설명이 이 글의 골자였기에, 간신히 붓을 여기까지 옮겨서 이제는 됐다는 안도감이 들자 갑자기 맥이 풀려버려서 계속해서 쓸 힘이 없어지고 말았다.

 노인을 만난 뒤, 사건의 자연스러운 순서에 따라서 오노다라는 공학 박사를 만나야만 했다. 그건 어려운 일이 아니었다. 예의 동료로부터 소개를 받아 갔더니 흔쾌히 이야기를 나누어주었다. 두어 번 방문을 하는 동안 우연한 계기로 박사의 동생도 만나게 되었다. 동생은 내 추측대로, 예의 작코인이었다. 동생을 만난 순간 얼굴이라도 붉어지는 게 아닐까 싶었지만 의외로 담담해서, 평소와 다를 바 없었기에 조금은 이상하다고 생각했다. 여기까지는 일이 척척 진행됐지만 단 하나 걱정되는 것은 고에 대한 이야기를 어떻게 꺼내야 하는지, 그 방법이었다. 물론 예민한 문제이기 때문에 쉽게 물어볼 수는 없었다. 그렇다고 해서 묻지 않자니 어딘가 허전하다는 생각이 들었다. 나 혼자만 놓고 생각하자면, 이미 학문상의 호기심을 채운 지금, 더 이상 파고들어 쓸데없는 탐색을 할 필요는 느끼지 못했다. 하지만 어머님은 여자이기 때문에 모든 것을 알고 싶어 하셨다. 일본은 서양과 달리 남녀의 교제가 활발하지 않기 때문에 독신인 나와 미혼인 그 동생이 마주보고 앉아 이야기를 나눌 기회는 거의 없었다. 만약 있었다 하더라도 함부로 그런 말을 꺼내면 쓸데없이 처녀를 부끄럽게 만들거나, 혹은 모른다고 시치미를 뗄 것이 뻔했다. 그렇다고 해서 오빠가 있는 앞에서 그런 말을 하기는 더욱 힘들었다. 말하기 힘들다기보다는 오히려 해서는 안 될 것인지도 몰랐다. 무덤에 갔었다는 사실을 박사가 알고 있다면 모르겠지만, 만약 모른다면 나는 쓸데없이 남의 비밀을 폭로하는 무례를 범하게 되는 것이다. 이렇게 되자 제 아무리 유전학을 휘둘러봐야 결론은 나지 않았다. 스스로 재주 있는 사람이라고 어깨에 힘을 주며 자랑스러워했던 나도 일이 이쯤 되자 어떻게 해야 좋을지 알 수가 없었다. 생각 끝에 사정을 자세히 설명하고 어머님과 상의를 했다. 그랬더니 여자는 역시 지혜롭다.

어머님은 "요즘 외아들을 여순에서 잃고 아침저녁으로 쓸쓸하게 생활하고 있는 여자가 있다, 위로를 해드리고 싶지만 남자라 어떻게 해야 좋은 건지 잘 모르겠으니 시간이 있을 때 아가씨를 가끔 놀러 가게 해드릴 수 없겠냐고 박사님께 부탁드려보세요."라고 말씀하셨다. 당장 박사를 찾아가서 앵무새처럼 입을 놀려 그 뜻을 전했더니 박사는 이것저것 따지지도 않고 승낙을 해주었다. 이것을 계기로 어머님과 아가씨는 때때로 만나게 되었다. 만날 때마다 사이가 좋아졌다. 함께 산책을 하고, 식사를 하는 등 마치 며느리 같았다. 드디어 어머님께서 고의 일기를 꺼내 보이셨다. 그 순간 아가씨가 뭐라고 했을까 궁금했는데, 그래서 제가 절에 공양을 드리러 간 것이라고 대답했다고 한다. 왜 무덤에 하얀 국화를 올렸냐고 되물었더니 하얀 국화를 가장 좋아하기 때문이라고 말했다고 한다.

나는 얼굴빛이 검은 장군을 보았다. 할머니가 매달린 하사관을 보았다. 와— 하는 환영의 소리를 들었다. 그리고 눈물을 흘렸다. 고는 참호에 뛰어든 채 아직도 올라오지 않았다. 고를 맞으러 온 사람은 아무도 없었다. 천하에 고를 기억하고 있는 사람은 어머님과 이 아가씨뿐일 것이다. 나는 그 두 사람의 다정한 모습을 볼 때마다, 장군을 봤을 때보다도, 하사관을 봤을 때보다도 더 청량한 눈물을 흘린다. 박사는 아무것도 모르는 듯했다.

문 조
(文 鳥)

소세키근십사편 속의 삽화

10월, 와세다(早稲田)로 옮겼다. 절간 같은 서재에서 혼자 차분한 얼굴로 턱을 괴고 있자니 미에키치[1])가 와서 새를 길러보라고 했다. 길러도 상관없다고 대답했다. 그런데 혹시나 해서 무엇을 기르느냐고 물었더니 문조[2])라고 대답했다.

문조는 미에키치의 소설[3])에도 나올 정도이니 틀림없이 아름다운 새일 것이라고 생각하여, 그럼 사다 달라고 부탁했다. 그런데 미에키치는 꼭 기르라고 같은 말을 되풀이했다. 그래 기를게, 기를게, 하고 역시 턱을 괸 채 웅얼웅얼 말하는 사이에 미에키치는 입을 다물어버리고 말았다. 아마도 턱을 괸 것에 마음이 상한 것이리라고 이때 처음으로 깨달았다.

그러자 3분쯤 지났을 때 이번에는 새장을 사라고 말하기 시작했다. 그것도 좋다고 대답하자, 꼭 사라고 다짐을 두는 대신에 새장에 대한 강의를 시작했다. 그 강의는 매우 상세한 것이었으나, 딱하게도 전부 잊어버리고 말았다. 단, 좋은 것은 20엔쯤 한다는 말에 이르러 급히 그렇게 비싼 것이 아니어도 될 거라고 말해두었다.

---

1) 스즈키 미에키치(1882~1936). 소설가. 도쿄 대 영문과에서 소세키에게 배웠으며, 그의 문하생이 되었다.
2) 참샛과의 새로 크기는 13~14㎝이며 등은 푸른빛을 띤 회색, 배는 흰색, 머리와 꼬리는 검은색, 부리와 발은 연한 홍색이다.
3) 미에키치의 「3월 7일」을 말한다.

미에키치는 싱글싱글 웃고 있었다.

그 다음 대체 어디서 사는 거냐고 물어보았더니, 그야 새를 파는 곳이면 어디에나 있습니다, 라고 참으로 평범한 대답을 했다. 새장은? 하고 다시 물었더니 새장 말입니까, 새장은 그게 말입니다, 그러니까 어딘가에 있겠지요, 하고 마치 뜬구름을 잡듯 애매하게 말했다. 이보게, 하지만 믿는 구석이 없으면 안 되지 않겠는가, 하고 마치 안 되겠다는 듯한 얼굴을 해 보였더니 미에키치는 뺨에 손을 대고 듣자하니 고마고메에 새장의 명인이 있다고 하던데 나이 들었다고 하니 이미 죽었을지도 모르겠습니다, 하고 매우 불안해져버렸다.

누가 뭐래도 말을 꺼낸 사람에게 책임을 지우는 것은 당연한 일이었기에 그 자리에서 모든 일을 미에키치에게 의뢰하기로 했다. 그러자 바로 돈을 달라고 했다. 돈은 틀림없이 주었다. 미에키치는 어디서 샀는지 오톨도톨한 비단으로 만든 삼단지갑을 품속에 넣어가지고 다니면서 남의 돈이든 자기 돈이든 전부 그 지갑 속에 넣는 버릇이 있었다. 나는 미에키치가 5엔 지폐를 그 지갑 속에 쑤셔 넣는 것을 틀림없이 목격했다.

이렇게 해서 돈은 틀림없이 미에키치의 손으로 넘어갔다. 그러나 새와 새장은 쉽게 찾아오지 않았다.

그 사이에 가을이 음력 10월로 바뀌었다. 미에키치는 종종 찾아왔다. 곧잘 여자에 대한 이야기를 하다 돌아갔다. 문조와 새장에 대한 강의는 전혀 나오지 않았다. 유리창을 통해서 5자(1.5m) 툇마루에는 해가 잘 들었다. 어차피 문조를 키울 거라면 이렇게 따뜻한 계절에, 이 툇마루에 새장을 놓아주면 틀림없이 문조도 울기에 좋으리라고 생각했을 정도였다.

미에키치의 소설에 의하면 문조는 찌요(千代)찌요 운다고 한다. 그 울음소리가 아주 마음에 들었는지 미에키치는 찌요찌요를 몇 번이고 사용했다. 어쩌면 찌요라는 여자에게 반한 적이 있었던 걸지도 모르겠다. 그러나 당사자는 일절 그런 말을 하지 않았다. 나도 물어보지 않았다. 단지 툇마루에 볕이 잘 들었다. 그리고 문조는 울지 않았다.

그 사이에 서리가 내리기 시작했다. 나는 매일 절간 같은 서재에서 차가운 얼굴을 차분하게 가다듬어보기도 하고, 헝클어보기도 하고, 턱을 괴기도 하고 그만두기도 하면서 생활했다. 문은 2중으로 닫아걸었다. 화로에 숯만 얹고 있었다. 문조는 결국 잊었다.

그 즈음 미에키치가 문으로 기세 좋게 들어왔다. 때는 초저녁이었다. 추웠기에 화로 위에서 가슴부터 위를 쪼여 우울한 얼굴을 일부러 달구고 있었는데 갑자기 밝아졌다. 미에키치는 호류[4]를 데리고 왔다. 호류에게는 이만저만한 피해가 아니다. 두 사람이 새장을 하나씩 들고 있었다. 게다가 미에키치는 커다란 상자를 하나 더 끌어안고 있었다. 5엔 지폐가 문조와 새장과 상자로 바뀐 것은 이 초겨울의 밤이었다.

미에키치는 자신만만했다. 이걸 좀 보세요, 라고 말했다. 호류, 그 램프를 이쪽으로 좀 더 가져와봐, 라고 말했다. 그러면서도 추위 때문에 코끝이 약간 자줏빛이 되어 있었다.

과연 멋진 새장이 생겼다. 받침대에 옻이 발려 있었다. 대나무는

---

4) 豊陸. 고미야 도요타카(小宮 豊隆, 1884~1966). 평론가로 이 책의 뒤에 실린 해설을 쓴 사람이다. 이때는 아직 학생이었다.

가늘게 깎은 데다 색이 물들여져 있었다. 그게 3엔이라고 했다. 싸지? 호류, 라고 말했다. 호류는 응, 싸, 라고 말했다. 나는 싼 건지 비싼 건지 분명히는 알 수 없었으나 그냥 싸네, 라고 말했다. 좋은 건 20엔이나 한다고 합니다, 라고 말했다. 20엔은 이것으로 두 번째였다. 20엔에 비해서 싼 것은 말할 필요도 없는 일이었다.

이 옷은 말이죠, 선생님, 양지에 내놓고 햇볕을 죄게 하면 검은빛이 빠지고 점점 붉은색이 올라와요, ……그리고 이 대나무는 한 번 잘 삶은 것이니 괜찮아요, 라는 등 부지런히 설명을 해주었다. 뭐가 괜찮은 건가? 라고 되물었더니, 어쨌든 새를 보세요, 예쁘죠? 라고 말했다.

과연 예뻤다. 건넌방에 새장을 놓아두고 4자(120cm)쯤 떨어진 여기서 보니 조금도 움직이지 않았다. 어둑한 속으로 새하얗게 보였다. 새장 속에 웅크려 있지 않았다면 새라고 알아볼 수 없을 만큼 하얬다. 왠지 추워 보였다.

춥겠지? 라고 물었더니 그래서 상자를 만든 것이라고 말했다. 밤이 되면 이 상자에 넣어주는 것이라고 했다. 새장이 2개 있는 것은 어째서냐고 물었더니, 이 헐한 것에 넣고 가끔 목욕을 시켜주어야 한다는 것이었다. 이건 좀 손이 가겠구나 생각하고 있는데, 그리고 변을 봐서 새장을 더럽히니 때때로 청소를 해주라고 덧붙였다. 미에키치는 문조를 위해서는 꽤나 강경했다.

그것을 응응, 하며 듣고 나니 미에키치가 이번에는 소맷부리에서 좁쌀을 한 주머니 꺼냈다. 이걸 매일 아침 먹여야 합니다, 혹시 모이를 갈아주지 않을 때는 모이통을 꺼내서 쭉정이만 불어 내주세요, 그렇게 하지 않으면 문조가 알맹이가 든 좁쌀을 하나하나 쪼아 올려야만 하니까요, 물도 매일 아침 갈아주세요, 선생님은 늦잠을 주무시니 마침 잘 됐네요, 라며 문조에게 극진한 친절을 베풀었다. 이에 나도 알겠다며 모든 것을 받아들였다. 그러자 호류가 소맷부리에서 모이통과 물통을 꺼내 내 앞에 얌전하게 늘어놓았다. 이렇게 만사 모두를 준비해놓고 실행을 요구하면 인정상으로라도 문조를 돌보지 않을 수 없게 된다. 마음속으로는 아주 불안했지만, 일단 해보자는 데까지는 결심이 섰다. 만약 못 한다면 집안사람이 어떻게든 하겠지, 라고 생각했다.

마침내 미에키치는 새장을 정성스럽게 상자 속에 넣어 툇마루로 가지고 나가, 여기에 둘 테니, 라고 말하고 돌아갔다. 나는 절간 같은 서재 한가운데 이부자리를 펴고 춥게 잤다. 꿈에서 문조를 떠안게 된 마음은 조금 추웠으나, 잠들고 나니 다른 밤처럼 평온했다.

이튿날 아침 눈을 떠보니 유리창에 햇볕이 들고 있었다. 곧 문조에게 모이를 주어야 한다고 생각했다. 하지만 일어나기가 아주 귀찮았다. 얼른 줘야지, 얼른 줘야지 하는 사이에 결국 8시가 넘어버리고 말았다. 뾰족한 수가 없었기에 세수를 하러 가는 김에 차가운 툇마루를 맨발로 밟으며 상자의 뚜껑을 열어 새장을 밝은 곳으로 꺼냈다. 문조는 눈을 깜빡이고 있었다. 조금 더 일찍 일어나고 싶었으리라는 생각이 들자 가여워졌다.

문조의 눈은 새카맸다. 눈꺼풀 주위에 가느다란 담홍색 비단실로 휘갑친 것 같은 테가 둘러 있었다. 눈을 깜빡일 때마다 비단실이 갑자기 만나 하나가 되었다. 그랬나 싶다가 다시 동그래졌다. 새장을 상자에서 꺼내자마자 문조는 하얀 목을 약간 갸웃하고 그 검은 눈을 움직여 처음으로 내 얼굴을 보았다. 그리고 찌찌 울었다.

나는 새장을 상자 위에 조용히 놓았다. 문조가 횃대에서 휙 날아올랐다. 그랬다가 다시 횃대 위에 앉았다. 횃대는 2개였다. 검은빛이 도는 파란 막대를 적당한 사이를 두고 다리처럼 걸어 옆으로 나란히 늘어놓았다. 그 가운데 하나를 가볍게 밟고 있는 다리를 보니 참으로 앙증맞게 생겼다. 옅은 주홍색의 길고 가느다란 끝에 진주를 깎아놓은 듯한 발톱이 달려 있었는데, 맞춤한 횃대를 솜씨 좋게 붙들고 있었다. 그러더니 휙 시선이 움직였다. 문조는 벌써 횃대 위에서 방향을 바꾼 뒤였다. 고개를 자꾸만 좌우로 갸웃거렸다. 살짝 갸웃하던 목을 문득 치켜 올려 약간 앞으로 내미는가 싶더니 하얀 날개가 다시 퍼뜩 움직였다. 문조의 다리는 맞은편 횃대 한가운데쯤에 보기 좋게 내려앉았다. 찌찌 울었다. 그리고 멀리서 내 얼굴을 들여다보았다.

나는 세수를 하러 욕실로 갔다. 돌아오는 길에 부엌으로 가서 찬장을 열고 어제 저녁 미에키치가 사다준 좁쌀 주머니를 꺼내 모이통에 모이를 담은 다음, 다른 하나에는 물을 가득 담아 다시 서재의 툇마루로 나갔다.

미에키치는 용의주도한 사내여서, 엊저녁에 모이 줄 때 조심해야 할 점을 신중하게 설명해주고 갔다. 그 설에 의하면, 함부로 새장의 문을 열면 문조가 달아나버린다, 그러니 오른손으로 새장의 문을 열면서 왼손을 그 아래에 대 밖에서 입구를 막지 않으면 위험하다, 모이통을 꺼낼 때도 똑같이 조심하지 않으면 안 된다며 그 손놀림까지 보여주었는데 그렇게 두 손을 쓰면 모이통을 어떻게 새장 안에 넣을 수 있는 건지 깜빡 묻기를 잊었다.

나는 어쩔 수 없이 모이통을 든 채 손등을 써서 새장의 문을 가만히 위로 올렸다. 동시에 왼손으로 열린 입구를 바로 막았다. 새가 슬쩍 돌아보았다. 그리고 찌찌 울었다. 나는 입구를 막은 왼손을 어떻게 해야 좋을지 몰랐다. 사람이 방심한 틈을 노려 달아날 새처럼 보이지도 않았기에 왠지 가엾다는 생각이 들었다. 미에키치가 좋지 않은 일을 가르쳐주었다.

커다란 손을 살금살금 새장 안으로 넣었다. 그러자 문조가 갑자기 날갯짓을 시작했다. 가느다랗게 깎은 대나무 틈으로 따뜻한 털이 하얗게 날릴 정도로 날개에서 소리를 냈다. 나는 갑자기 커다란 내 손이 싫어졌다. 좁쌀 통과 물통을 횃대 사이에 간신히 놓자마자 손을 빼냈다. 새장의 문은 털컥 저절로 떨어졌다. 문조는 횃대 위로 돌아갔다. 하얀 목을 옆으로 반쯤 꺾어서 새장 밖에 있는 나를 올려다보았다. 그리고 꺾었던 목을 똑바로 펴서 발아래에 있는 좁쌀과 물을 바라보았다. 나는 밥을 먹으러 거실로 갔다.

그 무렵은 일과 중 하나로 소설을 쓰던 때였다. 식사와 식사 사이에는 대부분 책상 앞에 앉아 붓을 쥐었다. 조용할 때에는 종이 위를 달리는 펜 소리를 내 귀로 들을 수 있었다. 절간 같은 서재에는 아무도 들어오지 않는 것이 습관이었다. 붓 소리에서 외로움의 의미를 느낀 아침도, 점심도, 저녁도 있었다. 하지만 때로는 그 붓 소리가 뚝 멈췄다. 또 멈추지 않으면 안 될 때도 꽤나 있었다. 그럴 때면 손가락 사이에 붓을 낀 채 손바닥에 턱을 얹고 창문 밖으로 거친 바람이 부는 정원을 바라보는 것이 버릇이었다. 그리고 난 다음 얹었던 턱을 일단 꼬집어본다. 그래도 붓과 종이가 하나가 되지 못할 때는 꼬집은 턱을 두 손가락으로 잡아당겨본다. 그때 툇마루에서 문조가 갑자기 찌요찌요 하고 두 번 울었다.

붓을 놓고 가만히 나가보니 문조는 나를 바라본 채 횃대 위에서 앞으로 고꾸라질 만큼 하얀 가슴을 내밀고 높다랗게 찌요 하고 울었다. 미에키치가 들으면 틀림없이 기뻐할 것이라 여겨질 만큼 아름다운 소리로 찌요 하고 울었다. 미에키치는 금방 적응해서 찌요 하고 울 겁니다, 분명히 울 겁니다, 라고 장담을 하고 돌아갔었다.

나는 다시 새장 옆에 웅크려 앉았다. 문조는 부풀어 오른 목을 두어 번 가로세로로 흔들었다. 잠시 후 한 덩어리의 하얀 몸이 휙 횃대 위에서 벗어났다. 그러더니 아름다운 발톱이 절반쯤 모이통 테두리에서 뒤로 나왔다. 새끼손가락을 걸치기만 해도 엎어질 것 같은 모이통은 범종처럼 잠잠했다. 과연 문조는 가벼운 법이다. 왠지 가랑눈의 정령 같다는 생각이 들었다.

문조가 부리를 모이통 한가운데로 불쑥 넣었다. 그리고 좌우로 두어 번 흔들었다. 정성껏 평평하게 해서 넣어주었던 좁쌀이 후두둑 새장 바닥으로 쏟아졌다. 문조는 부리를 들었다. 목 부근에서 희미한 소리가 들렸다. 다시 부리를 좁쌀 한가운데로 넣었다. 다시 희미한 소리가 들렸다. 그 소리가 재미있었다. 조용히 듣고 있자니 둥글고 자잘했으며, 거기다 매우 빨랐다. 제비꽃만큼 작은 사람이 황금 망치로 마노석 바둑돌이라도 연달아 두드리고 있는 것 같다는 느낌이 들었다.

부리의 색을 보니 보라색을 옅게 섞어놓은 주홍색 같았다.

그 주홍색이 점점 흘러내려 좁쌀을 쪼는 부리의 끝 부근은 하얬다. 상아를 반투명으로 한 것 같은 흰색이었다. 그 부리가 좁쌀 속으로 들어갈 때는 아주 빨랐다. 좌우로 흩뿌리는 좁쌀 알갱이도 아주 가벼워 보였다. 문조는 몸이 거꾸러지지 않을 정도로만 뾰족한 부리를 노란 알갱이 속에 처박고, 부풀어 오른 목을 망설임도 없이 좌우로 흔들었다. 새장 바닥으로 튀어 떨어지는 좁쌀의 숫자는 몇 알갱이인지 헤아릴 수도 없었다. 그래도 모이통만은 잠잠하고 고요했다. 묵직했다. 모이통의 지름은 1치 5푼(4.5cm)쯤이리라.

나는 조용히 서재로 돌아와 외롭게 펜을 종이 위로 달리게 했다. 툇마루에서는 문조가 찌찌 울었다. 때때로 찌요찌요, 하고도 울었다. 밖에서는 삭풍이 불고 있었다.

저녁에는 문조가 물 마시는 모습을 봤다. 가느다란 발을 통의 테두리에 얹고 조그만 부리로 받은 한 방울을 소중하다는 듯, 고개를 쳐들고 마셨다. 이대로라면 한 통의 물이 열흘 정도는 가리라 생각하고 다시 서재로 돌아왔다. 밤에는 상자에 넣어주었다. 잘 때 유리창으로 밖을 내다보니 달이 떴고 서리가 내리고 있었다. 문조는 상자 속에서 꼼짝도 하지 않았다.

다음 날에도 또 늦게 일어나서, 가엾게도 상자에서 새장을 꺼내준 것은 역시 8시 넘어서였다. 상자 속에서는 벌써부터 눈을 뜨고 있었으리라. 그래도 문조는 불만스러운 얼굴은 조금도 하지 않았다. 새장이 밝은 곳으로 나오자마자 갑자기 눈을 깜빡이며 고개를 약간 움츠리고 내 얼굴을 보았다.

예전에 아름다운 여인을 알고 있었다. 그 여인이 책상에 기대어 무엇인가 생각에 잠겨 있을 때, 뒤쪽으로 가만히 다가가 보라색 오비아게[5]의 끝에 달린 술을 길게 늘여서 목덜미의 가느다란 부분을 위에서부터 문질렀더니 여인은 나른하다는 듯 뒤를 돌아보았다. 그때 여인의 눈썹은 여덟팔자로 약간 모여 있었다. 그리고 눈가와 입가에는 웃음을 머금고 있었다. 동시에 보기 좋은 목덜미를 어깨까지 움츠리고 있었다. 문조가 나를 봤을 때 나는 문득 그 여인이 떠올랐다. 그 여인은 지금 시집을 갔다. 내가 보라색 오비아게로 장난을 친 것은 혼담이 성사된 후 이삼일이 지나서였다.

모이통에는 아직 좁쌀이 8할 정도 들어 있었다. 하지만 껍데기도 꽤나 섞여 있었다. 물통에는 좁쌀 껍데기가 가득 떠 있어서 딱할 정도로 흐려 있었다. 갈아주지 않으면 안 되었다. 다시 커다란 손을 새장 안으로 넣었다. 매우 조심스럽게 넣었음에도 불구하고 문조는 하얀 날개를 정신없이 파닥였다. 조그만 깃털 하나만 빠져도 나는 문조에게 미안하다는 생각이 들었다. 껍데기는 깨끗하게 불었다. 불려나간 껍데기는 삭풍이 어딘가로 싣고 갔다. 물도 갈아주었다. 수돗물이었기에 매우 차가웠다.

그날은 하루 종일 외로운 펜 소리를 들으며 보냈다. 그 사이에 종종 찌요찌요 하는 소리도 들려왔다. 문조도 외롭기 때문에 우는 게 아닐까 여겨졌다. 하지만 툇마루로 나가 보면 2개의 횃대 사이를 이쪽으로 날았다가 저쪽으로 날았다가 끊임없이 오가고 있었다. 불평하는 듯한 모습은 조금도 없었다.

---

5) 帶揚げ. 허리띠가 흘러내리지 않도록 매듭에 대어 뒤에서 앞으로 돌려 매는 끈.

밤에는 상자에 넣었다. 이튿날 아침에 눈을 떠보니 밖에는 하얀 서리가 내렸다. 문조도 눈을 떴을 테지만 좀처럼 일어날 마음이 들지 않았다. 머리맡에 있는 신문을 손에 쥐기조차 귀찮았다. 그래도 담배는 한 대 피웠다. 이 한 대를 피우고 나면 일어나 새장6)에서 꺼내줘야겠다고 생각하며 입에서 나온 연기의 행방을 바라보고 있었다. 그러자 그 연기 속으로 목을 움츠린, 눈을 가느다랗게 뜬, 게다가 눈썹을 약간 모은 옛 여인의 얼굴이 얼핏 보였다. 나는 이부자리 위에 일어나 앉았다. 잠옷 위에 하오리를 걸치고 바로 툇마루로 나갔다. 그리고 상자의 뚜껑을 열어 문조를 꺼냈다. 문조는 상자에서 나오면서 찌요찌요 두 번 울었다.

미에키치의 설에 의하면, 익숙해져감에 따라서 문조가 사람의 얼굴을 보고 울게 된다는 것이었다. 실제로 미에키치가 기르던 문조는 미에키치가 옆에 있기만 하면 자꾸만 찌요찌요 하고 계속해서 울었다는 것이었다. 뿐만 아니라 미에키치의 손가락 위에서 모이를 먹었다고 했다. 나도 언젠가는 손가락 위에서 모이를 주고 싶다고 생각했다.

다음 날 아침에도 역시 게으름을 피웠다. 옛 여인의 얼굴도 이제는 떠오르지 않았다. 세수를 하고 식사를 마치고 비로소 깨닫기라도 한 듯 툇마루로 나가보니 어느 틈엔가 새장이 상자 위에 올려져 있었다. 문조는 벌써 횃대 위를 재미있다는 듯 이쪽저쪽 날아다니고 있었다. 그리고 때때로 목을 뻗어 새장 밖을 아래서부터 들여다보고 있었다. 그 모습이 아주 천진했다. 예전에 보라색

---

6) 상자의 잘못인 듯.

오비아게로 장난을 쳤던 여인은 긴 목덜미, 쭉 뻗은 등에 목을 약간 기울여 사람을 보는 버릇이 있었다.

좁쌀은 아직 있었다. 물도 아직 있었다. 문조는 만족하고 있었다. 나는 좁쌀도 물도 갈아주지 않고 서재로 들어왔다.

정오를 지나서 다시 툇마루로 나갔다. 식후의 운동 삼아서 대여섯 칸쯤 되는 바깥 툇마루를 걸으며 책을 볼 생각이었다. 그런데 나가보니 좁쌀이 벌써 7할쯤이나 줄어 있었다. 물도 완전히 지저분해져 있었다. 책을 툇마루에 던져놓고 서둘러 모이와 물을 갈아주었다.

다음 날도 또 늦게 일어났다. 게다가 세수를 하고 밥 먹기를 마칠 때까지 툇마루로 나가보지 않았다. 서재로 돌아와 혹시 어제처럼 집안사람이 새장을 꺼내놓지 않았을까 툇마루로 잠깐 얼굴을 내밀어보니 아니나 다를까, 꺼내놓았다. 게다가 모이와 물도 새 것으로 바뀌어 있었다. 나는 마침내 안심하고 얼굴을 서재로 넣었다. 순간 문조가 찌요찌요 울었다. 그랬기에 넣었던 얼굴을 다시 내밀어보았다. 하지만 문조는 다시 울지 않았다. 의아스럽다는 듯한 얼굴로 유리창 너머 정원의 서리를 바라보고 있었다. 나는 마침내 책상 앞으로 돌아갔다.

서재 안에서는 여전히 펜 소리가 슥슥 들렸다. 쓰기 시작한 소설은 꽤나 진도가 잘 나갔다. 손가락 끝이 곱았다. 오늘 아침에 피운 사쿠라(佐倉) 지방의 숯은 하얗게 변했고, 사쓰마 지방에서 만든 삼발이에 올려놓았던 쇠주전자는 거의 식어 있었다. 숯 담는 그릇은 비어 있었다. 손뼉을 쳤으나 부엌까지는 잘 들리지 않았다. 자리에서 일어나 문을 여니 문조가 평소와는 달리 횃대 위에 가만히 앉아 있었다. 자세히 보니 다리가 하나밖에 없었다. 나는 숯 그릇을 마루에 놓고 위에서부터 웅크려 새장 안을 들여다보았다. 아무리 봐도 다리는 하나밖에 없었다. 문조는 그 조그맣고 가느다란 다리 하나에 온몸을 의지한 채 말없이 새장 속에 담겨 있었다.

나는 이상하다고 생각했다. 문조에 대해서 모든 것을 설명한 미에키치도 이 일만은 빼먹은 듯했다. 내가 숯 담는 그릇에 숯을 담아가지고 돌아왔을 때, 문조의 다리는 아직 하나였다. 한동안 추운 툇마루에 서서 바라보았으나 문조는 움직일 기미조차 보이지 않았다. 소리를 내지 않고 바라보고 있자니 문조의 둥근 눈이 점점 가늘어지기 시작했다. 아마도 졸린 것이리라 생각해서 조용히 서재로 들어가려고 한 걸음 다리를 움직이자마자 문조는 다시 눈을 떴다. 동시에 새하얀 가슴 속에서 가느다란 다리를 하나 내밀었다. 나는 문을 닫고 화로에 숯을 넣었다.

소설은 점점 바빠졌다. 아침에는 여전히 늦잠을 잤다. 집안사람이 한 번 문조를 돌봐주고 난 뒤부터는 왠지 내 책임이 가벼워진 듯한 기분이 들었다. 집안사람이 잊었을 때는 내가 모이를 주고 물을 주었다. 새장을 넣고 꺼내주었다. 하지 않을 때는 집안사람을 불러서 시킨 적도 있었다. 나는 단지 문조의 소리를 듣는 일만이 역할인 것처럼 되어버렸다.

그래도 툇마루에 나갈 때면 반드시 새장 앞에 서서 문조의 모습을 바라보았다. 대부분은 좁은 새장을 갑갑해하지도 않고 두 횃대 사이를 만족스럽게 오가고 있었다. 날씨가 좋을 때는 창문 너머로 옅은 햇살을 쏘이며 줄곧 울어댔다. 그러나 미에키치의 말처럼 내 얼굴을 보고 새삼스럽게 우는 듯한 기색은 보이지 않았다.

내 손가락 위에서 바로 먹이를 먹는 따위의 일은 물론 없었다. 가끔 기분이 좋을 때면 빵가루를 검지 끝에 올려 대나무 사이로 슬쩍 밀어넣어본 적도 있었으나 문조는 결코 다가오지 않았다. 조금 무람없이 넣어보니 문조는 손가락이 굵은 데 놀라 하얀 날개를 마구 퍼덕이며 새장 안을 요란스럽게 날아다닐 뿐이었다. 두어 번 시도를 해본 뒤 나는 불쌍하다는 생각이 들어서 이 훈련만은 영원히 포기해버렸다. 요즘 세상에 이런 일을 할 수 있는 사람이 있을지 없을지 매우 의심스러웠다. 아마도 고대 성도[聖徒]들의 일이었으리라. 미에키치는 거짓말을 한 것임에 틀림없었다.

어느 날의 일, 서재에서 언제나처럼 펜 소리를 내며 쓸쓸한 일에 대해서 쓰고 있자니 문득 묘한 소리가 귀에 들어왔다. 툇마루에서 사각사각, 사각사각 소리가 들려왔다. 여자가 긴 옷의 자락이 흐트러지지 않게 걷고 있는 것처럼도 들렸으나, 단순히 여자의 그것이라고 하기에는 너무 부산스러운 듯했다. 인형의 장식장 속을 걷는 왕과 왕비가 입은 예복 주름이 스치는 소리라고 형용하면 좋을 듯하다고 생각했다. 나는 쓰고 있던 소설을 내버려두고 펜을 든 채 툇마루로 나가 보았다. 그러자 문조가 목욕을 하고 있었다.

물은 마침 새로 갈아준 것이었다. 문조는 가벼운 다리를 물통 한가운데 담그고 가슴의 털까지 잠겨서 때때로 하얀 날개를 좌우로 펼쳐 물통 속에 약간 웅크리듯 배를 밀어 넣고 온몸의 털을 한꺼번에 흔들었다. 그런 다음 물통의 테두리로 폴짝 뛰어올랐다. 잠시 후 다시 뛰어들었다. 물통의 지름은 1치 5푼 정도밖에 되지 않았다. 뛰어들면 꼬리도 튀어나오고, 머리도 튀어나오고, 위로도 물론 튀어나왔다. 물에 잠기는 것은 다리와 가슴뿐이었다. 그래도 문조는 기분 좋게 목욕을 했다.

나는 서둘러 다른 새장을 들고 왔다. 그리고 문조를 그쪽으로 옮겼다. 그런 다음 물뿌리개를 들고 욕실로 가서 수돗물을 받아다 새장 위에서부터 쏴아쏴아 뿌려주었다. 물뿌리개의 물이 떨어져 갈 때쯤에는 하얀 깃털에서 떨어지는 물이 방울이 되어 뒹굴었다. 문조는 끊임없이 눈을 깜빡이고 있었다.

예전에 보라색 오비아게로 장난을 쳤던 여인이 방에서 일을 하고 있을 때, 안채 2층에서 손거울로 여자의 얼굴에 봄 햇살을 반사시키며 즐거워한 적이 있었다. 여자는 발그레해진 뺨을 들고 가느다란 손으로 이마 앞을 가리며 이상하다는 듯 눈을 깜빡거렸다. 그 여자와 이 문조는 아마도 같은 마음이었으리라.

날이 지남에 따라서 문조는 잘 지저귀었다. 하지만 곧잘 잊혀지곤 했다. 한번은 모이통이 좁쌀 껍데기 투성이가 된 적이 있었다. 어떨 때는 새장 바닥이 배설물로 가득한 적도 있었다. 어느 날 밤 연회가 있어서 늦게 돌아와 보니 겨울의 달이 유리창으로 비춰들어 널따란 툇마루가 환하게 보이는 가운데 새장이 상자 위에 조용히 놓여 있었다. 그 틈으로 문조의 몸이 희끄무레하게 도드라져 횃대 위에 있는 것 같기도 하고 없는 것 같기도 했다. 나는 외투를 벗어놓고 바로 새장을 상자 안에 넣어주었다.

이튿날 문조는 평소와 다름없이 씩씩하게 지절거렸다. 그 뒤부터는 추운 밤에도 상자에 넣어주기를 잊는 적이 종종 있었다. 어느 날 밤, 언제나처럼 서재에서 전념으로 펜의 소리를 듣고 있자니 갑자기 툇마루에서 콰당 물건 엎어지는 소리가 났다. 하지만 나는 자리를 뜨지 않았다. 여전히 서두르고 있던 소설을 계속해서 썼다. 일부러 일어나서 나갔는데 별일 아니면 화가 날 테니, 마음에 걸리지 않는 것은 아니었으나 잠시 귀를 기울였다가 모르는 체 넘어갔다. 그날 밤에 잔 것은 12시 넘어서였다. 변소에 가는 길에 마음에 걸려 혹시나 하고 일단 툇마루로 돌아가 보니······.

새장이 상자 위에서 떨어져 있었다. 그리고 옆으로 쓰러져 있었다. 물통도 모이통도 뒤집어져 있었다. 툇마루 전체에 좁쌀이 흩어져 있었다. 횃대는 빠져 있었다. 문조는 새장의 살에 조용히 앉아 있었다. 나는 내일부터 이 툇마루에 결단코 고양이를 들이지 않겠다고 결심했다.

이튿날 문조는 울지 않았다. 좁쌀을 수북이 넣어주었다. 물을 넘칠 정도로 넣어주었다. 문조는 한 발인 채 오래도록 횃대 위에서 움직이지 않았다. 점심을 먹고 나서 미에키치에게 편지를 써야겠다고 생각하고 두어 줄 써내려가기 시작했는데 문조가 찌찌 울었다. 나는 편지 쓰는 붓을 멈췄다. 문조가 다시 찌찌 울었다. 나가 보았더니 좁쌀도 물도 상당히 줄었다. 편지는 더 쓰지 않고 찢어서 버렸다.

이튿날, 문조가 또 울지 않았다. 횃대에서 내려와 새장 바닥에 배를 대고 있었다. 가슴 부근이 약간 부풀어 있고 조그만 털이 잔물결처럼 흐트러져 있는 듯 보였다. 나는 이날 아침, 미에키치로부터 예의 건 때문에 그러니 어떤 곳까지 와달라는 편지를 받았다. 10시까지 와달라고 의뢰를 해왔기에 문조는 그대로 내버려둔 채 외출했다. 미에키치를 만나고 보니 예의 건이 여러 가지로 길어져서 함께 점심을 먹었다. 함께 저녁을 먹었다. 거기다 내일의 만남까지 약속하고 집으로 돌아왔다. 돌아온 것은 밤 9시쯤이었다. 문조는 까맣게 잊고 있었다. 피곤했기에 바로 이불 속으로 들어가 잠을 자버리고 말았다.

이튿날 아침, 눈을 뜨자마자 바로 예의 건을 떠올렸다. 아무리 본인이 승낙했다 할지라도 그런 곳으로 시집을 보내는 것은 앞날을 위해서 좋지 않다, 아직 어리기 때문에 어디에든 가라고 하는 곳으로 갈 마음이 드는 것이리라, 한번 가고나면 마음대로 나올 수 없는 법이다, 세상에는 만족하면서 불행에 빠져드는 사람이 많다, 라는 등의 생각을 하며 이를 닦고 아침을 먹은 뒤 다시 예의 건을 처리하러 나갔다.

돌아온 것은 오후 3시 무렵이었다. 현관에 외투를 걸고 복도를 따라 서재에 들어갈 생각으로 예의 툇마루로 가보니 새장이 상자 위에 놓여 있었다. 하지만 문조는 새장 바닥에 몸을 뒤집은 채 쓰러져 있었다. 두 다리를 딱딱하게 모아 몸과 직선이 되게 뻗고 있었다. 나는 새장 옆에 서서 문조를 가만히 지켜보았다. 검은 눈을 감고 있었다. 눈꺼풀의 색은 푸르스름하게 변해 있었다.

모이통에는 좁쌀 껍데기만 담겨 있었다. 쪼아 먹을 만한 것은 한 알갱이도 없었다. 물통은 바닥에서 빛이 날 정도로 말라 있었다. 서쪽으로 넘어간 해가 유리창을 넘어 비스듬하게 새장 속을 비추기 시작했다. 받침대에 바른 옻은 미에키치의 말대로 어느 틈엔가 검은빛이 빠지고 붉은색이 감돌기 시작했다.

나는 겨울 해에 물든 붉은색 받침대를 바라보았다. 비어버린 모이통을 바라보았다. 덧없이 다리처럼 걸려 있는 2줄기 횃대를 바라보았다. 그리고 그 아래에 쓰러져 몸이 굳은 문조를 바라보았다.

나는 몸을 웅크려 두 손으로 새장을 끌어안았다. 그리고 서재로 가지고 들어갔다. 10첩짜리 방 한가운데 새장을 내려놓은 뒤, 그 앞에 무릎을 꿇고 앉아 새장의 문을 열고 커다란 손을 넣어 문조를 쥐어보았다. 보드라운 털이 싸늘하게 식어 있었다.

주먹을 새장에서 꺼내 쥐었던 손을 펼쳐보니 문조는 손바닥 위에 조용히 놓여 있었다. 나는 손을 펼친 채 한동안 죽은 새를 바라보았다. 그런 다음 방석 위에 가만히 내려놓았다. 그리고 있는 힘껏 손뼉을 쳤다.

열여섯 살이 된 어린 여자아이가 네 하며 문가에 엎드렸다. 나는 느닷없이 방석 위에 있는 문조를 쥐어 여자아이 앞으로 내던졌다. 여자아이는 고개를 숙이고 다다미를 바라본 채 말이 없었다. 나는 모이를 주지 않아서 결국은 죽어버렸다고 말하며 하녀의 얼굴을 노려보았다. 하녀는 그래도 말이 없었다.

나는 책상을 향해 돌아앉았다. 그리고 미에키치에게 엽서를 썼다. 〈집안사람이 모이를 주지 않아서 문조는 결국 죽어버리고 말았다. 부탁하지도 않았는데 새장에 넣어놓고, 게다가 모이를 주어야 할 의무조차 다하지 않은 건 잔혹하기 짝이 없는 일이다.〉라는 내용이었다.

나는 이걸 부치고 와, 그리고 그 새를 저리로 가져가, 라고 하녀에게 말했다. 하녀는 어디로 가져갈까요, 하고 되물었다. 어디든 마음대로 가져가, 라고 호통을 쳤더니 놀라서 부엌 쪽으로 가져갔다.

잠시 시간이 지나자 뒤뜰에서 아이들이 문조를 묻을 거야, 묻을 거야, 하며 떠들어댔다. 정원 청소를 위해 부른 정원사가, 아가씨, 이쯤이 좋겠죠? 라고 말했다. 나는 서재에서 잘 나가지도 않는 펜을 놀리고 있었다.

이튿날은 왠지 머리가 무거웠기에 10시 무렵이 되어서야 간신히 일어났다. 세수를 하다 뒤뜰을 바라보니 어제 정원사의 목소리가 들린 부근에 조그만 팻말이 파란 속새 한 그루와 나란히 서 있었다. 높이는 속새보다도 훨씬 작았다. 정원의 나막신을 신고 그늘의 서리를 밟아 흩트리며 다가가 보니 팻말 앞면에, 이 둑에 오르지 말 것, 이라고 적혀 있었다. 후데코[7]의 글씨였다.

오후에 미에키치로부터 답장이 왔다. 문조는 참으로 가엾게 되었습니다, 라고만 적혀 있을 뿐, 집안사람이 잘못했다거나 잔혹하다는 말은 한 마디도 적혀 있지 않았다.

---

[7] 筆子(1899~1989). 나쓰메 소세키의 장녀. 후데코는 『나는 고양이로소이다』의 등장인물의 모델 중 한 명이라 일컬어지고 있다.

열흘 밤의 꿈
(夢十夜)

소세키근십사편 속의 삽화

첫째 밤

이런 꿈을 꾸었다.

팔짱을 끼고 베개 옆에 앉아 있자니 위를 보고 누워 있던 여자가 조용한 목소리로 곧 죽을 거예요, 라고 말했다. 여자는 기다란 머리카락을 베개에 펼친 채, 부드러운 윤곽의 희고 아름다운 얼굴을 그 속에 눕혀놓고 있었다. 새하얀 뺨 속으로 따뜻한 핏빛이 보기 좋게 비치고, 입술의 색은 물론 빨갰다. 도저히 죽을 것처럼은 보이지 않았다. 그러나 여자는 조용한 목소리로 곧 죽을 거예요, 라고 분명히 말했다. 나도 이건 틀림없이 죽겠구나, 하고 생각했다. 그랬기에, 그런가? 이젠 죽는 건가? 라고 위에서부터 들여다보듯 하며 물어보았다. 죽을 거예요, 라고 말하며 여자는 시원스럽게 눈을 떴다. 크고 윤기가 있는 눈으로, 기다란 눈썹에 둘러싸인 안쪽은 전체가 그저 새카맸다. 그 새카만 눈동자 속에 내 모습이 선명하게 떠올라 있었다.

나는 속이 비칠 정도로 깊게 보이는 이 검은 눈의 윤기를 보면서 이래도 죽는 걸까, 생각했다. 그랬기에 조심스럽게 베개 옆에 입을 대고 죽는 건 아니겠지, 괜찮은 거지, 라고 다시 되물었다. 그러자 여자는 검은 눈을 졸리다는 듯 부릅뜬 채, 역시 조용한 목소리로 그래도 죽을 거예요, 어쩔 수 없는 걸요, 하고 말했다.

그럼 내 얼굴이 보이는가, 하고 간절하게 물었더니, 보이냐고요? 거기, 거기에 비치잖아요, 라며 생긋이 웃어보였다. 나는 말없이 베개에서 얼굴을 뗐다. 팔짱을 끼며 무슨 일이 있어도 죽는 건가, 생각했다.

잠시 뒤, 여자가 다시 이렇게 말했다.

"죽으면 묻어주세요. 커다란 진주조개로 구멍을 파서. 그리고 하늘에서 떨어진 별의 조각을 묘비로 놔주세요. 그리고 무덤 옆에서 기다려주세요. 또 만나러 올 테니."

나는 언제 만나러 올 거냐고 물었다.

"해가 뜨겠지요. 그리고 해가 저물겠지요. 그리고 다시 뜨겠지요. 그리고 다시 저물겠지요. ……빨간 해가 동쪽에서 서쪽으로, 동쪽에서 서쪽으로 저물어가는 동안, ……당신, 기다리실 수 있나요?"

나는 말없이 고개를 끄덕였다. 여자는 고요한 분위기를 한층 더해가며,

"백년 기다려주세요."라고 단호한 목소리로 말했다.

"백년, 제 무덤 옆에 앉아서 기다려주세요. 꼭 만나러 올 테니."

나는 그저 기다리겠다고만 대답했다. 그러자 검은 눈동자 속으로 선명하게 보이던 내 모습이 흐릿하게 무너지기 시작했다. 고요한 물이 움직여 비치고 있던 그림자를 흩어놓듯, 흘러내렸는가 싶더니 여자의 눈이 툭 감겼다. 기다란 눈썹 사이에서 눈물이 뺨으로 떨어졌다. ……이미 숨이 끊어져 있었다.

그런 다음 나는 뜰로 내려가 진주조개로 구멍을 팠다. 진주조개는 크고 매끄럽고 끝이 날카로운 조개였다. 흙을 퍼 올릴 때마다

조개의 안쪽에 달빛이 비쳐 반짝반짝 빛났다. 축축한 흙냄새도 났다. 구멍은 잠시 뒤에 파였다. 여자를 그 안에 넣었다. 그리고 부드러운 흙을 위에서부터 가만히 덮었다. 덮을 때마다 진주조개의 안쪽에 달빛이 비쳤다.

그 다음 별 조각이 떨어진 것을 주워다 흙 위에 가볍게 얹었다. 별의 조각은 동그랬다. 오랜 시간 하늘에서 떨어지는 동안 모서리가 닳아 매끄러워진 것이라고 생각했다. 끌어안아 흙 위에 놓는 동안 내 가슴과 손이 약간 따뜻해졌다.

나는 이끼 위에 앉았다. 지금부터 백년 동안 이렇게 기다려야 하는구나 생각하며 팔짱을 끼고 둥근 묘비를 바라보았다. 그러는 사이에 여자가 말한 대로 해가 동쪽에서 떠올랐다. 크고 빨간 해였다. 그것이 다시 여자가 말한 대로 곧 서쪽으로 떨어졌다. 빨간 채로 쑥 떨어져갔다. 하나, 하고 나는 헤아렸다.

잠시 지나자 다시 진홍색 태양이 불쑥 솟아올랐다. 그리고 말없이 저물어버렸다. 둘, 하고 다시 헤아렸다.

나는 이런 식으로 하나, 둘 헤아려나가는 동안 빨간 해를 얼마나 보았는지 모른다. 헤아리고 또 헤아려도 전부 헤아릴 수 없을 정도로 빨간 해가 머리 위로 넘어갔다. 그래도 백년은 아직 오지 않았다. 결국은 이끼가 자란 둥근 돌을 바라보며 나는 여자에게 속은 게 아닐까 하고 생각했다.

그런데 돌 아래서 나를 향해 파란 줄기가 비스듬하게 뻗어나왔다. 바라보고 있자니 점점 자라 정확히 내 가슴 부근까지 와서 멈췄다. 그러는가 싶더니 하늘하늘 흔들리던 줄기 끝에서 머리를 약간 숙이고 있던 길고 가느다란 한 송이 꽃봉오리가 꽃잎을 활짝 벌렸다. 새하얀 백합이 코끝에서 뼈에 사무칠 정도로 냄새를 피워 올렸다. 거기로 멀리 위에서 이슬이 툭 떨어졌기에 꽃은 자신의 무게에 흔들흔들 움직였다. 나는 얼굴을 앞으로 내밀어 차가운 이슬이 방울진 하얀 꽃잎에 입을 맞췄다. 백합에서 얼굴을 떼며 나도 모르게 멀리 하늘을 보았더니 새벽별이 하나 홀로 반짝이고 있었다.

'백년은 벌써 지나 있었구나.' 라고 이때 처음으로 깨달았다.

둘째 밤

이런 꿈을 꾸었다.

스님의 방에서 물러나 복도를 따라 내 방으로 돌아오니 사방등이 희미하게 켜져 있었다. 한쪽 무릎을 방석 위에 대고 등불의 심지를 키우자 꽃 같은 정향유가 붉게 칠한 대 위로 똑 떨어졌다. 동시에 방이 확 밝아졌다.

장지문의 그림은 부손[1]의 붓에 의한 것이었다. 검은 버드나무가 진하고 흐리게 여기저기 그려져 있고, 쓸쓸하게 보이는 어부가 삿갓을 비뚤하게 쓴 채 둑 위를 지나고 있었다. 장식공간에는 바다 위의 문수보살을 그린 족자가 걸려 있었다. 타다 남은 향이 어두운 곳에서 아직도 냄새를 피워 올리고 있었다. 널따란 절이기에 조용하고 인기척이 없었다. 검은 천장에 비친 둥근 사방등의 둥근 그림자가 위를 올려다본 순간 살아 있는 것처럼 보였다.

한쪽 무릎을 세우고 앉은 채 왼손으로 방석을 들어 올려 오른손

---

1) 요사 부손(与謝 蕪村, 1716~1784). 에도 시대 중기의 가인, 화가.

을 찔러넣어 보니 생각했던 곳에 틀림없이 있었다. 있으니 안심이라 생각하고 방석을 원래대로 가지런히 놓은 뒤, 그 위에 떡하니 앉았다.

자네는 사무라이일세, 사무라이라면 깨닫지 못할 리가 없을 거야, 라고 스님은 말했다. 그렇게 언제까지고 깨닫지 못하는 것을 보니 자네는 사무라이가 아닌 듯하네, 라고 말했다. 쓰레기 같은 인간일세, 라고 말했다. 하하하, 화가 난 모양이로군, 하며 웃었다. 분하면 깨달았다는 증거를 가지고 오게, 라고 말하고 휙 고개를 돌렸다. 괘씸한.

옆의 넓은 방에 놓여 있는 탁상시계가 다음 시각을 알릴 때까지는 반드시 깨달아 보이겠다. 깨달은 다음 오늘 밤 다시 방으로 찾아가겠다. 찾아가서 스님의 목과 깨달음을 맞바꾸겠다. 깨달음을 얻지 못하면 스님의 목숨을 취할 수 없다. 무슨 일이 있어도 깨달아야 한다. 나는 사무라이다.

만약 깨닫지 못한다면 자결하겠다. 모욕을 당하고도 사무라이가 살아 있을 수는 없다. 깨끗하게 죽어버리겠다.

이렇게 생각한 순간, 내 손은 나도 모르게 다시 방석 밑으로 들어갔다. 그리고 붉은 칼집의 단도를 끄집어냈다. 손잡이를 꾹 쥐고 붉은 칼집을 저쪽으로 벗겨냈더니 차가운 칼날이 단번에 어두운 방에서 빛났다. 섬뜩한 것이 손끝에서 슬금슬금 빠져나가는 것 같은 느낌이 들었다. 그리고 전부가 칼끝으로 모여들어 살기를 한 점에 집중시키고 있었다. 나는 이 날카로운 칼날이 원통하게도 바늘의 머리처럼 오그라들어 9치 5푼(30cm)의 끝에 와서 어쩔 수 없이 뾰족해져 있는 것을 보고, 당장에 푹 찌르고 싶어졌다.

온몸의 피가 오른 손목으로 흘러들어 쥐고 있는 손잡이가 끈적끈적했다. 입술이 떨려왔다.

단도를 칼집에 넣고 오른 옆구리로 끌어당긴 뒤, 가부좌를 틀었다. ……조주2) 말하기를, 무[無]라고. 무란 무엇인가? 땡중 같은 놈, 하고 이를 갈았다.

어금니를 힘껏 다물었기에 코에서 뜨거운 숨이 거칠게 나왔다. 관자놀이가 켕겨서 아팠다. 눈은 평소보다 배나 크게 뜨고 있었다. 족자가 보였다. 사방등이 보였다. 다다미가 보였다. 스님의 민머리가 선명하게 보였다. 길게 째진 입을 벌려 비웃는 목소리까지 들려왔다. 괘씸한 중놈이다. 무슨 일이 있어도 그 민머리를 잘라내야 한다. 깨닫고 말겠다. 무다, 무다, 라고 혀끝에서 읊조렸다. 무라는데도 역시 향의 냄새가 났다. 뭐야, 향 주제에.

나는 갑자기 주먹을 굳게 쥐어 내 머리를 있는 힘껏 내리쳤다. 그리고 어금니를 바득바득 갈았다. 양쪽 겨드랑이에서 땀이 났다. 등짝이 막대기처럼 뻣뻣해졌다. 무릎의 관절이 갑자기 아파오기 시작했다. 무릎이 부러져도 상관없다고 생각했다. 그래도 아팠다. 괴로웠다. 무는 좀처럼 나타나지 않았다. 나온다 싶으면 바로 아팠다. 화가 났다. 원통했다. 더없이 분했다. 눈물이 조용히 흘렀다. 단박에 몸을 커다란 바위에 부딪쳐 뼈와 살 모두 산산이 부숴버리고 싶어졌다.

그래도 참고 가만히 앉아 있었다. 견딜 수 없이 절박한 것을 가슴에 담은 채 참고 있었다. 그 절박한 것이 온몸의 근육을

---

2) [趙州] 778~897. 당나라 말기의 선승.

안에서부터 들어 올리며 모공을 통해서 밖으로 뿜어져 나오려 뿜어져 나오려 안달을 하지만, 몸 전체가 막혀 있어서 출구가 전혀 없는 더 없이 잔혹한 상태였다.

그러는 사이에 머리가 이상해졌다. 사방등도 부손의 그림도 다다미도 장식공간의 선반도 있지만 없는 것처럼, 없지만 있는 것처럼 보였다. 그렇지만 무는 조금도 앞에 나타나지 않았다. 그저 적당히 앉아 있었던 듯했다. 그러한 때에 홀연 옆방의 시계가 땡하고 울리기 시작했다.

퍼뜩 놀랐다. 오른손을 바로 단도로 가져갔다. 시계가 두 번째를 땡하고 쳤다.

셋째 밤

이런 꿈을 꾸었다.

여섯 살이 되는 아이를 업고 있었다. 분명히 우리 아이였다. 단, 신기하게도 어느 틈엔가 눈이 멀었고 머리를 파랗게 밀었다. 내가 너의 눈은 언제 멀었느냐고 물었더니, 그야 옛날부터지, 라고 답했다. 목소리는 틀림없이 어린아이의 목소리였으나 말투는 마치 어른이었다. 그것도 대등했다.

좌우는 푸른 논이었다. 길은 좁았다. 백로의 모습이 때때로 어둠 속에 비쳤다.

"논으로 접어들었군." 이라고 등 뒤에서 말했다.

"어떻게 알지?" 라고 얼굴을 뒤로 돌리듯 해서 물었더니,

"그야, 백로가 울고 있잖아." 라고 대답했다.

그러자 아니나 다를까 백로가 두 번 정도 울었다.

나는 우리 아이였으나 조금 무서워졌다. 이런 아이를 업고 있어서는 앞으로 무슨 일이 일어날지 모른다, 어디 던져 버릴 데 없을까 하고 앞을 바라보니 어둠 속으로 커다란 숲이 보였다. 저기라면, 이라고 생각한 순간 등 뒤에서,

"후훗."하는 소리가 들렸다.

"왜 웃는 거지?"

아이는 답을 하지 않았다. 단지,

"아버지, 무거워?"라고 물었다.

"무겁지 않아."라고 대답하자,

"곧 무거워질 거야."라고 말했다.

나는 말없이 숲을 목표로 걸어갔다. 논 사이의 길이 불규칙적으로 구불구불해서 생각처럼 쉽게 벗어날 수 없었다. 잠시 후 갈림길이 나왔다. 나는 길이 갈라진 곳에 서서 잠시 쉬었다.

"돌이 서 있을 건데."하고 아이가 말했다.

아니나 다를까 표지석이 허리 정도의 높이로 서 있었다. 앞에는 왼쪽 히가쿠보(日ヶ窪), 오른쪽 홋타하라(堀田原), 라고 적혀 있었다. 어둠 속인데도 붉은 글자가 선명하게 보였다. 붉은 글자는 도롱뇽의 배 같은 색깔이었다.

"왼쪽이 좋을 거야."라고 아이가 명령했다. 왼쪽을 보니 조금 전의 숲이 어둠의 그림자를 높은 하늘에서부터 자신들의 머리 위까지 내던지고 있었다. 나는 조금 망설여졌다.

"망설일 것 없어."라고 아이가 다시 말했다. 나는 어쩔 수 없이 숲을 향해 걷기 시작했다. 마음속으로 장님 주제에 모르는 게 없네, 라고 생각하며 한 줄기 길을 숲으로 다가가고 있자니

등 뒤에서 "역시 장님은 불편해서 안 좋아."라고 말했다.

"그래서 업어주는 거니 됐잖아."

"업어주는 건 고맙지만, 아무래도 사람들한테 무시를 당해서 좋지 않아. 부모에게까지 무시를 당하니 좋지 않아."

왠지 지긋지긋해졌다. 얼른 숲으로 가서 버려야겠다고 생각하고 서둘렀다.

"조금 더 가면 알 수 있어. ……딱 이런 밤이었어."라고 등 뒤에서 혼잣말처럼 중얼거렸다.

"뭐가?"라고 화난 듯한 목소리로 물었다.

"뭐가, 라니? 알고 있잖아."라고 아이가 비웃듯 대답했다. 그러자 왠지 알고 있는 듯한 기분이 들기 시작했다. 하지만 분명히는 알 수 없었다. 그저 이런 밤이었던 것처럼 여겨졌다. 그리고 조금 더 가면 알 수 있을 듯 여겨졌다. 알아서는 큰일이니 알기 전에 얼른 버려서 마음을 놓지 않으면 안 될 듯 여겨졌다. 나는 발걸음을 더욱 서둘렀다.

비는 조금 전부터 내리고 있었다. 길은 점점 어두워지고 있었다. 거의 필사적이었다. 단지 등에 조그만 아이가 달라붙어 있고 그 아이가 내 과거, 현재, 미래를 남김없이 비춰 아주 작은 사실조차도 놓치지 않는 거울처럼 빛나고 있었다. 게다가 그 아이는 내 자식이었다. 그리고 장님이었다. 나는 견딜 수가 없었다.

"여기다, 여기야. 바로 저 삼나무의 뿌리 부근이야."

빗속에서 아이의 목소리가 뚜렷하게 들려왔다. 나는 자신도 모르게 멈춰 섰다. 어느 틈엔가 숲속에 들어와 있었다. 1간(1.8m) 정도 앞에 있는 검은 것은 틀림없이 아이가 말한 대로 삼나무처럼 보였다.

"아버지, 바로 저 삼나무의 뿌리 부근이었지?"

"응, 그래."라고 나도 모르게 대답해버리고 말았다.

"분카(文化) 5년(1808년), 무진년이었지?"

과연 분카 5년, 무진년인 듯 여겨졌다.

"네가 나를 죽인 건 지금으로부터 딱 100년 전이었지?"

나는 이 말을 듣자마자 지금으로부터 100년 전인 분카 5년, 무진년의 이런 어두운 밤에 이 삼나무 뿌리 근처에서 한 맹인을 죽였다는 자각이 갑자기 머릿속에서 일어났다. 나는 살인자였구나 하고 처음으로 깨달은 순간 등 뒤의 아이가 갑자기 돌부처처럼 무거워졌다.

넷째 밤

널따란 토방 한가운데 평상 같은 것이 놓여 있고 그 주위로 조그만 의자가 늘어서 있었다. 평상은 검은 빛으로 번뜩이고 있었다. 한쪽 모퉁이에서는 네모난 상을 앞에 두고 할아버지가 혼자서 술을 마시고 있었다. 안주는 고기와 야채를 조린 것인 듯했다.

할아버지는 술기운 때문에 꽤나 벌겋게 달아올라 있었다. 게다가 얼굴 전체가 반질반질해서 주름이라고 부를 수 있을 만한 것은 어디에도 보이지 않았다. 단, 하얀 수염을 있는 대로 기르고 있었기에 노인네라는 사실만은 알 수 있었다. 나는 어린 마음에도 이 할아버지의 나이는 몇 살일까 생각했다. 그때 뒤편의 물받이 홈에서 통에 물을 받아가지고 온 안주인이 앞치마로 손을 닦으며,

"할아버지는 몇 살이세요?"라고 물었다. 할아버지는 입 안 가득 물고 있던 조림을 삼킨 뒤,

"몇 살인지 잊어먹었어."라고 시치미를 떼었다. 안주인은 닦은 손을 가느다란 허리띠 사이에 찔러 넣고 옆에서 할아버지의 얼굴을 보며 서 있었다. 할아버지는 사발 같은 커다란 것으로 술을 벌컥 들이켜고, 그런 다음 갑자기 기다란 숨을 하얀 수염 사이로 후우 내뿜었다. 그러자 안주인이,

"할아버지 댁은 어디세요?"라고 물었다. 할아버지는 기다란 숨을 도중에서 끊고,

"배꼽 안쪽이야."라고 말했다. 안주인은 손을 가느다란 허리띠 사이에 찌른 채,

"어디로 가세요?"라고 다시 물었다. 그러자 할아버지는 다시 사발 같은 커다란 것으로 뜨거운 술을 벌컥 마시고 먼저와 같은 숨을 후우 내쉰 뒤,

"저기로 갈 거야."라고 말했다.

"똑바로요?"라고 안주인이 물었을 때, 후우 내쉰 숨결이 장지문을 넘어, 버드나무 밑을 지나서 강변 쪽으로 똑바로 갔다.

할아버지가 길가로 나갔다. 나도 뒤를 따라 나섰다. 할아버지의 허리에 조그만 표주박이 매달려 있었다. 어깨에서부터 네모난 상자를 겨드랑이 밑으로 늘어뜨리고 있었다. 연두색의 통이 좁은 작업복 바지에 연두색 소매 없는 옷을 입고 있었다. 버선만이 노랬다. 왠지 가죽으로 만든 버선처럼 보였다.

할아버지가 곧장 버드나무 아래까지 갔다. 버드나무 아래에 아이들이 서넛 있었다. 할아버지는 웃으며 허리춤에서 연두색

손수건을 꺼냈다. 그것을 종이끈처럼 가늘고 길게 꼬았다. 그리고 땅바닥 한가운데 놓았다. 그런 다음 손수건 주위에 크고 둥그런 원을 그렸다. 마지막으로 어깨에 걸쳤던 상자 속에서 놋쇠로 만든 엿장수의 피리를 꺼냈다.

"곧 그 손수건이 뱀이 될 테니, 보고 있어라. 보고 있어라."라고 되풀이해서 말했다.

아이들은 손수건을 열심히 바라보고 있었다. 나도 보고 있었다.

"보고 있어라, 보고 있어라, 알겠느냐?"라고 말하더니 할아버지는 피리를 불며 원 위를 빙글빙글 맴돌기 시작했다. 나는 손수건만을 보고 있었다. 하지만 손수건은 조금도 움직이지 않았다.

할아버지는 피리를 삐이삐이 불었다. 그리고 원 위를 몇 바퀴고 돌았다. 짚신 끝을 세우듯, 살금살금 걷듯, 손수건에게 조심을 하듯 돌았다. 무서운 듯도 보였다. 재미있는 듯도 보였다.

마침내 할아버지가 피리를 갑자기 멈췄다. 그리고 어깨에 메고 있던 상자의 주둥이를 열고 손수건의 목을 살짝 잡더니 휙 던져 넣었다.

"이렇게 하면 상자 속에서 뱀이 된단다. 곧 보여주마. 곧 보여주마."하고 말하며 할아버지가 똑바로 걷기 시작했다. 버드나무 밑을 지나서 좁은 길을 똑바로 내려갔다. 나는 뱀이 보고 싶었기에 좁은 길을 어디까지고 따라갔다. 할아버지는 종종 "곧 될 게야."라고 말하기도 하고, "뱀이 될 게야."라고 말하기도 하면서 걸어갔다. 마침내는,

"곧 될 게야, 뱀이 될 게야,
 꼭 될 게야, 피리가 울게 될 게야."

라고 노래하며 결국은 강변에 이르렀다. 다리도 배도 없으니 여기서 쉬며 상자 안의 뱀을 보여줄 것이라고 생각했는데, 할아버지는 첨벙첨벙 강 속으로 들어가기 시작했다. 처음에는 무릎 정도의 깊이였으나 점점 허리에서 가슴까지 물에 잠겨 보이지 않게 되었다. 그래도 할아버지는,

"깊어지게 된다, 밤이 된다,

똑바로 된다."

라고 노래를 부르며 어디까지고 똑바로 걸어갔다. 그리고 수염도 얼굴도 머리도 두건도 완전히 보이지 않게 되어버렸다.

나는 할아버지가 맞은편 기슭에 올랐을 때 뱀을 보여줄 것이라 생각하고 갈대가 우는 곳에 오직 홀로 서서 언제까지고 기다렸다. 하지만 할아버지는 끝내 올라오지 않았다.

다섯째 밤

이런 꿈을 꾸었다.

아주 먼 옛날로 마치 신화시대에 가까운 옛날이라 여겨졌는데 내가 전쟁을 해서 불행하게도 패배했기에 포로가 되어 적의 대장 앞으로 끌려나갔다.

그 무렵의 사람들은 모두 키가 컸다. 그리고 모두가 기다란 수염을 기르고 있었다. 가죽 허리띠를 두르고 거기에 봉과 같은 검을 차고 있었다. 활은 등나무덩굴의 굵은 것을 그대로 사용하고 있는 것처럼 보였다. 옻칠도 하지 않았고 다듬질을 하지도 않았다. 매우 소박한 것이었다.

적의 대장은 활의 한가운데를 오른손으로 쥐고 그 활을 풀

위에 찌른 채, 술 단지를 엎어놓은 듯한 것 위에 앉아 있었다. 그 얼굴을 보니 코 위에서 좌우의 눈썹이 짙게 맞닿아 있었다. 그 무렵 면도칼이라는 것은 물론 없었다.

나는 포로였기에 어딘가에 걸터앉을 수는 없었다. 풀 위에 책상다리를 하고 앉았다. 발에는 눈 위에서 신는 커다란 짚신을 신고 있었다. 이 시대의 눈 위에서 신는 짚신은 깊이가 깊었다. 일어서면 무릎 부근까지 왔다. 그 끝부분의 새끼를 조금 꼬지 않고 남겨두어 술처럼 늘어지게 해서, 걸을 때면 바스락바스락 움직이는 장식으로 삼았다.

대장은 화톳불로 내 얼굴을 보더니 죽겠는가, 살겠는가 하고 물었다. 이는 그 당시의 관습으로 누구나 포로에게는 일단 이렇게 물었다. 살겠다고 답하면 항복했다는 뜻이고, 죽겠다고 답하면 굴복하지 않겠다는 뜻이 된다. 나는 한마디, 죽겠다고 대답했다. 대장은 풀 위에 찌르고 있던 활을 건너편으로 던지고 허리에 차고 있던 봉 같은 검을 슥 뽑았다. 거기로 바람에 나부낀 화톳불이 옆에서부터 불어왔다. 나는 오른손을 단풍잎처럼 펼쳐서 손바닥을 대장 쪽으로 향해 눈 위로 뻗었다. 기다리라는 신호였다. 대장은 두꺼운 검을 쩔꺽 하고 칼집에 넣었다.

그 무렵에도 사랑은 있었다. 나는 죽기 전에 마음에 품은 여자를 한 번 보고 싶다고 말했다. 대장은 날이 밝아 닭이 울 때까지라면 기다리겠다고 말했다. 닭이 울기 전까지 여자를 이곳으로 불러와야만 했다. 닭이 울어도 여자가 오지 않으면 나는 만나지 못한 채로 목숨을 잃고 말 것이다.

대장은 앉은 채로 화톳불을 바라보고 있었다. 나는 커다란 짚신을 마주 댄 채 풀 위에서 여자를 기다리고 있었다. 밤은 점점 깊어갔다.

때때로 화톳불 무너지는 소리가 들렸다. 무너질 때마다 당황한 것처럼 불꽃은 대장을 덮칠 듯했다. 시커먼 눈썹 아래에서 대장의 눈이 번쩍번쩍 빛났다. 그러면 누군가가 와서 새로운 가지를 잔뜩 불 속에 던져 넣고 갔다. 잠시 지나면 불이 타닥타닥 소리를 냈다. 어둠을 물리치는 듯한 용감한 소리였다.

이때 여자는 뒤편의 졸참나무에 묶여 있던 백마를 끌어냈다. 갈기를 세 번 쓰다듬은 뒤, 높다란 등으로 훌쩍 뛰어올랐다. 말에는 안장도 없고 등자도 없었다. 길고 하얀 발로 옆구리를 차자 말이 똑바로 달리기 시작했다. 누군가가 화톳불에 가지를 넣었기에 먼 하늘이 희붐하게 보였다. 말은 이 밝은 것을 향해서 어둠 속을 달려왔다. 코에서 불기둥 같은 숨을 두 줄기 내뿜으며 달려왔다. 그래도 여자는 가느다란 다리로 쉴 새 없이 말의 배를 찼다. 말은 발굽 소리가 허공에 울릴 정도로 빠르게 달려왔다. 여자의 머리카락은 깃발처럼 어둠 속에서 꼬리를 늘어뜨리고 있었다. 그래도 아직 화톳불이 있는 곳까지 오지 못했다.

그런데 어둠에 잠긴 길옆에서 홀연 꼬끼오 하고 닭 우는 소리가 들려왔다. 여자는 몸을 위로 세우고 두 손에 쥔 고삐를 힘껏 당겼다. 말은 앞발의 발굽을 단단한 바위 위에 꾹 박아 넣었다.

꼬끼오 꼬꼬 하고 닭이 다시 한 번 울었다.

여자는 앗 하더니 단단히 쥐었던 고삐에서 한꺼번에 힘을 뺐다. 말은 양 무릎을 꺾었다. 타고 있던 사람과 함께 앞으로 고꾸라졌다. 바위 아래는 깊은 구렁텅이였다.

발굽 흔적은 아직도 바위 위에 남아 있다. 닭 울음소리를 낸 것은 아마노자쿠3)였다. 이 발굽 흔적이 바위에 새겨져 있는 한, 아마노자쿠는 나의 원수다.

여섯째 밤

운케이4)가 호국사[護國寺]의 산문에 인왕을 새긴다는 소문이 있었기에 산책도 할 겸 가보았더니 나보다 앞서 벌써 많은 사람들이 모여 부지런히 하마평을 해대고 있었다.

산문 앞 대여섯 간(10m) 떨어진 곳에 커다란 적송이 있는데 그 줄기가 비스듬하게 산문의 기와지붕을 숨기며 멀리 푸른 하늘까지 뻗어 있었다. 소나무의 푸른빛과 붉게 칠한 문이 서로 대비되어 멋지게 보였다. 게다가 소나무의 위치가 좋았다. 문 왼쪽 끝을 눈에 거슬리지 않도록 비스듬하게 자르며 나가는데 위로 올라갈수록 폭을 넓혀서 지붕까지 삐져나와 있는 것이 참으로 고풍스러웠다. 가마쿠라 시대5)라고도 여겨졌다.

그런데 구경하고 있는 이들은 모두 나와 마찬가지로 메이지 시대6)의 사람들이었다. 그 가운데서도 인력거꾼들이 가장 많았다. 손님 기다리기가 지루해서 서 있는 것이리라.

"크기도 크군."하고 말했다.

"사람을 만드는 것보다 훨씬 더 힘들 거야."라고도 말했다.

---

3) 天探女. 일본 신화에 등장하는 여신. 후에 악귀가 되었다고 여겨지고 있다.
4) 運慶(?~1223). 가마쿠라 시대 전기의 불상 조각가. 사실적인 작풍으로 남성적이고 자유로운 움직임을 가진 불상을 제작했다.
5) 鎌倉時代. 1185~1333.
6) 明治時代. 1868~1912.

그런가하면 "이야, 인왕이잖아. 아직도 인왕을 조각한단 말인가? 이야, 그렇군. 난 말이야, 인왕은 전부 옛날 것들만 있는 줄 알았어."라고 말한 사내가 있었다.

"우와, 세 보이네요. 그럴 만도 하지. 옛날부터 누가 제일 센가 하면, 인왕만큼 센 사람도 없다고들 했으니까요. 야마토 다케노미코토[7]보다도 더 세다고들 하니까요."라고 말을 한 사내도 있었다. 이 사내는 엉덩이 부근의 옷자락을 허리춤에 찔러 넣고 모자를 쓰지 않고 있었다. 아주 교육을 받지 못한 자 같았다.

운케이는 구경꾼들의 평판에는 조금도 신경 쓰지 않고 끌과 망치를 움직이고 있었다. 눈길조차 전혀 주지 않았다. 높은 곳에 올라서 인왕의 얼굴 부근을 부지런히 새겨나가고 있었다.

운케이는 머리에 조그만 탕건 같은 것을 쓰고 스오우[8]인지 뭔지 모를 커다란 소매를 등에서 동여매고 있었다. 그 모습이 아주 오래 전 사람처럼 보였다. 웅성웅성 떠들고 있는 구경꾼들과는 전혀 어울리지 않는 모습이었다. 나는 어떻게 해서 운케이가 지금까지 살아 있는 걸까 하고 생각했다. 정말 이상한 일도 다 있다고 생각하며, 역시 서서 바라보고 있었다.

그러나 운케이는 신기하다고도 기이한 모습이라고도 전혀 느끼지 않는 듯한 모습으로 열심히 조각하고 있었다. 고개를 쳐든 채 그 태도를 바라보고 있던 한 젊은 사내가 나를 돌아보더니,

"과연 운케이로군. 우리 따위는 안중에도 없어. 천하에 영웅은 단지 인왕과 나뿐이라고 말하고 있는 듯한 태도야. 훌륭하군."이라

---

7) 日本 武尊. 기록에 전하는 고대 일본의 왕족.
8) 素袍. 삼베에 가문을 넣은 서민의 평상복.

고 칭찬하기 시작했다.

　나는 이 말을 재미있다고 생각했다. 그랬기에 젊은 사내 쪽을 힐끗 보았더니 젊은 사내가 바로,

　"저 끌과 망치 다루는 손놀림 좀 봐. 자유자재로 부리는 묘경[妙境]에 이르렀어."라고 말했다.

　운케이는 지금 막 1치(3㎝) 정도의 굵은 눈썹을 옆으로 파내고, 끌의 날을 세로로 돌리자마자 비스듬하게 위에서부터 망치로 내리쳤다. 단단한 나무를 한 번 깎아내자 굵은 나뭇조각이 망치 소리에 응해서 튀는가 싶더니, 콧방울을 있는 대로 벌린 화난 코의 옆면이 순식간에 모습을 드러냈다. 그 끌의 날을 대고 깎는 모습이 참으로 거침없었다. 그리고 의심이라고는 조금도 품고 있지 않은 것처럼 보였다.

　"저렇게 아무렇지도 않게 끌을 움직여서 생각한 대로 눈썹이나 코를 잘도 만들어내는군."이라고 나는 너무나도 감탄했기에 혼잣말처럼 중얼거렸다. 그러자 조금 전의 젊은 사내가,

　"아니야, 저건 눈썹이나 코를 끌로 만들어내는 게 아니야. 저렇게 생긴 눈썹과 코가 나무 속에 묻혀 있는 것을 끌과 망치의 힘으로 캐낸 것뿐이야. 마치 흙 속에서 돌을 캐내는 것과 다를 바 없는 일이니 결코 틀릴 리 없어."라고 말했다.

　나는 이때 처음으로 조각이란 그런 것일까 하고 생각했다. 과연 그렇다면 누구나 할 수 있는 일이라고 생각했다. 그러자 나도 갑자기 인왕을 조각해보고 싶어졌기에 구경을 그만두고 곧장 집으로 돌아왔다.

　도구상자에서 끌과 쇠망치를 꺼내들고 뒤뜰로 가보니 얼마

전의 폭풍으로 쓰러진 단풍나무를 장작으로 쓰려고 나무꾼에게 톱질하게 해둔, 맞춤한 것들이 많이 쌓여 있었다.

나는 가장 커다란 것을 골라 기세 좋게 깎기 시작했으나 불행하게도 인왕은 찾아내지 못했다. 그 다음에도 불행하게 파내지 못했다. 세 번째에도 인왕은 없었다. 나는 쌓여 있던 장작을 하나도 남김없이 파보았으나 그 어느 것도 인왕을 숨기고 있는 것은 없었다. 마침내 메이지의 나무에는 인왕이 어디에도 숨겨져 있지 않다는 사실을 깨달았다. 그랬기에 운케이가 지금까지 살아 있는 이유도 대충 짐작이 갔다.

일곱째 밤

어떤 커다란 배에 타고 있었다.

그 배가 매일 밤낮으로 한시도 쉬지 않고 검은 연기를 뱉으며 파도를 가르고 나아갔다. 굉장한 소리였다. 하지만 어디로 가는 것인지는 몰랐다. 단지 물결 아래에서부터 불에 달궈진 부젓가락 같은 태양이 솟아올랐다. 그것이 높다란 돛대 바로 위까지 와서 한동안 걸려 있는가 싶다가 어느 틈엔가 커다란 배를 추월해서 먼저 가버렸다. 그리고 달궈진 부젓가락처럼 치직 하며 다시 물결 아래로 잠겨 들어갔다. 그럴 때마다 파란 물결이 멀리 맞은편에서 검붉은색으로 끓어올랐다. 그러면 배는 굉장한 소리를 올리며 그 뒤를 따라갔다. 그러나 결코 따라잡지는 못했다.

어느 날 나는 배의 사내를 붙들고 물어보았다.

"이 배는 서쪽으로 가는 겁니까?"

배의 사내가 이상하다는 얼굴을 하고 한동안 나를 바라보다가

잠시 후,

"어째서?"라고 되물었다.

"떨어져가는 해를 뒤쫓고 있는 것 같아서."

배의 사내는 껄껄 웃었다. 그리고 저쪽으로 가버리고 말았다. "서쪽으로 가는 해의 끝은 동쪽일까. 그게 사실일까? 동쪽에서 뜨는 해의 고향은 서쪽일까. 그것도 사실일까? 몸은 물결 위. 노를 베개 삼아. 흘러라, 흘러라."라고 읊조리고 있었다. 뱃전으로 가서 보니, 뱃사람들이 여럿 모여서 굵은 돛댓줄을 당기고 있었다.

나는 굉장히 불안했다. 언제 뭍에 오를 수 있을지 알 수 없었다. 그리고 어디로 가는 건지도 몰랐다. 단 검은 연기를 내뿜고 파도를 가르며 간다는 사실만은 틀림이 없었다. 그 파도는 굉장히 넓은 것이었다. 끝도 없이 파랗게 보였다. 때로는 보랏빛으로도 보였다. 단지 배가 움직이는 주위만은 언제나 새하얗게 거품을 뿜고 있었다. 나는 굉장히 불안했다. 이런 배에 있으니 차라리 몸을 던져 죽어버릴까도 싶었다.

함께 배에 탄 사람들은 아주 많았다. 대부분은 이국인인 듯했다. 그리고 여러 가지 얼굴을 하고 있었다. 하늘이 흐리고 배가 흔들릴 때, 여자 하나가 난간에 기대어 자꾸만 울고 있었다. 눈을 닦는 손수건의 색이 하얗게 보였다. 그러나 몸에는 사라사로 지은 듯한 서양옷을 입고 있었다. 이 여자를 본 순간, 슬픈 것은 나뿐만이 아니라는 사실을 깨달았다.

어느 날 밤, 갑판 위로 나가서 혼자 별을 바라보고 있자니 이방인 한 명이 다가와서 천문학을 알고 있느냐고 물었다. 나는 시시하게 여겨졌기에 죽어야겠다고까지 생각하고 있었다. 천문학

따위 알 필요는 없었다. 입을 다물고 있었다. 그러자 그 이방인이 금우궁[金牛宮] 꼭대기에 있는 칠성의 이야기를 들려주었다. 그리고 별도 바다도 전부 신이 만든 것이라고 말했다. 마지막으로 내게 신을 믿느냐고 물었다. 나는 하늘을 본 채 입을 다물고 있었다.

한번은 살롱으로 들어섰더니 화려한 옷을 입은 젊은 여자가 등을 돌리고 앉아 피아노를 치고 있었다. 그 옆에 키가 크고 멋진 남자가 서서 노래를 부르고 있었다. 그 입이 아주 커다랗게 보였다. 그런데 두 사람은 두 사람 이외의 일에는 전혀 신경을 쓰지 않는 듯한 모습이었다. 배에 타고 있다는 사실조차 잊은 듯했다.

나는 더더욱 시시해졌다. 결국은 죽기로 결심했다. 그래서 어느 날 밤, 주위에 사람이 없을 때, 과감하게 바다 속으로 뛰어들었다. 그런데……, 내 발이 갑판을 떠나 배와의 인연이 끊어진 찰나 갑자기 목숨이 아까워졌다. 마음 깊은 곳에서 그만둘 걸 그랬다는 생각이 들었다. 하지만 이미 늦었다. 나는 좋든 싫든 바다 속으로 들어가지 않으면 안 되었다. 단 아주 높게 만들어진 배인 듯, 몸은 배에서 떠났으나 발은 좀처럼 물에 잠기지 않았다. 그래도 붙들 것이 없었기에 몸은 점점 물에 가까워져 갔다. 발을 아무리 웅크려도 가까워져 갔다. 물빛은 검은색이었다.

그러는 사이에 배는 평소와 다름없이 검은 연기를 내뱉으며 지나쳐버리고 말았다. 나는 어디로 가는 배인지 모른다 할지라도 역시 타고 있는 편이 좋다고 처음으로 깨달았으나, 그 깨달음은 이용하지도 못하고 끝없는 후회와 공포를 품은 채 검은 파도

쪽으로 조용히 떨어져갔다.

여덟째 밤

이발소의 문턱을 넘어섰더니 흰 옷을 입고 모여 있던 서너 명이 일제히 어서 오세요, 라고 말했다.

한가운데 서서 둘러보니 네모난 방이었다. 두 면의 창이 열려 있고 나머지 두 면에는 거울이 걸려 있었다. 거울의 수를 헤아려보니 6개 있었다.

나는 그 가운데 하나 앞으로 가서 앉았다. 그러자 엉덩이에서 푹 소리가 났다. 아주 편안하게 만들어진 의자였다. 거울에는 내 얼굴이 멋지게 비쳤다. 얼굴 뒤로는 창이 보였다. 그리고 계산대의 격자 칸막이가 대각선으로 보였다. 격자 속에는 사람이 없었다. 창밖을 지나는 거리 사람들의 허리부터 윗부분이 잘 보였다.

쇼타로(庄太郎)가 여자와 함께 지나고 있었다. 쇼타로는 어느 틈엔가 파나마모자를 사서 쓰고 있었다. 여자도 어느 틈에 만든 건지. 얼핏 알 수가 없었다. 양쪽 모두 자랑스러운 듯했다. 여자의 얼굴을 자세히 봐야겠다고 생각한 순간 지나쳐버리고 말았다.

두부장수가 나팔을 불며 지나갔다. 나팔을 입에 대고 있었기에 뺨이 벌에 쏘인 것처럼 부풀어 있었다. 부풀은 채로 지나쳐버렸기에 마음에 걸려서 견딜 수가 없었다. 평생 벌에 쏘인 채 있을 것처럼 여겨졌다.

게이샤가 나타났다. 아직 치장을 하지 않았다. 틀어 올린 머리의 안쪽이 느슨해서 왠지 머리가 단정치 못했다. 얼굴도 잠이 덜 깼다. 혈색이 가엾을 정도로 나빴다. 그리고 인사를 하며, 정말

이러이러합니다, 라고 말했으나 그 상대방은 아무래도 거울 속에 나타나지 않았다.

그러자 흰 옷을 입은 커다란 사내가 내 뒤로 와서 가위와 빗을 들고 내 머리를 바라보기 시작했다. 나는 옅은 수염을 비틀며, 어떤가, 폼이 좀 날 것 같은가? 라고 물었다. 흰 사내는 아무 말도 하지 않고 손에 든 호박색 빗으로 내 머리를 가볍게 두드렸다.

"그래, 머리도 그렇고, 어떤가, 폼이 좀 날 것 같은가?"라고 나는 흰 사내에게 물었다. 흰 사내는 역시 아무런 대답도 하지 않고 짤깍짤깍 가위를 울리기 시작했다.

거울에 비친 것을 무엇 하나 남기지 않고 볼 생각으로 눈을 둥그렇게 떴으나 가위가 울릴 때마다 검은 털이 날아들었기에 무서워져서 이윽고 눈을 감았다. 그러자 흰 사내가 이렇게 말했다.

"나리는 밖의 금붕어 장수를 보셨나요?"

나는 보지 못했다고 말했다. 흰 사내는 그 말뿐, 부지런히 가위를 울리고 있었다. 그런데 갑자기 커다란 목소리로 위험해, 라고 말한 사람이 있었다. 퍼뜩 눈을 떠보니 흰 사내의 소매 아래로 자전거 바퀴가 보였다. 인력거의 손잡이가 보였다. 보였는가 싶었는데 흰 사내가 두 손으로 내 머리를 눌러 옆으로 한껏 돌렸다. 자전거와 인력거는 전혀 보이지 않게 되었다. 가위 소리가 짤깍짤깍 들렸다.

잠시 후, 흰 사내가 내 옆으로 돌아와서 귀 부근을 자르기 시작했다. 털이 앞쪽으로 튀지 않게 되었기에 안심하고 눈을 떴다. 좁쌀떡, 떠억, 떡 왔어요, 라고 외치는 목소리가 바로 근처에서 들려왔다. 조그만 절굿공이를 일부러 절구에 대고 박자에 맞춰서 떡을 찧고 있었다. 좁쌀떡 장수는 어렸을 때 보고 못 봤기에 잠깐 모습을 보고 싶었다. 그러나 좁쌀떡 장수는 결코 거울 안으로 들어오지 않았다. 단지 떡을 찧는 소리뿐이었다.

나는 모든 시력을 다 동원해서 거울의 모서리를 들여다보듯 보았다. 그러자 계산대 격자 칸막이 안에 어느 틈엔가 여자 하나가 앉아 있었다. 피부가 거뭇하고 눈썹이 짙고 덩치가 커다란 여자였는데, 머리를 은행잎 모양으로 묶고 검은 공단에 장식용 깃이 있는 겹옷을 입고, 한쪽 무릎을 세우고 앉아 지폐를 헤아리고 있었다. 지폐는 10엔짜리인 듯했다. 여자는 기다란 눈썹을 내리깔고 얇은 입술을 다문 채, 열심히 지폐의 숫자를 헤아리고 있었는데 그 헤아리는 것이 참으로 빨랐다. 게다가 지폐의 숫자는 언제까지고 그칠 기색을 보이지 않았다. 무릎 위에 놓여 있는 것은 기껏해야 100장 정도였으나, 그 100장이 언제까지 헤아려도 100장이었다.

나는 멍하니 그 여자의 얼굴과 10엔 지폐를 바라보았다. 그러자 귓가에서 흰 사내가 커다란 목소리로 "감겠습니다."라고 말했다. 마침 좋은 때였기에 의자에서 일어나자마자 계산대의 격자 칸막이 쪽을 돌아보았다. 하지만 격자 속에는 여자도 지폐도, 그 무엇도 보이지 않았다.

돈을 내고 밖으로 나오니 문 왼쪽에 타원형 모양의 통이 5개쯤 나란히 있고, 그 안에 빨간 금붕어와 반점이 들어간 금붕어와 마른 금붕어와 살찐 금붕어가 많이 들어 있었다. 그리고 금붕어 장수가 그 뒤에 있었다. 금붕어 장수는 자기 앞에 늘어놓은 금붕어를 턱을 괴고 바라본 채 가만히 있었다. 분주한 거리의 활동에는 거의 마음을 두지 않았다. 나는 한동안 서서 금붕어 장수를 바라보았다. 그러나 내가 바라보고 있는 동안 금붕어 장수는 조금도 움직이지 않았다.

아홉째 밤

세상이 왠지 모르게 떠들썩해지기 시작했다. 당장에라도 전쟁이 일어날 것처럼 보였다. 불에 탄 집을 잃은 알몸의 말이 밤낮으로 저택 주위를 거칠게 돌아다니고 있어서 그것을 하급 병사들이 웅성대며 밤낮없이 뒤쫓고 있는 것 같은 기분이 들었다. 그런데도 집 안은 쥐 죽은 듯 고요했다.

집에는 젊은 어머니와 세 살이 된 아이가 있었다. 아버지는 어딘가로 갔다. 아버지가 어딘가로 가버린 것은 달이 없는 한밤중이었다. 마루 위에서 짚신을 신고 검은 두건을 두르고 뒷문으로 나갔다. 그때 어머니가 들고 있던 육각형 작은 등롱이 어둠을 길고 가늘게 비춰 산울타리 앞에 있는 오래된 노송나무를 밝혔다.

아버지는 그대로 돌아오지 않았다. 어머니는 매일 세 살 된 아이에게 "아버지는?"이라고 물었다. 아이는 아무 말도 하지 않았다. 얼마쯤 지나서 "저쪽."이라고 대답하게 되었다. 어머니가 "언제 돌아오시지?"라고 물어도 역시 "저쪽."이라고 답하며 웃었다. 그때는 어머니도 웃었다. 그리고 "금방 오실 거야."라는 말을 몇 번이고 거듭해서 가르쳐주었다. 그러나 아이는 '금방'만을 기억했을 뿐이었다. 때로는 "아버지는 어디?"라고 물으면 "금방."이라고 답하는 경우도 있었다.

밤이 되어 주위가 고요해지면 어머니는 허리띠를 고쳐 매고, 상어 가죽으로 만든 칼집 속에 든 단도를 허리띠 속에 찔러 넣고,

아이를 가느다란 띠로 등에 업고, 조용히 문을 나섰다. 어머니는 언제나 짚신을 신었다. 아이는 이 짚신 소리를 들으며 어머니의 등에서 잠들어버리는 경우도 있었다.

흙담이 이어져 있는 주택가를 서쪽으로 따라가 완만한 언덕길 끝에 내려서면 커다란 은행나무가 있다. 이 은행나무를 이정표 삼아 오른쪽으로 꺾어지면 1정쯤 안쪽에 돌로 만든 신사의 기둥문이 있다. 한쪽은 논이고 한쪽은 조릿대뿐인 가운데를 기둥문까지 가서 그곳을 지나면 어두운 삼나무 숲이 된다. 거기서 20간(35m)쯤 돌이 깔린 길을 따라 끝까지 가면 오래된 본전의 계단 아래에 서게 된다. 회색으로 깨끗이 닦아놓은 새전함 위에 커다란 방울의 끈이 매달려 있는데 낮에 보면 그 방울 옆에 하치만구(八幡宮)라고 적힌 편액이 걸려 있다. '八'자가 서로를 마주보고 있는 비둘기 2마리 같은 서체로 되어 있는 것이 재미있다. 그 외에도 여러 가지 편액이 있다. 대부분은 집안사람이 쏘아 맞힌 금 과녁을, 쏘아 맞힌 사람의 이름에 덧붙인 것이 많다. 가끔은 칼을 봉납한 것도 있다.

기둥문을 지나면 삼나무 꼭대기에서 언제나 올빼미가 울고 있었다. 그리고 막치 짚신 소리가 철벅철벅 들려왔다. 그것이 본전 앞에서 멈추면 어머니는 우선 방울을 울린 다음, 바로 허리를 숙이고 손뼉을 쳤다[9]. 대부분은 이때 올빼미가 갑자기 울지 않게 된다. 그런 다음 어머니는 일심으로 조금의 흐트러짐도 없이 남편의 무사를 빌었다. 어머니의 생각에 남편은 사무라이이

---

9) 일본 신사에서 비는 방법으로 방울을 울리고 손뼉을 친 뒤 절을 한다.

니 궁시[弓矢]의 신인 하치만에게 이렇게 거부할 수 없는 소망을 청하면 설마 들어주지 않을 리 없을 것이라고 한결같이 믿고 있었다.

아이는 이 방울소리에 눈을 떠서는 주위를 둘러보고 새카만 어둠 속이기에 등에서 갑자기 우는 일이 곧잘 있었다. 그럴 때면 어머니는 입 속으로 무엇인가를 빌며 등을 흔들어 달래려 했다. 그러면 요행스럽게 울음을 그치는 경우도 있었다. 혹은 더욱 심하게 울어대는 경우도 있었다. 어쨌든 어머니는 쉽게 일어서지 않았다.

남편의 운명을 한바탕 빌고 나면 이번에는 가느다란 띠를 풀고 등의 아이를 끌어내리듯 등에서 앞으로 돌려 두 손으로 안고 본전 위로 올라가 "착하기도 하지. 잠깐만 기다리렴."하고 반드시 자신의 뺨을 아이의 뺨에 문질렀다. 그리고 가느다란 띠를 길게 해서 아이를 묶은 뒤, 그 한쪽 끝을 본당의 난간에 묶어놓았다. 그런 다음 계단을 내려가 20간(36m)쯤 돌이 깔린 곳을 왔다갔다, 100번을 했다.

본당에 묶여 있는 아이는 어둠 속에서 가느다란 끈의 길이가 허락하는 만큼 넓은 툇마루 위를 기어 다녔다. 그럴 때는 어머니에게 있어서 매우 편안한 밤이었다. 하지만 묶어놓은 아이가 찔찔 울면 어머니는 안절부절못했다. 오가는 발걸음이 매우 빨라졌다. 숨이 아주 찼다. 어쩔 수 없을 때는 중간에 본전 위로 올라가 여러 가지로 달래놓은 뒤 다시 100번을 시작하는 경우도 있었다.

이렇게 며칠 밤이고 어머니가 애를 태우며 잠도 이루지 못하고 걱정하던 아버지는, 먼 옛날에 떠돌이 무사의 손에 살해당하고 말았다.

이런 슬픈 이야기를 꿈속에서 어머니에게 들었다.

열째 밤

쇼타로가 여자에게 끌려간 지 7일째 되는 날 밤에 불쑥 돌아왔는데 갑자기 열이 나서 털썩 자리에 눕고 말았다고 겐 씨가 소식을 전하러 왔다.

쇼타로는 마을에서 으뜸가는 호남아로 지극히 선량하고 정직한 사람이었다. 단, 한 가지 즐기는 것이 있었다. 파나마모자를 쓰고 저녁이면 과일가게 앞에 앉아서 거리를 지나는 여자들의 얼굴을 바라보았다. 그리고 자꾸만 감탄했다. 그것 외에는 이렇다 할 정도의 특색도 없었다.

여자가 별로 지나지 않을 때는 거리를 보지 않고 과일을 보았다. 과일에는 여러 가지가 있었다. 물복숭아와 사과와 살구와 바나나를 바구니에 아름답게 담아 바로 선물로 들고 갈 수 있도록 2줄로 늘어놓았다. 쇼타로는 이 바구니를 보고는 아름답다고 말했다. 장사를 할 바에는 과일장사가 최고라고 말했다. 그렇게 말하면서도 정작 자신은 파나마모자를 쓰고 빈둥빈둥 놀고 있었다.

그 빛깔이 좋다며 여름귤 등을 품평하는 경우도 있었다. 하지만 지금까지 돈을 내고 과일을 산 적은 없었다. 공짜로는 물론 먹지 않았다. 빛깔만 칭찬했다.

어느 저녁, 한 여자가 갑자기 가게 앞에 나타났다. 신분이 높은 사람인 듯, 훌륭한 복장을 하고 있었다. 그 기모노의 색이 쇼타로의 마음에 아주 들었다. 게다가 쇼타로는 여자의 얼굴에 아주 감탄하고 말았다. 그랬기에 소중한 파나마모자를 벗고 정중하게 인사를 했더니 여자가 바구니 가운데서 가장 커다란 것을 가리키며 이걸 주세요, 라고 말했고 쇼타로는 바로 그 바구니를 집어 건네주었다. 그러자 여자는 그것을 살짝 들어보고는 어머 무거워라, 라고 말했다.

쇼타로는 원래 한가한 데다가 매우 싹싹한 남자였기에 그럼 댁까지 들어다드리겠습니다, 라고 말하고 여자와 함께 과일가게를 나섰다. 그 길로 돌아오지 않았다.

아무리 쇼타로라고 해도 너무 한가로웠다. 예삿일이 아닐 것이라며 친척들과 친구들이 수선을 피우고 있는데 7일째 되는 날 밤에 불쑥 돌아왔다. 이에 여러 사람들이 모여들어 쇼 씨, 어디에 갔었어? 라고 묻자 쇼타로는 전차를 타고 산에 갔었다고 대답했다.

아무래도 아주 긴 전차인 모양이었다. 쇼타로의 말에 의하면 전차에서 내렸더니 바로 벌판이 나왔다고 한다. 아주 넓은 벌판으로 어디를 둘러봐도 파란 풀만 자라나 있었다. 여자와 함께 풀 위를 걷고 있자니 갑자기 절벽 끝에 이르렀다. 그때 여자가 쇼타로에게 여기서 뛰어들어보세요, 라고 말했다. 아래를 들여다보니 벼랑은 보였으나 끝은 보이지 않았다. 쇼타로는 다시 파나마모자를 벗고 재삼 거절했다. 그러자 여자가, 만약 과감하게 뛰어내리지 않으면 돼지가 핥을 텐데 그래도 좋겠느냐고 물었다. 쇼타로는 돼지와 구모에몬[10])을 아주 싫어했다. 그래도 목숨과는 바꿀 수 없다고 생각했기에 역시 뛰어들기를 망설이고 있었다. 그러자

---

10) 도주켄 구모에몬(桃中軒 雲右衛門, 1873~1916). 일본의 전통 창가를 부르던 사람. 무사도 고취를 내용으로 삼아 유명해졌다.

돼지가 한 마리 코를 울리며 다가왔다. 쇼타로는 어쩔 수 없이 가지고 있던 가느다란 빈랑나무 지팡이로 돼지의 콧등을 때렸다. 돼지는 꽤액 소리를 지르며 휙 몸을 뒤집더니 절벽 아래로 떨어졌다. 쇼타로가 휴 하고 한숨을 내쉬고 있자니 다시 돼지 한 마리가 커다란 코를 쇼타로에게 문지르기 위해 다가왔다. 쇼타로는 어쩔 수 없이 다시 지팡이를 치켜 올렸다. 돼지는 꽤액 울며 다시 곤두박질쳐 구멍 아래로 굴러 떨어졌다. 그러자 다시 한 마리가 나타났다. 이때 퍼뜩 이상하다는 생각이 들어 쇼타로가 맞은편을 바라보니 멀리 푸른 초원 끝부분에서부터 수만 마리가 아닐까, 헤아릴 수 없을 정도의 돼지들이 무리를 지어 이 절벽 위에 서 있는 쇼타로를 향해 코를 울리며 일직선으로 오고 있었다. 쇼타로는 진심으로 무서웠다. 그래도 어쩔 수 없었기에 가까이 온 돼지의 콧등을 하나하나 신중하게 빈랑나무 지팡이로 때렸다. 신기하게도 지팡이가 코에 닿기만 하면 돼지는 휙 계곡 속으로 떨어졌다. 들여다보니 바닥이 보이지 않는 절벽을 곤두박질치는 돼지가 행렬을 이루며 떨어지고 있었다. 자신이 저렇게 많은 돼지를 계곡으로 떨어뜨린 걸까 싶자, 쇼타로는 스스로도 무서워졌다. 그래도 돼지는 차례차례로 왔다. 검은 구름에 발이 자라나서 푸른 풀을 밟으며 헤치고 나오는 듯한 기세로 끝도 없이 코를 울리며 왔다.

쇼타로는 필사의 용기를 내서 돼지의 콧등을 7일 낮 6일 밤 동안 때려댔다. 하지만 마침내 기력이 다해서 손이 젖은 솜처럼 흐물흐물해졌기에 결국은 돼지가 그를 핥고 말았다. 그리고 절벽 위에 쓰러졌다.

겐 씨는 쇼타로에 대한 이야기를 여기까지 한 뒤, 그래서 여자를 너무 보는 건 좋지 않다고 말했다. 나도 옳은 말이라고 생각했다. 그래도 겐 씨는 쇼타로의 파나마모자를 갖고 싶다고 말했다. 쇼타로는 살아남지 못할 것이다. 파나마는 겐 씨의 것이 되리라.

편 지
(手 紙)

나쓰메 소세키 작

1

　모파상¹⁾이 쓴 「25일간」이라는 제목의 소품은, 어떤 온천지의 여관으로 들어가서 옷과 하얀 셔츠를 옷장에 넣으려다 그 서랍을 열어보았는데 안에서 말아놓은 종이가 나왔기에 무심코 펼쳐 읽어보니, '나의 25일'이라는 제목이 눈에 들어왔다는 이야기가 서두에 놓여 있고, 뒤이어 그 무명씨의 이른바 25일간을 한 글자도 바꾸지 않은 원래의 모습대로 옮겨 적은 형식을 취하고 있다.
　프레보²⁾의 「부재」라는 단편소설의 서두에는, 파리의 어떤 잡지에 기고를 하겠다고 경솔하게 일을 떠맡았기에 독일의 한 피서지로 내려가서 그곳 여관의 책상인지 뭔지의 위에서 구상에 한없이 괴로워하다가 뭔가 글감이 될 만한 것은 없을까 싶어 책상 서랍을 하나하나 열어보았더니 가장 마지막의 바닥에서 생각지도 않았던 편지가 나왔다고 되어 있고, 거기에도 그 편지가 그대로 실려 있다.
　둘 모두 아주 비슷한 취향이기에 혹시 새로운 쪽이 오래된 사람이 쓴 방법을 답습한 것이 아닐까 하는 의심조차 들 정도지만, 그건 내게 아무래도 상관없는 일이다. 단, 나도 요 얼마 전에

---

1) Guy de Maupassant(1850~1893). 프랑스의 근대 자연주의 작가.
2) Marcel Prevost(1862~1914). 프랑스의 소설가. 여성의 심리 묘사에 탁월했다.

이와 같은 경험을 한 적이 있었다. 그 때문인지 지금까지는 과연 소설가답게 잘도 지어내는구나, 라고만 감탄하고 있었는데 그 이후부터는 실제 세상에는 상당히 비슷한 일들이 아주 많은 법이라는 생각이 들었고 우연의 중복에 오히려 영탄[咏嘆]하는 마음이 얼마간 있었기에 나도 모르게 두 사람의 작품을 여기에 늘어놓고 싶어진 것이다.

물론 모파상의 것은 제목에서도 알 수 있는 것처럼 체류 25일 동안의 인상기라는 종류에 속하는 것이고, 프레보의 것은 체재 중인 여성 손님에게 보낸 남자의 농염한 글로, 양쪽 모두 무명씨의 글 자체가 흥미의 주안점이다. 나의 경험 역시 우연한 장소에서 뜻밖의 편지를 발견한 것이기는 하나, 그것이 도화선이 되어 생각지도 못했던 어떤 실제상의 효과를 거두게 된 것일 뿐, 그 편지 자체에는 그다지 흥미가 없다. 적어도 그것을 소설적 정조를 바탕으로는 읽을 수 없었던 내게 그런 흥미는 없었다. 그것이 앞서 든 두 프랑스 작가들과 다른 점이고, 또 그것이 그들보다 산문적인 나로 하여금 그들의 예에 따라 그 편지를 이 이야기의 중심으로 한 글자도 남기지 않고 옮기게 하지 않은 원인이기도 하다.

편지는 의심할 필요도 없이 여관에서 발견되었다. 장소도 상황도 프랑스 작가들이 쓴 것과 거의 다르지 않다. 하지만 어떻게 해서, 어떤 편지를 발견한 것이냐는 질문에 답을 하기 위해서는 그것을 발견한 당시에서 약 일주일 정도 앞으로 거슬러 올라가 설명을 할 필요가 있다.

드디어 K시로 떠나게 되었는데 전날 밤에 아내가, 마침 좋은 기회이니 돌아오는 길에 주키치(重吉) 씨가 사는 곳에 들렀다 오세요, 그리고 주키치 씨를 만나서 그 일을 조금 더 분명하게 마무리 짓고 오세요, 왠지 연이 나뭇가지에 걸린 채로 도중에 떠 있는 듯한 느낌이 들어서 견딜 수가 없으니, 라고 말했다. 주키치의 일에 대해서는 나도 같은 생각이었다. 그건 그렇고 아내가 이렇게 재치 있는 말을 잘도 하는구나 싶어, 당신 누군가에게 배운 거야? 라고, 무엇인가 대답을 하기 전에 우선 절반은 장난과도 같은 의심을 슬쩍 내비춰보았다. 그러자 아내는 뜻밖에도 진지하기 짝이 없는 얼굴로 뭘요? 라고 되물었다. 정색을 했다고까지는 말할 수 없었으나, 나의 말뜻이 통하지 않은 것만은 틀림없는 듯했기에, 연에 대한 이야기는 거기서 그만두고 나는 주키치에 대한 이야기를 직접적으로 나누었다.

 주키치는 나의 친척이라고도, 군식구라고도 말하기 애매한 한 청년이었다. 한때는 우리 집에 묵으면서까지 학교에 다녔을 정도로 관계가 깊었지만, 대학에 들어가면서 하숙을 시작한 이후, 4년의 과정이 끝날 때까지 끝내 집으로는 돌아오지 않았다. 그렇다고 특별히 소원해진 것도 아니었다. 일요일이나 토요일, 혹은 평일에까지 마음이 내킬 때면 찾아와서 오래도록 놀다 갔다. 원래가 느긋한 성격이어서 순수하게 남자답고 편안한 마음을 가지고 있는 듯 보이는 것이 이 사람의 타고난 장점이었다. 그래서 나도 아내도 주키치를 아주 좋아했다. 주키치도 우리를 숙부님, 숙모님이라고 불렀다.

2

주키치는 이제 막 학교를 나왔다. 그리고 나오자마자 바로 시골로 가버렸다. 어째서 그런 곳으로 가는 것이냐고 물었더니 특별히 이렇다 할 의미가 있는 것도 아니지만, 그냥 일자리를 부탁해두었던 선배가 가보는 것이 어떻겠느냐고 권하기에 그럴 마음이 든 것이라고 대답했다. 아무리 그래도 H는 너무한 것 아니냐, 하다못해 오사카(大阪)나 나고야(名古屋)라면 지방이어도 어쩔 수 없지만, 하고 나는 당사자가 이미 마음을 정했음에도 불구하고 일단 그가 H로 가는 것에 반대를 해보았다. 그때 주키치는 그저 싱글싱글 웃고 있었다. 그리고 지금 갑자기 그쪽에 결원이 생겨서 어려움을 겪고 있다기에 당분간만 있기로 하고 가는 겁니다, 금방 다시 돌아올 겁니다, 라고 미래가 마치 자기 마음대로 되기라도 할 것처럼 말했다. 나는 그 자리에서 주키치의 '다시 돌아올 겁니다.'를 '돌아올 예정입니다.'로 정정해주고 싶었으나, 그렇게만 생각하고 있는 사람의 마음을 쓸데없이 들쑤실 필요도 없었기에 그건 그대로 내버려두고, 그럼 그 일은 어떻게 할 생각인가? 하고 물었다. '그 일'은 지금까지의 상황으로 봐서 주키치가 떠나기 전에 반드시 물어두지 않으면 안 될 문제였기 때문이었다. 그러자 주키치는 특별히 마음에 두는 기색도 없이, 전부를 숙부님께 맡길 테니 잘 부탁드리겠습니다, 라고만 말한 채 태연했다. 자극에 대해서 급격한 반응을 보이지 않는 것이 이 사람의 천성이기는 했으나, 아무리 그렇다 해도 그의 나이와 이 문제의 성질을 놓고 일반적으로 봤을 때 주키치의 태도가 너무나도 냉정했기에 정량 미만의 흥미밖에 가지고 있지 않은 것이라 여겨졌다. 나는 약간 이상하다는 생각이 들었다.

원래 나와 아내와 주키치 사이에서 단지 '그 일'이라고 일종의 암호처럼 통용되고 있는 것은 사실 그의 혼담에 관한 건이었다. 졸업 조금 전부터 이야기가 계속되고 있었기에 우리들끼리는 그냥 '그 일'이라고만 하면 모든 경과가 명확히 머릿속에 떠올랐기 때문인지 특별히 새삼스럽게 상대방의 이름 같은 것은 입에 담지 않고 끝나는 경우가 많았다.

　여자는 아내의 먼 친척뻘 되는 사람의 둘째 딸이었다. 그런 관계로 가끔 우리 집에 드나들었기에 자연스럽게 주키치와도 알게 되었고 만나면 서로 인사를 하는 정도의 교제가 성립되었다. 그러나 두 사람의 관계는 그 이상으로 접근할 기회도 계획도 없이 거의 같은 거리로 진행될 뿐인 것처럼 보였다. 그리고 두 사람 모두 그 이상 그 무엇도 바라는 기색은 없었다. 요컨대 두 사람의 사이는, 연장자의 감독하에 서 있는 한 소녀와 아직 수학 중으로 자신의 신분을 자각하고 있는 한 청년이 일종의 사회적 사정 때문에 서로 얼굴을 마주하며 예의에 어긋나지 않을 정도의 응대를 하고 있는 데 지나지 않았다.

　그랬기에 나는 놀랐던 것이다. 주키치가 흥분하지도 조급해하지도 않고 평소와 조금도 다를 바 없는 밋밋한 말투로 그 사람을 아내로 맞이하고 싶다, 얘기를 해주지 않겠느냐고 말했을 때에는, 자네 정말인가? 라고 실제로 되물었을 정도였다. 나는 바로 주키치의 행동거지가 평소에도 대부분 진지한 것처럼, 이 문제에 대해서도 역시 진지하다는 사실을 발견했다. 그리고 과도기 일본의 사회도덕에 등을 돌려, 자신의 발걸음을 스스로 서로에게 내딛지 않고, 의지의 중심을 처음부터 감독자인 부모에게 두려 한 그의 행실이 흔쾌히 여겨졌다. 그랬기에 그의 의뢰를 받아들였다.

당장 아내를 보내서 상대방과 이야기를 해보게 했더니, 아내는 여자 어머니의 말이라며 묘한 대답을 받아가지고 왔다. 돈은 없어도 상관없으니 유흥을 즐기지 않는다고 보장할 수 있는 사람이 아니면 시집을 보낼 수 없다는 것이었다. 그리고 어째서 그런 주문을 하는 건지, 그 이유가 설명으로 그 대답에 덧붙여져 있었다.

여자에게는 언니가 한 명 있는데 그 언니는 2, 3년 전에 이미 한 자산가에게 시집을 갔다. 지금도 함께 살고 있다. 세상의 평범한 부부로 특별히 남들의 주목을 끌 정도의 파란도 없이 우선은 평온하게 살고 있으니 사람들의 눈에는 그것으로 별 문제가 없는 듯 보이겠지만, 언니의 부모는 지난 2, 3년 동안 남몰래 늘 괴로움을 맛보아야만 했다. 그 모든 것이 딸이 시집간 곳의 남편의 품행이 좋지 않은 데서 일어난 일이라고 해버리면 그만이지만, 부모도 딸의 남편을 업무상 필요한 교제에서 내쫓으면서까지 딸의 권리와 행복을 비호하려 할 만큼 세상물정에 어두운 사람들은 아니었다.

3

솔직히 말하자면 부모는 처음부터 그 사실을 알고 있었으면서도 딸을 시집보낸 것이었다. 그뿐만이 아니라 수완가의 수완을 가장 민활히 작용하게 해준다는 의미로 해석했던 술과 여자는, 일을 함에 있어서 없어서는 안 될 교제사회의 필요조건이라고까지 인정하고 있었다. 그럼에도 불구하고 그들은 머지않아 눈썹을 찌푸리지 않을 수 없게 되었다. 언제나 튼튼했던 딸의 건강이 시집간 지 얼마 지나지 않아서 눈에 띄게 약해지기 시작했을 때, 그들은 이미 그에 상응하는 가슴의 상처를 받았다. 모친은 딸을 만날 때마다 어디 좋지 않은 건 아니냐고 물었다. 딸은 단지 미소 지으며 특별히 나쁜 곳은 없다고만 대답했다. 하지만 그 혈색은 점차 창백해져갈 뿐이었다. 그러다 결국에는 병에 걸렸다는 사실을 마침내 알게 되었다. 게다가 그 병이 그다지 자랑할 만한 것이 되지 못한다는 사실도 알게 되었다. 더욱 자세히 탐구를 해보니 사람들에게는 말하지 못할 남편의 병이 어느 틈엔가 아내에게 감염된 것이라는 사실까지 알게 되었다. 부모의 근심이 도덕적인 색채를 띠고, 좋고 나쁨이라는 의미에서 딸의 남편에게 반사되기 시작한 것은 이때부터였다. 그들은 가엾은 큰딸의 경우에 비춰봐서, 앞으로 시집을 보내야 할 작은딸의 남편으로 언니의 남편과 같은 유형의 도락가를 상상한다는 것은 견딜 수 없는 일이었다. 그랬기에 돈은 없어도 상관없으니 무슨 일이 있어도 유흥을 즐기지 않는다고 보장할 수 있는 견실한 사람에게 보내기로 부부 사이에서 합의가 이루어진 것이었다.

 아내는 여자 쪽에서 듣고 온 내용 그대로를 이런 식으로 자세히 되풀이해서 내게 이야기한 뒤, 주키치 씨라면 틀림없으리라 생각하는데 어떻겠느냐고 말했다. 나는 그저 그렇다고만 대답한 채 다다미 위를 응시했다. 그러자 아내가 약간 의심스럽다는 듯한 투로 주키치 씨도 유흥을 즐길까요, 라고 물었다.

 "아마 걱정할 필요 없을 거야."

 "아마, 가지고는 안 돼요. 정말로 걱정할 필요가 없어야 해요. 그게 혹시 거짓말이라도 하게 되면 제가 미안해지잖아요. 저뿐만이 아니에요. 당신에게도 책임이 있잖아요."

이런 말을 듣고 나니 과연 상대방에게 적당히 대답하는 것도 생각해볼 문제라 여겨졌다. 그렇다고 해서 그 주키치가 유흥을 즐길 것 같다고는 도저히 생각되지 않았다. 물론 그의 모습에 추레하다거나 너무 거칠다거나, 어디를 봐도 세련되지 못한 점은 무엇 하나 없었다. 하지만 전면이 평평하고 심상하게 생겨먹은 탓인지, 딱히 이것이 유흥을 즐기는 증거일지 모르겠다는 점도 역시 전혀 찾아볼 수 없었다. 나는 아내와 여러 가지로 이야기를 나눈 끝에 이렇게 말했다.

"어쨌든 큰 문제는 없지 않을까? 유흥 쪽은 저희가 보장합니다, 라고 말해도."

"유흥 쪽이라니……. 하지 않는 쪽을 말씀하시는 거죠?"

"당연하지. 한다는 쪽을 보장해서는 큰일이잖아."

아내는 다시 그 집으로 가서 결코 유흥을 즐기는 남자가 아닙니다, 라고 보장을 했다. 이야기는 그때부터 발전하기 시작했다. 주키치가 지방으로 간다는 말을 꺼냈을 때는 그것이 한참 진행되어, 10 가운데 벌써 9까지는 마무리 지어진 상태였다. 나는 주키치가 H로 떠나기 전에 일부러 그 집으로 찾아가서 부모에게 동의를 구한 뒤 주키치를 떠나보냈다.

주키치와 오시즈(お静) 씨의 관계는 거기까지 가서 딱 멈춰버린 채 오늘에 이르기까지 아직 움직이지 않고 있었다. 하지만 나는 그다지 마음에 걸리지도 않았다. 곧 어느 쪽에서든 움직일 것이다, 모든 일은 그때가 되어야 정해질 것이라 생각하고 있었지만, 아내는 여자인 만큼 걱정을 해서 얼마 전에도 장문의 편지를 주키치에게 보내 대체 그 일은 어떻게 할 생각이십니까? 하고

물었더니, 주키치는 만사 잘 부탁드리겠습니다, 하고 평소와 다를 바 없는 답장을 보내왔다. 그 전에 물었을 때는, 저는 아직 유흥을 시작하지 않았으니 괜찮습니다, 라는 엽서가 왔다. 아내는 그 엽서를 내게 들고 와서 주키치 씨도 꽤나 태평하네요, 아직 시작하지 않았다니, 지금이라도 시작하는 날에는 괜찮고 자시고 할 것도 없잖아요, 농담도 아니고, 라며 조금 화가 난 듯한 어투로 말했다. 나도 주키치가 쓴 이 아직, 이라는 말이 참으로 이상하게 여겨졌다. 아내에게 그 사람 제정신인 걸까, 라고 말했을 정도였다.

아내가 평한 것처럼 언제까지고 이렇게 연이 나뭇가지에 걸린 채로 일이 도중에 떠 있는 듯한 상황이 계속되면 두 사람 사이에 섰던 우리들의 책임 때문에라도 결국에는 그냥 내버려둘 수 없다는 것은 명백한 사실이니, 이번 여행을 핑계로 돌아오는 길에 H에 들러 이른바 '그 일'을 조금 더 분명하게 처리하고 오면 좋겠다는 아내의 의견에 따르기로 하고 집을 나섰다.

4

기차 안에서는 주키치의 지방생활을 여러 가지로 상상해볼 여유도 있었지만, 목적지에 내리자마자 바로 당면한 일에 정신없이 바빠서 '그 일'은 거의 생각도 하지 못했다. 마침내 사오일 걸려서 일단락 지었을 때, 나는 다시 기차에 흔들리며 아직 본 적 없는 H의 거리와 그 거리 안의 주키치가 하숙하고 있을 여관 등을 머릿속에 떠오른 그림처럼 바라보았다. 애초부터 호기심에서 일어난 것이기에 담배 연기와 비슷해서, 분명히 잡아둘 수 없는 가운데서도, 또 담배 연기 비슷한 희미한 쾌감이 있었다.

그러는 동안 기차는 마침내 H에 도착했다.

  나는 바로 인력거를 불러 주키치가 있는 여관의 현관까지 달리게 했다. 지배인에게 여기서 사노(佐野)라는 사람이 하숙을 하고 있을 텐데, 라고 물었더니 지배인은 두 번쯤 허리를 굽힌 뒤, 사노 씨는 최근까지 계셨습니다만 요 얼마 전에 이사하셨습니다, 라고 말했다. 괘씸한 일이라고 생각했으나 그래도 어떤 곳으로 이사했냐고 물어보았더니 아무래도 내가 가서 하룻밤이고 이틀 밤이고 신세를 질 수 있을 만한 곳은 아닌 듯했다. 차라리 여기서 묵는 게 편하겠다 싶어 그럼 비어 있는 방으로 안내해달라고 했더니 지배인은 다시 허리를 한 번 굽실 한 뒤, 참으로 죄송하게 되었습니다만 초혼제 때문에 모든 방이 꽉 차서, 라고 정중하게 거절했다. 나는 우산으로 바닥을 짚은 채 한동안 현관 앞에 서 있었다. 원래대로 하자면 주키치에게 미리 통보를 하고, 또 H에 도착하는 시간을 전보로 말해두었어야 했으나, 서로에게 귀찮은 일은 가능한 한 생략해서 간략하게 일을 마무리 짓는 것이 요즘 방법이라고 생각했기에 일부러 사전에 말하지 않고 주키치를 덮친 것이었는데, 정작 와서 보니 나의 방법은 단지 부주의에서 나온 좋지 못한 결과를 내 위에 던져놓은 것과 같은 꼴이 되어버리고 말았다.

  나는 H에 어떤 숙소가 몇 군데 있는지 전혀 알지 못했지만 이 여관이 그 가운데서도 가장 좋은 곳이라는 사실만은 예전에 받은 주키치의 편지로 알고 있었다. 아니나 다를까 안쪽을 들여다보니 복도가 구불구불하기도 하고 안뜰 끝으로 새로 지은 건물이 보이기도 해서 사뭇 넓어 보였고, 또 깔끔하기도 했다. 나는 지배인에게 어떻게 묵을 곳을 마련해줄 수 없겠느냐고 말했다. 지배인은 당혹스럽다는 듯한 얼굴로 한동안 생각하더니, 매우 누추한 곳이어서 하룻밤 묵는 손님에게는 죄송스럽지만 사노 씨가 계셨던 방이라면 어떻게 준비를 해드리겠습니다, 라고 답했다. 그 말투로 봐서 아무래도 매우 지저분한 곳인 듯했기에 이번에도 약간 망설였으나, 애초부터 이런 곳에 와서 체면을 생각할 필요도 없는 몸으로 하룻밤이나 이틀 밤 정도는 어떤 방에서 보내도 상관없다는 생각이 들었기에 얼마 전까지 주키치가 있었다던 그 방으로 안내를 해달라고 했다.

방은 첫 번째 복도를 오른쪽으로 꺾어져 그 툇마루에서 정원용 나막신을 신고 두어 걸음 시멘트 바닥을 건너가지 않으면 들어갈 수 없는 대신 어디와도 이어져 있지 않은 모습이 마치 독채 같다는 느낌을 주었다. 낮은 천장과 가느다란 기둥이 자못 갈색이 감도는 분위기를 자아내고 있었고, 동시에 참으로 눅눅하고 음울한 느낌을 주었다. 게다가 다다미도 그렇고 장지문도 그렇고 매우 낡았다. 등나무 시렁 사이로 보이는 맞은편의 조금 튀어나온, 나지막한 2층짜리 신축건물과 견주어보면 전혀 비교가 되지 않을 정도로 분위기가 달랐다. '이런 곳에 있었단 말인가.'라고 생각하며 나는 차를 마신 뒤, 한동안 방 안을 둘러보다가 잠시 후 벼루를 빌려서 주키치에게 보낼 편지를 썼다. 그냥 간단하게 K시에 볼일이 있어서 왔다가 여기에 들렀으니 바로 오라고만 썼다. 그리고 목욕탕에 갔다 왔더니 벌써 식사를 할 시간이 되었다. 나는 가능하다면 주키치와 함께 저녁을 먹어야겠다고 생각했기에 담배를 몇 개비고 피우며 그가 오기를 초조하게 기다리고 있었는데, 그러는 사이에 맞은편 나지막한 2층에 전기등이 들어오고 떠들썩한 사람들의 목소리가 들려오기 시작했다. 나는 끝내 기다리지 못하고 마침내 혼자 밥상 앞에 앉았다. 식사를 도와주러 온 여자가 초혼제 때문에 어느 여관이나 붐빈다느니, 거리에서는 여러 행사가 열린다느니, 사노 씨도 오늘밤에는 틀림없이 어딘가로 불려갔을 것이라느니 하는 말을 들으며 맥주를 한두 잔 마셨다. 하녀는 주키치에 대해서 얌전하고 좋은 사람이라고 말했다. 여자들이 그에게 반할 것 같냐고 물었더니 호호호 하고 웃었다. 유흥을 즐기겠지? 라고 물었더니 아래쪽을 바라보며 조그만 목소리로 아니요, 라고 답했다.

5

식사가 끝나 하녀가 상을 물린 것은 벌써 9시 가까운 시간이었다. 그래도 주키치는 여전히 얼굴을 내밀지 않았다. 나는 혼자 툇마루 끝으로 방석을 가지고 나가 난간에 기댄 채 맞은편 건물의 밝은 전기등과 떠들썩한 웃음소리를 눅눅한 공기 속에서 멀리로 바라보며 따분한 마음을 따분한 대로 질질 끌고 가는 듯한 태도로 담배만 피워대고 있었다. 그때 조금 전의 하녀가 장지문을 열더니 드디어 오셨습니다, 라며 안내를 했다. 그 뒤를 따라서 주키치가 빨간 얼굴로 들어왔다. 나는 주키치의 빨간 얼굴을 이때 처음 보았다. 그러나 자리에 앉아 인사를 하는 그의 모습도 그렇고, 말수도 그렇고, 억양도 그렇고, 전부 평소의 주키치 그대로였다. 나는 그의 말투와 동작 어디에서도 술기운에 사로잡혀 움직이는 것이라고 평할 만큼 눈에 띄는 무엇인가를 발견할 수 없었기에 이상한 그의 얼굴색에 대해서는 특별히 말을 하지 않았다. 잠시 후 그는 다기를 갈아주러 온 하녀의 이름을 부르고 컵에 물을 한 잔 가져다달라고 부탁했다. 그리고 나를 보며 영 목이 말라서, 라고 간접적인 변명을 했다.

"많이 마신 모양이군."

"네, 축제에 갔다가 조금 얻어마셨습니다."

빨간 얼굴에 대해서는 이것으로 간단히 끝나버렸다. 그 뒤로 이야기가 어디를 어떻게 지나왔는지 기억하고 있지 못하지만, 30분쯤 흐른 뒤에는 나도 주키치도 어느 틈엔가 이른바 '그 일'의 권내에서 이야기를 주고받게 되었다.

"대체 어쩔 셈인가?"

"어쩔 셈이냐니, ……물론 맞아들이고 싶습니다만."

"진짜 속내를 털어놓지 않으면 안 돼. 어정쩡한 말을 해서 질질 끌기보다는 차라리 분명하게 지금 거절하는 편이 상책이니까."

"이제 와서 거절하다니, 저는 싫습니다. 숙부님, 실제로 저는 그 사람이 좋습니다."

주키치의 모습에 거짓인 듯한 부분은 조금도 보이지 않았다.

"그럼 조금 더 빨리 후딱후딱 해치우는 편이 좋지 않겠나? 아무리 시간이 흘러도 우물쭈물하고만 있으니 옆에서 보고 있으면 정말 답답해."

주키치는 조그만 목소리로 그런가요, 라고 말하고 잠시 쉬었다가 곧 원래의 말투로 돌아가서 이렇게 물었다.

"그럼 아내로 맞아서 이런 시골로 데려오라는 말씀이신가요?"

나는 시골이든 뭐든 신경 쓰지 않을 거라고 대답했다. 주키치는 상대방이 그것을 승낙했냐고 되물었다. 나는 그때 약간 난처했다. 사실은 그런 세세한 부분까지 상대방의 의견을 확인한 뒤에 담판을 지으러 온 것은 아니기 때문이었다. 하지만 이야기의 흐름상 어쩔 수 없었기에,

"그렇게 얘기하면 승낙하지 않을까?"라고 기세 좋게 말해버렸다.

그러자 주키치는 문제의 방향을 바꾸어 지금의 경제사정으로는 도저히 따뜻한 가정을 물질적으로 꾸릴 정도의 여유를 가지고 있지 못하기 때문에 한동안 혼자서 참을 생각이었다고 변명을 한 뒤, 처음 약속대로라면 올 연말에는 월급도 오르고 도쿄로도 돌아갈 수 있을 테니, 그때는 상대만 승낙한다면 어떤 조그만 집이라도 마련해서 오시즈 씨를 맞아들일 생각이라고 말했다. 만약 일이 약속대로 되지 않아 월급도 오르지 않고 도쿄로도 돌아가지 못하게 된다면 그때야말로 상대방에게 이견이 없는지 확인한 뒤, 내가 말한 대로 할 생각이니 모쪼록 잘 부탁드리겠다는 말도 덧붙였다. 나는 일단 맞는 말이라고 생각했다.

"자네가 그렇게 마음먹었다면 그걸로 됐네. 숙모도 마음이 놓일 거야. 오시즈 씨 쪽에도 그렇게 잘 얘기해두도록 하겠네."

"네, 아무쪼록……. 하지만 제 마음은 두 분도 대충 알고 계시지 않습니까?"

"그럼 그런 답장은 보내지 말았어야지. 그저 잘 부탁드리겠다고만 하면 무슨 소린지 영 알아들을 수가 없잖아. 게다가 그 엽서는 또 뭔가? 저는 아직 유흥을 시작하지 않았으니 괜찮습니다, 라니.

진담인지 농담인지 전혀 짐작을 할 수가 없잖아."

"정말 죄송합니다. ……하지만 전부 진심입니다."라고 말하며 주키치는 쓴웃음을 짓고 머리를 긁었다.

'그 일'에 대해서는 그것으로 이야기를 마치고 이후부터는 이런저런 잡담으로 밤이 깊었다. 이왕 오셨으니 이삼일 머물다 천천히 가시라고 권했지만, 거절하고 역시 이튿날 떠나기로 했기에 주키치는 그럼 피곤하실 테니 어서 주무시라고 인사하고 돌아갔다.

6

이튿날 아침에 세수를 하고 방으로 돌아오니 선반 위에 있던 경대가 장지 앞에 깔끔하게 놓여 있었다. 나는 별 생각 없이 그 앞에 앉으면서 동시에 거울 아래에 있는 빗을 집어 들었다. 그리고 그 빗을 닦을 생각이었는지 무슨 생각이었는지는 모르겠으나 경대의 서랍을 있는 힘껏 열어보았다. 그러자 야트막한 오동나무 바닥 아래쪽의 안에서 뭔가 걸린 것 같은 느낌이 있더니 곧 가벼워져서 슬슬 빠지는가 싶은 순간 둥글게 말아 넣어두어 뒤틀린 듯한 편지의 끝부분이 비스듬하게 보였다. 나는 낚아채듯 그 편지를 집어 바로 대여섯 치(15~18㎝) 정도로 찢은 다음 빗을 닦기 위해 보았는데, 거기에 자잘한 여자의 글씨로 하얀 종이의 어둠을 더듬어 가듯 길고 가느다랗게 비슬비슬 무엇인가가 적혀 있다는 사실을 깨달았다. 나는 잠깐 한두 줄 읽어보고 싶다는 생각이 들었다. 그러나 그 비슬비슬한 글이 언문일치로 적혀 있다는 사실을 발견한 순간, 나의 호기심은 처음 한두 줄만으로는 만족을 할 수 없게 되었다. 나도 모르는 사이에 조금 전에 찢어낸 대여섯 치를 단숨에 전부 읽어버렸다. 그리고 찢어내고 남은 부분까지도 계속해서 읽어 나갔다. 이렇게 읽어나가는 동안에도 나는 끊임없이 미소를 참을 수 없었다. 사실을 말하자면 편지는 어떤 여자가 남자에게 보낸 연애편지였다.

  연애편지인 만큼 한편으로는 매우 진부한 것임에 틀림없었으나, 한편으로는 형식에 구애받지 않고 언문일치로 마음껏 써내려 갔기에 꽤나 기발하다고 여겨지는 글들이 불쑥불쑥 튀어나왔다. 특히 글자를 틀리게 쓴 것이 눈에 띄었다. 그리고 감정을 표현하는 법이 참으로 노골적이면서도 일종의 형식에 빠져 있다는 의미에서, 오히려 진심이 드러나 있지 않은 듯도 보였다. 끔찍할 정도로 어설픈 사랑의 속요 따위도 망설임 없이 인용했다. 모든 사실을 종합해봤을 때 쓴 사람이 직업여성이라는 사실이 누구의 눈에나 가장 먼저 띌 편지였다. 아무런 관계도 없는 제3자가 남의 연애편지를 훔쳐볼 때는 어차피 우습다는 흥미가 더해지지만, 보낸 사람이 절조상의 덕의[德義]를 부담으로 느끼지 않아도 되는 직업여성인 경우에는 그 흥미가 다른 엄숙한 사회적 관념에 방해받을 염려가 없는 만큼 읽는 사람은 마음이 아주 편안해지는 법이다.

  그런 이유에서 나는 커다란 흥미를 가지고 이 긴 편지를 킥킥 웃어가며 읽었다. 그리고 읽으면서 여자가 이렇게도 마음에 담고 있는 호색꾼은 대체 어떤 사람일까 하는 호기심을, 마지막 한 줄이 끝나 받는 사람의 이름이 내 눈 앞에 나타날 때까지 간직하고 있었다. 그런데 그 호기심을 시원하게 풀어줄 화룡점정인 이름까지 마침내 읽어나간 순간, 나는 갑자기 놀랐다. 수신인으로 주키치의 성과 이름이 분명하게 적혀 있었다.

나는 잠시 정원을 멍하니 바라보았다. 그러다 손에 들고 있던 편지를 둘둘 말아 홑옷의 품속에 넣었다. 그리고 거울 앞에서 가르마를 탔다. 시계를 보니 아직 7시였다. 하지만 나는 10시 몇 분인가의 기차를 타기로 되어 있었다. 손뼉을 쳐서 하녀를 불러, 당장 인력거를 보내 주키치를 데려오라고 명령했다. 그 사이에 밥을 먹기로 했다.

어딘가 우습다는 마음도 얼마간은 섞여 있었다. 하지만 전체적으로는 '이 녀석'하는 마음이 더 컸다. 그 이 녀석, 하는 마음으로 주키치를 바라보니 숙소를 바꾸었으면서 언제까지고 알리지도 않고, 사람을 한껏 기다리게 해놓고 미안한 얼굴도 하지 않고, 마침내 들어왔다 싶었더니 얼굴 전체가 알코올에 물들어 있기도 하고, 하나같이 마뜩찮은 일들뿐이었다. 하지만 평소 어느 각도에서 봐도 심상하기 짝이 없던 사내가, 어느 틈엔가 여자로부터 편지를 받으면서도 시치미를 떼게 된 건가 싶자, 너무나도 당연하게 여겨졌던 평소의 주키치와 호색꾼으로 통용되고 있는 특제[特製]의 또 다른 주키치의 모순이 아주 우습게 보이기도 했다. 따라서 나는 어떤 감정으로 주키치를 대해야 좋을지 알 수 없었다. 하지만 어느 한 쪽으로 마음을 정해서 그것을 근본적인 정조로 만나지 않으면 안 된다는 사실을 깨달았다. 나는 식후의 차를 마시고 양치질을 하며 주키치가 여기로 오면 어떻게 다루어야 좋을지를 생각했다.

7

그때 여관에서 보낸 인력거를 타고 그가 바로 달려왔다. 그에 대한 태도를 아직 분명하게 정하지 못한 내게는 그가 찾아온 것이 오히려 너무 빠르다고 여겨질 만큼 이번에는 신속했다. 그는 간단히 일찍 일어나셨네요, 오늘 아침에는 일어나자마자 바로 찾아뵐 생각이었는데 사람이 와서……, 라고 말한 채 거기에 앉아 내 얼굴을 정면으로 바라보았다. 이때 옆에서 두 사람의 모습을 아무런 선입견 없이 관찰했다면 틀림없이 주키치 쪽이 나보다 훨씬 더 순수하게 보였을 것이다. 나는 말이 없었다. 그는 하얀 버선에 폭이 좁은 허리띠를 두르고 있었으며 홑옷 안에서부터, 회색 비단을 두른 속옷의 목깃을 드러내고 있었다.

"오늘은 굉장히 멋을 부렸군."

"어젯밤에도 이 차림이었습니다. 밤이라 모르셨나보네요."

나는 다시 입을 다물었다. 그 뒤로도 이런 이야기를 두어 번 더 주고받았으나, 언제나 그 사이에 묘한 구멍이 생기고 말았다. 나는 그 구멍을 고의로 만들고 있는 것 같다는 느낌이 들었다. 그러나 주키치에게는 나처럼 마음에 걸리는 것이 없었기에 아무리 말수를 줄여도 그 태도가 스스로 자연스러웠다. 마침내 나는 진지해져서 이렇게 말했다.

"사실은 어젯밤에도 자네에게 말했던 그 일이네만. 어떤가? 차라리 깨끗하게 거절해버리는 것이."

주키치는 잠깐 이해할 수 없다는 표정을 지었으나 그래도 언제나처럼 느긋한 투로 어째서냐고 되물었다.

"어째서냐고? 자네처럼 유흥을 즐기는 사람은 그 사람의 남편

될 자격이 없기 때문이야."

이번에는 주키치가 입을 다물었다. 나는 거듭 말했다.

"난 다 알고 있어. 자네가 유흥을 즐기고 있다는 건 천하에 숨길 수 없는 사실이야."

이렇게 말한 나는 갑자기 내 자신의 말이 우스워졌다. 하지만 주키치가 쓴웃음조차 짓지 않고 앉아 있어주었기에 나도 진지하게 진행해나갈 수 있었다.

"이건 남자답지 못하잖아. 사람을 속여서 자신의 이득만을 생각하다니. 사기나 다를 바 없어."

"하지만 숙부님, 저는 병 같은 거에는 아직 걸리지 않았습니다." 라고 주키치가 말허리를 자르듯 변명했기에 나는 다시 우스워졌다.

"그런 걸 남들이 어떻게 알겠어."

"네, 그렇기는 합니다."

"어쨌든 놀았다는 게 벌써 조건 위반이야. 자네는 절대로 오시즈 씨를 아내로 맞아들일 수 없어."

"이를 어쩌지."

주키치는 정말 난처하게 됐다는 표정을 지으며 여러 가지로 우는 소리를 했다. 나는 완고하게 파혼을 주장하다가, 마지막으로 그렇다면 자네가 그녀를 맞아들이기까지 근신과 후회를 하고 있다는 증거로 다달이 월급 가운데서 10엔씩 내게 보내 그것을 결혼비용의 일부로 삼는다면 이번 사건은 비밀로 하고 용서해주겠다고 말했다. 주키치는 10엔을 5엔으로 줄여달라고 말했으나 내가 받아들이지 않았기에, 결국에는 내가 말한 조건대로 10엔씩 보내기로 결정되었다.

곧 시간이 되었기에 나는 바로 일어나 옷을 갈아입었다. 그리고 인력거를 불러달라고 해서 스테이션으로 서둘렀다. 주치키는 물론 따라왔다. 하지만 가방, 무릎덮개와 그 외의 모든 짐은 여관의 지배인이 이미 손을 써서 열차 안에 전부 실어놓았기에 그는 그저 빈손으로 플랫폼 위에 서 있었다. 나는 창으로 얼굴을 내밀어 주키치의 비단을 두른 속옷의 목깃과 좁은 허리띠와 하얀 버선을 의기양양하게 바라보았다. 마침내 발차 시각이 되어 차의 바퀴가 움직이기 시작했다고 여겨지는 아슬아슬한 순간을 일부러 가늠하고 있다가 나는 호주머니 속에서 오늘 아침에 읽은 편지를 꺼내, 이봐 선물을 줄게, 라고 말하며 손을 가능한 한 길게 주키치 쪽으로 뻗었다. 주키치가 그것을 받아들었을 때 기차는 이미 움직이기 시작하고 있었다. 나는 그것을 마지막으로 얼굴을 열차 안으로 집어넣은 채 스테이션을 떠날 때까지 결코 플랫폼을 돌아보지 않았다.

집으로 돌아와서도 편지에 관한 일은 아내에게 이야기하지 않았다. 여행 후 1개월째가 되어 주키치가 10엔을 보내왔을 때 아내는 그래도 기특하네요, 라고 말했다. 2개월째에 10엔을 보내왔을 때에는 정말 기특하네요, 라고 말했다. 3개월째에는 7엔밖에 오지 않았다. 그러자 아내는 주키치 씨도 힘들겠지요, 라고 말했다. 내가 보기에 오시즈 씨에 대한 주키치의 경의는 지난 3개월 사이에 벌써 3엔만큼 결핍된 것이라고 말하지 않을 수 없었다. 장래의 경의에 이르러서는 물론 의문이다.

『단편집』 해설

고미야 도요타카(小宮 豊隆)

　여기[1])에 실린 '단편' 가운데 「도련님[2])」을 제외한 나머지 7편은 전부 『양허집[漾虛集] 요쿄슈』이라는 이름하에 일괄하여 1906년 5월에 오쿠라(大倉) 서점에서 출판되었던 작품들이다. 소세키는 자신의 서실[書室]을 '양허벽당[漾虛碧堂]'이라 호했다. 1896년 12월 5일에 이미 다카하마 교시(高濱 虛子)에게 보낸 편지 속에서 소세키는 '양허벽당장서[漾虛碧堂藏書]'라는 장서인[藏書印]을 파게 했다는 사실을 보고했다. 『양허집』이라는 이름은 거기에서 온 것이다. 「도련님」은 이후에 집필한 「풀베개」·「이백십일」과 함께 『우즈라카고(鶉籠)』라는 이름하에 1907년 1월 1일자로 슌요도(春陽堂)에서 출판되었다. 우즈라카고는 말할 필요도 없이 우즈라(메추라기)를 기르는 새장이다. 하이쿠[3])에서 이는 우즈라와 관련하여 가을을 나타내는 단어로 여겨지고 있다. 그것이 어째서 소세키에 의해 자신의 소설집 이름으로 선택되었는지, 나는 알지 못한다. 단, 다이기[4])의

---

1) 이 책에 실린 해설은 『소세키 전집 제2권』 및 『소세키 전집 제10권』(1936. 소세키 전집 간행회)의 해설을 옮긴 것이다.
2) 이 책에 「도련님」은 실려 있지 않지만 소세키의 대표작 가운데 하나이고, 글의 흐름을 생각하여 그에 대한 해설도 원문에 있는 그대로 함께 실었다. 아직 「도련님」을 읽지 않으신 분들은 2021년 8월에 발행된 「삽화와 함께 읽는 도련님」(현인)을 이 해설과 함께 읽는다면 나쓰메 소세키 이해에 커다란 도움이 될 것이다. 본문 속 인용문도 그곳에서 가져왔음을 밝혀둔다.
3) 俳句. 3·7·5의 3구로 이루어진 일본 고유의 단가.
4) 大祇(1709~1771). 에도 중기의 가인.

단가 가운데 '우즈라카고'라는 말이 있다. 어쩌면 그 단가가 소세키의 머릿속 어딘가의 구석에서 작용하고 있어서 이름의 결정에 참가한 것 아닐까 하는 생각이 들기도 하나, 그것도 결국은 어떨지 알 수가 없다.

엄밀하게 말하자면 여기에 수록된 '단편'은 전부 「나는 고양이로소이다」(이하 「고양이」)와 「고양이」 사이에 끼어 있는 작품들이다. 처음의 『런던탑』을 언제부터 쓰기 시작했는지는 정확히 알 수 없다. 그러나 그것이 적어도 1904년 12월 21일에 완성되었다는 사실만은, 노마 마사쓰나(野間 真綱)에게 보낸 소세키의 편지에 의해서 명확히 밝혀졌다. 그 「런던탑」은 『제국문학』의 1905년 1월호에 게재되었으며, 「고양이」 제1은 같은 해 같은 달의 『호토토기스(ホトトギス)』에 게재되었다. 더구나 『호토토기스』는 『제국문학』보다도 20일 가까이나 일찍 시장에 나왔으니, 적어도 1905년 정월 초하루에는 이미 완전히 완성되어 있었을 것이다. 「고양이」 제1의 탈고 연월일은 명확하지 않지만, 그것이 「런던탑」보다 먼저 쓰였다는 사실에만은 의심의 여지가 없다. 마지막의 「도련님」은 대략 1906년 3월 14·15일 쯤부터 같은 달 25일 무렵까지에 걸쳐서 완성되었다. 따라서 이것이 4월 1일 발행된 『호토토기스』에 함께 게재된 「고양이」 제10보다 나중에 쓰여진 작품이라는 사실은 분명하다. 그리고 「고양이」는 제10이 아니라, 잠시 사이를 두었다가 그해 8월호에 게재된 제11을 마지막으로 완결되었다.

이러한 사실—여기에 수록된 모든 '단편'이 「고양이」와 「고양이」 사이에 끼어 있는 작품들이라는 사실—은 이들 '단편'의 특질을 생각함에 있어서 특별한 빛을 던진다. 이들 '단편'의 대부분을 관통하며 소세키의 로맨티시즘이 가장 단적으로, 가장 농후하게 표현되어 있는데, 이 사실은 소세키의 그 로맨티시즘이 단순한 로맨티시즘이 아니라 언제나 「고양이」의 '웃음'을 배경으로 하는 특수한 로맨티시즘이라는 사실을 나타내고 있기 때문이다. 이를 소세키 쪽에 서서 말하자면, 소세키가 내면에 '꿈'과 '시'를 품고 살았다는 것은 분명한 사실이지만, 소세키의 내부에는 동시에 소세키가 그 '꿈'과 '시' 속에 순수하게 잠겨버리는 것을 용납하지 않는 것이 작용하고 있어서, 어쨌든 그것과 타협을 하지 않는 한, 소세키는 그 '꿈'과 '시'를 단적으로, 농후하게 표현할 수 없었다는 사실을 나타내고 있기 때문이다. 사실 소세키의 내면에는 2개의 마음이 살고 있어서, 서로 지배권을 다투고 있었다. 아니, 오히려 소세키 내부의 왕좌는 하나의 마음에 의해서 점령당했으며 소세키 역시 그 마음에게 왕좌를 부여하고 싶어 했음에도 불구하고, 소세키의 내부에는 그와 반대되는 다른 하나의 마음이 따로 있어서 거기에 반역하고 그것을 침해했으며, 소세키 역시 어느 정도는 그 반역과 침해의 정당성을 인정하지 않으면 안 되는 상태에 있었기에 소세키의 내부에서는 다툼이 끊일 틈이 없었던 것이다. 그 다툼에 견디다 못해 소세키가 발한 외침과 같은 것이 소세키의 「고양이」였다고 한다면, 그 외침에 의해서 간신히 진정되고, 그 외침에 의해서 간신히 균형을 유지한 소세키의 내부에서 그것과 함께 뭉게뭉게 피어올라 전경으로 밀려나온 로맨티시즘의 세계가 소세키의 '단편'이었던 것이다.

 1903년 11월 27일, 즉 소세키가 「고양이」나 「런던탑」을 쓰기 대략 1년쯤 전에 소세키는 다음과 같은 시를 지었다.

 I looked at her as she looked at me:

We looked and stood a moment,
Between Life and Dream.

We never met since:
Yet oft I stand
In the primrose path
Where Life meets Dream.

Oh that Life could
Melt into Dream,
Instead of Dream
Is constantly
Chased away by Life!

이 시가 소세키의 첫사랑인 여인―〈이초가에시5)에 다케나가6)를 묶은〉〈사랑스러운 여자아이〉(1891년 7월 18일, 마사오카 시키(正岡 子規)에게 보낸 편지)―을 안에 숨기고 있는지 어떤지는 알 수가 없다. 그러나 적어도 이 시가, 끊임없이 자신의 가슴에 '꿈'을 품고 있으며 그 '꿈'이 '현실'과 녹아들어 자신의 눈앞에 백화난만한 봄 들판의 세계를 나타내주기를 간절히 바라면서도, 자칫 그것이 '현실'로부터 위협당하고 쫓기기 쉽기에 자신은 늘 만목소연[滿目蕭然]한 마른 벌판의 한 가운데 홀로 서 있지 않으면 안 되는 소세키의

---

5) 銀杏返し. 여성의 속발 가운데 하나. 에도 시대 말기부터 유행하여 1900년대 초반에 전성기를 맞이했다.
6) たけなが. 머리를 장식하기 위해 묶던 종이.

탄식을 표현하고 있는 것이라는 사실에만은 의심의 여지가 없다. 물론 소세키 속의 현실주의적 정신은, 이 현실세계에 자신이 꿈꾸고 있는 것 같은 세계는 도저히 출현할 수 없다는 사실을 분명히 알고 있다. 그럼에도 불구하고 소세키는 결코 그 '꿈'을 버리지 않았을 뿐만 아니라, 오히려 그 '꿈'이 '현실'과 하나가 되지 못하고 심지어는 끊임없이 '현실'로부터 내몰리고 있다는 사실을 한탄했으며, —그런 의미에서 소세키가 이 '꿈'을 어디까지나 사랑한 것은 이것이 소세키의 마음속 깊은 곳에 뿌리를 내리고 있었기 때문이었다.

　소세키의 '꿈'은 '현실'에게 위협받고 내몰리고 짓밟힐 것처럼 될 때마다 오히려 소세키 속에서 한층 더 그 색을 분명히 하고, 한층 더 그 반짝임을 더해간 듯하다. 따라서 소세키의 '꿈'에 대한 애착은 소세키가 '현실'에 시달리면 시달릴수록 한층 더 크게 느껴진 것이다. 소세키는 무자비하고 냉혹한 '현실'에 대해서, 온 몸으로 이 내면의 아름다운 '꿈'을 지켜내려 했다. 뿐만 아니라 소세키는 문학을 통해서 그것을 더욱 적극적으로 표현하여 관념적으로는 '현실'로부터 조금도 침해받지 않는 아름다운 '꿈'의 나라를 건설하려 했다. 소세키의 하이쿠(단가)는 소세키의 그러한 시험 가운데 하나였다. 소세키의 한시와 영시 역시 그러한 시험 가운데 하나였다. 그러나 그러한 것 가운데 그 어느 것도, 소세키 내면의 아름다운 '꿈'을 온전히 그려내기에 충분한 그릇이 되어주지는 못했다. 걸핏하면 왕성하게 활약하기 시작하는 소세키의 현실주의적 정신을 억눌러서, 순수하고 공고한 '꿈'의 나라를 확립하기에 이러한 것들은 소세키에게 있어서 너무나도 미약한 육체밖에 가지고 있지 않았던 것이다. 소세키는 여기저기 표현의 그릇을 찾아서 돌아다니지 않으면 안 되었다. 그러나 소세키는 아무리 구해도 주어지지 않는다는 불만과 초조함을 늘 느끼지 않으면 안 되었다.

그럴 때 나타난 것이 「런던탑」이다. 혹은 「고양이」와 손을 잡은 「런던탑」이다. 「런던탑」의 발견으로 소세키는 아마도 지금까지 구하고 구했으나 끝내는 주어지지 않았던 것과 갑자기 만나게 되었다는 기쁨을 절실하게 느꼈을 것임에 틀림없다. 소세키는 이 일체[一體]를, 한편으로는 「고양이」를 계속해서 쓰는 동시에 「환영의 방패」에서 사용했고 「하룻밤」에서 사용했고 「해로행」에서 사용했으며, 약간 다른 의미이기는 하나 「풀베개」에서 사용했고, 또 나아가 어느 정도 「우미인초」에서까지 사용했다. 이는 소세키의 '시'다. 산문을 사용하여 자신의 '꿈'을 마음껏 묘사해내려 한 '시'다. 로맨티시스트로서의 소세키를, 가장 로맨틱한 빛 속에 놓아두고 보여주는 '시'다.

물론 여기에 수록된 '단편'을 전부 '시'의 범주에 편입시키려는 것은 어쩌면 억지스러운 일일지도 모른다. 그러나 이들 작품은 설령 '시'의 범주에 편입시킬 수 없는 것이라 할지라도, 거의 대부분 어떤 의미에서 그 '시'와 밀접한 관계를 맺고 있다. 따라서 제재의 본질에 대해서만 말하자면, 각 편의 차이는 거기에 표현되어 있는 '시'의 성질이 조금씩 다르다는 점에, 혹은 그 '시'를 바라보는 소세키의 각도가 조금씩 다르다는 점에 있을 뿐이다.

「런던탑」은 말할 필요도 없이 탑의 안내기가 아니다. 또한 소세키가 탑을 구경했을 때의 회상기도 아니다. 소세키는 런던 유학 중에 딱 한 번 탑을 구경했다고 말했는데, 이는 소세키가 그때의 인상을 여러 가지 수단을 강구하여 표현하려 했던 탑의 '시'다. 소세키가 탑에게서 얻은 '꿈'의 직물[織物]이다. 소세키는 이미, 「런던탑」의 마지막에서 <이 글은 마치 사실인 것처럼 써 내려왔지만 실은 절반 이상이 상상적인 내용이니 보는 사람들은 그런 마음으로 읽어주기를 희망한다.>라고 덧붙였다.

일기에 의하면 1900년 10월 28일 밤, 소세키는 처음으로 런던에 도착했다. 그리고 소세키가 탑을 구경한 것은 10월 31일이었다. 그 사이에는 겨우 이틀밖에 끼어 있지 않다. 「런던탑」 속에서 소세키는 자신이 탑을 구경한 것은 런던에 도착하고 얼마 지나지 않은 때로 자신은 애초부터 <소개장을 들고 신세를 지러 갈 곳도 없었고, 또 전부터 알고 지내던 사람이 재류하고 있는 몸도 물론 아니었기에> <네거리에 다다를 때마다 지도를 펴고 지나는 사람들에게 떠밀리며 발길을 옮겨야 할 방향을 결정>하지 않으면 안 되었다. 따라서 자신은 널따란 런던에 머물며 마치 <고텐바의 토끼가 갑자기 니혼바시 한가운데 내던져진 것 같은 기분>이었다고 말했다. 그처럼 불안한 상황의 한가운데에 머물며 소세키가 먼저 본 것이 영국 역사의 해골과도 같은-<전생의 꿈의 초점 같>은 탑 그 자체였다. 그것이 안 그래도 다감한 소세키에게 무한한 감회를 주었을 것임에 틀림없다는 사실은 쉽게 상상해볼 수 있다. 게다가 런던에서 돌아온 지 2년째 되던 해, 끊임없이 숨 막히고 초조한 생활에 허덕이지 않을 수 없었던 소세키가 「고양이」 제1을 쓴 뒤, 우선 이 인상의 응집과 표현으로 마음을 향하려 했다는 사실은, 그 깊은 곳에 말로 표현하기 어려운 복잡한 심정이 포함되어 있어서 왠지 얼굴을 돌리고 싶어지는 것을 가지고 있었던 것이라 여겨진다. 이는 골계 뒤의 진지함이다. 웃음 뒤의 눈물이다. 자기 생활의 새카만 어둠 속 움막의 벽에 구멍을 뚫어 희미하게 새어 들어오게 한 창백하고 희미한 빛이다.

여기서 소세키는 '꿈'과 '현실'의 경계가 흐릿해져 어디부터가 '현실'이고 어디부터가 '꿈'인지 마치 뜬구름을 잡는 것처럼 구별하지 못하게 되는 것을 싫어하여 탑을 구경하고 있는 자신과 구경하며 꿈을 꾸는 자신을, 처음부터 분명하게 구별하여 적었다. 그러나 구경을 해나감에 따라서 구경을 하는 자신과 꿈을 꾸고 있는 자신과의 거리가 점점 좁혀져, 결국은 자신이 '꿈' 속에 있는지, '현실' 속에 있는지 알 수 없게 되고, 독자 역시 '꿈'과 '현실' 사이를 방황하며 일종의 기묘하고 신비한 공기에 휩싸여버리고 만다. ―「런던탑」의 주안점은 그런 기묘한 세계를 독자의 눈앞에 만들어내는 데 있다. 그리고 그 정점을 이루는 것은 그곳에 구경을 온 〈일곱 살쯤 된 사내아이를 데리고 온 젊〉고 아름다운 여자와, 그 젊고 아름다운 여자와 미묘하게 연결되는 제인 그레이의 사형에 관한 환상이다. 이 젊고 아름다운 여자는 틀림없이 소세키의 창작일 것이다. 소세키는 그 여자가 〈그리스풍의 코와 구슬을 녹인 듯 고운 눈과 새하얀 목덜미를 이루고 있는 곡선의 흐름〉을 가지고 있다는 사실에 주의했으며, 그 여자가 데리고 온 아이에게 까마귀의 숫자는 5마리라고 가르쳐주는 사실에 주의했고, 보샴탑에 이르러서는 그 1층 벽의, 아무도 읽을 수 있을 것 같지 않은 제사를 그 여자가 아이에게 술술 읽어주었다는 사실에 주의했다. 소세키의 주의가 그 여자에게로 쏟아져, 자신은 조금도 알지 못하는 사실을 그 여자가 너무나도 당연하게 설명하는 신비함을 마주할 때마다 소세키의 지금까지 야릇한 분위기에 익숙해진 환상이 점차 깊어져 마침내는 그 여자를 틀림없이 더들리 가의 누구일 것이라고 착각하기에 이른다. 게다가 소세키가 그 제사 속에서 조그맣게 '제인'이라고 적힌 문자를 발견하기에 이르자, 소세키의 환상은 더욱 활발하게 움직여 언제부턴가 그 여자와 제인은 하나가 되었고, 제인이 처형당하는 장면의 환상에서는 제인의 얼굴이 그 여자의 얼굴을 쏙 빼닮은 얼굴이 되어 소세키의 눈앞에 나타난다. ―이 환상과 함께 소세키의 탑에서의 환상은 무너진다. 동시에 그 여자의 모습은 어딘가로 사라져 보이지 않게 되어버린다. 그러나 소세키는 그것만으로 「런던탑」을 마무리 지으려 하지 않았다. 소세키는 마지막으로 '숙소의 주인'을 끼워넣어 소세키의 '꿈'을 남김없이 철저하게 깨뜨려버리게 한다. 이 '숙소의 주인'도 역시 소세키의 창조이리라.

그러나 사실은 제아무리 '숙소의 주인'이 나와서 현실주의적으로 활약해도, 일단 탑에서 끄집어낸 소세키의 '꿈'은 결코 동요하지 않았다. 비유적으로 말하자면 그것은 커다란 전당을 세운 뒤, 그 주위의 비계를 뜯어낸 것에 불과하다. 〈과거라는 기이한 물건을 덮고 있던 장막이 스스로 찢어져 감실 안의 은은한 빛을 20세기 위에 반사〉하는 탑의 우울하고 기괴하고 음침하고 슬픈 아름다움은 「런던탑」과 함께 언제까지고 지워지지 않는 인상을 우리의 머릿속에 남긴다.

그 가운데서도 특히 아름다운 것은 에드워드 4세의 두 왕자가 탑에 유폐되어 있는 장면이다. 이것이 일정 부분 셰익스피어의 『리차드 3세』 속에서도 다루어졌다는 사실은, 소세키가 이미 소설 마지막의 부기에서도 지적했다. 그러나 여기서 소세키가 셰익스피어에 없는 아름다움을 나타낸 부분은, 열서너 살과 열 살쯤 된 두 왕자가 이제 곧 자객이 잠입해 들어올 줄도 모르고 동생은 침대에 앉아

다리를 아래로 힘없이 늘어뜨린 채 침대 기둥에 반쯤 몸을 기대고 있으며, 형은 동생의 무릎 위에 〈금박으로 장식한 커다란 책을 펼쳐놓고〉 그 펼쳐진 페이지 위에 〈상아를 문질러 부드럽게 한 것처럼〉 아름다운 손을 놓고, 〈자신의 눈앞에, 자신이 죽어야 할 때의 모습을 그려보는 사람은 행복하다. 매일 밤낮으로 죽기를 바라라. 곧 신 앞으로 나아갈 내가 무엇을 두려워하겠는가…….〉하고 〈부드럽고 맑은 목소리〉로 동생에게 그것을 읽어주는 장면이다. 더구나 소세키는 〈때마침 멀리서 불어온 초겨울 찬바람이 높다란 탑을 흔들어 벽마저 떨어져버리는 것이 아닐까 싶을 정도로 한바탕 휭 울어댄다.〉라고 말하여 그 장면이 무엇인가 심상치 않은 것을 안에 품고 있다는 사실을 암시하려고까지 했다. ―소세키는 이 장면의 상상을 들라로슈의 그림에서 적잖이 얻었다고 자백했으나, 이 아름다움이 단지 회화적인 아름다움만이 아니라, 회화로는 나타낼 수 없는 문예적인 아름다움도 상당히 가지고 있다는 사실은 굳이 설명할 필요도 없으리라. 구도는 물론 들라로슈에게서 온 것임에 틀림없을 테지만, 그럼에도 이는 소세키 특유의 아름다움이다.

「칼라일 박물관」은 「런던탑」 같은 슬픔, 쓸쓸함, 창백하고 그윽한 빛의 아름다움은 가지고 있지 않다. 문체도 역시 담담하고 평이한 문체다. 「런던탑」에서는 공상이 14세기·15세기·16세기 영국의 역사적 사건을 중심으로 전개된 데 반해서, 여기서의 그것은 19세기다. 시대의 원근에 따라서 동일한 사건의 '시'가 증감한다고 한다면 「런던탑」의 무대에 비해서 「칼라일 박물관」의 무대가 훨씬 더 산문적인 것은 당연한 일일지도 모르겠다. 그러한 점에서 「칼라일 박물관」은 「런던탑」과 커다란 대조를 이룬다.

그러나 칼라일에는 칼라일 특유의 아름다움이 있다. 「칼라일 박물관」에서 우리는 19세기 영국이 낳은 유수한 문학자의 세계 속에 자기 자신을 던져넣은 소세키의 '꿈'으로의 안내에 의해, 사각사면으로 생긴 집에 살며 〈크롬웰 같은, 프레드릭 대왕 같은, 그리고 제조장의 굴뚝 같은 집 안에서 크롬웰을 저술하고 프레드릭 대왕을 저술했으며, 디즈레일리의 주선에 의한 연봉을 뿌리친 채 사각사면으로〉 생활한 칼라일의 그 독특한 아름다움 속으로 끌려들어간다. 특히 소세키는 칼라일에 대해서, 〈그는 그의 글이 나타내고 있는 것처럼 전광적인 사람이었다. 그의 짜증은 자신의 주변을 감싸고 조금도 꺼릴 것 없이 일어나는 소리들을 그냥 흘려들으며 저작에 몰두할 수 있을 만한 여유를 주지 않았던 듯 여겨진다. 피아노 소리, 개 짖는 소리, 닭 우는 소리, 앵무새 소리, 모든 소리가 하나같이 그의 예민한 신경을 자극하여 오뇌에서 벗어나지 못하게 한 끝에 마침내는 그로 하여금 하늘에서 가장 가깝고 사람에게서는 가장 멀어질 수 있는 주거를 이 4층의 지붕 아래서 구하게 한 것이었다.〉라고 적었다. 이는 어떤 의미에서는 그대로 소세키에게 해당하는 속성이다. 그 '전광적'인 점도, 그 '짜증'을 잘 내는 점도, 그리고 '사각사면'으로 세상에서 살아간 점도, 세속적인 일에는 비교적 어두웠던 점도 소세키와 칼라일은 공통되는 점을 상당히 가지고 있었다. 소세키의 '꿈'은 칼라일에게서, 어쩌면 자신의 좋은 반려를 찾아낸 것일지도 모른다. 그런 만큼 소세키의 「칼라일 박물관」은 또, 우리와 친숙하지만 그러나 우리가 눈앞에 두고 있는 '현실'과는 다른 '현실' 속으로 우리를 데리고 가는 것이다.

「런던탑」의 문체와 「칼라일 박물관」의 문체는 그 정취가 전혀 다르다. 이는 소세키가 각 작품마다 전과 다른 제재를 전과 다른 문체로 쓰지 않고는 견딜 수 없는 의욕을 가지고 있던 탓이기도 하나, 또 한편으로 이는 제재 자체의 성질에서 온 것이기도 하다. 이는 아마 말할 필요도 없는 사실이리라. 탑에서 이끌어낸 '꿈'과 칼라일의 집에서 이끌어낸 '꿈'은 당연히 대조적인 성질을 가지고 있지 않으면 안 될 것이기 때문이다.

그러나 다른 한편에서 말하자면, 「런던탑」과 「칼라일 박물관」은 외모의 상이함에도 불구하고, 어떤 면에서는 매우 공통되는 점을 가지고 있다. 그것은 양쪽 모두에서 나타나는 소세키의 관조적 태도의 유사함이다. 여기서 관조의 대상은 현실적·객관적으로 엄연히 존재한다. 그런데 소세키는 그것을 현실적·객관적으로 치밀하게 관조하기보다는, 예를 들자면 옷이나 그런 것처럼 그 대상 위에 자신의 '꿈'을 푹 씌워놓고 관조한다. 물론 소세키가 「런던탑」 끝부분의 부기에서도 말한 것처럼, 그것을 글로 쓸 목적으로 구경한 것은 아니기에 서술이 주관적으로 기운 것은 아마도 어쩔 수 없는 일이었으리라. 그러나 여기에 나타난 것에 한해서만 말해보자면, 소세키는 대상을 객관적으로 극명하게 서술하는 것에 역점을 둔 것이 아니라, 오히려 그 대상을 통해서 얻은 감흥에 역점을 두었다. 거기에 양자의 첫 번째 공통점이 있다. 그리고 「런던탑」과 「칼라일 박물관」은 그 대상을 통해서 얻은 감흥이 풍부하고 자세한 영국의 역사, 혹은 영국 문학에 대한 지식에 바탕을 두고 있다는 점이 두 번째 공통점이다. 영국의 역사에 정통한 사람이 아니고서는 런던탑에서 이 정도의 감흥을 불러일으킬 수는 없다. 영국 문학에 정통한 사람이 아니고서는 칼라일의 집에서 이 정도의 감흥을 불러일으킬 수는 없다. 그런 의미에서 이들 작품은 영문학자로서 소세키의 조예가 얼마나 깊은 것이었는지를 말해주는 작품이기도 하다.

이러한 사실은 역시 「환영의 방패」에 대해서도 마찬가지이리라. 물론 아서 대왕과 원탁의 기사를 중심으로 하는 중세 기사에 관한 지식은 반드시 영문학전공자만 가지고 있는 것은 아니다. 그러나 영문학을 전공했든, 프랑스문학을 전공했든, 혹은 독일문학을 전공했든 제재를 중세 기사의 세계에서 가져와 이 정도로 선명하고 중세답게, 그리고 기사다운 분위기를 그려낼 수 있으려면 사람은 그 세계에 대한 충분한 지식과 그 세계에 대한 충분한 동감을 가지고 있어야만 한다는 것은 말할 필요도 없는 사실이리라. 소세키는 스스로, 〈지식이 부족하여 고대 기사의 상황을 잘 모르는 탓에 서사의 타당성이 결여되어 있고 배경 묘사와 진상에 부족한 부분이 많으리라 여겨진다. 독자 여러분의 가르침을 기다리겠다.〉고 말했으나, 적어도 우리 일본인에게 있어서는 테니슨의 『아이딜스』의 세계나 바그너의 『트리스탄』의 세계 등에 비해서 『환영의 방패』의 세계가 훨씬 더 중세답고, 또 훨씬 더 기사다운 것을 가지고 있는 듯 여겨진다는 점은 너무나도 명백해서 의심의 여지조차 없는 사실이다.

소세키는 「런던탑」에서 14세기·15세기·16세기 무렵 영국의 역사적 사건 속에서 자신의 '꿈'을 떠다니게 했다. 「칼라일 박물관」에서 그것은 갑자기 현대의 우리에게 가까운 19세기 세계로 비약했다. 그런데 「환영의 방패」에 이르러 그것은 다시 먼 옛날 기사들이 활약하던 아서 대왕의 시절로 돌아갔을 뿐만 아니라, 그 '꿈'은 지금까지 없었던 연애를 중심으로 한, 신비하기 그지없는 '꿈'의 세계로까지 승화된다.

소세키는 「환영의 방패」의 서에서 이미, <일심불란이라는 말을, 눈에 보이지 않는 괴력을 빌려 표묘한 배경 앞쪽으로 그려내겠다고 생각하다 이 분위기를 얻었다. 이를 일본의 이야기로 쓰지 않은 것은 이 분위기와 우리나라의 풍속이 조화를 이루지 못하리라 생각했기 때문이다.>라고 말했다. 소세키가 「환영의 방패」에서 그리려 한 세계는 이것으로 이미 명백해졌다. 예전에 '꿈'과 '현실' 사이에 서서 영원을 찰나에 응축해놓은 것 같은 사랑의 시를 다른 나라의 말로 쓰고, 그 후에 이 '꿈'이 끊임없이 '현실'로부터 위협받아 자신의 눈앞에 백화난만한 봄 들판의 세계가 나타나지 않는 것을 늘 한탄했던 소세키는, 여기에 이르러 비슷한 사랑의 '시'를 중세 기사의 세계를 빌려 표현하여 '일심불란'의 힘이 백화난만한 봄 들판의 세계를 자신의 눈앞에 출현시켜주는 기쁨을 찬란하게 그려내려 한 것이다. 그것은 물론 '꿈'인지 '현실'인지조차 알 수 없는 세계이기는 하다. 그러나 그것은 '꿈'보다는 확실하고, 엄연한 '현실'이기는 하나, 평범한 '현실'과는 차원을 달리하는 신비한 세계였다. 그리고 그 세계는 언제나 <이탈리아의, 이탈리아의 바다 자줏빛으로 날이 밝>아가는 세계였던 것이다.

소세키는 1899년 7월 27일에 쓴 「소설 『아일윈』의 비평」 속에서 주인공 아일윈이 스노든 산봉우리에서 집시 특유의 호궁[胡弓]처럼 생긴 악기를 집시 여자가 연주해주는 것을 듣고, 자신의 사랑이 이루어질지 이루어지지 못할지 점을 쳐달라고 부탁하는 장면을 서술한 적이 있다. 그러자 아일윈의 연인의 생령이 그 호궁 소리에 이끌려 짙은 안개 속에서 희미하게 모습을 드러냈다고 한다. 소세키는 「환영의 방패」의 마지막 장면에서 물을 사이에 둔 건너편 바위 위에서, <눈부실 정도로 붉은 옷을 입은 한 여자가 낯선 세상의 악기를 켜는 듯 마는 듯 켜고> 있는 장면을 묘사했는데, 소세키는 어쩌면 이 여자를 「아일윈」에서 암시받은 것 아닐까 여겨진다. 1905년 2월 8일, 소세키가 하시구치 미쓰구에게 보낸 자필 수채화에는 전경에 연못이 있고 연못 건너편에 너덧 그루의 나무가 있으며 그 한가운데에 주홍색 옷을 입은 여자가 옆을 향한 채, 나무 한 그루의 줄기에 기댄 듯 앉아 있는 모습이 담겨 있다. 연못의 물은 한없이 맑은 듯 보이며, 여자와 나무도 나무 사이로 보이는 파란 하늘도 전부 그 그림자를 물에 담그고 있다. 그리고 소세키는 그 이튿날, 즉 1905년 2월 9일부터 「환영의 방패」를 쓰기 시작했다. 이 수채화와 「환영의 방패」와 영시와 「아일윈」을 연관 지어 살펴보면, 그 사이에는 눈에 보이지 않는 실이 이어져 있어서 끊으려야 끊을 수 없는 밀접한 관계가 있는 듯 여겨지기도 한다. ─물론 소세키가 여기서 「아일윈」을 흉내 냈다고 말하려는 것이 아니다. 연애의 신비·심령의 감응은 「환영의 방패」에서뿐만 아니라, 다소 형태를 바꾸어 이후의 작품에서도 모습을 드러낸 주제였다. 이를 흉내라고 하기에 소세키에게는 너무나도 진지한 주제였다. 단, 소세키의 '주홍색 옷'을 입은 여자가, 소세키에게도 절실한 문제를 문제로 삼고 있었다는 의미에서 소세키가 애독했으리라 여겨지는 「아일윈」에서 배태한 것이 아닐까, 이야기하고 싶었을 뿐이다.

"사랑의 끝은 유물론에 만족하지 못하고, 반드시 신비설로 들어가는 법이다."라고 아일윈의 아버지가 아일윈에게 들려주었다고 한다. 평범한 사람으로서의 아일윈은 아버지의 그 말을 믿으려 하지 않았다.

그러나 아일원은 연인이 생기고, 연인을 잃고, 집시 여자에게서 그 연인을 다시 획득하는 것이 가능하다는 예언을 얻기에 이르자, 점점 아버지의 말을 수긍하기 시작했으며, 마침내는 절대적인 심령주의자가 되어버린다. 소세키의 말을 빌리자면 이[理]와 정[情]의 전쟁에서 〈이가 패하고 정이 승리를 거둔〉 것이다. 그러나 「환영의 방패」에서는 이와 정이 전쟁을 하지는 않는다. 처음부터 정이 지배하고 심령이 지배하고 신비가 지배한다. 그렇기에 소세키는 「환영의 방패」 서두에서 갑자기, 〈먼 옛날의 이야기다. 바론이라 칭하는 자가 성을 쌓고 해자를 두르고, 사람을 죽이며 하늘 무서운 줄 몰랐던 옛날로 돌아가자. 지금 시대의 이야기가 아니다.〉라고 말하여 이가 파고들 틈을 주지 않을 장치를 함과 동시에, 곧 영묘하고 신비한 힘을 가진 방패의 묘사를 시작한다. 거인이 살고, 요정이 살고, 마법사가 왕의 고문으로 있는 중세 기사의 세상 속에서, 북방의 거인으로부터 받았다고 전해지는 방패가 신비함으로 가득한 영력을 발휘하지 않을 리 없다. 소세키는 그러한 세계 속으로 우리를 데리고 들어가서, 그 방패의 영력을 믿고 또 상대방과 자신의 사랑의 진실함을 조금도 의심하지 않는 순수하고 소박하고 한결같은 사람이 '일심불란'이 됨으로 해서 자신의 눈앞에 출현시킨 환천희지[歡天喜地]의 자재[自在]로움을 우리에게 체험시키려 한다. 그런 세계에서, 오늘날의 인간으로서는 믿을 수 없는 일이 쉽게 일어나는 것은 당연한 일이다.

    그러나 「환영의 방패」의 아름다움은 그와 같은 구성의 능란함에 있지 않다. 물론 그것도 틀림없이 하나의 요소이기는 하나, 그보다 더 중대한 요소는 「환영의 방패」의 주인공이 보여주는, 한결같은 믿음의 힘이 가지고 있는 거침없음—이른바 거인적인 '일심불란'에 대한 묘사의 발랄함이다. 방패 자체의 야릇한 아름다움에 대한 묘사와 함께 윌리엄의 방패에 대한 믿음과 연인 클라라에 대한 믿음은 소세키의 붓에 의해서, 무슨 일이든 논리적으로 생각하지 않으면 안 되는 현대인의 마음에도 스며들어 우리들의 머릿속 어딘가 구석에 재를 덮어 묻어두었던 것 같은 신비한 숯불을 다시 한 번 피워올리게 할 만큼 잡아끄는 힘을 가지고 있다. <먼 옛날의 이야기>로 시작된 세계는 어느 틈엔가 <먼 옛날의 이야기>임을 잊게 하여, 사람들은 20세기인 오늘날, 밝은 낮에도 여전히 심령의 신비를 체험하게 된다.

「환청에 들리는 거문고 소리」는 말하자면 「환영의 방패」의 안티테제다. 「칼라일 박물관」과 「런던탑」이 문체에 있어서 분명한 대조를 이루고 있는 것처럼, 「환청에 들리는 거문고 소리」의 문체와 「환영의 방패」의 문체도 역시 분명한 대조를 이루고 있다. 뿐만 아니라 「환영의 방패」에서는 연애의 신비·심령의 감응 자체가 묘사되어 있는 데 반해서, 「환청에 들리는 거문고 소리」에서는 연애의 신비·심령의 감응이 가능함을 부정한다. 물론 여기서 주인공의 친구인 심리학자는 그것이 가능함을 과학적으로 증명할 수 있다고 믿는다. 그러나 법학사인 샐러리맨 주인공은 그 친구로부터 그것이 가능하다는 이야기를 듣고 얼마간 그 설에 사로잡힐 듯 보였으나, 사실은 그런 일이 일어나는 것도 아니고, 한때 그런 일이 일어날 것 같다는 마음이 든 것은 단지 「환청에 들리는 거문고 소리」에 지나지 않았다는 사실을 경험한다.

물론 이것이 연애의 신비·심령의 감응이 가능한가에 대한 '전[全]' 소세키의 비평일까 하는 점은, 의문이다. 그러나 적어도 소세키 속의 현실주의적 정신은 여기서 이러한 배상을 얻지 않고는 끝내 만족할 수 없었던 듯 보인다. 「환영의 방패」에서 소세키는 〈먼 옛날의 이야기다.〉라고 말해서, 그곳으로 현실주의적인 정신이 들어올 여지를 완전히 차단해버리고, 그 견고한 보루 너머에서 로맨틱한 정신이 자유자재로 도약하는 것을 허락했다. 그러나 한편에서 현실주의적 정신을 봉쇄한다는 것은, 다른 한편에서 현실주의적 정신을 배양하는 일이다. 봉쇄된 소세키 속의 현실주의적 정신은 더욱 맹렬하게 대두한다. 그 자신 속의 현실주의적 정신을 위해서 쓰여진 것이 이 「환청에 들리는 거문고 소리」다. 그런 점에서 이는, 엄밀한 의미에서는 「환영의 방패」의 안티테제라고 말할 수 없을지도 모른다.

그러나 「환청에 들리는 거문고 소리」의 세계가 「환영의 방패」의 세계의 안티테제가 아니라고도 역시 단언할 수는 없다. 엄밀히 말하자면 그것은 「환영의 방패」의 세계에 대한 20세기식·법학사식 부정이다. 「환청에 들리는 거문고 소리」의 주인공은 평범한 법학사로서, 평범한 샐러리맨으로서, 평범하게 약혼하여 평범하게 약혼녀를 사랑하고 있다. 평범하고 '건강한' 연애에 불가사의한 일이 일어날 리 없다. 또한 세상에 불가사의는 존재하지 않는다고 보는 것이, 평범이며 '건강'이며 상식이다. 그런 의미에서 「환청에 들리는 거문고 소리」의 주인공이 얼마간 불가사의를 믿을 것처럼 되었으나 끝내는 그 불가사의를 믿는 데까지 이르지 않은 것은 당연한 일이라고 말해도 좋으리라. 그러나 「환청에 들리는 거문고 소리」의 주인공이 「환영의 방패」 속의 윌리엄처럼, 혹은 「아일원」 속의 아일원처럼, 일단 〈법학사답지 못〉한 체험을 하고 〈일심불란〉의 경지에 도달하게 된다면, 연애의 신비·심령의 감응의 세계 역시 그의 눈앞에 출현하지 말라는 법도 없다. 그러한 가능성을 시사하는 자로 소세키는 여기에 쓰다 마카타를 점철시킨 것이리라. 그러나 여기서 소세키는, 그것을 단지 점철에만 그치고 표현의 세계는 주인공인 법학사에게 집중했다. 그럼에도 소세키가 여기에 쓰다를 점철시켰다는 것은, 소세키가 반드시 소세키 '전부'로서 주인공인 법학사와 의견을 같이하는 것은 아니라는 사실을 암시한다.

「하룻밤」은 소세키가 그 마지막에서 〈8첩 방에 수염 있는 사람과 수염 없는 사람과 시원한 눈을 가진 여자가 모여 이와 같은 하룻밤을 보냈다. 그들의 하룻밤을 그린 것은 그들의 생애를 그린 것이다.〉라고 말하고, 또 〈왜 세 사람은 만난 걸까? 그건 알 수 없다. 세 사람은 어떤 신분과 경력과 성격을 가지고 있을까? 그것도 알 수 없다. 세 사람의 말과 동작을 통틀어서 일관된 사건으로 발전하지 않았다? 인생을 쓴 것이지 소설을 쓴 것이 아니기에 어쩔 수가 없다. 왜 세 사람 모두 동시에 잠들었을까? 세 사람 모두 동시에 잠이 왔기 때문이다.〉라고 말한 것처럼 세 사람이 한 곳에 모여 보낸 하룻밤을, 진리의 단면으로써 그려낸 작품이다. 이는 소설의 줄거리와 역사와 성격을 중요시하는 일반적인 의미에서의 사고의 맞은편에 놓인 안티테제―따라서 또한 자신의 「환청에 들리는 거문고 소리」와 같은 것의 맞은편에도 놓인 안티테제―이자, 그것이 하이쿠적인 소설이라는 점에서 나중에 발표한 「풀베개」의 선구가 되는 작품이다. 그와 동시에 여기에서는 내용적으로 말해서 바로 앞의 「환청에 들리는 거문고 소리」에 안티테제를 두고, 다시 하나 앞의 「환영의 방패」와 맥락을 같이하는 것을 다루고 있다. 그것은 말하자면 운명적인 연애

―한 번 본 것만으로 철이 자석에 끌려가듯, 무조건적으로 상대방에게 이끌리는 신비한 연애가 가능하다는 사실이다.

〈첫 번째 소리에 두견이라고 깨달았네. 두 번째 소리에 좋은 소리라고 생각했네.〉 …… 〈첫눈에 바로 반하는 것도 그런 것일까요?〉 …… 〈저 소리는 가슴이 후련해지는 듯하지만, 반하면 가슴이 메겠지. 반하지 말라. 반하지 말라……〉 …… 〈구인[九仞] 위에 일궤[一簣]를 더한다. 더하지 않으면 부족하고, 더하면 위험해. 마음에 둔 사람과는 만나지 않는 편이 나을 거야.〉 …… 〈하지만 철조각이 자석을 만나면?〉 …… 〈처음 만나도 인사는 하지 않겠지.〉 …… 〈본 적도, 들은 적도 없는데 이 사람이라고 인식하는 게 신기해.〉 …… 〈나는 우타마로가 그린 미인을 인식했는데, 어떻게 그림을 살릴 방법은 없을까?〉 …… 〈제게는……. 인식한 바로 그 사람이 아니고는.〉 …… 〈꿈으로 삼으면, 바로 살아나지.〉 이런 대화가 부자연스럽네, 부자연스럽지 않네, 비아냥거림이네, 비아냥거림이 아니네 하는 것은 지금 문제가 아니다. 문제는 소세키가 작중 인물에게 단편적으로나마 이런 대화를 시키고 있다는 사실이 갖는 의미다. ―게다가 여기서 소세키가 이야기하고 있는 내용은, 소세키를 관철하며 흐르고 있는 연애의 신비·심령의 감응이 가능하다는 사실에 대한 믿음이었다. 상대를 보고 첫눈에, 이 사람이 자신의 운명적 사랑의 상대라고 깨닫는 신비한 '인식'에 대한 믿음이었다. 그리고 이는 소세키가 예전에 영시로 노래하고, 「환영의 방패」에서 묘사했던 것의 또 다른 방면에서의 서술에 지나지 않았다. 단, 여기서는 그것이 하이쿠나 그런 것처럼, 평범한 외모 속에서 단편적으로 말해지고 있을 뿐이다.

1905년 9월 11일에 나카가와 요시타로(中川 芳太郎)에게 보낸 편지 속에서 소세키는 「하룻밤」에 대해서, 〈오늘 고등학교에 갔더니 구로야나기(畔柳)가 모르겠다고 하기에, 몰라도 느끼기만 하면 된다고 말했다. 가이슈(芥舟구로야나기) 선생은 조금도 느끼지 못하는 모양이다.〉라고 말했다. 같은 해 같은 달 17일, 다카하마 교시에게 보낸 편지 속에서는, 〈「하룻밤」을 보셨다니 감사합니다. 비평, 감사합니다만, 그것을 더 알기 쉽게 쓰면 그 정도의 느낌은 도저히 나지 않을 듯합니다. 그것은 다소 이해할 수 없다는 점이 재미있는 점이라고 생각합니다.〉라고 말했다. 또한 「하룻밤」을 탈고하고 난 뒤 2개월 지나서 쓴 「고양이」 제6에서 소세키는, 작중의 한 인물인 오치 도후(越智 東風)의 말을 빌려서, 〈얼마 전에도 제 친구인 소세키(送籍)라는 사내가 하룻밤이라는 단편을 썼는데, 누가 읽어도 몽롱하고 종잡을 수 없기에 당사자를 만나 주요한 의도가 무엇이냐고 상세히 물어보았으나, 본인도 그런 건 모르겠다며 상대해주지 않았습니다. 바로 그런 점이 시인의 특색인 듯합니다.〉라고도 말했다. 이는 「하룻밤」에 대한 당시의 비평이 온통 모르겠다는 것으로 기울어 있었기에, 소세키가 들려준 말이다. 소세키에 의하면 「하룻밤」은 느끼기만 하면 되는 것이지, 거기에 정리된 의미나 내용이 있는 것은 아니라고 말했다. 그것은 틀림없이 맞는 말이다. 그럼에도 불구하고 나는 소세키가 어떤 의미에서는 고의로 몽롱하게 하고, 또 고의로 표묘하게 한 것 속에서, 소세키의 연애에 관한 그러한 '꿈'이 상당 부분 분명히 반짝이고 있으며, 그러한 점에서 이 「하룻밤」이 「환청에 들리는 거문고 소리」와 현저한 대조를 이루고 있다는 사실을 간과할 수 없다.

특히 소세키는 역시 「고양이」 제6 속에, 간게쓰(寒月)가 지난달부터 오이소(大磯)에 가 있어서 지금은 도쿄에 없는 가네다(金田) 아가씨를 이삼일 전에 도쿄에서 만나 잘 이야기했다고 말하자, 구샤미(苦沙弥)의 아내가, <"하지만 가네다 씨 댁은 온 가족이 남김없이 지난달부터 오이소에 가 계시잖아요."›라고 이상하다는 듯 물었고, 그 말을 들은 간게쓰가 약간 난처해하고 있자 메이테이(迷亭)가 그 사이로 끼어들어, <"지난달 오이소에 간 사람을 이삼일 전에 도쿄에서 만났다는 건 신비적이라 좋아. 이른바 영의 교환이야. 서로를 생각하는 정이 절실할 때에는 그런 현상이 곧잘 일어나는 법이야. 얼핏 들으면 꿈 같겠지만, 꿈이라 할지라도 현실보다 더 분명한 꿈이야. 사모님처럼 특별히 서로 생각하는 마음도 주고받지 않은 구샤미 군에게 시집을 와서 평생 사랑이 무엇인지 이해 못하실 분께는 이상히 여겨지는 것도 당연한 일이지만……:"›이라고 말하는 장면을 삽입했다. 뿐만 아니라 메이테이는 이와 관련해서, <에치고노쿠니(越後の国)는 간바라(蒲原) 군 다케노코다니(筍谷)를 지나, 다코쓰보토우게(蛸壺峠)로 접어들어, 거기서부터 드디어 아이즈(会津) 땅에 들어서려는 곳›의 한 집에서 그곳의 아가씨를 보고 몸이 떨릴 정도로 첫눈에 반해버린, 메이테이의 이른바 '신비적인' 첫사랑 이야기를 들려주기까지 한다. —소세키는 「하룻밤」에서 이 테마를 표묘한 것 속에 아로새겼다. 「고양이」에서는 그것을 진담인지 농담인지 알 수 없는 것 속에 감싸, 늘 농담만 하는 메이테이의 진지한 경험으로 골계화하여 표현했다. 이야기하는 방식은 다르지만 테마는 같은 테마다. 이 당시 소세키의 머릿속에서는 끊임없이 이 테마가 오갔으며, 소세키는 그것을 여러 가지 각도에서 바라본 것임에

틀림없다.

그런데 그 테마가 가장 아름다운 '시'로, 그리고 가장 허무한—가장 슬픈 '시'로 묘사된 것이 다음에 나타난 「해로행」이다.

1906년 3월 2일, 소세키는 가와모토 도시아키(川本 敏亮)의 질문에, 「해로행」이라는 <제목은 옛 악부[樂府] 가운데 있는 이름인데 아시는 것처럼, '인생은 염교[薤] 잎 위의 이슬[露]처럼 마르기 쉽네'라는 말에서 온 것입니다. 물론 음으로는 '카이로'라고 읽을 생각입니다.>라고 답했다. 이는 주로 젊고 아름다운 여자가 첫눈에 반해서 남자를 연모하게 되었으나, 사랑을 이루지 못하여 식음을 끊고 18세를 일기로 덧없이 이 세상에서 사라져간 중세 기사 시대의 이야기를 다룬 것이다.

이 소설의 처음에서 소세키 자신이 밝힌 것처럼, 소세키는 이 제재를 맬러리의 『아서의 죽음』에서 가져왔다. 그러한 점에서 이는 「환영의 방패」와 같은 시대의 이야기다. 단, 「환영의 방패」에서는 세계가 온전히 소세키의 창조에 의해서 이루어진 데 반해서, 이곳에서 소세키는 대체로 맬러리의 글에 남겨진 아서 전설에 의지했다. 그러한 점이 두 작품의 차이다. 그러나 소세키도 말한 것처럼 소세키는 맬러리가 쓴 아서 전설의 일부를 소개하기 위해서 이것을 쓴 것이 아니라, 단지 <이런 일이 재미있기에> 그것을 자신의 재료로 삼아 이 작품을 쓴 것이다. 따라서 소세키는 자신에게 필요하다고 인식되면, <사실의 앞뒤를 바꾸기도 하고, 사건을 창조하기도 하고, 성격을 바꾸기도> 했다. 그런 의미에서 이 「해로행」은 테니슨의 『아이딜스』가 제재는 맬러리에서 가져왔지만 테니슨의 작품인 것처럼, 순수하게 소세키의 것이 되어 있다. 당시 어떤 사람은 이를 번역물로 다루었었다. 그것은 결국 그 사람의 무지함을 증명한 것 외에 아무것도 아니었지만, 소세키는 틀림없이 뜻밖이라 여겼을 것이다.

소세키는 맬러리에 대해서, <솔직히 말하자면 맬러리가 묘사한 랜슬롯은 어떤 점에서는 인력거꾼 같고, 귀네비어는 인력거꾼의 정부 같다는 느낌이 든다. 이 한 가지 점만으로도 다시 고쳐 쓸 필요는 충분히 있다고 생각한다.>고 평했다. 그러나 소세키가 맬러리와 다른 점은 단지 랜슬롯과 귀네비어의 성격만이 아니다. 예를 들어서 '샬럿의 여자' 등은 맬러리에 전혀 등장하지 않는 존재다. 물론 테니슨에는 등장한다. 테니슨의 '샬럿의 여자'는 테니슨이 처음 창조한 여자라 알려져 있다고 하는데, 하지만 테니슨의 '샬럿의 여자'는 거울에 비친 그림자의 세계에만 만족하며 아름다운 비단을 짜고 있다가 거울에 비친 젊은 연인의 다정한 모습에 자극을 받아, 경기가 열리는 정원으로 급히 달려가는 랜슬롯의 늠름한 모습을 보고 그림자의 세계만으로는 만족하지 못하게 되어 끝내는 창밖으로 얼굴을 내밀어 자신에게 저주가 내리게 하는 박명[薄命]한 여자로 묘사되어 있다. 그러나 소세키에서 '샬럿의 여자'는 저주를 받아 거울 속 세계에서 살아가고 있는 듯한, 또 사람들에게 저주를 내릴 수도 있는 듯한, 신비하고 초자연적인 요소를 상당히 띤 존재다. 게다가 소세키의 '샬럿의 여자'는 한 번 보고 갑자기 랜슬롯을 사랑하게 된다. 랜슬롯에게서 사랑을 느꼈기에 창밖으로 얼굴을 내밀어 저주를 받게 된다. 동시에 '샬럿의 여자'는 랜슬롯에게 자신의 저주를 걸어 랜슬롯의 운명을 좌우하려 한다. 테니슨에서 '샬럿의 여자'는 랜슬롯과 귀네비어, 랜슬롯과 일레인의 이야기와는 연관이 없는 이야기가 되어 있다. 소세키에서 그것은 랜슬롯의 운명을 좌우하는 여자로서 두 이야기 사이에 밀접하게 삽입된다.

　소세키는 일레인을 다루는 방법에 있어서도 역시 독특한 것을 내보인다. ―일레인은 랜슬롯을 보고 첫눈에 반한다. 투구에 감고 승부에 나서달라며 일레인은 자신의 붉은 옷의 한쪽 소매를 랜슬롯에게 준다. 일레인은 마지막에서 이루지 못한 사랑에 애를 태우다 목숨을 잃는데, 죽을 때 랜슬롯에게 보내는 편지를 써서 자신의 오른손에 쥐어달라고 하며, 자신의 죽은 몸을 온갖 아름다운 옷으로 꾸미고 배에 실어 흘려보내 달라고 청한다. 이러한 점에 있어서는 맬러리와 테니슨, 소세키 모두 마찬가지다. 또한 맬러리에서도 테니슨에서도 경기에 나선 랜슬롯이 마지막에 부상을 당해 쓰러지기는 하나, 소세키에서처럼 저주를 받아 행방불명이 되지는 않는다. 반대로 은자의 암자로 옮겨져 오랜 시간 자리에 눕게 된다. 그런 그를 일레인이 밤낮으로 간호한다. 그리고 일레인은 랜슬롯이 마침내 건강을 회복하자 랜슬롯에게 자신의 사랑을 받아달라고 분명하게 청하는데, 랜슬롯은 그녀에게 동정을 품기는 하나 사랑은 단호히 거절한다. 그러나 소세키의 일레인은 자신의 붉은 옷의 한쪽 소매를 잘라 그것을 랜슬롯의 방으로 간신히 가져가는 것이 전부일 뿐인 어리고 청순하고 아름다운 아가씨였다. 랜슬롯은 물론 경기가 열린 정원에서 부상을 당한다. 그러나 일레인이 그 옆에 붙어서 간호를 하지는 않는다. 간호를 하네 마네 할 것도 없이 귀네비어와의 사랑의 무거운 죄에 고뇌하고 '샬럿의 여자'의 저주를 받은 랜슬롯은 업혀 들어간 은자의 암자의 벽에 〈죄는 나를 쫓고 나는 죄를 쫓는다〉고 검 끝으로 새겨놓은 뒤, 어디인지도 모를 곳으로 모습을 감추어버린다. 일레인에게 랜슬롯은 단 한 번 만났을 뿐, 생사조차도 알 수 없는 사람이 되어버리고 만다. 일레인은, 〈랜슬롯은 맹세하지 않았어, 홀로 맹세한 나는 변할 리가 없지, 두 사람 사이에서 이루어진 것만을 맹세라고는 할 수 없어, 스스로 마음에 다짐한 것도 맹세임에는 틀림없어, 이 맹세만 깨지 않는다면, 하고 생각〉하여 목숨을 끊기 위해 식음을 끊는다.

    이는 어쩌면 서양적·중세적이 아니라, 일본적·중세적일지도 모르겠다. 그러나 소세키에게 있어서 그런 것은 아무래도 좋은 문제였다. 소세키가 여기서 가장 깊은 관심을 보인 것은 소세키 특유의 운명적 연애를 아름답게 묘사하는 점에 있었다. 요기[妖氣]를 띤 '샬럿의 여자' 조차도 〈검은 철의 검은빛을 닦아 본래의 흰빛으로 되돌리는 멀린의 마술에 의한〉 거울을 향해 밤낮으로 비단을 짰으나, 투구의 챙 아래에서 찬란하게 빛나는 랜슬롯의 눈이 거울 속에서 자신의 눈과 마주치자마자, 〈홀연 창 옆으로 달려가 창백한 얼굴을 세상 속으로 반쯤 내밀〉어 자신의 영원을 단 한 번의 시선 속에 묻어버리고 말았다. 〈교교하던 거울이 갑자기 한가운데서 2개로 갈라졌다. 갈라진 표면이 다시 쩍쩍 얼음이 갈라지듯 산산조각 나서 방 안으로 튀었다. 일곱 두루마리, 여덟 두루마리, 짜던 비단이 갈가리 찢어져 바람도 없는데 철조각과 함께 날아올랐다. 붉은 실, 초록 실, 노란 실, 보라색 실이 흐트러지고 끊어지고 풀리고 엉켜 땅거미가 친 그물처럼 샬럿의 여자의 얼굴에, 손에, 소매에, 기다란 머리카락에 휘감겼다.〉 일레인도 역시 랜슬롯과의 이루지 못한 사랑에 청순한 18세의 나이로 목숨을 끊었으며, 〈하늘 아래에 사모하는 사람은 당신뿐이에요. 당신 한 사람 때문에 죽는 저를 불쌍히 여겨주세요.

아지랑이처럼 피어오르던 검은 머리가 길게 흐트러져 흙이 된다 할지라도 가슴에 새긴 랜슬롯이라는 이름은 별이 바뀐 뒤의 세상에까지도 지워지지 않을 거예요. 사랑의 불꽃에 물든 글자가 흙과 물 때문에 변할 리 없을 테니. 눈썹에 깃든 이슬방울에 어렸는가 싶어 바라보면 부서지는 당신의 모습, 여리기도 하지. 내 목숨도 그렇게 여린 것을, 눈물 있으면 흘려주세요. 그리스도도 알고 계실 거예요, 저는 죽을 때까지 청순한 처녀였어요.〉라고 랜슬롯에게 남기는 글을 오른손에 쥔 채, 〈온갖 아름다운 옷으로〉 치장하고, 〈한 치의 빈틈도 없이 검은 천을 깐 작은 배에〉 〈산과 들〉에서 〈전부 따〉온 〈하얀 장미, 하얀 백합〉 속에 묻혀서 물 위로 떠내려갔다. 그것뿐만이 아니다. 〈남편에 대해 두 마음을 품어서는 안 된다는 말을 신의 길이라 가르친 것은 옛날부터의 일이다. 신의 길을 따르는 마음의 평안함도 모르지는 않는다. 마음의 평안함을 스스로 버리고, 버린 뒤의 괴로움을 기쁨으로 여긴 것도 당신 때문이었다. 봄바람이 불면 자신의 뜻과는 상관없이 꽃은 저절로 핀다. 꽃에 죄가 있다고 하는 것은 속된 세상의 말에 지나지 않는다.〉라고 믿으며, 랜슬롯을 사랑한 것을 후회하지 않았던 아서의 왕비 귀네비어도 역시 13명의 기사들이 그 죄를 물었을 때도 여전히 랜슬롯을 사랑하기를 그치려하지 않았다. 귀네비어의 사랑은, 〈서로를 끌어당긴 철과 자석은 자연스럽게 끌어당긴 것이니 허물도 두려워하지 않고 세상을 꺼리는 관문 하나 저편으로 넘어가면 평생의 안도가 있으리라 생각〉한 사랑이었다.

 동시에 소세키는 귀네비어를 통해서 조금 더 다른, 복잡한 심경을 표현하려 했다. 시합의 뜰에서 랜슬롯이 돌아오기를 귀네비어는 하루하루 기다리며 벌써 열흘을 원수 같이 보냈다. 아서는 진작에 돌아와 있었다. 아서 아래의 원탁의 기사들도 모두 각자 돌아와 있었다. 그러나 랜슬롯만은 돌아오지 않았다. 그러한 때에 귀네비어는 아서를 통해서 문득 랜슬롯이 투구에 감고 나타났던 붉은 한쪽 소매의 주인에 대한 이야기를 듣는다. 귀네비어는 동요한다. 〈내가 앉은 의자의 바닥이 꺼지고, 내가 올라 있는 단의 바닥이 무너지고, 내가 밟고 있는 대지의 거죽이 찢어지고, 나를 받치던 것들 전부 사라진〉 듯 느낀다. 그리고 귀네비어는 아서 앞에서, 〈깍지 낀 손을 가슴 앞에 모은 채 좌우에서부터 뼈가 으스러지도록 눌렀다. 한손에 넘치는 힘을 한손으로 뽑아내 괴로운 가슴의 번민을 사람들이 모르는 쪽으로 빼내려〉 한다. 아무것도 모르는 아서는, 〈왜 그러는가?〉라고 묻는다. 〈왜 그러는지 모르겠어요.〉라고 귀네비어는 대답한다. 그런데 그렇게 대답함과 동시에 귀네비어는 제정신으로 돌아온다.

〈사람에게 상처를 준 자신의 죄를 후회하고 있는데, 상처 입은 사람은 상처가 있다고도 마음에 깨닫지 못할 때만큼 후회가 깊은 적도 없는 법이다. 성도를 향해 채찍을 휘두른 죄의 두려움은 채찍을 휘두른 자의 몸으로 되돌아오는 벌에 있는 것이 아니라, 스스로 그 죄를 후회했다는 데 있다. 자신을 의심하는 아서 앞에서 부끄러워하는 마음은, 의심하지 않는 아서 앞에서 자신의 죄를 마음속으로 책망하는 것만큼 아프지는 않다. 귀네비어는 두려움에 몸이 오그라들고 뼈에 사무칠 정도의 추위를 느꼈다.〉 —이는 그렇게 제정신으로 돌아온 뒤의 귀네비어의 심경에 관한 소세키의 서술이다. 이 서술로 소세키는 귀네비어에게 고귀함을 부여함과 동시에, 귀네비어가 〈인력거꾼의 정부 같다는 느낌〉을 주는 여자라는 사실에서 그녀를 구해냈다. 그와 함께 소세키는 일레인의 죽은 몸을 실은 배를 아서의 궁전으로 떠내려가게 해서 귀네비어로 하여금 일레인의 죽은 얼굴을 보게 하고, 일레인이 오른손에 쥐고 있던 랜슬롯에게 보내는 글을 읽게 한다. 앞서 그 소문을 들은 것만으로도 동요했던 귀네비어는 일레인의 얼굴을 보고, 일레인의 글을 읽은 뒤, 자신과 같은 운명에 놓였던 일레인에게 진심어린 동정을 보내며 아름다운 아가씨의 〈투명한〉 이마에 화해의 입맞춤을 한다. 여기에도 고귀하고―〈인력거꾼의 정부 같다는 느낌〉을 주는 여자와는 달리― 다정하고 슬픈 귀네비어가 있다. 테니슨도 일레인의 시체를 아서의 궁전으로 가게 해서 아서, 귀네비어, 랜슬롯과 그 외의 사람들에게 일레인의 얼굴을 보게 하고 일레인의 편지를 듣게 한다. 그러나 테니슨의 귀네비어는, 그러한 경우에 그 정도 나이쯤의 여자들이 오늘날에도 할 법한, '이렇게 될 줄 알았다면, 조금 더 어떻게 해주었으면 좋았을 걸' 하는 정도의 냉담한 말을 랜슬롯에게 한 데 지나지 않는다. 질투심 많은 평범한 여자인 것이다. 맬러리에서 배는 단지 템스 강을 따라 웨스트민스터로 갈 뿐이다. 두 사람의 편지에 소세키처럼 아름다운 내용이 담겨 있지 않은 것은 말할 필요도 없는 사실이다.

소세키는 1905년 2월 9일에 노마 마사쓰나에게 보낸 편지에서, 〈오늘부터 사흘 동안 학교를 쉬네. …… '환영의 방패'라는 글을 쓰기로 마음먹고 대략적인 분위기는 가지고 있지만 잘 써질 것 같지는 않네. 나는 사치스러워서 이런 구는 싫다, 저런 글은 싫다고 생각하기에 쉽게는 쓸 수가 없네. 괴롭네. 오늘은 아침부터 쓸 생각이었지만 여러 가지 잡다한 용무로 밤에 1페이지 정도 썼는데 영 마음에 들지 않아서 그만두었다네.〉라고 말했다. 같은 해 4월 27일에는 와카스기 사부로(若杉 三郎)에게 보낸 편지에, 〈방패는 예복, 탑은 하카마(袴), 고양이는 평상복이라는 생각이 제게 가장 적합합니다.〉라고 썼다. 12월 4일에는 다카하마 교시에게 보낸 편지에, 〈어떤 사람들은 말합니다. 소세키는 환영의 방패나 해로행에 이르면 상당히 고심하지만, 고양이는 자유자재로 쓴다고 합니다, 그러니 소세키는 희극이 성격에 맞습니다, 라고. 시를 쓰는 것이 편지를 쓸 때보다 시간이 더 걸리는 건 당연한 일 아니겠습니까. 교시 군은 그렇게 생각지 않으십니까? 해로행 등의 1페이지에 고양이의 5페이지 정도와 같은 노력이 필요한 것은 당연한 일입니다. 적합하네 적합하지 않네 하는 문제가 아닙니다.〉라고 적었다. 1906년 3월 2일에는 가와모토 도시아키에게 보낸 편지에서, 〈원래부터 소생이 쓴 어떤 것은 사람들로부터 난해하다는 말을 흔히 듣습니다. 그러한 글을 쓸 때는 스스로 하이쿠 등을 지을 때와 같은 마음으로 문장을 쓰기 때문에 이 정도면 통하겠지, 라고 생각합니다만, 하이쿠를 읽을 때와 같은 마음으로 소설을 읽는 사람은 거의 없기에 어려워서 이해할 수 없다고 생각하는 사람이 많은 듯합니다. 뼈를 깎는 심정으로 사람들이 이해하지 못하는 글을 쓴다는 것은, 한편으로는 어리석은 일입니다. 하하.〉라고 말했다. 소세키가 원고를 쓰는 속도는 대체로 빨랐는데, 물론 「고양이」가 가장 빨랐으며, 「취미의 유전」도 학교에 나가면서도 1주일 만에 완성했다. 「도련님」도 그 2배 정도인 대략 2주일 만에 완성시켰다. 그러나 「환영의 방패」네, 「해로행」이네 하는 것은 짧은 데 비해 오랜 시간이 걸려서 각각 열흘 이상씩 시간을 들였다고 한다.

    소세키는 특히 젊은 시절에 함축적이고 자재[自在]로운 한시문

[漢詩文]의 세계를 즐겼다. 또한 소세키는 마쓰야마(松山)에서의 생활 이후부터 하이쿠에 전념하여, 매우 짧은 언어 속에 극히 많은 것을 함축하는 특수한 표현을 체득했다. 그리고 소세키는 서양에서 돌아와 그 하이쿠를 이어나가는 듯한 새로운 시 형식으로 장단의 여러 가지 세계를 표현하려 시도했다. 「비구니」라는 것도 그 가운데 하나다. 「귀곡사의 하룻밤」이라는 것도 그 가운데 하나다. 동시에 소세키는 같은 수법을 써서 오시안[7]의 시의 놀랄 만한 번역을 시도했다. 그러한 수련이 소세키로 하여금 「런던탑」과 「환영의 방패」와 「해로행」과 같은 놀라운 표현을 창조케 한 계기가 된 것임에는 틀림없지만, 그러나 가장 커다란 동인은 결국 소세키 속에 그러한 형식으로 노래하지 않고는 견딜 수 없는 아름다운 '시'가— '꿈'이— 있었기 때문이라 여겨진다. 만약 일본에 서양처럼 자신의 감정을 자유롭게 담을 수 있는 시 형식이 완비되어 있었다면 소세키는 틀림없이 그러한 '시'들을 그 가운데 어떤 시 형식을 통해서 시로 노래했을 것이다. 그러나 일본에는, 적어도 소세키에게는, 당시 자신에게 적절한 시 형식이 없었다. 물론 당시라 할지라도 일본의 시단이 융성했던 것만은 의심의 여지도 없는 사실이다. 그러나 소세키에게는, 예를 들어서 『명성[8]』의 시풍은 시의 형식도 그렇지만, 그보다 특히 그 내용이 마음에 들지 않았다. 소세키는 필연적으로 산문으로 '시'를 표현하는 새로운 시도를 하지 않을 수 없었다. 그렇게 해서

---

[7] Ossian(?~?). 3세기 무렵 고대 켈트족의 전설적인 시인이자 용사. 맥퍼슨의 시집을 통해 이름이 알려졌으며, 낭만파 시인에게 커다란 영향을 주었다.
[8] 明星(묘조). 1900년 4월부터 1908년 11월까지 간행되었던 시가를 중심으로 한 월간 문예지. 낭만주의적·고답적·유미적 경향이 강했으며, 서양문학도 활발히 소개했다.

완성된 것이 「런던탑」이자 「환영의 방패」이자 「하룻밤」이자 「해로행」이었다.

그러나 소세키도 말한 것처럼 소세키의 이런 종류의 '시'는, 애호하는 독자에게는 열광적인 환영을 받았으나, 일반에게는 난해하여 많은 독자에게 어필하지는 못했다. 따라서 소세키에게는, 〈뼈를 깎는 심정으로 사람들이 이해하지 못하는 글을 쓴다는 것은, 한편으로는 어리석은 일〉임에 틀림없었다. 게다가 소세키는 이런 종류의 작품은 색다른 것인 대신, 부자연스럽고 못마땅하게 보일 수도 있다는 사실을 알고 있었다. 이미 「런던탑」이 나오고 2개월이 지난 1905년 3월 14일, 노무라 덴시(野村 伝四)에게 보낸 편지 속에서 소세키는, 〈교시의 석관[石棺]은 기이한 대신 어딘가 부자연스럽고 못마땅한 면이 있다. 요즘 사람들은 그런 것을 칭찬하는 경향이 있다. 나의 런던탑을 칭찬해주는 것도 전부 그러한 이유에서다.〉라고 말했다. 교시의 「석관」은 소세키의 「런던탑」을 흉내 낸 것이다. 스스로는 깨닫지 못한다 할지라도 누군가가 흉내를 내면 자신이 쓴 것의 흠이 특히 선명하게 자신의 눈 속으로 뛰어 들어오는 것이 일반적이다. 이렇게 해서 자신의 이와 같은 종류의 '시'의 흠을 분명하게 반성한 소세키는, 그래도 「환영의 방패」·「하룻밤」을 계속해서 썼으나 「해로행」을 마지막으로 이러한 종류의 '시' 쓰기를 그만두었다. 이후의 「풀베개」나, 어떤 의미에서는 「우미인초」도 역시 그러한 종류의 '시'의 부류라고 볼 수 있는 작품이기는 하나, 이들 작품이 가지고 있는 '시'와 「환영의 방패」나 「해로행」 등이 가지고 있는 '시'는 그 성질상 취향이 상당히 다르다.

물론 소세키가 「해로행」에서 이런 종류의 '시' 쓰기를 멈추었다는 것은, 소세키가 이러한 종류의 '시'의 내용을 다루는 것을 그만두었다는 사실을 의미하지는 않는다. 사실 소세키는 「해로행」에서 다루었던 것과 같은 것을 「취미의 유전」에서, 전혀 다른 입장에 서서 다루었다.

「환영의 방패」에서도 「하룻밤」에서도 「해로행」에서도 연애의 신비는 사실로서 다루어졌다. 「환청에 들리는 거문고 소리」에서는 친구인 쓰다로부터 그러한 사실이 가능하다는 말을 듣기는 하나, 주인공은 그러한 경험을 하지는 못했다. 「취미의 유전」에서 주인공은 「환청에 들리는 거문고 소리」에서의 쓰다보다 더 적극적인 입장에 서서 그 사실이 가능함을 믿을 뿐만 아니라, 그것을 유전학 위에 서서 과학적으로 증명하려 한다. 그것이 주인공의 〈취미의 유전〉설이다.

〈로미오가 줄리엣을 얼핏 보고 이 여자임에 틀림없다며, 조상의 경험을 몇 십 년 뒤에 인식하게 된다, 일레인이 랜슬롯을 처음 보고, 이 남자라고 굳게 생각하게 되는데, 역시 부모님이 태어나기 이전부터 물려받은 기억과 정서가 오랜 시간을 넘어 뇌 속에서 재현된 것이다, 20세기 사람들은 산문적이다, 잠깐 보고 바로 반하는 남녀를 칭하여 경박하다고 한다, 소설이라고 한다, 그런 멍청이가 어디 있냐고 한다, 바보든 뭐든 사실을 왜곡해서는 안 된다, 뒤집어서도 안 된다, 신비한 현상을 경험하지 못했다면 모르겠지만, 경험하고 난 뒤에도 그런 게 어딨냐며 냉담하게 간과한다면 그건 간과한 사람이 멍청한 거다, 이처럼 학문적으로 연구하고 조사해보면 어느 정도까지는 20세기를 만족시키기에 충분한 설명은 할 수 있는 법이다,〉 —이와 같은 것이 「취미의 유전」의 주인공의 〈취미의 유전〉설이다. 물론 여기에서는 〈취미의 유전〉이라는 말이 쓰이기만 했을 뿐, 그 사실이 가능하다는 점의 '과학적인' 증명은 행해지지 않았다고 말할 수 있을지도 모른다. 그러나 여기서 주목해야 할 점은, 그것이 과학적으로 증명되었느냐 하는 점보다, 소세키가 끊임없이 이 문제를 중심으로 회전하며 마침내는 그 사실이 가능함을 유전학 방면에서 〈20세기를 만족시키기에 충분한 설명〉을 하려고까지 생각했다는 사실이다. 「취미의 유전」 속의 고는 혼고의 우편국에서 딱 한 번 오노다의 아가씨를 보았을 뿐이었다고 하나, 그래도 고는 언제까지고 그 모습을 잊지 못하며 여순의 전쟁에서 전사하는 그날까지 오노다의 아가씨를 계속해서 생각한다. 게다가 오노다의 아가씨는 고의 무덤으로 고가 좋아했던 하얀 국화를 들고 와서, 그것이 마치 당연한 의무라도 되는 양 시종 성묘를 한다. 이러한 사실은 우리에게 네 번째로 소세키의 영시를 떠오르게 한다.

「취미의 유전」은 1905년 12월 4일부터 12월 11일까지, 정확히 8일 만에 완성했다. 24행, 24자 원고지로 하면 64매 분량이다. 단, 이것은 그 바로 뒤에 「고양이」를 써야 했기에, 〈사실은 더 쓰지 않으면 안 되었지만 시간이 나지 않았기에 뒤를 생략했습니다. 이렇게 해서 머리만 커다란 이상한 것이 생겨났습니다.〉라고 소세키 자신이 말한 것처럼 머리와 꼬리의 비례가 맞지 않는, 예술적으로는 실패한 작품이 되어버렸다. 그것이 이유가 된 것은 아닐 테지만, 소세키는 「취미의 유전」과 함께 거의 1년 동안 끊임없이 어떤 점에서 그것과 관련이 있는 작품을 계속해서 써온 소세키 자신의 절실한 문제에서 표면상으로는 떠나버리고 만다. 그리고 소세키는 1906년과 함께 자신의 눈을 주로 사회 비평 쪽으로 향하기 시작한다. 물론 「고양이」

에는 그 전부터 소세키의 사회비평이 곳곳에 표현되어 있었다. 그러나 「고양이」 계열과 병행한 다른 한 계열의 작품에서 소세키는 주로 자기 자신의 감정을 노래하기에 집중해왔다. 「고양이」와는 다른 한 계열의 작품 가운데서 주로 사회 비평이 표현되어 있는 것은 1906년 4월의 「도련님」을 그 효시로 본다. 그런 의미에서 소세키의 두 계열의 작품은 「도련님」에 와서 마침내 하나가 되려는 경향을 띠게 된다. ─물론 이것이 소세키의 '꿈'과 관련이 있다는 사실은 말할 필요도 없다. 단, 여기서 소세키는 자신의 '꿈'을 '꿈'으로 노래하는 것이 아니라, 자신 속의 '꿈'에 비추어보아 그 '꿈'과 맞지 않는 '현실'을 비평하려 한다.

소세키의 담화필기인 「나의 처녀작」 속에서 소세키는 자신이, 「고양이」를 〈쓰기 시작했을 때와, 쓰기를 마쳤을 때는 생각이 상당히 바뀌어 있었다.〉고 말했다. 그 차이가 어떤 점에 있었는지, 나로서는 정확히 알 수 없다. 그러나 「도련님」이 발표된 1906년 4월의 『호토토기스』에 함께 게재된 「고양이」 제10이 이전까지와는 달리 현재 사회를 비평하며 보다 나은 것, 보다 존경할 만한 것을 상당히 적극적으로 주장하려 한 경향을 가지고 있다는 점에만은 이론의 여지가 없다. 예를 들어 유키에(雪江) 씨가 구샤미 선생의 집에 와서 하는, 야기 도쿠센(八木 独仙)의 강연인 '바보 다케 이야기'와 같은 것이 그것이다. 유키에 씨의 구샤미에 대한 태도에도 '바보 다케 이야기'에서 이끌어낼 수 있는 도덕과는 전혀 반대가 되는 것이 있기에 유키에 씨는 구샤미로부터 무의식중에 심하게 내동댕이쳐진다.

그것뿐만이 아니다. 여기에는 후루카와 부에몬[9)이라는 이름의 한 중학생이 구샤미 선생을 방문해서 자꾸만 머뭇거리며 하고 싶은 말도 제대로 하지 못한 채 삼가고 또 삼가는 모습이 묘사되어 있다. 고양이는 그것을 보고, <길거리에서 선생을 보고도 인사하지 않는 것을 자랑으로 여길 정도의 무리가, 설령 30분이라 할지라도 남들처럼 앉아 있는 것은 틀림없이 괴로운 일이리라. 그런데 선천적으로 공손하고 겸허한 군자, 덕이 많은 장자[長者]로 태어나기라도 했다는 듯한 태도를 취하고 있으니, 당사자의 괴로움과는 상관없이 옆에서 보기에 상당히 우스운 것이다. 교실이나 운동장에서 그렇게 떠들썩한 사람이 어떻게 이렇게 자신을 단속할 힘을 가지고 있는 것일까를 생각하면 딱하기도 하지만, 우습기도 하다. 이렇게 한 사람씩을 상대할 때면, 제아무리 못난 주인이라 할지라도 학생에 대해서 얼마간의 무게가 있는 듯 여겨졌다. 주인도 아마 뿌듯하리라. 티끌 모아 태산이라고 하니, 미미한 일개 학생도 여럿이 모이면 우습게 볼 수 없는 단체가 되어 배척운동이나 스트라이크를 해댈지도 모른다. 이는 마치 겁쟁이가 술을 먹고 대담해지는 것과 같은 현상이리라. 무리를 믿고 소동을 벌이는 것은 사람의 기운에 취한 결과 제정신을 잃은 것이라고 봐도 무방할 것이다.>라고 매도했다. 그 부에몬은 장난으로 가네다(金田) 아가씨에게 연애편지를 몰래 보냈기에 퇴학을 당하지나 않을까 걱정이 되니 구샤미 선생에게 어떻게든 해주었으면 좋겠다고 청하러 온 것이었다. 그런데 구샤미 선생은 <글쎄>라는 대답만을 되풀이할 뿐, 어떻게든 해주겠다는 말은 조금도 하지 않는다. 고양이는 그것을 비평하여, <천 명 가까운 학생 전부가 퇴학을

---

9) 古川 武右衛門. 후루이(古井) 부에몬의 잘못인 듯하다.

당한다면 교사도 먹고살 길이 궁해질지 모르겠으나, 후루이 부에몬 군 한 사람의 운명이 어떻게 되든 주인의 조석[朝夕]에는 거의 관계가 없다. 관계가 옅은 곳에서는 동정도 자연스레 옅어지는 법이다. 본 적도 없는 낯선 사람을 위해서 눈썹을 찌푸리거나, 코를 훌쩍이거나, 탄식을 하는 것은 결코 자연스러운 경향이 아니다. …… 단지 세상에 태어난 세금으로 가끔 교제를 위해서 눈물을 흘려 보이고 가엾다는 듯한 얼굴을 만들어 보이는 것일 뿐이다. …… 이 속임수를 잘 쓰는 사람을 예술적 양심이 강한 사람이라고 하는데, 그는 세상으로부터 매우 귀하게 여겨진다. 따라서 사람들로부터 귀하게 여겨지는 인간일수록 미심쩍은 법이다. …… 이러한 점에 있어서 주인은 오히려 서툰 부류에 속한다고 해도 좋으리라. 서툴기에 귀히 여겨지지 않는다. 귀히 여겨지지 않기에 내부의 냉담함을 그다지 숨기지도 않고 발표한다. …… 여러분은 냉담하다고 해서 주인과 같은 선인[善人]을 결코 싫어해서는 안 된다. 냉담함은 인간 본래의 성질로, 그 성질을 숨기려 애쓰지 않는 것은 정직한 사람이다. ……〉라고 말한다. 이것이 '바보 다케 이야기'와 같은 이념으로 관철되어 '서툶'과 '정직'과 '올곧음'을 농담을 섞어서 고취하고 있다는 점은 설명할 필요도 없을 것이다. 그런데 그것과 같은 이념은, 역시 「도련님」을 관철하는 이념이기도 하다. 동시에 「도련님」은 무대를 시골의 중학교로 삼아 그 중학교의 학생과 교사를 중심으로 움직이는 소설이다.

 물론 소세키가 「고양이」에서 중학생의 시건방짐을 문제로 삼은 것은 「고양이」 제10이 처음이 아니었다. 제7에서는 목욕탕에서 구샤미 선생이 중학생을 야단친다. 제8에는 구샤미 선생이 라쿠운칸(落雲

館)의 중학생을 상대로 하는 '전쟁'이 과장스럽게 묘사되어 있다. 특히 '서툶'과 '정직'과 '올곧음'은 정리된 형태는 아니라 할지라도 「고양이」 곳곳에서 고취하고 있다. 따라서 「도련님」이 유래하는 곳도 역시 상당히 오래되기는 했으나, 이처럼 「고양이」의 한 계열과 다른 한 계열이 같은 제재를, 비슷한 태도로 다루는 것은 바로 「도련 님」에서 시작된 것이다.

특히 「도련님」에는 어느 정도의 과장이 있다. 소세키는 「도련님」 속의 '도련님'보다 높은 곳에 서서 '도련님'을 내려다보며 「도련님」 의 세계 전체에 매우 뚜렷한 명암을 부여하는 조명을 시도하고 있다. 그것이 「도련님」의 세계 전체에 유머를 부여하고 있으며, 그런 의미에서 「도련님」을 역시 「고양이」와 매우 흡사한 것으로 만들었다. 그러나 「도련님」과 「고양이」의 다른 점은 「고양이」는 진지한 일을 농담처럼 이야기하고 있는 데 반해서, 「도련님」 속의 '도련님'은 애초부터 진지해서, 오히려 너무나도 진지하기에 우습게 보일 수도 있다는 점이다. 소세키는 「도련님」에서 자신 속의 '도련님' 적 요소를 온전히, 마음껏 토로했다. 지금까지 「고양이」로 대표되는 한 계열에서도, 또 「런던탑」 이하의 한 계열에서도 끝내 토로하지 못했던 것을 여기에 이르러 단번에 울컥 토로해버린 것이다.

「한눈팔기」 속에는 버릇없고 천방지축이고 자신이 한번 이렇다고 생각하면 무슨 일이 있어도 그것을 이루지 않고는 가만 있지 않으며 화를 잘 내는, 어린 시절의 소세키가 묘사되어 있다. 소세키는 그것을, <그의 버릇없음은 날이 갈수록 더해갔다. 자신이 좋아하는 것이 손에 들어오지 않으면 길거리든 길가든 상관하지 않고 바로 거기에

주저앉아 움직이지 않았다. 한번은 나이 어린 점원의 등 뒤에서 그의 머리카락을 있는 힘껏 쥐어뜯었다. 한번은 신사에서 풀어놓고 기르는 비둘기를 무슨 일이 있어도 집으로 가져가겠다며 주장을 굽히지 않았다. 양부모의 총애를 마음껏 전유할 수 있는 좁은 세계 속에서 잠들고 일어나는 것 외에 아무것도 모르는 그에게는, 다른 모든 사람들이 오로지 자신의 명령을 듣기 위해서만 살아 있는 듯 보였다. 그는 말하면 통한다고만 생각하게 되었다.〉(제42)라고 썼다. 물론 이는 소세키가 성장하여 교양을 쌓음에 따라서 소세키 속에서 사라져갔지만, 그 불과 같은 정열은 자신이 옳다고 믿는 일을 지켜나갈 때, 그리고 자신이 옳지 않다고 믿는 것을 깨부술 때 그 모습을 드러내 소세키를 '전광적'인 사람으로 만들었다. 그 '전광'을 여기서 단번에 번뜩여서 자신 속에 축적되어 있던 전기를 방출해버리려 한 것이 이 「도련님」이다. 「도련님」이 발표 되었을 당시 스즈키 미에키치였나 누구였나가, 「도련님」을 읽고 와아 소리를 지르며 거리를 달리고 싶어졌다고 말한 기억이 있는데, 「도련님」의 표현, 「도련님」의 리듬은, 화가 끓어올랐을 때 잘 드는 칼로 썩둑썩둑 자르면 아마도 이런 기분이 들 것이라고 여겨지는 시원함을 가지고 있다.

　물론 이것을 성격 묘사라는 관점에서 보자면 예를 들어 빨강셔츠든, 너구리든, 광대든, 고슴도치든, 전부 유형의 범주에서 벗어나지 못하는 단순한 성격이라고 할 수 있으리라. 또한 '도련님'의 성격과 「도련님」의 전체적인 이념도 역시, 간단한 것 위에 과장을 펼쳐놓아 '현실적인 인물'에서부터 상당히 멀어져 있다고 말할 수 있을지도 모른다. 그리고 이는 어떤 면에서 말하자면 소세키의 '현실' 파악력이 부족함을 증명하는 것일지도 모른다. 그러나 소세키의 입장에서 말하자면 이는 '현실'에 대한 비평으로, 오히려 '현실'에서는 극히 드물게밖에 볼 수 없는 성격을 가진 인간을 '현실' 속에 두어 마음껏 행동하게 한 것에 지나지 않는다. 「도련님」 속의 '도련님'은 너무 단순하고 경험이 부족해서 현재처럼 복잡한 사회에서는 도저히 생존할 수 있을 것 같지 않은 인간임에는 틀림없다. 그러나 소세키는 그런 '도련님'이 현재와 같은 복잡한 사회에는 필요한 존재라는 입장에서 이것을 쓴 것이다. 1906년 4월 4일, 소세키는 오타니 교세키(大谷 繞石)에게 보낸 편지에서, 〈변변찮은 글을 칭찬해주셔서 감사한 마음 금할 길이 없습니다. 고슴도치 같은 사람은 중학뿐만 아니라 고등학교에도 대학에도 없으리라 여겨집니다. 그러나 광대와 같은 자는 겹겹이 쌓여 나뒹굴고 있습니다. 저도 중학에서 그러한 유형을 두엇 봤습니다. 과연 고등학교에는 이 정도로 심한 녀석은 없습니다(물론 비슷한 자는 아주 많습니다). 다시 말해서 고등학교는 교장 등에게 무턱대고 아첨할 필요가 없기 때문인 듯합니다. 고슴도치나 도련님 같은 자가 없는 것은, 인간으로서 존재하지 않기 때문이 아니라, 있다면 면직을 당하기에 없는 것입니다. 귀하의 생각은 어떠신지요? 저는 교육자로서 적임이라 여겨지는 너구리나 빨강셔츠보다도, 적임이라 여겨지지 않는 고슴도치나 도련님을 사랑합니다. 대형께서도 동감하시리라 생각합니다.〉라고 말했다. 어렸을 때부터 거짓말·왜곡을 싫어하여, 손님 앞에서 양어머니의 속이 빤히 들여다보이는 거짓말의 껍질을 벗겨내지 않고는 그냥 있을 수 없었던(「한눈팔기」 제42) 소세키는 정직한 것, 옳은 것, 대장부다운 것의 필요를 사회에 커다란 목소리로 선양하기 위해서 '현실'에 있을 법한 인간의 윤곽을 더욱 뚜렷하게 한 모습으로 여기에서 그려낸 것이다. 그것을 천박하다고 말하고 저급하다고 부르며 「도련님」의 평가를 폄훼하려는 자는, 현대 사회에 있어서 정직한 것, 옳은 것, 대장부다운 것의 필요를 조금도 인식하지 못하는 달창에 지나지 않는다. 문체를 봐도, 이념을 봐도 「도련님」은 파격적인 소설이다. 윤곽을 진하게 했기에 각각의 인물이 '현실'에서 멀어진 것처럼 보이지만, 각 인물 속에서는 '현실'의 결정이 핵이 되어 움직이고 있다. 유형은 유형이지만, 여기서는 참된 의미에서의 유형적인 것을 파악할 수 있다.

「도련님」만큼 그 모델이 문제가 된 작품도 없을지 모르겠다. 이는 주로 저급하고 한가한 사람들의 저급한 욕망의 만족에서 온 것이다. 그러나 한편으로는 「도련님」의 각 인물이 참된 의미에서의 유형적인 것을 포함하고 있다는 점에서도 온 것이다. 「도련님」을 읽은 사람이라면 누구든 얼마간의 수정을 가하기만 하면 그 근본에 있어서는 「도련님」 속 인물을 쉽게 자신 속에서, 혹은 자기 주위에서 발견할 수 있을 것이다. 물론 이러한 사실과 「도련님」의 인물에 모델이 있다는 말은, 전혀 별개의 문제다. 만약 「도련님」에 모델이 있다면 그 모델은 전부 소세키 자신이었다고 말하는 것이 가장 정확한 해석일 것이라 여겨진다.

1936년 3월 21일

『소품』 해설10)

　여기11)에 한 데 묶인 소세키의 '소품'은 「하세가와 군과 나」를 제외하면 전부 아사히(朝日) 신문에 한 번씩 게재되었던 작품들이다. 「하세가와 군과 나」는 1909년 8월에 발행된 단행본 『후타바테이 시메이(二葉亭 四迷)』를 위해서 집필되었다. 그런데 이 「하세가와 군과 나」에 의해서 추도된 후타바테이는 아사히 신문의 기자로 세상을 떠났으니, 이것도 역시 아사히 신문을 위해서 쓴 것이라고 해도 좋으리라. 일기에 의하면 소세키는 이를 6월 2일에 썼다. 그리고 여기서 소세키는, <장례식 때 이케베(池辺)가 자꾸만 무엇인가를 쓰라고, 쓰라고 말하기에 로안(魯庵)과 상의했더니 짧은 것이라도 괜찮다고 해서> 쓴 것이라고 말했다.

　물론 소세키가 「하세가와 군과 나」 이외의 모든 '소품'을 아사히 신문을 위해서 쓴 것이라고는 하지만, 그 모든 것이 소세키의 소설처럼 도쿄 아사히와 오사카 아사히에 늘 함께 실린 것은 아니었다. 「교토에 도착한 저녁」, 「문조」와 「영일소품」 가운데 '기원절'·'행렬'·'옛날'·'목소리'·'돈'·'마음'·'변화'·'크레이그 선생'('영

---

10) 이번 해설에서 언급하고 있는 소세키의 '소품' 대부분은 이 책에 실려 있지 않다. 단, 「영일소품」과 「생각나는 것들」과 「유리문 안」은 2020년 7월에 발행된 『나쓰메 소세키 수상집』(현인)에 수록되어 있으니 참고하시기 바란다. 본문 속 인용문도 그곳에서 가져왔음을 밝혀둔다.
11) 『소세키 전집 제10권』을 말한다.

「영일소품」은 물론 도쿄 아사히에도 게재되었다. 그런데 어떤 이유에서인지 도쿄 아사히에서는 '돈구멍' 이후의 것을 게재하지 않았다. 1909년 4월 3일, 오타니 교세키에게 보낸 편지 속에서 소세키는, <영일소품은 어째서 도쿄에 실리지 않게 된 것인지, 소생도 알 수 없습니다.>라고 말했다. 단, '돈구멍' 이전의 글 가운데 '기원절'만은 애초부터 오사카 아사히를 위해서 기원절의 게재용으로 쓴 것이다. '새해'도 역시 새해 첫날의 게재용으로 쓴 것이기는 하지만, 이것은 양쪽 모두의 아사히에 게재되었다. 그리고 이후에 둘 모두 「영일소품」속에 편입되었다.), 「초가을의 하루」 등은 오사카 아사히에만 게재되었다. 훗날 「생각나는 것들」의 마지막 회로 편입된 「병원의 봄」과 「쾌베르 선생의 고별」과 「전쟁에서 온 엇갈림」은 도쿄 아사히에만 게재되었다.

　소세키가 아사히에 입사할 당시 오사카 아사히의 주필로 있었던 도리이 소센(鳥居 素川)에 의하면, 소세키 초빙의 최초 발안자는 도리이 소센이었다고 한다. 소센은 소세키의 「풀베개」를 읽고 소세키에 경도되어 당시의 아사히 신문 사장이었던 무라야마 료헤이(村山 龍平)에게 소세키를 추천했고, 이후 점차 사내에 소세키 초빙의 기운을 양성했다고 하는데, 그 소센은 소세키를 오사카로 맞아들여 그를 '옹호하며 같은 보루에 의지하여 천하를 짊어지고 용전[勇戰]'을 치를 계획이었던 듯하다. 단, 소센의 이러한 계획이 도쿄 아사히의 간부에게는 철저하게 스며들지 못했다. 어쩌면 철저하게 스며들었을지는 모르겠으나, 어쨌든 도쿄의 간부는 당연히 소세키는 도쿄에 머물며 작품을 쓰면 된다고 이해하고 소세키에 관한 이야기를 진전시켰다. 소세키도 애초부터 그렇게 생각하고 얘기를 진행했다. 따라서 소세키는 그런 생각을 가지고 입사 의지를 분명하게 밝힌 뒤, 교토로 여행을 가서 그곳에서 3월 31일에 소센을 만나 이야기를 듣기 전까지는 소센이 그런 계획을 품고 있었다는 사실을 조금도 알지 못했다. 소센은 그것을 매우 안타까워했으나, 그렇다고 이제 와서 어떻게 해볼 수도 없었다. 하지만 그 문제는 소세키의 제의와 도쿄 아사히 간부의 제의로 도쿄·오사카 양쪽의 아사히에 같은 날 소세키의 작품을 게재하기로 조처하여 일단 해결되었다.

아마도 그것이 원인이 된 것 아닐까 여겨진다. 이후 오사카 아사히는 소세키에게 단독으로, 도쿄와의 조율 없이 자신들 쪽에 원고를 써달라고 빈번하게 요구했다. 「교토에 도착한 저녁」이 그렇다. 「문조」가 그렇다. 「열흘 밤의 꿈」도 「영일소품」도 오사카로부터의 주문으로 집필한 것이다. 「갱부」도 「산시로」도 모두 오사카에서 주문한 것이다.

원래 소세키와 도쿄 아사히의 간부 사이에 맺은 계약에 의하면 소세키는 1년에 1번, 100회 정도의 연속물만 쓰면 되었다. 나머지는 적당한 때에 적당한 분량으로 짧은 글을 쓰면 된다는 것이었는데, 이는 '다작을 희망하지 않고, 또 그렇게 무리한 일'은 청하지 않겠다는 뜻이었기에 도쿄에서는 그렇게 연달아 원고를 청해올 리 없었다. 그러나 그러한 계약이 오사카 쪽에는 아마도 분명히 전해지지 않았던 것이리라. 오사카에서는 예를 들자면 「갱부」가 96회로 1908년 4월 초에 연재를 마치자, 곧바로 소세키에게 「문조」를 쓰게 했다. 그 「문조」가 6월 중순에 끝나자 7월 말부터 다시 「열흘 밤의 꿈」을 쓰게 했다. 「열흘 밤의 꿈」이 끝나자 이번에는 9월 1일부터 게재된 「산시로」였다. 「산시로」는 12월 말에 연재를 마쳤다. 그리고 이듬해인 1909년 1월 중순부터는 「영일소품」이었다. 소세키는 숨 돌릴 틈도 없을 정도로 차례차례 무엇인가를 쓰지 않으면 안 되었다.

　나중에는 소세키 자신이 적당히 그것을 조절하여 도쿄의 지면 상황과 오사카의 지면 상황이 잘 맞아떨어질 때를 가늠해서 붓을 쥐었지만(예를 들어 소세키는 1909년 4월 말부터 오사카 쪽으로부터 연속물을 써달라는 주문을 받았다. 그러나 소세키는 당시 도쿄 아사히에 싣고 있던 소설이 6월 10일 전후에 끝날 것이라는 사실을 확인한 뒤, 오사카와 교섭하여 6월 말부터 도쿄와 오사카가 같은 날에 게재한다는 내용으로 이야기를 마무리 짓고 붓을 쥐었다. 이것이 바로 「그 후」다.) 소세키는 입사 후 1·2년 동안은 거의 부탁을 받는 대로 얌전히 하나하나 주문에 응한 모양이었다. 그야말로 혹사에 가깝도록 사람을 부린 셈이다. 물론 지금에 와서 말하자면 우리는 그만큼 소세키의 작품을 더 많이 갖게 되었다고도 할 수 있으니, 그런 점에서 우리는 도리이 소센에게 오히려 고맙다고 해야 하는 걸지도 모르겠다. 물론 소센의 입장에서 말하자면, 소센은 소세키의 작품을 하나라도 더 자신이 주재하는 신문에 게재하고 싶었던 것임에 틀림없었으리라. 또한 그러한 마음이 소세키에게도 통했기에 소세키도 청해오는 대로 가능한 한 시간을 냈던 것이리라. 그런데 다른 한편에서 말하자면 이는, 소세키가 쓰려고 마음만 먹으면 얼마든지 쓸 수 있을 만큼의 무한한 보고를 자신 속에 가지고 있었다는 말이 되기도 한다.

　그런 오사카 아사히가 어째서 「병원의 봄」만은 자신 쪽에 싣지 않았는지는 나도 잘 모르겠다. 이는 아마도 지면의 상황이 아무리 해도 실을 수 없을 만큼 어떤 기사로 가득 넘쳐났기 때문이었을 것이다. 물론 그 외에 「쾌베르 선생의 고별」과 「전쟁에서 온 엇갈림」

도 도쿄 아사히에만 실렸는데, 하지만 이는, 한 편은 폰 쾌베르의 고별식을 소세키가 주재했으며, 다른 한 편은 그 폰 쾌베르의 출발이 연기되었다는 사실을 통지하는 것으로, 두 작품 모두 특수한, 말하자면 도쿄 방면의 독자만을 상대로 하는 내용의 '소품'이기에 오사카에서는 그 게재를 일부러 피한 것이리라.

이들 '소품' 가운데 「문조」(이는 1909년 10월에 발행된 『호토토기스』에 게재되었다.)와 「열흘 밤의 꿈」과 「영일소품」(「영일소품」 가운데 '변화'는 도리이 소센의 청에 의하여 「영일소품」의 최종회로 오사카 아사히를 위해서 1909년 3월 5일에 쓰여졌다. 그러나 신문에는 '변화'가 먼저 실렸고 '크레이그 선생'이 마지막으로 실렸다.)과 「만한 곳곳」은 『사편[四篇]』이라는 제목하에 일괄되어 1910년 5월, 순요도에서 단행본으로 출판되었다. 「생각나는 것들」은 「시키의 그림」 외에 소세키가 당시 아사히 문예란을 위해서 집필했던 소논문과 함께 『스크랩북에서』라는 제목하에 1911년 8월, 역시 순요도에서 단행본으로 출판되었다. 「유리문 안」이 「마음」과 마찬가지로 소세키 자신이 생각하고 소세키 자신이 직접 그린 표지와 면지와 상자로 1915년 3월에 이와나미(岩波) 서점에서 단행본으로 출판되었다는 사실은 아직도 사람들의 기억에 남아 있을지도 모르겠다. 「쾌베르 선생」은 1915년 11월에, 오히려 소세키의 허락을 강요하다시피 하여 시세이도(至誠堂)에서 출판된 소세키의 문집 『금강초[金剛草]』 속에 수록되었다. 전집이 발간되면서 처음으로 채록된 것은 「교토에 도착한 저녁」, 「이상한 소리」, 「편지」, 「삼산거사[三山居士]」, 「초가을의 하루」, 「쾌베르 선생의 고별」, 「전쟁에서 온 엇갈림」 7편이다.

단, 소세키의 '소품'을 이렇게 한 권으로 묶어놓으면 이것이 왠지 하나의 정리된 작품인 것 같다는—적어도 이것이 그다지 세월의 간격이 없는 기간에 연속적으로 쓰인 것 같다는— 일종의 착각을 사람들에게 일으키기 쉬운 경향이 있지 않을까 여겨진다. 그러나 이는 각 편에 부기한 발표 연월일을 봐도 알 수 있는 것처럼 1907년 4월부터 1915년 1월까지, 9년 동안에 걸쳐서 그때그때 쓰인 글들이다. 그 사이에 쓰인 소세키의 소설을 생각해보면, 「교토에 도착한 저녁」과 「문조」 사이에는 「우미인초」와 「갱부」가 끼워져 있다. 「하세가와 군과 나」와 「만한 곳곳」 사이에는 「그 후」가 끼워져 있다. 「만한 곳곳」과 「생각나는 것들」 사이에는 「문」이 끼워져 있다. 「편지」와 「삼산거사」 사이에는 「춘분 지나기까지」가 끼워져 있다. 「초가을의 하루」와 「쾌베르 선생의 고별」과 「유리문 안」 등과의 사이에는 「행인」과 「마음」이 끼워져 있다. 따라서 여기에 모아놓은 '소품'은 결코 같은 마음의 소세키, 혹은 같은 장소의 소세키에 의해서 쓰여진 것이 아니다. 소설에서 매 작품마다 자신이 있던 장소를 뚫고 나와 앞으로 나아갔던 소세키는, 그 '소품'에 있어서도 역시 매 작품마다 자신이 있던 장소를 뚫고 나와 앞으로 나아갔다.

이러한 사실을 분명히 파악하기 위해서 우리는 우선 1910년 10월 20일부터 쓰기 시작한 「생각나는 것들」을 중심으로 생각하는 것이 가장 편리할 듯하다.

1910년 8월 24일, 소세키는 요양을 위해서 간 슈젠지(修善寺)에서 위궤양 때문에 800그램의 선혈을 토했으며, 거의 30분 동안 인사불성 상태에 빠져 전문 의사로부터 목숨을 건진다는 것은 도저히 불가능하지 않을까 하는 말까지 들었을 정도로 위험한 상태에 빠졌었다. 다행스럽게도 소세키는 그때 목숨을 건졌다. 그러나 그 때문에 소세키는 그로부터 거의 40일 가까이 병상에 누운 채 몸도 움직일 수 없는 상태에 놓이게 되었다. 10월 11일, 소세키는 도쿄로 돌아왔으나, 도쿄에 돌아와서도 바로 위장병원으로 옮겨져 이듬해인 1911년 2월 26일까지는 그곳에서 머물렀으며, 자택으로 돌아가는 것은 허락되지 않았다. 그 슈젠지에서의 다량의 토혈과 다량의 토혈 전후에 있었던 자기 심신의 변화를 자세히 보고한 것이 이 「생각나는 것들」이다. ―이러한 사실은 이제 와서 새삼스럽게 말할 필요도 없을지 모르겠다.

그런데 소세키는 그 후인 1916년 12월에 그 때문에 결국은 영원히 쓰러지고 말 때까지 거의 매해처럼 그 병에 시달렸으며, 그때마다 1개월 정도는 병상에 묶여 있어야만 했다. 따라서 소세키에게 있어서 죽음은 보통의 건강한 사람이 인간은 어차피 한 번은 죽어야 한다고 생각하는 것처럼 추상적이고 뜨뜻미지근한 것이 아니라, 점차 불가피한 현실 속 사실로, 눈에 보이고 손으로 만질 수 있을 정도로 눈앞까지 닥쳐와서 소세키로 하여금 행주좌와[行住坐臥]를 등한시할 수 없게 한, 살아 있는 죽음이 되었다. 소세키는 이후, 자신의 사고·감정을 늘 그 사실에 대한 인식에 의해서 규정당하지 않을 수 없게 되었다. 이러한 사실은 당연히 소세키 소설의 양상을, 그 다량의 토혈을 중심으로 해서 전기와 후기로 확연히 구별되게 만들었다. 그런데 그 양상의 차이를 우리에게 가장 먼저 보여주는 것이 ―다시 말해서 소세키가 불가피하게 심각한 현실의 사실로서의 죽음과 불가피하게 심각한 절충을 시작한 첫 걸음이 바로 「생각나는 것들」이다. 이런 의미에서 「생각나는 것들」은 소세키의 예술뿐만 아니라, 소세키의 생활에 있어서도 분수령을 이루는 것이라고 할 수 있다.

　소세키는 피를 토했다. 그리고 거의 30분 동안 인사불성 상태에 빠져 있었다. 그런데 소세키는 1개월 뒤가 되어 그 사실을 부인에게서 듣기 전까지는, 〈애써 오른쪽으로 뒤척이려 했던 나와 베개 옆의 대야에서 선혈을 본 나〉 사이에는 한 치의 빈틈도 없는 완전한 연속이 있었다고만 굳게 믿고 있었다. 그 사이에 30분이라는 시간이 끼워져 있고, 그 30분 동안 자신이 죽어 있었다는 사실은 도저히 상상도 할 수 없는, 황당무계한 일이라고밖에 여겨지지 않았다. 소세키는 〈아내의 설명을 들었을 때 나는 죽음이란 그처럼 덧없는 것일까 싶었다. 그리고 내 머리 위에서 그토록 돌연 번뜩인 생사 2면의 대조가, 그처럼 급격하고 또 아무런 교섭도 없이 이루어졌다는 사실에 크게 느끼는 바가 있었다. 아무리 생각해봐도 이 멀리 떨어져 있는 2개의 현상에 같은 내가 지배받았다는 것은 납득이 가지 않았다. 혹시 같은 내가 한순간에 2개의 세계를 횡단했다 할지라도 그 2개의 세계가 어떤 관계를 가지고 있기에 나로 하여금 단번에 갑에서 을로 옮겨갈 자유를 갖게 한 것인지를 생각하면 망연자실하지 않을 수 없었다.〉라고 말했다. 그러나 소세키가 30분 동안 죽었었다는 것은 틀림없이 사실이었으리라. 소세키도 역시 그런 말을 듣고 나서는, 그것이 사실이었음을 인정하지 않을 수 없었다. 그러나 소세키에게 있어서 그것이 사실이었음을 인정할 수밖에 없으면 없을수록 더욱 인간이라는 것의 나약함·덧없음이 절실하게 느껴져, 〈그저 서늘함이 느껴질 뿐이다.〉라고 말하지 않을 수 없었다.

　그러나 병중의 소세키를 서늘하게 한 것은 단지 이 사실에 대한 어쩔 수 없는 승복만이 아니었다. 소세키는 병원으로 돌아온 뒤,

소설류에 흥미를 잃은 병후의 읽을거리로 워드의 『역학적 사회학』을 읽어나가는 동안 「우주창조론」이라는 한 절에 봉착하게 되었으며, 그것을 계기로 우주적인 입장에 서서 본 자신을 생각하지 않을 수 없게 되었다. ―나는 지금 위험한 병에서 간신히 회복하기 시작하여 그것을 매우 다행스러운 일이라며 기뻐하고 있다. 나는 또, 내가 회복하고 있는 사이에 가차 없이 죽어간 지인과 아까운 사람들을 조금 더 살려두었으면 좋겠다고만 희망하고 있다. 나는 또, 나를 보살펴준 아내와 의사와 간호부와 젊은 사람들에게 고마움을 느끼고 있다. 도움을 준 친구와 문안을 와준 이런저런 사람들에게는 두터운 감사의 마음을 품고 있다. 하지만 지금 가령 입장을 바꾸어, 〈삼세에 걸친 생물 전체의 진화론과 (특히) 물리의 원칙에 따라 무자비하게 운행하고 매정하게 발전하는 태양계의 역사를 기초로 하여, 그 사이에서 가느다란 삶을 영위하고 있는 인간〉을 생각해보면, 우리 같은 자들의 〈일희일비는 무의미한 것이라고 말할 수 있을 정도로 세력이 없는 것이라는 사실을 깨닫지 않을 수 없다.〉 우리 〈인간의 운명은 우리가 살아갈 만한 조건이 갖추어진 동안의 일순간―영겁으로 전개하는 우주 역사의 장구함에서 본 일순간―을 탐하는 데 지나지 않는 것이니, 덧없다고 하기보다 그저 우연한 목숨이라고 평하는 편이 맞을지도 모르〉는 것이다. 뿐만 아니라, 〈지금 당장이라도 이 공기의 성분에 약간의 변화가 일어난다면, ―지구의 역사는 이미 이 변화를 예상하고 있다― 활발한 산소가 지상의 고형물과 포합[抱合]하여 점차 감각[減却]된다면, 탄소가 식물에 흡수되어 검은 석탄층이 되어버린다면, 달의 표면에 가스가 모이지 않는 것처럼 우리의 세계도 역시 완전히 냉각되어버린다면, 우리는 전부 죽을 수밖에 없다. 지금의 나처럼 살아남은 자신을 축복하고, 멀리로 떠난 타인을 슬퍼하고, 친구를 그리워하고, 적을 미워하고, 식구들만의 살림살이 계획에 만족하여 득의양양 그날을 살아갈 수는 없게〉 될 것임에 틀림없다. 어차피, 〈자연은 경제적으로 커다란 낭비가이자, 도덕이라는 면을 놓고 보자면 참으로 잔혹한 부모다. 인간의 생사도 인간을 본위로 하는 우리 입장에서 보자면 커다란 사건임에는 틀림없지만, 잠시 입장을 바꾸어 자신이 자연의 일부라는 생각으로 관찰해보면 그저 지당한 경과에 지나지 않으니 거기에 기뻐하고, 거기에 슬퍼할 이유는 추호도 존재하지 않으리라.〉 ―생각이 여기까지에 이른 소세키는, 〈마음이 매우 허전해졌다. 또 매우 하찮다는 생각이 들었다.〉 이에 〈일부러 마음을 바꾸어〉 마침 그 무렵에 오이소에서 세상을 떠난 오쓰카 구스오를 생각하며 그녀를 위한 작별의 구를 지었다고 소세키는 말했다.

소세키는 왜 여기서 세상을 떠난 오쓰카 구스오를 떠올렸으며, 그녀를 위해서 작별의 구를 지은 것일까? 말할 필요도 없이 그것은, 그 작별의 구인 〈있는 대로 국화 던져 넣어라 관 속〉이 증명하고 있는 것처럼, 소세키는 한시라도 빨리 그처럼 서늘하고, 〈허전〉하고, 〈하찮〉은 세계에서 벗어나 따뜻하고, 마음 든든하고, 삶의 보람이 있는 아름다운 인정의 세계 속에 자신의 머리를 담그고 싶었기 때문이었다. 소세키는 죽음에 맞닥뜨렸다. 그리고 인간이 그 죽음 앞에서는 한없이 나약하고 덧없는 존재에 지나지 않는다는 사실을 절실하게 느꼈다. 동시에 소세키는 자신은 지금 그 죽음에서 간신히 벗어나 서서히 건강을 회복하고 있다는 사실을 더없는 행복이라며 기뻐하고 있기는 하지만, 그러나 가령 자신을 우주적인 입장에 두고,

그 죽음 앞에서 일희일비하는 자신을 삼세를 관통하며 운행하는 대우주 속에 두고 바라본다면, 자신이, 자신뿐만 아니라 모든 인간의 운명이 얼마나 우연한 것이며, 얼마나 무의미하고, 얼마나 〈하찮〉은 것이 될 수밖에 없는지를 절실하게 느끼지 않을 수 없었다. 그런 입장에서 바라본 인간의 운명의 외로움, 허전함, 서늘함에 대항하여 인간과 인간을 근본적으로 연결하는 따뜻함, 아름다운 인정이—사랑과 진심이 과연 어느 정도까지 그 불멸성을 주장할 수 있을까 하는 것은 어쩌면 당시의 소세키에게 있어서 아직 해결되지 않은 문제였을지도 모르겠지만, 그러나 당시의 소세키에게는 적어도 그 외롭고 허전하고 서늘한 세계 속에 인간적인, 따뜻한, 아름다운 사랑과 진심의 세계를 점철하여, 거기에 의지하지 않으면 도저히 편안하게 생활할 마음이 들지 않았던 것이다.

원래 소세키는 생리적으로도 심리적으로도, 따뜻한 것을 사랑했다. 색채도 소세키가 좋아하는 것은 따뜻한 색채였다. 저 그림은 좋기는 하지만, 색이 추워서 싫다고 소세키는 곧잘 말했다. 사계절 중에서도 소세키가 좋아했던 것은 따뜻한 봄이었다. 그리고 날이 따뜻하기만 하다면, 가을이었다. 겨울이면 소세키는 곧잘 툇마루로 책상을 가지고 나가서 유리문 너머로 들어오는 햇빛을 온몸에 받으며, 어떨 때는 파나마모자를 쓰고 원고를 썼다. 그처럼 따뜻한 것을 좋아했던 소세키가 자신의 병에 대해서 사람들이 자신에게 보여준 따뜻하고 아름다운 친절과 호의를 감격의 마음으로 받아들였다는 것은 말할 필요도 없는 사실이다. 소세키는, 〈마흔을 넘긴 사내, 자연스럽게 도태되려 했던 사내, 이렇다 할 과거를 갖지 못한 사내에게 분주한 세상이 이 정도로 수고와 시간과 친절을 베풀어주리라고는 꿈에도 기대하지 못했던 나는 병에서 되살아남과 동시에 마음도 되살아났다. 나는 병에게 감사했다. 또 나를 위해서 이 정도로 수고와 시간과 친절을 아끼지 않은 사람들에게 감사했다. 그리고 모쪼록 선량한 사람이 되었으면 좋겠다고 생각했다. 그리고 이 행복한 나의 생각을 깨려는 자를 영원한 적으로 삼겠다고 마음속으로 다짐했다.〉고까지 말했다. 또한 소세키는 다른 곳에서, 〈어린아이와 달리 어른은 오히려 하나의 일을 열 가지 스무 가지 무늬로 이루어진 것처럼 바라보는 힘이 있기 때문에 생활의 기초가 되는 순결한 감정을 마음껏 흡수하는 경우가 매우 적다. 정말로 기뻤다, 정말로 고마웠다, 정말로 존귀했다고 평생에 몇 번이나 생각했는가 헤아려보면 몇 번 되지 않는다. 설령 순결하지는 않다 할지라도 내게 활력을 불어넣어준 당시의 이 감정을 나는 그대로 오래 나의 심장 한가운데 보존하고 싶다. 그리고 이 감정이 머지않아 단순한 한 조각의 기억으로 바뀌어버릴 듯하다는 것이 참으로 두렵다. ―호의가 말라비틀어져버린 사회에 존재하는 자신을 매우 불안하다고 느끼기 때문이다.〉라고 말했다. 소세키에게 있어서 사회에서 살아간다는 것은―많은 청년으로 하여금 〈자아 주장〉을 〈굳이 거리낌 없이 하게까지 몰아붙인〉 사회, 특히 특수한 〈경제사정〉 아래에서 헐떡이지 않으면 안 되는 사회에서 살아간다는 것은― 〈참으로 불안하다고 느〉껴지고, 살기 어렵다고 느껴지는 일이었다. 그 불안하고 살기 어려운 사회 속에서 소세키를 구해준 것이 소세키의 병이었다. 소세키의 병을 둘러싸고 모든 사람들이 소세키에게 보여준 따뜻하고 아름다운 친절과 호의였다. 소세키는 세계가 그러한 친절과 호의로 가득한 이상, 이 세계는 살기에 편안하고 듬직하고 행복한 세계라고 느끼지 않을 수 없었다.

소세키의 「생각나는 것들」은 오로지 소세키의 그러한 기쁨과 감사의 마음에서 쓰인 작품이라고까지 말해도 좋을 것이다.

 그러나 소세키는 사람들이 자신에게 보여준 친절과 호의로 인해서 이 세상을 삶의 보람이 있는 곳이라고 느끼기는 했으나, 한편으로는 자신이 경험한 무시무시한 죽음의 사실과 자신이 상상한 광활한 우주적 입장이 인간 운명의 외로움, 허전함, 서늘함을 매정할 정도로 자신에게 뚜렷하게 보여줬다는 사실을 어떻게 해볼 수도 없었다. 『빌헬름 마이스터』 속에서 마카리에는, 인간 세계에서 벗어나 천체의 운행을 자신 속에서 느끼며 살아가는 신비한 존재로 묘사된다. 대우주의 질서를 주재하는 자로서의 신을 믿고 그 신과 함께 살아가지 못했던 소세키는—현재 자신이 눈으로 보고 손으로 만지고 마음으로 받아들일 수 있는 인간의 따뜻함만으로 살아가며 인간 이외의 어떠한 존재도 믿기를 원치 않았던 소세키는— 여기에 이르러 신에 대한 문제에 부딪히지 않을 수 없었다. 〈인간의 생사도 인간을 본위로 하는 우리 입장에서 보자면 커다란 사건임에는 틀림없지만, 잠시 입장을 바꾸어 자신이 자연의 일부라는 생각으로 관찰해보면 그저 지당한 경과에 지나지 않으니 거기에 기뻐하고, 거기에 슬퍼할 이유는 추호도 존재하지 않〉는다고 한다면, 어떠한 방법으로 이들 2개의 입장이 종합되고 융화되지 않는 한, 결국 인간은 끊임없는 불안과 동요 아래서 그 일생을 보내지 않으면 안 되기 때문이다. 여기서는 '자연'과 '인간'이 대립한다. 엄밀히 말하자면 '인간'은 커다란 '자연'과의 대조에 있어서는 극히 우연적이고 극히 무의미한 일개 미생물에 지나지 않는다. 그 일개 미생물에 지나지 않는 '인간'의 생활이 의미를 갖고 필연적인 것이 되기 위해서는, 그 '인간'의 생활이 '자연'의 의지에 따르는 것이자, '자연'의 질서 속에 편입될 수 있는 것이라는 사실을 '인간'이 체득하지 않으면 안 된다. 바꿔 말하자면 '인간'은 그 '자연' 위에 있는, 혹은 그 '자연' 속에 있는 의지를 인식함으로 해서 자신들 '인간'의 문화적 노력이 그 의지와의 합치, 그 의지의 수행 외에 아무것도 아니라는 사실을 분명하게 체득하지 못한다면, 〈무자비하게 운행하고 매정하게 발전하는〉 커다란 '자연'에 짓눌려 자신의 운명을 오로지 '춥다'고 느낄 수밖에 없는 것이다. —그러나 소세키는 그렇다고 해서 바로 신을 가지려 할 만큼 경박하지는 않았다. 또 감상적이지도 않았다. 〈나의 마음은 언제나 나의 마음이다. 내가 경험하지 못하는 한, 어떤 면밀한 학설도 나를 지배할 능력은 가지고 있지 못하리라.〉라고 생각한 소세키는, 자신이 그것을 분명하게 경험할 때까지는 그 문제를 미해결인 채로 남겨두지 않을 수 없었다.

물론 소세키는 당시 그 문제를 해결하고 싶었을 것임에 틀림없다. 소세키가 시간적 여유를 얻었을 때 자신을 우주적 입장에 놓아보았다는 사실도, 소세키의 마음이 그 방면으로 기울었음을 시사하고 있는 듯 보인다. 그것뿐만 아니다. 〈겁쟁이의 특권으로〉〈예전부터 요괴를 만날 자격이 있다고 생각〉하여 〈문명의 살이 사회의 날카로운 채찍 아래서 위축될 때〉〈언제나 유령을 믿〉은 소세키는, 어떻게 해서든 심령 세계의 존재를 스스로 경험해보고 싶다고까지 희망하여, 병중의 경험을 그러한 빛으로 비추어 점검해보려 하기까지 했다. 만약 그렇게 함으로 해서 '사후의 삶'을 믿고 '지구의 의식'을 믿고 '자연의 의지'를 믿을 수 있게 된다면 얼마나 편안한 마음으로 생활할 수 있게 될지를 소세키는 아마도 몰랐던 것임에 틀림없다. 그리고 그 문제에 관해서 소세키가 내린 결론은, 〈나는 한 번 죽었다. 그리고 죽었다는 사실을 평소의 상상대로 경험했다. 역시 시간과 공간을 초월했다. 그러나 그 초월했다는 사실이 아무런 능력도 의미하지는 못했다. 나는 나의 개성을 잃었다. 나의 의식을 잃었다. 그저 잃었다는 사실만이 명백할 뿐이다. 어찌 유령이 될 수 있겠는가? 어찌 나보다 커다란 의식과 명합할 수 있겠는가? 겁쟁이에 미신이 강한 나는 단지 이러한 신비를 타인에게 기대할 뿐이다.〉라는 사실에 귀착했다. 죽음은 모든 것을 빼앗으며 인간의 흔적마저도 남기지 않는다는 것이다. 그리고 〈경제적으로 커다란 낭비가이자, 도덕이라는 면을 놓고 보자면 참으로 잔혹한 부모〉인 '자연'은 임의적으로, 방자하게 인간 위에 그 죽음을 내려놓고 조금도 돌아보지 않는다는 것이다.

단, 당시 소세키에게 있어서 '자연'은 2개의 모습을 가지고 있었던 듯하다. 그 하나는 말할 필요도 없이, 〈경제적으로 커다란 낭비가이자, 도덕이라는 면을 놓고 보자면 참으로 잔혹한 부모〉로서의 '자연'이었다. 다른 하나는 조용하고 따뜻하고 밝고, 맑으며, 공평하고, 무사[無私]하고, 침묵의 황금을 소유한 자로서의 '자연'이었다. 그리고 이러한 '자연'은 무엇보다도 소세키를 즐겁게 해주고 무엇보다도 소세키를 위로해주었으며, 그것과 하나가 되는 것이 소세키에게 무상한 행복감을 주었다. 〈나는 당시 10분 동안 계속해서 사람과 이야기를 나누는 번거로움을 느꼈다. 목소리가 되어 귀에 울리는 공기의 파동이 마음에 전해져 평온한 기분을 새삼스레 술렁이게 만드는 듯 여겨졌다. 침묵은 금이라는 옛말이 떠올라 그저 위를 본 채 누워 있었다. 고맙게도 방의 차양과 맞은편 3층의 지붕 사이로 파란 하늘이 보였다. 그 하늘이 가을 이슬에 씻기며 점차 높아져가는 계절이었다. 나는 말없이 그 하늘을 바라보는 것을 일과처럼 여겼다. 아무 일도 없고 또 아무 것도 없는 이 하늘은 그 고요한 그림자를 기울여 모두를 내 마음에 비추었다. 그리고 내 마음에도 아무 일도 일어나지 않았다, 또 아무 것도 없었다. 2개의 투명한 것이 꼭 들어맞았다. 들어맞아 내게 남은 것은 표묘함이라고 형용해도 좋을 기분이었다.〉라고 소세키는 당시의 얻기 어렵고 존귀한 기분을 묘사했다. 소세키는 이 표묘한 것을 도스토옙스키의 〈신성한 병〉에 비교하며 그리워했다. 그리고 그것을 가능한 한 오래 자신의 가슴에 품고 있기를 희망했다. 〈반듯이 누운 사람 벙어리처럼 / 말없이 넓은 하늘을 보네 / 너른 하늘에 구름 움직이지 않고 / 종일 아득히 서로가 하나이네〉라는 시나, 〈사람보다 하늘, 말보다 침묵. ……어깨로 와서 사람 그립구나 고추잠자리〉라는 구는 소세키의 이러한 마음의 탐닉을 표현한 것임에 다름 아니다. ―여기서 소세키는 〈말보다 침묵〉이라고 말했다. 또한 〈사람보다 하늘〉이라고 말했다. 하나의 '자연'의 모습은 〈무자비〉하고 〈매정〉한 것으로 소세키에게 두려움의 대상이 되지만, 다른 '자연'의 모습은 '인간'보다 더 소세키로부터 사랑받는다. 이러한 '자연' 앞에서 '인간'은 더럽고 떠들썩하고 번거로운 존재에 지나지 않는다.

「생각나는 것들」 속에서 소세키는 3가지의 '이걸까, 저걸까' 앞에 놓여 있는 것처럼 보인다. 하나는 말할 필요도 없이 이 '자연'에 대한 '이걸까, 저걸까'다. 소세키는 하나의 '자연'을 두려워했다. 다른 '자연'을 소세키는 사랑했다. '자연'을 사랑해야 할 것으로 보아야 할지, 두려워해야 할 것으로 보아야 할지 소세키는 아마도 갈피를 잡지 못했던 것임에 틀림없다. 두 번째 '이걸까, 저걸까'는 그 사랑해야 할 '자연'과 '인간' 사이에서의 그것이다. 소세키는 자신의 병을 둘러싸고 사람들이 자신에게 보여준 친절과 호의에 무한한 감사를 바치기를 잊지 않았다. 그리고 그 따뜻한 인정으로, 〈마음도 되살아났다〉고까지 말했다. 그러나 그와 동시에 소세키는 〈10분 동안 계속해서 사람과 이야기를 나누는〉 것을 '번거롭게' 느껴, 〈침묵은 금이라는 옛말〉을 떠올리며, 〈가을 이슬에 씻기며 점차 높아져가는〉 하늘을 보고, 〈사람보다 하늘, 말보다 침묵〉이라고 느꼈다. 따뜻하고 아름다운 인정이라도 그것이 인정인 이상은, 그것을 받는 사람에게 번거로움과 갑갑함을 주는 경우가 없으리라고는 말할 수 없다. 투명하고 평정한 '자연'이라 할지라도 그것이 '자연'인 이상은 너무나도 투명하고 너무나도 평온하여 실감이 나지 않는다고 느껴지는 경우도 종종 있을 것이다. 이를 곰곰이 생각해보면 그 가운데 어떤 것을 취하고 어떤 것을 중히 여겨야 할지, 아마도 소세키는 틀림없이 판단하기 어려웠을 것이다. 세 번째 '이걸까, 저걸까'는 두려워해야 할 '자연'과 '인간' 사이에서의 그것이다. 만약 '자연'이 소세키가 상상한 것처럼, 〈무자비하게 운행하고 매정하게 발전〉할 뿐이라면, 〈인간의 생사도〉〈그저 지당한 경과에 지나지 않으니 거기에 기뻐하고, 거기에 슬퍼할 이유는 추호도 존재하지〉 않는 셈이니 '인간' 상호를 연결하는 사랑과 진심과 같은 문제에 고뇌하고, '인간'의 문화 발전에 기여하겠다고 고심하는 것도 무릇 의미 없는 헛수고가 되어버리리라. 더구나 소세키는 '인간' 상호를 연결하는 사랑과 진심 없이는 살아갈 수 없다고 느꼈으며, 또 그 사랑과 진심이야말로 '인간'을 영원히 살 수 있게 하는 것이라 믿고 싶었다. 그러나 우주적인 입장에서 본 '인간'이 그저 우연하고 무의미한 일개 미생물에 지나지 않는다면, 사랑도 진심도 순결도 고귀도 마찬가지로 우연하고 무의미한 것이 되어버리고 만다. 여기에도 소세키의 망설임은 있었을 것이라 여겨진다.

　물론 이들 '이걸까, 저걸까'는 「생각나는 것들」에서 소세키의 마음을 전장[戰場]으로 삼아 마찰할 정도의 커다란 세력을 부여받지는 못했다. 그런 점에서 「생각나는 것들」 속에서는 소세키가 죽음과 격투를 벌이고, 혹은 신을 외치는 비통한 목소리는 들려오지 않는 것이 사실이지만, 이러한 것들은 「생각나는 것들」에서 소세키를 묘판으로 삼아 자라며, 점차 소세키에게 그 선택을, 혹은 그 종합을 요구해나가려 하고 있다. 말할 필요도 없이 소세키 안에 그 배아가 담겨 있지 않았다면 이러한 것들이 소세키 안에서 싹을 틔웠을 리 없다. 하지만 그 배아는 또, 발아를 자극하는 특별한 계기가 없었다면 흔적도 없이 사라지지 않았다고도 말할 수 없다. 그 특별한 계기란 말할 필요도 없이 소세키의 슈젠지에서의 대환[大患]이었다. 그리고 그 후, 매해 소세키를 찾아온 궤양이었다. 궤양은 끝내 소세키의 목숨을 빼앗았지만, 그러나 궤양이라는 계기가 없었다면 이처럼 빨리, 소세키로 하여금 소세키의 생활을 깊은 것으로 만들고, 소세키의 예술을 깊은 것으로 만들게 한 일대 전환기가 올 수 있었을지 알 수 없다는 기분까지 든다.

　사실 「생각나는 것들」에서부터 거슬러올라가 「생각나는 것들」 이전의 작품들을 생각해보면, 어디에서도 이와 같은 깊이를 가진 작품은 찾아볼 수 없는 듯하다. 매 작품마다 비약을 계속해왔던 소세키도, 여기에서의 비약만큼 한층 두드러진 비약을 이전까지는 보인 적이 없었다. 물론 작품의 가치는 거기에 담긴 사상적인 것의 가치에 의해서만 결정되는 것은 아니다. 예를 들어서 「문조」 속의 세밀하기 짝이 없는 문조에 대한 묘사나, 「영일소품」 가운데 '고양이의 무덤' 속의 고양이에 대한 묘사나, 그 외에도 「열흘 밤의 꿈」 가운데 세 번째 밤, 「영일소품」 가운데 '하숙'·'과거의 향기'·'따뜻한 꿈'·'안개'·'옛날'·'크레이그 선생' 등의 영국을 배경으로 삼은 이야기, 혹은 '화로'·'행렬' 등의 신변의 일들을 소재로 삼은 이야기 등은 결코 사상적인 것을 가지고 있다고는 말할 수 없으나, 각각 서로 다른 아름다움을 가지고 있으며, 그 아름다움 때문에 애송하기에 부족함이 없는 작품이 되었다. 그러나 「생각나는 것들」 이전의 작품에는 소세키의 장점과 함께 약점도 나타나서, 혹은 분식[粉飾]에 지나지 않거나, 혹은 기교에 지나지 않거나, 혹은 지나치게 이론적이거나, 혹은 기이함을 지나치게 즐기거나, ―한마디로 말하자면 색기가 많아서 교태가 느껴지며, 어딘가 독자의 가슴에 스며드는 맛이 부족하다는 사실을 어떻게 해볼 수가 없다.

예를 들어서 「만한 곳곳」을 보면, 「만한 곳곳」은 누구나 알고 있는 것처럼 당시 남만주철도주식회사의 총재로 있던 나카무라 제코(中村 是公)의 권유에 따라서, 소세키가 1909년 9월 2일 도쿄를 출발하여 같은 달 6일에 대련[大連]에 도착, 대련·여순·웅악성[熊岳城]·영구[營口]·탕강자[湯崗子]·봉천[奉天]·무순[撫順]·장춘[長春]·하얼빈을 둘러보고, 돌아오는 길에 조선으로 들어가 평양에서부터 경성으로 갔다가 10월 13일에 경성을 출발하여 10월 17일, 도쿄로 돌아왔을 때의 기행문이다. 이는 당시 누군가가 「만한 곳곳」이 아니라, 「소세키 곳곳」이라고 말했던 것으로 기억하고 있다. 그 정도로 이는 사람들의 예상과는 달리 만한의 자연 자체보다, 만한에 있는 사람, ―조금 더 엄밀하게 말하자면 만주에서 만났던 자신의 옛 벗들에 대한 이야기로 가득 찬 기행문이다.

물론 이는 소세키가 9월 21일에 무순에 있는 탄광의 갱 안으로 들어가보는 장면에서, 해가 바뀌어 붓을 놓은 탓도 있다. 여기에는 소세키의 긴 여정의 절반도 되지 못하는 기술밖에 없다. 게다가 만주에서 여러 옛 벗들을 만난 것은, 여정의 전반에 가장 많았기에 자연스레 「만한 곳곳」에는 자연보다 인간이 더 많이 등장하지 않을 수 없었던 것이라고 말할 수 있다. 소세키는 위 카타르로 쓰러졌다가 일어난 병후의 몸을 억지로 이끌고 나선 것이기도 했기에, 여행 중 곳곳에서 위의 통증에 시달렸다. 위통에 계속적으로 시달리면, 사람은 도저히 자연의 풍물 따위 한가롭게 감상할 마음이 들지 않는 법이다. 그럼에도 소세키는 그 한정된 시간 안에서 만주 곳곳의 자연을 분명히 보고 돌아왔다. 제22회의 여순 신시가지에 대한 묘사, 제25회의 203고지에 대한 묘사, 제33회의 웅악성에 대한 묘사, 제35회의 웅악성에서 배밭을 보러 가는 도중에 대한 묘사, 제36회의 배밭의 주인집에 대한 묘사, 제38회의 웅악성에서 영구까지 가는 도중에 대한 묘사, 제42회의 기차에서 내려 탕강자에 있는 숙소로 가는 길에 대한 묘사, 제49회부터 제50회에 걸친 봉천 북릉[北陵]을 둘러본 것에 대한 묘사, ―이처럼 하나로 정리된 긴 묘사를 열거할 필요도 없이, 한 줄, 혹은 두 줄씩 정도로 곳곳에 담겨 있는 그 지방 그 지방의 자연에 대한 날카롭고 선명한 묘사가 이미 충분하게 이러한 사실을 증명한다. 뿐만 아니라 소세키는 그 사이사이에 혹은 새장을 들고 다니는 중국인의 여유로움에 주의를 기울였으며, 혹은 묵묵히 일하는 중국인의 육체의 다부짐에 주의를 기울였으며, 혹은 마작 패의 아름다움에 주의를 기울였으며, 혹은 피부가 희고 눈썹이 짙고 눈이 밝고 뺨에서 턱을 감싸는 곡선이 봄처럼 부드러운 중국의 유녀에 주의를 기울였으며, 혹은 맹인 악사가 연주하는 호궁과 또 다른 한 남자의 캐스터네츠 비슷한 악기의 박자에 맞추어 열두어 살쯤의 소녀에게 노래를 부르게 하고 있는 다른 세 여자 일단의 이상한 섬뜩함에 주의를 기울였으며, 혹은 잡초가 자란 벌판과 수수가 우거진 밭 위를 부산스럽게 걷는 흑돼지의 기괴한 모습에 주의를 기울였으며, 그 외에도 여러 가지 것들에 주의를 기울이기를 결코 게을리 하지 않았다. ―그럼에도 불구하고 「만한 곳곳」이 자연을 뽑아내고 인간에 관한 것만을 쓴 작품, 즉 「소세키 곳곳」과 같은 작품으로 많은 독자들의 눈에 비친 것은 결국 여기서 그 인간을 다룸에 있어서 소세키가 너무 많이 등장했기 때문이리라. 그런데 이러한 사실은, 〈남만철도회사는 대체 뭘 하는 곳인가, 라고 진지하게 물었더니 만철의 총재는 약간 어처구니없다는 듯한 얼굴로, 자네도 상당한 바보로군, 이라고 말했다.〉라는 「만한 곳곳」 서두의 한 구절에 의해서 이미 예고된 것이라고 말해도 좋으리라.

「영일소품」 속의 '변화'에 의하면, 소세키는 대학 예비문 시절에 나카무라 제코와 함께 한 사숙의 교사로 근무하며, 함께 그 사숙의 2층에서 하숙을 했는데, 다달이 받는 월급 5엔 가운데서 하숙비 2엔과 수업료 25센을 제한 나머지는 약간의 목욕비를 남겨두고, 두 사람의 돈을 하나로 합쳐서 그것이 있는 동안에는 함께 곳곳의 메밀국수집이네, 단팥죽집이네, 생선초밥집 등을 돌아다녔고, 그것이 떨어지면 함께 얌전히 2층에 들어앉아 공부를 하는, 격의 없이 자유로운 공동생활을 했던 듯하다. 두 사람은 대학을 졸업한 이후 다시 만날 기회를 얻지 못했었다. 그런데 학교를 졸업한 지 8·9년쯤 지났을 때, 두 사람은 런던 한복판에서 오랜만에 만났다. 그로부터 다시 7년이 지났다. 다음에 두 사람이 만난 것은 1909년, 즉 소세키가 '만한 곳곳'으로의 여행을 권유받고 떠난 해의 7월 31일이었다. 그런 나카무라 제코가 권했으며, 그런 나카무라 제코가 현지에서 기다리고 있었으니, 주관적으로 말해서 소세키의 「만한 곳곳」이 나카무라 제코로 시작해서 나카무라 제코로 끝나는 것도 지극히 당연한 일이 아닐 수 없다. 게다가 만주에는 사토 도모쿠마(佐藤友熊)가 있었다. 다치바나 마사키(立花 政樹)가 있었다. 그리고 뜻밖에도 하시모토 사고로(橋本 左五郎)도 시찰을 위해서 와 있었다. 소세키의 예비문 시절의 잃어버렸던 청춘의 꿈이 소세키의 마음에 되살아나 소세키가 예비문 시절의 옛날로 돌아가서 자유롭게, 거칠 것 없이, 천진하게, 개구쟁이처럼, 순수하게, 장난꾸러기처럼, 적어도 머릿속에서는 충분히 하고 싶은 대로 할 마음이 든 것은 조금도 억지스러운 일이 아니다. 그런 소세키의 마음이 그대로 「만한 곳곳」에 반영되어 있는 것이다. 「만한 곳곳」이 마찬가지로 자유롭고, 거칠 것이 없고, 천진하고, 개구쟁이처럼, 순수하게, 장난꾸러기처럼 보이는 것도 역시 극히 당연한 일이다.

하지만 다른 한편에서 말하자면, 바로 거기에 사람들로 하여금 이 작품에서 뭔가 스며드는 맛을 느끼지 못하게 하는 것, ―굳이 말하자면 어딘가 들떠 있는 것 같은 느낌을 받게 하는 근본적인 이유가 잠재해 있는 것 아닐까 여겨진다. 「도련님」 속의 '도련님'이나 '고슴도치'를 쓰고, 「우미인초」 속의 '무네치카 씨'를 쓴 소세키에게, 상호간에 있는 격의의 담장을 뜯어내고 곧 믿음을 타인의 가슴

속에 펼치겠다는 희망이 있으며, 그럴 자격도 있다는 사실은 알겠으나 —따라서 소세키가 자신의 예비문 시절의 생활과 같은 생활에 동경과 사랑을 가지고 있으며, 그것을 여기서 되풀이할 수 있다는 사실을 더없이 기뻐했다는 사실은 알겠으나— 하지만 여기서 소세키는 그러한 생활을 너무나도 사랑한 나머지 그러한 생활 속으로 너무 깊이 들어갔으며, 또한 그러한 생활 속으로 깊이 들어간 것에 대한 즐거움에 너무 깊이 빠져서 평소의 절도를 얼마간 잃은 경향이 없지는 않다. 물론 「만한 곳곳」을 쓴다는 것은 소세키에게 있어서 기쁘고 즐거운 일이었을 것이다. 하지만 그런 만큼 여기에는 너무나도 적나라한 소세키가 드러나 있어서 소세키라는 인물 자체에 흥미가 있는 사람에게는 각별한 재미를 주는 작품이기는 하나, 이것이 결국은 소세키 개인의 냄새를 풍기는, 즉 소세키의 '사사로움'으로 가득한 작품이라는 사실에는 이론의 여지가 없을 듯하다.

이에 비해서 「생각나는 것들」 이후의 '소품'은 전부 속기[俗氣]가 빠진, 그러면서도 따스함이 있는, 가슴에 스미는, 품격 높은 것들뿐이라고 말해도 좋다. 물론 「생각나는 것들」 속의 극히 근소한 부분에도 속기가 담긴—이라기보다는 오히려 낯선 느낌이 드는 부분이 있다는 사실은 부정할 수 없다. 그런 점에서 「생각나는 것들」은, 예를 들자면 「쾌베르 선생」에서 볼 수 있는 것 같은, 원만함과 기품과 깊은 정감과 아취로 이루어진 특별한 아름다움은 가지고 있지 못하다고 말할 수도 있다. 그러나 「쾌베르 선생」의 세계와 같은 아름다움에는 상대방이 가진 아름다움의 반영도 틀림없이 있을 테고, 또 가령 그것이 소세키 자신의 아름다움에서만 태어난 것이라 할지라도 그런 아름다운 세계를 표현할 수 있으려면 사람은 인간으로서 상당히 단련되어 있을 필요가 있으며, 또 가령 충분히 단련되어 있다고 할지라도 그 사람이 가장 좋은 조건 아래에 놓여 있을 필요가 있을 터다. 이른바 과도기의 「생각나는 것들」에게서 「쾌베르 선생」에서와 같은 아름다움을 요구한다면 그것은 요구하는 자의 억지스러운 주문밖에 되지 않는다고 내게는 여겨진다. 오히려 우리는 소세키에게 있어서 「생각나는 것들」의 아름다움이, 겨우 6개월의 간격을 두고 「쾌베르 선생」의 아름다움으로까지 고양되었다는 사실을, 소세키를 위해서 축복해야 할 것이라고 생각한다.

    소세키는 자신의 후기에는 '소품'을 그다지 쓰지 않았다. 이유 중 하나는, 도쿄 아사히에 문예란이 개설되어 짧은 논문을 그쪽에 계속 쓰지 않으면 안 되었기 때문이기도 하고, 또 하나는 이케베 산잔(池辺 三山)이 아사히의 주필을 그만둔 이후, 특별히 적극적으로 아사히를 위해서 최선을 다하겠다는 마음이 사라졌기 때문이기도 할 테지만, 그러한 것들보다 소세키가 그 후 끊임없이 궤양 때문에 몸져누울 수밖에 없었기에 본직인 소설에 있어서조차 한때는 중간에 붓을 놓을 수밖에 없었다는 특별한 경우에 놓여 있었기 때문이다. 그런데 그러한 후기의 비교적 적은 소세키의 '소품'의 아름다움을 규정하는 것이 바로 이 「쾌베르 선생」이었다. 지금까지 없었던 아름다움을 내보이고 있는 「유리문 안」도 결국은 「쾌베르 선생」의 아름다움의 계속이자 전개에 다름 아니다.

    「유리문 안」은 말할 필요도 없이 소세키 최후의 '소품'이다. 소세키는 이를 1915년 1월 13일부터 같은 해 2월 23일까지, 즉 「한눈팔기」를 쓰기 4·5개월 전에 썼다. 그리고 소세키는 이를 쓴 이듬해의 12월 9일에 세상을 떠났다.

초기의 '소품'에서 소세키는, 물론 자기 신변의 일들도 여럿 썼지만 그 대부분은 짧은 소설을 쓰는 듯한 마음으로, 거기에서 현실 이외의 세계를 창조하려 했다. 이는 특별히 비난해야 할 일도 아무것도 아니다. 특히 예술가는 자신의 상상이 움직이는 대로 현실 이외의, 혹은 현실 이상의 세계를 창조할 권리를 가지고 있다. 뿐만 아니라 어떤 종류의 분위기는 그러한 세계를 빌려오지 않으면 도저히 적절하게 표현할 수 없는 법이다. 그러나 소세키 초기의 '소품'에는 소세키의 예술가로서의 색기와 교태가 드러나 있어서, 가령 자기 신변의 일을 쓴다 할지라도 종종 그것을 있는 그대로 담담하게 써나가지 못하는, 부자연스러움이 없다고는 단언할 수 없다. 그런데 「유리문 안」에서 다루고 있는 것은 전부 신변의 일들뿐이다. 그러나 그것을 이야기하는 방법은 극히 담담해서 거기에는 색기나 교태에서 오는 부자연스러움이 조금도 없을 뿐만 아니라, 원만함을 띤 기품이 있으며 쓸쓸함이 저변에 감돌고 있는 따뜻함이 있어서 곱씹으면 곱씹을수록 끊임없이 솟아오르는 깊은 맛이 있다. 소세키 자신의 어머니에 관한 추억을 비롯하여 소세키의 어린 시절에 대한 추억 대부분에는 특히 이러한 느낌이 강하다.

이러한 사실은 「유리문 안」에서 다룬 오타 다쓰토(太田 達人)와 「만한 곳곳」에서 다룬 나카무라 제코, 혹은 하시모토 사고로를 비교해 보면 너무 선명하다 싶을 정도로 선명하게 우리의 눈에 비치지 않을까 싶다. 오타 다쓰토는 나카무라 제코·하시모토 사고로·사토 도모쿠마·다치바나 마사키 등과 함께 소세키가 학생 시절에 가장 친하게 지내던 친구 중 한 사람이었다. 그런데 소세키가 「유리문 안」에서 오타 다쓰토를 다룬 태도와 소세키가 「만한 곳곳」에서

'제코'를 다루고 '사고로'를 다룬 태도는, 과장해서 말하자면 하늘과 땅의 차이보다 더 격렬한 대조를 이루고 있다. ―물론 소세키는 오타 다쓰토에 대해서, 학생 시절에는 자신 따위보다 〈훨씬 더〉 큰 두뇌를 가졌다고 말했다. 그런 면에서 어린아이처럼 자유롭고 어린아이처럼 장난스러운 태도로 다루어진 '제코'와 '사고로'는 어쩌면, 소세키에게 있어서 오타 다쓰토보다 훨씬 더 어울리기 쉬운 사람이었을지도 모른다. 그러나 실제로는, 몇 년 만에 오타 다쓰토를 만난 소세키는, 마치 '제코'나 '사고로'를 만났을 때와 마찬가지로 격의도 흉허물도 노력도 경계도 필요 없는, 자유롭고 명랑한 기분이 되어 있다. 소세키가 객실의 방석 위에 단정히 앉아 오타 다쓰토가 안내를 받아 들어오기를 기다리고 있자니, 들어온 오타 다쓰토는 소세키의 그 모습을 보자마자, 〈너무 점잔빼는 거 아니야.〉라고 말했다. 소세키는 그 말이 채 끝나기도 전에 어느 틈엔가, 〈응.〉이라고 대답해버렸다. 〈어째서 나의 험담에 스스로 긍정하는 듯한 이 말이 그렇게도 자연스럽게, 그렇게도 간단히, 그렇게도 스스럼없이 술술 나의 목구멍을 타고 넘어온 것일까. 나는 그때 투명하고 좋은 기분이 들었다.〉는 것이 그 당시의 소세키의 마음이었다.

 소세키는 오타 다쓰토를 보고 가장 먼저 〈투명하고 좋은 기분〉을 느꼈다. 그리고 마치 '제코'나 '사고로'를 만났을 때와 마찬가지로 자신의 학생 시절의 꿈을 현실에서 보며 격의도 흉허물도 노력도 경계도 필요 없는, 자유롭고 명랑한 기분으로 이야기를 나누기도 하고 연극을 보러 가기도 했다. 그러나 「유리문 안」에서 소세키는 「만한 곳곳」에서처럼 상대방에 대해서 결코 무례하지도 짓궂지도 않았다. 사실은 어떤지 알 수 없었다 할지라도, 적어도 그것을 경험했을 때의 소세키의 심경은, 혹은 그 경험을 이야기할 때의 소세키의 심경은 괴테가 말한 것처럼 하늘을 경외하고, 땅을 경외하고, 상대방을 경외하고, 자기 자신을 경외하는 것을 알고 있는, 자유롭고 겸허한 심경에 다름 아니었다. 「만한 곳곳」에 나타난 소세키의 애정은 매우 표출적(데몬스트레이티브)이었다고 말해도 좋으리라. 그런데 「유리문 안」까지 오면 재 속에 묻어둔 숯불처럼, 겉으로는 드러나지 않고 저변에 걸쳐서 맥박치는 듯한 것이 된다. 이는 상대방이 달라졌기 때문이 아니라, 소세키 자신이 달라졌기 때문이다.

사실 「마음」과 「한눈팔기」 사이에 놓여 있는 이 「유리문 안」까지 오면, 예전에 「생각나는 것들」 속에서 소세키 앞에 제출되었던 3개의 '이걸까, 저걸까'는, 사상적으로는 거의 해결된 듯 보인다. —2개의 모습을 가진 '자연'은 3세에 걸친 '도[道]'를 상징하는 것으로서 하나의 '하늘' 속에 지양[止揚]된다. 따라서 '인간'을 본위로 하는 입장에서 본 '인간'에 대한 관점과, '우주'를 본위로 하는 입장에서 본 '인간'에 대한 관점은, '하늘' 혹은 '도'를 본위로 하는 입장에서 본 '인간'에 대한 관점으로 종합된다. '하늘' 혹은 '도'에 따라서 살아야만 '인간'은 비로소 '인간'이 될 수 있는 것이다. 그런 의미에서 소세키가 '인간'을 본위로 하는 입장에 설지, '자연'을 본위로 하는 입장에 설지, 그 문제는 스스로 명백했다. 「마음」 속의 '선생'은 자신 속 '자연'의 목소리를 듣지 않고, 자신 속 '인간'의 목소리를 들었기에, 다시 말해서 '인간'이 '인간'으로서 가지고 태어난 '나'의 목소리를 들었기에, '인간'으로서 상대방에게 졌다고 느끼지 않을 수 없었던 것이다.

1914년 11월 12일, 즉 「마음」의 연재가 끝난 이후 3개월이 지나서,

그리고 「유리문 안」을 집필하기 2개월 전에 있었던 목요회의 밤, 소세키의 담화로 마쓰우라 가이치(松浦 嘉一)가 기록한 바에 의하면 소세키는 그날 밤 죽음에 대해서, 〈죽음은 나의 승리다. …… 왜냐하면 죽음은 내게 있어서 가장 축하할 만한, 살아 있는 동안에 일어난 어떤 행복한 사건보다도 축하할 만한 일이기에.〉라고 말했다고 한다. 단, 이 짧은 한마디만으로 소세키의 죽음에 관한 생각 전반을 엿봤다고는 할 수 없으리라. 하지만 소세키가 자신의 죽음을 자신의 승리라고 말하고, 자신에게 있어서 더없이 축하할 만한 일이라고 말한 것은, 인간이 가지고 태어난 '나'는 죽음에 의해서 깨끗해지지 않는 한, 온전히 깨끗해질 수 없을 정도로, 그만큼 인간 속에 깊이 뿌리내리고 있는 것이라는 사실에 대한 슬픈 인식에서 출발한 말이 아니었을까 여겨진다. 그 정도로 인간으로서의 '나'가 뿌리 깊은 것인 이상, 인간으로서의 '나'에 대한 끝없는 추구와 척결을 필생의 사업으로 삼으려 했던 소세키의 의지를 본위로 하여 말하자면, 죽음에 의해서만 비로소 그 의지가 완전히 수행될 수 있을 터이기 때문이다. 따라서 죽음은 소세키의 의지의 완전한 수행자로서 소세키의 승리이자, 또한 소세키에게 있어서 살아 있는 동안에 일어난 어떤 행복한 사건보다도 훨씬 더 행복한 사건이 아니면 안 되는 것이었다. ─물론 여기서 문제가 되는 것은 그 의지의 순수함과 강인함이다. 인간으로서의 '나'를 추구하고 척결하여, 자신을 그 '나'로부터 깨끗이 씻어내려 하는 의지가 진지해서 그것을 이루기 위해 지칠 줄 모르는 노력을 기울여야만 비로소 죽음은 그 사람의 삶과 필연적인 관계를 갖게 되어 죽음이 살아나고, 나아가서는 그 사람의 의지를 완전히 수행하는 자로서 죽음이 오히려 그 사람을 불멸에 이르게 할 수 있는 것이리라.

그리고 그것이야말로 소세키에게 있어서 '인간'이 '하늘' 혹은 '자연'으로 돌아감으로 해서 참된 '인간'으로 영원히 살아갈 수 있는 유일한 '도'였던 것이다. 소세키의 '측천거사[則天去死]'는 소세키가 50년을 들여서 생각한, '인간'을 불멸의 존재로 만들어주는 유일한 '도'이자, 동시에 자신을 불멸의 존재로 만들기 위해 자신의 의지가 해이해지는 것을 경계하는 유일한 좌우명이었던 것이다.

1935년 12월 17일

나쓰메 소세키 연보

1867년 음력 1월 5일에 도쿄에서 출생했다. 본명은 긴노스케(金之助). 태어난 직후 요쓰야(四谷)에 있는 고물상으로 보내졌으나 곧 생가로 돌아왔다. 나쓰메 가는 원래 지역에서 상당한 세력을 가지고 있었으나 당시는 가운이 기울기 시작했다.

1868년 시오바라 쇼노스케(塩原 昌之助)의 양자로 들어갔다.

1874년 양아버지의 여성문제 때문에 양어머니와 함께 일시 생가로 돌아왔다. 공립 소학교의 하등소학교 제8급에 입학했다.

1876년 양부모가 이혼했기에 시오바라 가에 적을 둔 채 생가로 돌아왔다.

1878년 4월에 상등소학교 제8급을 졸업했다. 10월에 긴카(錦華) 소학교 소학심상과 2급 후기를 졸업했다.

1879년 도쿄 부 제일중학교에 입학했다.

1881년 어머니가 돌아가셨다. 제일중학교를 중퇴하고 한자를 배우기 위해 사립 니쇼(二松) 학사에 입학했다.

1883년 대학 예비문 수험을 위해 간다(神田) 스루가다이(駿河台)에 있는 세이리쓰(成立) 학사에 입학하여 영어를 배웠다.

1884년 대학 예비문 준비과정에 입학했으며 영어를 공부했다.

1886년 대학 예비문이 제일고등중학교로 바뀌었다. 성적이 떨어진 데다 복막염에 걸려 유급했으나 이후 심기일전하여 수석을 놓치지 않았다. 자립을 위해 혼조(本所)에 있는 에토(江東) 의숙의 교사가 되었다.

1888년 제일고등중학교 예과를 졸업하고 한문학 전공을 위해 본과 제1부(문과)에 입학했다. 시오바라 가에서 나쓰메 가로 다시 적을 옮겼다.

1889년 마사오카 시키(正岡 子規)를 알게 되었다. 이해에 처음으로 소세키라는 호를 사용했다.

1890년 제일고등중학교를 졸업하고 제국대학 영문과에 입학했다. 염세주의에 빠지게 된다.

1891년 딕슨 교수의 의뢰로 『호조키(方丈記)』를 영어로 번역했다.

1892년 징병을 피하기 위해 분가하여 홋카이도(北海道)로 이적, 홋카이도의 평민이 되었다. 도쿄 전문학교 강사로 취임했다. 『철학잡지(哲学雑誌)』의 편집위원이 되었다. 다카하마 교시(高浜 虛子)를 알게 되었다.

1893년 문과대학 영문과를 졸업하고 대학원에 입학했으며 학장의 추천으로 도쿄 고등사범학교의 영어교사로 취임했다.

1894년 초기 폐결핵 진단을 받았다. 12월부터 이듬해 1월까지 가마쿠라(鎌倉)에서 참선했다.

1895년 친구의 알선으로 에히메(愛媛) 현 마쓰야마(松山) 중학의 교사로 취임했다. 이때의 경험이 『도련님』의 소재가 되었다. 12월에 도쿄로 와서 귀족원 서기관장인 나카네 시게카즈(中根 重一)의 장녀인 교코(鏡子)와 맞선, 약혼했다.

1896년 제5고등학교 강사로 취임하여 구마모토(熊本)로 향했으며 그곳에 집을 빌려 교코와 결혼했다. 교수로 승진했다.

1897년 이 무렵부터 하이쿠(俳句)가 알려지기 시작했다. 아버지가 세상을 떠났다. 도쿄로 돌아와 머물던 중 아내가 유산했다.

1898년 아내 교코는 히스테리가 심해져 자살까지 계획했었다.

1899년 영어 주임이 되었다.

1900년 문부성으로부터 영어 연구를 위해 만 2년간의 영국 유학을 명받았다. 런던에서 셰익스피어 연구가인 크레이그로부터 개인교습을 받았다.

1901년 이 무렵부터 『문학론』 집필을 시작했다. 유학비 부족과 고독감 등으로 신경쇠약에 걸렸다.

1902년 신경쇠약이 심해져 발광했다는 소문이 일본에 전해졌다. 12월에 런던을 떠나 귀국길에 올랐다.

1903년 제일고등학교 강사, 도쿄 제국대학교 영문과 강사로 취임했다. 신경쇠약이 재발했다.

1904년 메이지(明治) 대학 강사를 겸임했다. 교시의 권유로 쓴 첫 창작 『나는 고양이로소이다(吾輩は猫である)』를 낭독에 의해 발표했다.

1905년 『나는 고양이로소이다』를 『호토토기스(ホトトギス)』에 연재했다. 1회 예정이었으나 호평을 얻어 이듬해 8월까지 연재했다. 『런던탑(倫敦塔)』, 『칼라일 박물관(カーライ

ル博物館)』, 『환영의 방패(幻影の盾)』, 『환청에 들리는 거문고 소리(琴のそら音)』, 『하룻밤(一夜)』, 『해로행(薤露行)』을 발표했다.

1906년 『도련님(坊っちゃん)』을 『호토토기스』에 발표했다. 이 무렵 위장병으로 괴로워했다. 『풀베개(草枕)』를 발표했다. 면회일을 목요일로 정한 데서 '목요회(木曜会)'가 시작되었다. 『취미의 유전(趣味の遺伝)』, 『이백십일(二百十日)』을 발표했다.

1907년 아사히(朝日) 신문사로부터 초빙의 이야기가 있어 모든 교직을 내려놓고 아사히 신문사에 입사, 전업 작가가 되었다. 『우미인초(虞美人草)』를 아사히 신문에 연재했다. 위장병에 시달렸다. 『태풍(野分)』을 발표했다.

1908년 『산시로(三四郎)』를 아사히 신문에 연재하기 시작했다. 『갱부(坑夫)』, 『열흘 밤의 꿈(夢十夜)』, 『문조(文鳥)』를 발표했다.

1909년 『그 후(それから)』를 아사히 신문에 연재했다. 조선과 만주를 여행했다. 『영일소품(永日小品)』, 『만한 곳곳(満韓ところどころ)』을 발표했다.

1910년 『문(門)』을 아사히 신문에 연재했다. 위궤양으로 각혈, '슈젠지의 대환(修善寺の大患)'을 겪었다. 『생각나는 것들(思い出す事など)』을 발표했다.

1911년 문학박사호가 보내졌으나 고사했다. 위궤양이 재발하여 오사카에서 입원했다. 아사히 신문의 문예란이 폐지되자 사표를 제출했으나 재고를 요청받아 철회했다.

1912년 『춘분 지나기까지(彼岸過迄)』를 아사히 신문에 연재했다. 치질로 두 번째 수술을 받았다. 남화풍의 수채화를 그리기 시작했다. 12월부터 『행인(行人)』을 아사히 신문에 연재했다.

1913년 심각한 신경쇠약으로 고통 받았다. 위궤양이 재발하여 5월까지 누워 있었다.

1914년 『마음(こゝろ)』을 아사히 신문에 연재했다. 위궤양으로 병상에 누웠다. 가쿠슈인(学習院)에서 『나의 개인주의(私の個人主義)』를 강연했다.

1915년 『유리문 안(硝子戸の中)』을 아사히 신문에 연재했다. 교토로 여행을 갔다가 위궤양으로 쓰러졌다. 6월부터 『한눈팔기(道草)』를 아사히 신문에 연재했다. 아쿠타가와 류노스케(芥川 竜之介), 구메 마사오(久米 正雄) 등이 목요회에 참가했다.

1916년 류머티즘 치료를 위해 유가와라(湯河原) 온천에서 요양했으나 이후 류머티즘이 아니라 당뇨에 의한 통증이라는 진단을 받았다. 『명암(明暗)』(미완)을 아사히 신문에 연재했다. 위궤양이 재발하여 용태가 악화되었고 출혈 이후 12월 9일에 사망했다.

일본을 대표하는 두 거장(소설+만화)의 만남
(삽화와 함께 읽는) 도련님
—나쓰메 소세키 지음 / 곤도 고이치로 그림 11,200원

한 편의 시처럼 펼쳐놓은 '비인정'의 세계
풀베개
—나쓰메 소세키 지음 11,800원

인간의 심리를 날카롭게 파헤친 성장소설
갱 부
—나쓰메 소세키 지음 12,600원

첫사랑, 도무지 풀리지 않는 그 수수께끼
산시로
—나쓰메 소세키 지음 14,000원

「영일소품」, 「생각나는 것들」, 「유리문 안」을 한 권에
나쓰메 소세키 수상집
—나쓰메 소세키 지음 13,000원

대중소설의 선구자, 나오키상으로 이름을 남긴
나오키 산주고 단편소설선집
—나오키 산주고 지음 14,000원

다자이 오사무의 대표작 「인간실격」에서부터 유서까지
그럼, 이만…… 다자이 오사무였습니다.
—다자이 오사무 지음 12,000원

한 남자를 향한 지독한 사랑, 다자이 오사무의 마지막 여인
그럼, 안녕히…… 야마자키 도미에였습니다.
—야마자키 도미에 외 지음 13,000원

거침없는 상상력이 빚어낸 40세기 인류의 충격적 생활상
가축인 야푸

—누마 쇼조 지음 18,000원

미에 대한 끝없는 탐구, 예술을 위한 예술
일본 탐미주의 단편소설선집

—무로우 사이세이 외 지음 13,000원

암울한 현실에 맞서 치열한 삶을 살았던 작가들의 이야기
일본 무뢰파 단편소설선집

—사카구치 안고 외 지음 13,000원

서민들의 삶 속에서 건져올린 참된 인간의 모습
계절이 없는 거리

—야마모토 슈고로 지음 12,000원

너는 혼자가 아니야! 성장소설의 대표작
사 부

—야마모토 슈고로 지음 13,000원

인간미로 가득한 추리소설
잠꾸러기 서장님

—야마모토 슈고로 지음 13,800원

일본 대문호의 계보를 잇는 야마모토 슈고로 드라마 원작소설
유령을 빌려드립니다

—야마모토 슈고로 지음 13,000원

지금 우리의 현실과 놀랍도록 똑같은 100년 전의 팬데믹 상황
간단한 죽음

—기쿠치 간 외 지음 12,000원

약 700년 동안 일본을 지배했던 칼의 역사
사무라이 이야기(상, 하)
—문고간행회 편집부 엮음 각권 15,000원

일본 최초의 무가정권을 수립한 기념비적 인물
(전기) 다이라노 기요모리
—가사마쓰 아키오 지음 16,800원

전국시대 최고의 무장으로 꼽히는 다케다 신겐의 일대기
(소설) 다케다 신겐
—와시오 우코 지음 13,400원

치열했던 가와나카지마 전투, 그 중심에 섰던 우에스기 겐신의 인간상
(소설) 우에스기 겐신
—요시카와 에이지 지음 13,400원

오다 노부나가 전기의 최고봉, 일본 전국시대의 특급 사료
신장공기(오다 노부나가)
—오타 규이치 지음 18,000원

일본 역사상 최대의 미스터리인 혼노지의 변을 소재로 한 소설
(소설) 아케치 미쓰히데
—와시오 우코 지음 13,000원

혼돈의 전국시대를 평정한 진정한 영웅
(전기) 도쿠가와 이에야스
—나카무라 도키조 지음 14,000원

독재는 어떻게 태어나는가? 파시즘의 창시자
(개정증보판) 무솔리니 나의 자서전
—베니토 무솔리니 지음 17,000원

옮긴이 박현석

대학 졸업 후 일본으로 건너가 유학 및 직장 생활을 하다 지금은 전문번역가로 활동 중이며 우리나라에 아직 소개되지 않은 유명 작가들의 작품을 소개하기 위해서 출판을 시작했다. 나쓰메 소세키의 『갱부』, 『태풍』, 다자이 오사무의 『판도라의 상자』, 나카니시 이노스케의 『붉은 흙에 싹트는 것』, 누마 쇼조의 『가축인 야푸』, 요시카와 에이지의 『우에스기 겐신』 등을 국내에 처음으로 번역·출간했으며, 야마모토 슈고로, 고가 사부로, 구사카 요코, 와시오 우코 등의 작가도 소개했다. 일본 중단편소설 선집으로는 『일본 무뢰파 단편소설선』, 『간단한 죽음』, 『일본 탐미주의 단편소설선집』 등을 엮은 바 있다.

(개정증보판) 나쓰메 소세키 단편소설 전집

1판 1쇄 발행　2018년 10월 31일
개정판 발행　2020년 11월 20일
개정증보판 발행 2025년 9월 20일

지은이 나쓰메 소세키
옮긴이 박현석
펴낸이 박현석
펴낸곳 玄 人

등　록 제 2010-12호
주　소 서울시 도봉구 덕릉로 62길 13, 103-608호
전　화 010-2012-3751
팩　스 0505-977-3750
이메일 gensang@naver.com

ISBN 979-11-90156-57-8

* 잘못 만들어진 책은 교환해 드립니다.
* 이 책 내용의 일부 또는 전부를 재사용하시려면 반드시 玄人의 동의를 얻어야 합니다.